ハイエナ
警視庁捜査二課 本城仁一

吉 川 英 梨

幻冬舎文庫

ハイエナ
警視庁捜査二課 本城仁一

序

タクシーを降りた途端、観光用オート三輪が巻きあげる土煙で、本城仁一《ほんじょうじんいち》は咳き込んだ。ワイシャツの襟回りはじっとりと汗ばみ、不快極まりない。タイの首都・バンコクの一月は乾季にも拘わらず、蒸し暑かった。同行する部下の石原正嗣《いしはらまさつぐ》も、額に浮かぶ玉の汗をぬぐう。

成田国際空港の出国審査場に並んでいたとき、本城と石原の手にはまだ厚手のトレンチコートがあった。日本は厚い雲が垂れ込めた空から雪が舞っていた。

バックパッカーの聖地と言われるバンコクの中心地・カオサンロードは、平日の昼間だというのに観光客でごった返していた。背中よりも一回り大きいバックパックを背負い、飛び込みで宿を探す東洋人。タイガービールを呷《あお》りながら、地元のタイ人女性の肩に手を回す欧米人。路上に偽のブランド品を並べ、観光客を言葉巧みに呼び込む、タイ人の売り子。

バンコク市警のテーパニット少佐は当初、「協力できることはあまりない」と首を横に振っていた。三日前に警視庁の担当部署が国際刑事警察機構《ICPO》を通じ手配した書類が届いていたはずだが、少佐は煩わしそうに、的外れな質問を投げかける。

「で、このタイチ・ヤマスエは何人殺したんだ?」

「誰も殺してはいない」

「罪状は?」

「——犯人をかばい、証拠を隠滅している」

「そもそもの犯人はどこにいるんだ」

「日本の霞が関にいる」

〝霞が関〟が何を意味するのか、同行するタイ人通訳にはわからなかったようだ。ただの地名と踏んで、「カスミガセキ」とカタコトの発音で言う。少佐は「なぜこの程度の軽微な罪状で、わざわざ警察官が二人もやってきた?」と、山末太一のパスポート写真のコピーを指先で突く。本城は問い返す。

「あなたは四年前に日本を襲った大きな災害をご存知ですか」

「地震——津波、ですか」

少佐の顔つきが変わった。タイ人にとっても津波の記憶はそう古くない。二〇〇四年のスマトラ島沖地震では、タイだけで五千人以上が死んだ。本城は簡単な単語をつなげて訴えた。

「私が追う犯人は官僚だ。復興庁審議官。被災者を助け、被災地を再建する仕事。犯人は災害で苦しむ人々に使われるはずの税金を、ポケットマネーにしている」

本城は着ている夏物の背広の内ポケットに手を入れる仕草をした。

「山末太一はその犯人に命令されて、証拠を持ち出し、この街に逃げてきた男だ」

山末の足取りが判明したのは、本城と石原がバンコクに到着してから三日後のことだ。カオサンロードにある中流ホテルのスイートを取っている。プーケットに飛ぶ航空券をホテルフロントに手配していたこともわかった。フライトは明日。

バカンスとは考えられなかった。スマトラ島沖地震の被災地視察――というのにも無理がある。復興庁職員としての熱意を山末はとっくに失っている。

プーケットへ飛ぶのは、恐らく次の逃亡地への足掛かりとするためだ。そこから南下すればマレーシア、シンガポールと国境をまたぐことができる。アジア各都市との直行便も山ほどある。次々と国境を越えることで、警察からの追跡を煙に巻こうとしているのだろう。自身に国際手配されるほどの罪状がないことも、計算に入っている。

山末は連日、部屋にこもりきりだという。三食全て、ルームサービスで済ませているらしい。本城は突入を決めた。正面から、二名のタイ人警察官の援護をつけてもらう。石原はバルコニーに面した路地裏で、同じく二名の地元警察官の協力を得て、逃亡に備えた。

午前九時。テーパニット少佐が、ホテルマンのフリをして山末が潜伏する九〇一号室の扉をノックする。返事があった。ブレックファスト・イズ・レディと少佐が言う。扉があいた。壁にぴたりと背を付けてドアスコープの視界から外れていた本城が、すぐさま扉を引いて男の腕を摑むと、後ろ手に捩《ね》じあげた。男は甲高い悲鳴を上げて膝を折った。浅黒い肌とカラフルなシャツ。次から次へとこぼれでるタイ語。山末ではない。

中には山末の姿どころか、痕跡すらない。バルコニーに出て、路地裏を見下ろす。カオサンロードの喧騒がかすかに聞こえるだけで、石原がただ首を横に振る。

本城はすぐさま廊下に出た。二つ隣、九〇三号室の扉が開け放たれていた。急ぎ、エレベーターホールへ戻る。山末がアタッシェケースを抱いて、エレベーターに乗り込んだところだった。その暗い瞳が本城をとらえるも、エレベーターの扉が視線を阻んだ。

階段を駆け下りながら、路地裏に張る石原に電話した。五階までいっきにきたところで息が切れ、足が重くなる。

本城は定年まであと三年の身だ。階級は警部、役職は捜査二課第四知能犯捜査一係の係長。追跡劇は何年ぶりだろう。三十代からほとんどの時間を知能犯係で過ごし、電卓と帳簿を相手にしていた。足より目を酷使する仕事だ。本城の脇を三名のタイ人警察官が追い抜いていく。

イヤホンから、タイ人警察官の報告が次々と入るが、本城に理解できるはずもない。山末を追う石原から連絡がきた。山末はカオサンロードの人ごみに紛れてしまった、という。石原は二十八歳の巡査部長で、仕事熱心だが、あきらめの早さが玉に瑕だった。

「追え！」

本城は四階まで降りたところでちょうどやってきたエレベーターに飛び乗る。山末はすぐにバンコクを出るだろう。空港は足がつきやすいから、陸路で逃げるはずだ。列車か、地下鉄か、長距離バスか。

列車や地下鉄の駅の位置は把握している。フロントで長距離バスターミナルの場所を尋ねたが、バンコク市内だけで拠点は三か所あるという。地図を広げながら、カオサンロードに出た。石原から電話が入る。観光用オート三輪、通称トゥクトゥクに乗り込んだ山末を発見、石原はタクシーに乗り込んで追跡を開始したと言う。

「馬鹿か、タクシーなんかに乗ったら渋滞にはまるだけだ」

「でも、あっちもオート三輪ですよ。同じく渋滞にはまりますよね」

いまは尾行ではなくチェイスであることを石原はわかっていない。本城は通話を切り、辺りを見回す。カオサンロード入口で、バイクタクシーが客を降ろした。国からの許可を受けている証である、ゼッケンをつけたライダーと交渉した本城は、すぐさまヘルメットをかぶり、後部シートにまたがる。石原に連絡を入れ、タクシーを捜す。石原の乗ったタクシーはもう渋滞にはまっていた。本城のバイクは四車線を埋め尽くす車の隙間をすり抜け、タクシーを抜く。通り過ぎ際、タクシーの後部座席の窓を乱暴に叩いた。石原が窓を開けて半身を乗り出し、「あのトゥクトゥクです！」と指さす。

本城の目は山末が乗るトゥクトゥクをとらえた。渋滞の隙間をすり抜け、前へ、前へと逃れようとしている。乗用車から激しいクラクションを鳴らされようと、車体をこすりつけようと、前進を続ける。本城はライダーの肩を叩き、追えと言う。

本城はバイクから振り落とされないようにサドルの下に右手人差し指と中指を入れ、残りの指と左手でバンコク市内の地図を広げた。山末のトゥクトゥクは方角的に北バスターミナルに向かっているようだ。本城は石原に連絡し、いますぐタクシーを降りて地下鉄ＭＲＴに乗り換えるように指示した。地下鉄で先回りしたほうが確実だ。

前方で悲鳴があがった。ココナッツを山ほど荷台に載せた男が、突然飛び出してきた山末のトゥクトゥクとぶつかりそうになり、荷台がひっくり返った。路上にココナッツが散らばり、本城のバイクをも巻き込もうとする。ライダーは急ハンドルを右、左と切り、本城は必死にその腰にしがみついて堪《こら》える。地図と携帯電話を路上に落としてしまった。

北バスターミナルが見え始めたころ、渋滞が解けてきた。俄然、トゥクトゥクはスピードを上げる。引き離されていく。本城はライダーに怒鳴った。

「ノース・バスターミナル！　ショートカット、ショートカット！」

ライダーがハンドルを切り、路地に入った。瞬間、トゥクトゥクが路上で停まったのを見た。本城はバーツ札を何枚か突き出すと、停まりかけたバイクから飛び降り、走った。

通りでは北バスターミナルを出たばかりの長距離バスが路肩に停まっていた。山末が乗っていたトゥクトゥクはカオサンロード方面へ戻っていく。後部座席はからっぽだった。車がひしめく道路に、通行人は皆無。山末の姿もない。長距離バスが動き出す。山末はあのバスに乗り込んだのだ。本城はバスの行き先表示を見た。アルファベットでアランヤプラテートと読める。どこだかわからない。路地へ引き返し、立ち去ろうとしていたバイクタクシーのライダーの腕を摑み、アランヤプラテートという名を連呼する。

ライダーはバイクタクシーでは行けないと首を横に振った。カンボジアの方だと。


国境の町・アランヤプラテートへ向かうタクシーの中で、強い西日に本城は目を細めた。バンコクからいくつか小さな町を抜け、田畑を通り過ぎていた。後部座席の本城は、シートに背中を預けてただ腕を組んでいた。隣の石原は手をせわしなくこすり合わせている。

北バスターミナルで本城と落ち合った石原は、警視庁にいた四知一係主任に報告を入れ、カンボジア警察への協力要請をＩＣＰＯに通達するよう依頼した。しかし、タクシーに乗り込んだ直後、捜査二課長の吉本《よしもと》警視から、非情な指示が入った。

「ＩＣＰＯとのやり取りには一週間は必要だ。そもそも、直接の被疑者でもない人物のためにそう何度もＩＣＰＯの手を煩わせることはできない。なにせ前例がないんだ。越境される前に必ず逮捕してください」

石原はタクシーの車体が揺れるほど、地団太を踏んで悔しがった。

「あのお飾り課長、現場のことをなにひとつ知らないくせに……！」

警視庁捜査二課長というポストは、若き警察官僚の出世ポストとして知られており、現在の吉本警視もまだ二十八歳である。本城は慣れたもので、若き上司の無茶な指令にも「官僚は前例がないことをやりたがらない」とやり過ごした。

「とにかくカンボジアに逃げられる前にワッパかけないと、まずいっすよね」

いまにも車外に飛び出しそうなほど、石原は落ち着きない。

「越境されちゃったら、どうします。直にカンボジア警察に掛け合うか……そもそもカンボジア警察ってちゃんと機能してるんですかね」

タクシーは、直線道路を猛スピードで走る。長距離バスも何台か追い越したが、山末が乗ったバスではなかった。

「運転手、微動だにしませんね。まさか、寝てませんよね？」

石原が喉を詰まらせながら言う。本城は答えなかった。タクシーの時速は恐らく一五〇キロを超えている。

石原はため息をつく。本城が寡黙なのはわかっていたが、これではコミュニケーションもくそもない。二課の捜査のイロハを全く教えてくれなかったが、失敗しても中堅どころの刑事たちのように怒鳴ったりせず、黙って受け止める人だった。その世代では珍しく大柄で、一七五センチの石原より背が高い。白髪の一本もない豊かな黒髪で、若々しく見える。先輩刑事としても男としても本城はかっこいいが、自分はもう少し器用な年の取り方をしたい。

石原が交番勤務時代に世話になった上司が、本城と同期だった。本城の寡黙さに辟易していることを伝えると「若いころはもうちょっとしゃべる奴だったんだけどな」と苦笑いした。「事件を重ねて、関係者に自殺されるたびに、黙りこくるようになっちまって」

捜査二課の中でも、政治家や中央省庁職員らの汚職事件を標的にした第一〜第五知能犯捜査係、通称〝ナンバー知能〟は、ホシを含め関係者の自殺に最も遭遇しやすい部署だ。中でも本城は群を抜いてその経験が多いという。

「あいつは目をつけたホシは絶対逃さないという気概が半端ないからな。地の果てまでもホシを追いかける」

　午後四時半、ようやくタクシーはアランヤプラテートに到着した。越境は徒歩だ。ちょうど、二台の長距離バスが到着したところで、客がどっと降りてくる。ほとんどが現地タイ人で、恐らくビジネスか、国境の先に連なるカジノ目的と思われた。他にバックパッカーらしき人も交ざる。国境は午後五時で閉鎖される。あと三十分。自然と人々は急ぎ足だ。本城は外国人専用レーンに目を走らせる。アクリル板の衝立の前で、出国審査を受ける山末のアタッシェケースが、切れかけの蛍光灯を反射して光るのを見た。

　本城は列に割り込んで歩を進める。すると、見るからに屈強そうな白人男性に腕を掴まれた。大柄な本城が見上げるほどの長身で、ノースリーブの腕には緻密なタトゥーが描かれている。順番を守れと英語で言っているようだ。本城は腕を振り払い、無言で先を急ぐ。ワイシャツの襟ぐりを掴みあげられた。石原が「ソーリー、ジャパニーズ・ポリス、カーム・ダウン」とカタコトの英語で叫ぶ。本城はじろりと石原をにらみ、慌てて出国審査場を振り返った。山末がこちらを見ている。パスポートを受け取ると、脱兎のごとく走り出した。

　本城は抗議する大男に頭突きを食らわせると、出国審査場へ急いだ。アジア系の女性バックパッカーが並んでいたが、彼女を押しのけて窓口に立つ。ＩＣＰＯの正式な捜査書類と共にパスポートを突き出す。本城を咎める石原の声が聞こえた。

「大丈夫ですか。ＩＣＰＯにも、カンボジア警察にも許可取ってませんよ！」

出国許可の判が押されたパスポートが戻ってきた。それを摑むと本城は振り返った。石原はついてこなかった。ひとり、本城は走り出した。すでに日は沈んだ。国境閉鎖まで時間がない。

本城は砂埃に咳き込みながら、国境に構えられた石門を見上げた。カンボジアの象徴、アンコールワットの三つの尖塔を模したレリーフと、東洋のモナリザと言われるデバター像が、妖艶に微笑み、本城を見下ろしている。

本城は国境を越えた。高級カジノやホテルが軒を連ねる直線道路をひた走る。カジノ街の騒音ときらびやかなネオンはどこか白々しく、取って付けた感があった。逃げる山末の後ろ姿が、カジノ目当ての観光客たちの合間から見え、やがて入国審査場に消えた。

本城は息を切らし、カンボジアの入国審査場に飛び込む。ここではタイ警察あての捜査協力要請書はただの紙切れだ。滞在先住所は、隣のボックスで欧米人観光客が書いていた住所を盗み見して書き、係官には「サイトシーイング」とだけ言って、パスポートを提出した。入国許可の判が押されたパスポートを摑み、また走る。

入国審査場を出た先の広場は、呼び込みであふれていた。バスは見当たらず、タクシーもない。アジア先進国でお払い箱となったワゴンや乗用車が所狭しと並んでいる。ドライバーたちはただひたすら「バスターミナル」「シェムリアップ」「プノンペン」と叫び続ける。カンボジア側国境の町・ポイペトから観光地まで、バスや列車などは整備されていないようだ。

あふれんばかりの人の波の中に、本城は山末を捜す。土埃が舞う薄闇夜にぽっかり浮かぶ銀のアタッシェケースが目印だった。本城は走る。山末が運転手を張り倒すと、タクシーを奪った。周囲のドライバーたちが声をあげた。山末のタクシーに飛びついて窓を叩いたり、石を投げたりする。山末は彼らを振り払い、黒い排ガスを猛烈に噴き出して走り去る。

本城はディーゼルの排ガスに激しく咳き込みながら、ひとりのタクシー運転手にありったけのバーツ札を渡そうとしたが、金がもうほとんど残っていなかった。仕方なく、米ドル札を出す。百ドル札に驚いたドライバーは「もらいすぎだ」と首を横に振る。本城は「車を借りるんだ」と叫んで、運転席に乗り込み、アクセルを踏み込んだ。


山末太一はそもそも、本城の情報提供者――捜査協力者だった。

政治家や官僚がからむ汚職事件捜査はたいがい、タレ込みで内偵がスタートする。復興庁審議官の大平雄也《おおひらゆうや》が、復興予算を横領しているという情報が入った。タレ込んできたのは仙台の高級クラブの女。彼女とナンバーワンホステスの座を争う女が大平の愛人で、市内随一の高級タワーマンションの最上階に住み、高級車を乗り回していた。愛人と大平はたびたび痴話げんかを繰り返しており、女が酔った勢いで「復興予算のキックバックで女はべらせていい気になってんじゃねーよ！」と暴言を吐いたというのだ。

裏を取るべく都内にある大平の自宅を張り込んだ。本人は審議官という役職に見合うだけの新宿区内の一戸建てに住み、所有車は二台。身なりはいたって地味で銀縁メガネに七三分け、いかにも官僚らしい人物である。

ナンバー知能のキャップである本城が注目したのは、愛人の多さだ。都内だけで三人を抱え、仙台の愛人と同じようにタワーマンション最上階に住まわせ、贅沢をさせていた。人々を見下ろす優越感に浸りながら女を抱く。そんなことができる金を官僚の給与だけで賄えるはずがない。

大平はもともと、厚生労働省の官僚だった。復興庁が立ち上がると同時に審議官として出向している。厚労省時代の人脈を辿っているうちに、『宮城県防災連絡情報研究会』という外郭団体との接点が浮上した。震災後に発足したシンクタンクで、岩手、宮城、福島の被災三県に置かれている。幹部のほとんどが厚労省ＯＢで、大平とつながりが深かった。

四知一係捜査員が被災地に飛んだ。各防災連絡情報研究会の事務所を訪ねたが、小さな雑居ビルの一室でひとりか二人の職員が防災情報をまとめているだけで、ほとんど活動実態のない団体だった。そこに二〇一四年度だけで、計四億円の復興予算が流れていた。

大平の愛人が口走った「キックバック」という言葉が真実味を帯びてくる。大平は復興予算を、実体のない外郭団体に振り分け、厚労省OBと甘い汁を吸っている可能性が高い。

本城は自ら率いる四知一係捜査員たちに、アタック——捜査着手の指令を出した。

問題は各防災連絡情報研究会からどのような形で大平に現金が渡っているのか、金の流れを摑むことだった。大平と近い復興庁内部の協力者が必要だ。警視庁に違反切符を切られた過去があるとか、愛人がいるとか、家族が問題を起こしている等、なにかプライベートに弱みがある人物がいないか徹底的に職員名簿が洗われた。

五名に絞られた候補の中に、一般職員で大平お抱えの運転手の山末太一の名もあったが、彼は補欠候補でしかなかった。山末自身にはなんの汚点もなく、ただ十五歳になる息子が難病を患って死期が近いという特異な事情だけで候補に残ったのだ。部下の全員が飲酒運転をもみ消そうとして出世コースから外れた若い官僚を情報提供者に推したが、本城は山末だと譲らなかった。

警視庁捜査二課の捜査員たちは課長とひとりの管理官を除いて全員、地方公務員、いわゆるノンキャリである。ほとんどが東大出で占める高級官僚たちはなによりプライドを重んじる。たかだか地方公務員に逮捕されるような恥は絶対にかきたくない。法務省職員で構成される東京地検特捜部相手に白旗を上げることがあっても、二課ならいくらでも逃げ切れると思って白状しない。汚職をする人間ほど、歪んだ矜持を持つ。よほどの現場主義の職員でなければ、二課の情報提供者などを引き受けるはずがない。飲酒運転をもみ消そうとする人間が大役を果たしてくれるとは思えなかった。こういうときに人を突き動かすのは本人の信念しかない。

係長の本城自らが、山末に接触した。山末の息子が入院している都内の病院を張り、身分を隠しながら、自身も小児科に通院する病弱な息子を持つという父親を演じた。山末の当時十五歳になる息子は拘束型心筋症という難病を患っていた。もともと、進学した私立中学校が肌に合わずに不登校気味だったから、胸が痛い、苦しいという訴えを、山末は心因的なものだと思っていたという。ブレザーの襟を摑んで強引に息子を登校させてしまったこともあると、山末は泣いた。いまは移植を待ちつつ、病気の進行を緩和する療法を取っているのみ。移植をしない限り、二十歳までは生きられないと医師からは告げられていた。

山末と知り合って一か月後、信頼関係を構築できたと踏んだ本城は自ら素性と目的を話した。山末が激怒したのは言うまでもなく、懇意の政治家に頼んで二課に圧力をかけお前を潰すとまで言った。本城は説得した。大平の汚職を暴ける人間は、山末しかいない。病床にある息子を奮い立たせてやるためにも、父親の信念を見せてやれ、と——。

待つこと一週間。山末から直接、本城に連絡が入った。赤坂の料亭に出入りする大平と、件《くだん》のシンクタンク幹部の厚労省ＯＢの様子を隠し撮りした画像を、山末は持っていた。金銭の授受は写っておらず、証拠不十分だが、山末の信念を示すには十分であった。

山末と共闘すること二年が経った昨年末。いよいよ大平を訴追できるだけの証拠をそろえた本城は、そこで初めて、捜査二課長の吉本警視と同じくキャリア官僚の管理官に事件の概要を説明した。捜査二課にもうひとりいるノンキャリの管理官のもとにはアタック当初からたびたび相談に訪れていたが、お飾りのキャリア官僚にそれは不要と本城は考えていた。捜査情報が漏れ、大平の耳に入ったら、二年の内偵が水の泡だ。

吉本二課長の印鑑をもらった本城は地検特捜部へ出向き、訴追の旨を伝えた。地検特捜部の担当者は驚愕と怒りの表情で書類に目を通し、すぐに返事をすると言った。ゴーサインは近日中に出る手ごたえがあった。本城がその旨を報告すべく連絡したが、いつまでたっても山末は電話に出なかった。山末の息子の容体が急変し、集中治療室に運び込まれていたのだ。

本城が病院に駆け付けたとき、山末はラッピングされたままのクリスマスプレゼントを抱いて、息子を失うかもしれない恐怖を、涙を流す妻と共有し、耐えていた。

本城は山末に何も言えぬまま、自宅に帰った。最寄り駅の改札を抜けた途端、記者の急襲にあった。政治家や高級官僚の汚職事件はメディアの大好物で、事件が動き出すとその動向を摑もうと、夜討ち朝駆けで係長の本城の元に押し掛けてくる。

「なにかネタないすか、本城係長」

「今年の総括と、来年の抱負をどうぞひとつ」

記者たちは当たり障りのないことしか尋ねず、もちろん本城は大平の「お」の字も出さずに記者たちをやり過ごしたが——。内偵情報がどこかから漏れているのではないかという疑念が頭をもたげる。本城は四知一係捜査員たち一人ひとりに再度、保秘の徹底を説いた。

年が明けた二〇一五年元日。朝刊を開いた本城は拳が震えた。一面大見出しで、復興庁審議官の横領疑惑がスッパ抜かれていた。二課内での保秘は徹底しているはずだ。どこから漏れたのだ。しかも新聞社側から第一報に関して、警視庁に相談すらなかった。地検内部に大平側の人物がいたのか——。地検特捜部からも音沙汰がなく、問い合わせると「全国紙に抜かれた以上、令状を取ったところで無駄足になる可能性が高い」といきなりの弱腰である。

情報提供者だった山末の身が危ない。本城は山末の携帯電話を鳴らしたがつながらない。山末の息子が入院する病院へ向かう。病室はもぬけの殻だった。看護師は笑顔で言った。

「心臓移植を決意されて、渡米されたんです。米国ならば、日本でドナーを待つよりよほど高い確率で臓器提供を受けられますから」

本城は入国管理局へ山末一家の出国状況を照会した。治療のための渡米で本城に報告がないのはおかしい。しかも、渡米移殖には治療費や滞在費も含めて、一億以上の金が必要だ。復興庁一般職員である山末にそんな預金があったとは思えなかった。

入国管理局から連絡が入った。山末の妻と息子は確かに米国へ向かっていた。山末も出国していたというが、行き先は米国ではなくタイ。大平は捜査の手が及んでいることを知り、先手を打ったのだ。山末を寝返らせるため、息子の命に金を払った。横領の証拠となる書類や帳簿を持たせ、タイへ出国させた——。

本城はアクセルを目一杯踏んだ。カンボジアの道路事情はあまりにも劣悪だった。アスファルトで舗装された道路はすぐに途切れ、あとは土を踏み固めただけの道が続く。センターラインなどない。前方を走る山末の車のテールランプだけを見つめてハンドルをさばく。いま国境の町・ポイペトにいるのか、どこへ向かっているのか。

前方の地面に黒いものが見えた。大きく陥没した穴だった。ハンドルを切る暇もなく、車は大きくバウンドして、本城は車の天井に激しく頭を打ち付けた。はずみで舌を噛み、口内に錆のような味が広がる。シートベルトはちぎれていた。フロントに視線を戻すと、目の前に倒木が迫る。本城は慌てて急ハンドルを切った。

気が付くと外はもう闇で、街灯すらない。山末との距離は一向に縮まらず、あいたままの窓から砂埃が容赦なく入り込む。窓を閉めようと回転ハンドルを取るのだが、悪路のせいで片手を運転以外に使う余裕がない。

山末の車のテールランプが小さくなっていく。本城はアクセルを全開にしている。スピードメーターは一八〇キロを超えていたが、警告音は鳴らない。山末はもっと飛ばしているのか、とうとう地平線の下にテールランプは吸い込まれて、本城の視界から完全に消えた。アクセルを踏みっぱなしでハンドルを握る本城の耳に、ドーンという地響きのような音が聞こえてきた。ヘッドライトに照らし出された地平線の先に、土煙と黒煙が立ち上る。周囲を絶え間なく舞う砂埃がその輪郭をぼかし、現実感が乏しい。山末の車は対向車と衝突し、横転していた。本城が追いついたとき、山末は大破したタクシーから脱出したところだった。

本城は車を畑に乗り上げた状態で停め、飛び出した。「大丈夫か⁉」と叫ぶ。振り返った山末は恐怖に顔面を凍りつかせる。道を外れて逃げだした。

本城が説得の言葉をかけながら追うが、全く応じない。衝突したもう一方の乗用車の傷は浅く、道路をふさぐようにして斜めに停まっている。そのヘッドライトが、道路脇に立てられた赤い看板を仰々しく照らし出していた。ドクロのマーク。Dangerという英語の文字と現地語。この看板が何を警告するものか、本城は察しがついた。地雷だ。

「山末さん。頼むから止まってくれ。なぁ、話をしよう」

山末は右足を引きずっていた。背中を丸め、アタッシェケースを抱く山末の白いワイシャツが、頼りなく揺れている。

「あなたが寝返った気持ちはよくわかる。でももう、これで終わりだ。そのアタッシェケースを、預けてくれないか。それで大平を訴追できる。二年前、君は言ったじゃないか。被災地に回るべき金をかすめ取るなど、殺人ほどの罪深さだと――」

山末から返事はない。

「それ以上行くな！　地雷がある」

山末の白いワイシャツがぴたりと動きを止めた。「地雷だって？」と、久しぶりに聞く山末の声はかすれ、まるで別人のようであった。本城は歩を緩め、暗闇に浮かび上がる白いワイシャツとの距離を慎重に詰めた。

「地雷を警告する看板を見た。内戦時に埋められたものだと思う」

息をきらした山末が、ようやく答えた。

「いつの話だ、もう大部分撤去されたはずですよ」

「私もいま、それを願いながら歩いてきた」

山末がゆっくりと、首だけをこちらに向けて、自分の肩に囁くように言った。

「もう遅い。なにか、踏んだ。金属みたいだ」

本城は思わず立ち止まった。

「確認してみますから、動かないで」

月明かりすらない漆黒の闇を、本城は山末の白いワイシャツを頼りに前進する。近づかないと、地雷を本当に踏んでいるのか確認できない。実物の地雷を本城は見たことがない。

山末が肩を震わせ、笑って見せた。

「上司を裏切って、警察を裏切って……こんなところで地雷を踏むなんて、天罰ですかね」

「とにかく助けを待とう。対向車のドライバーが警察を呼んだはず」

本城は足元に地雷がないか目を皿のようにして探しながら、また一歩と近づく。

「本城さん――」

山末が今度は静かに呼びかけてきた。

「あんたが俺だったら、どうしてた？」

声を震わせ、山末は尋ねる。

「正義のために、息子を見殺しにしたか。それとも正義を捨てて、息子を救ったか」

本城はただ、無言を貫いた。

「答えないのはずるいよ、本城さん。俺を情報提供者に仕立てあげておいて」

山末は胸に持っていたアタッシェケースを開き、足元に落とした。そしてスラックスのポケットから何かの容器を取り出し、中の液体をアタッシェケースにぶちまけた。本城の鼻にガソリン臭が突き刺さる。書類やファイル、現金が濡れる。山末のスラックスにも液体が大量に飛び散った。

「やめろ。下手に火を入れると地雷が反応してあんたも——」

「あんたの息子、警察官僚なんだって?」

不意を突かれ、本城は黙す。

「本城智也《ともや》、二十八歳。警視庁に出向中の警視」

本城は愕然とした。山末に自身の家族の話をしたことがない。

「甘いんだよ、本城さん。大平審議官だって、相手が捜査二課ときたら死にもの狂いさ。どんな卑怯な手を使ってでも、捜査から逃れようとする。その急先鋒にいるナンバー知能キャップの尻の皺の数まで調べ上げるさ」

山末は声を震わせていた。笑っているのか泣いているのか、判然としない。

「せいぜい、気を付けるんだね、本城さん」

山末は喉を嗄《か》らして笑う。嗚咽にも聞こえた。震える指先で、ジッポーに火を灯した。

「やめろ!」

「次はあんたが選択する番だ」

山末の手から、ジッポーが滑り落ちた。

1

藤木典子《ふじきのりこ》は三鷹《みたか》市新川《しんかわ》の住宅街の一画に住んでいる。亡き夫が遺した一軒家は、傾斜地を利用して建っていた。欧風のアイアンゲートから急な階段を上がった先に玄関がある。ただでさえ狭い階段の脇には、典子が趣味でやっているガーデニングの成果を強調するかの如く、フラワーポットがいくつも並べられていた。一月下旬のいま、咲いている花はひとつもない。

「いらっしゃ〜い。よく来たわね」

階段を上がってきた孫の龍平《りゅうへい》を、典子は玄関先に立ち、全身で受け止めた。

「お義母さん、お久しぶりです。どうもすいません」

ひとり息子の嫁の藤木由美子《ゆみこ》がトートバッグ二つを両手に持って、薄くほほ笑む。玄関に入った典子は龍平の靴を脱がし、マフラーを取る。

「龍ちゃん寒かったでしょ〜。あらぁ、冷たい手。手袋くらいしたら？」

「買ってあるんですけど、はめるの嫌がるんです」

由美子が上がり框《がまち》に荷物を置きながら、言った。

「あら、由美子さんを責めているわけじゃ」

「別に言い訳しているつもりもなかったんですけど」

由美子が藤木家の嫁となりもう六年が経つが、気が合わないままだ。龍平は早速、居室のソファによじ登って、ジャンプを始めた。典子が「危ないからやめなさいよ」とやんわりと注意するが、由美子は隣の和室で龍平のお泊り道具の準備を始め、龍平を咎めもしない。

「由美子さん、なにか飲む？　コーヒーか紅茶か、お煎茶でも」

典子がキッチンから声をかける。「おかまいなく」という短い返答が聞こえてきただけだった。嫁と孫が半年ぶりにやってくる、しかも孫はお泊りということで、典子はわざわざ電車で有名パティスリーに出向き、ケーキを準備していた。ティーポットに湯を注ぎトレーに載せ、ケーキと一緒にリビングのガラステーブルに持っていく。

「ケーキ、ケーキ、ケーキ！」

龍平はいきなりケーキを手で掴んだ。典子は叱り、濡れ布巾をキッチンから持ってきて龍平の手を拭いてやった。その間も由美子は荷物の整理ばかりしていて、振り返りもしなかった。由美子はこれから勤務先の新年会を兼ねた慰安旅行に出かける。

言いたいことは山ほどあるが、口にすればすぐ疎遠になる。典子はこらえ、笑顔を作る。

つけっぱなしだったテレビからは、ワイドショーが流れていた。今年に入って世間をにぎわせていた、復興庁官僚による巨額横領疑惑事件の続報で、山末という関係者がカンボジアで焼身自殺したニュースだった。彼を追い詰めた捜査二課の刑事が、自殺を止められずにただそばにいたというから、ひどい話だ。

「この人、無念だったでしょうねぇ。直接の容疑者でもないのに、こんな場所まで追い込まれて、あげくの果てに自殺なんて」

「あぁ……。ネットで見ましたよ、死体の写真。下半身黒焦げの」

「やだ由美子さん、そんなもの見たの⁉」

どこかの出版社がカンボジア警察を買収したのか、山末の遺体写真が週刊誌に掲載されたようだ。地雷を踏んでいると勘違いし、早まって自殺したらしく、ますます山末同情論が過熱しているのだ。

「見たくなくてもSNSで回ってきちゃうんですよ」

テレビではコメンテーターが、山末をここまで追い詰める必要があったのかと、警察を批判していた。捜査二課はこれまでも事件関係者に自殺者を多数出してきた、と。

「昨日の夜のニュースで見たけど、この人、難病の息子さんがいたらしいわよ。息子さんは心臓提供を待ちながらどんな思いで……」

「それじゃお義母さん、よろしくお願いします」

典子が振り返ると、由美子はもうリビングを通って玄関へ向かうところだった。典子は慌てて「ママのお見送り」と龍平の手を摑んだが、すぐに玄関扉が閉まる音がした。

姑への気遣いや敬愛の念が欠けた由美子の態度に怒りを覚える以前に、典子は残された龍平がかわいそうで仕方なくなった。ゼロ歳のころから外に預けられっぱなしだった。由美子は時短勤務だからほかの子よりは早く迎えに行っていると言うが、子どもが最も母親を求める時期に二十四時間一緒にいてやらないなんて——。典子は龍平がかわいそうで涙が出そうだった。

和室には着替えやパジャマ、オムツのほかに、龍平のおもちゃがまとめて置いてあった。龍平が小さな青いおもちゃを取り出したのを見て、典子は誤飲させてはまずいと慌てた。

「それ、なあに。ばあばに見せて」

「ハンコ！　龍ちゃんの、ハンコ！」

小さな指先で器用にふたを取ると、「りゅう」とひらがなの刻印が見えた。おもちゃのスタンプのようだ。ふすまに押そうとしたので典子はチラシを引っ張り出し、龍平に渡した。白い紙がなかったかと、電話台の引き出しをあちこち開けていると、目の前の電話が鳴った。受話器には、『振り込め詐欺電話に注意！』と書かれた黄色いシールが張られていた。巡回する警察官にもらったものだ。典子はナンバーディスプレイの番号を見て、もしやと緊張した。080から始まる、見知らぬ携帯番号だったからだ。

「あ、母さん？」

「――どちら様でしょうか」

電話の相手は咳き込みながら、「母さん、ちょっと風邪気味で」と言った。怪しい。

「オレオレ詐欺かしら？　警察に――」

「待ってよ、和明《かずあき》だよ。母さん」

ひとり息子の名前だ。声がちょっと違う。電話を切ろうとすると、相手は言った。

「由美子と龍、そっちにもう着いた？　今晩、龍を頼むね」

典子は混乱した。果たして詐欺師が家族の個人情報をここまで知っているだろうか。しかも、半年ぶりに孫が泊りに来ることまで――。

「母さん――」

電話の向こうで、息子を名乗る男が呼びかけてきたなり、沈黙した。なにか深刻な告白を受ける空気を典子は感じて、電話を切れなくなった。

「由美子はまだ、いる？」

「ついさっき、出ていったところよ」

また沈黙。かすかに嗚咽が漏れたような気がする。典子は受話器を強く握りなおし、耳をそばだてて尋ねる。

「ちょっと。どうしたの」

咳き込む声、しゃくりあげ。やはり泣いている……。典子はもはや本当に息子かどうかということより、泣いている相手の様子に気を取られてしまっていた。

「お母さん」

絞りだすような声で、相手の男は言った。典子の脳裏に幼少期の和明の姿が浮かんだ。おとなしくて気弱な面があり、「お母さん」とよく泣きついてきた。疎遠になった現在より、幼少期の息子の姿の方が典子の記憶には鮮明だった。その頃の声と電話相手の声が一致する。

「和ちゃん、一体どうしたの」

「俺——もうダメで」

「なにが？　なにがダメなの」

「由美子や龍平を……。母さん」

電話の相手は堰《せき》を切ったように泣き始めた。息子を助けなくてはならない。典子は強く受話器を握り、強い口調で呼びかけた。

「理由を話して。母さんが助けてあげるから。ちゃんと話すのよ、電話を切っちゃだめよ」

ＪＲ錦糸町《きんしちょう》駅南口から徒歩数分の京葉道路沿いに、三階建て賃貸マンションがある。その三〇一号室の扉には『ＳＡＴＯ』としゃれた筆記体で綴られたプレートが貼ってあった。扉の横にはベビーカー。

３ＬＤＫの室内に総勢十人の男がいた。みなスーツ姿である。吊るしの、サイズが幾分大きいスーツを着ている男もいれば、年季が入りすぎて裾が破れたスラックスを穿《は》いている者もいる。壁には営業成績表なのか、棒グラフが描かれたボード。リビングには三人の男がいて、ひとりの若い男が二つ折り携帯電話片手に椅子にそっくり返りながら、その態度とは裏腹に丁寧な口調で話し込んでいる。

「ええそうなんですよ。マイナンバー怖いですよね。不安ですよね。弊社はネット上でマイナンバーの情報保護を行っておりまして……」

玄関右手にある六畳間では、三人組の男。中年の男が携帯電話を持って怒鳴り散らしている。「うちの娘をキズモノにしやがって！　示談金、いくら出せるんだ⁉」

にぎやかなその二部屋と違い、扉が閉めきられた五畳間は静まり返り、悲愴感が漂っていた。ひとりの若い男が携帯電話片手に、ぼろぼろと涙を流している。

「母さん。実は……実は」

男は唇を震わせ、鼻水をも垂れ流す。電話の相手――藤木典子が必死に言う。

「うん。言って、話して、和ちゃん」

「母さん――。由美子に、言わないでくれる」

「言わないわ。言うはずないじゃない」

深刻な電話のやり取りを、スチールデスクを囲んで、二人の男が押し黙って聞いている。

「実は、下請け工務店から直接受け取った金に、手、つけちゃって。由美子が家計握ってるからさ。俺、毎日身を粉にして働いてんのに、月の小遣い二万しかもらえてないんだ」

「ひどい!! 天下の大北《おおきた》建設に勤める夫を、なんだと思っているのかしら!?」

「それで……つい、下請けからの金にちょっと、手を出して。気が付くと、結構な額になっちゃって――」

電話の男が泣き出した。隣の男の手にはファイルがあった。藤木典子の個人情報である。彼女の現住所、電話番号から、息子夫婦の現住所、電話番号だけでなく、勤務先や、孫の龍平が通う保育園の名前まで記されている。備考欄には今日、一月二十三日から嫁の由美子が会社の慰安旅行で、龍平が泊りに来ることまで書かれていた。

「いくらなの。いくら？」

典子が声を押し殺して、尋ねてくる。

「……ごめん、母さん」

「和ちゃん本当にかわいそうだったわね。母さん、気づいてあげられなくてごめんね――」

　電話の向こうで典子まで泣き出した。

「部長が帳簿合わないことを……」

　個人情報ファイルを持った男が、もう一人の男に目で合図する。男は立ち上がり、扉を開けて廊下に出ると、声を張り上げた。

「どういうことだ。これが帳簿上のミスでなければ、経理の中に横領した奴がいるってことじゃないのか⁉　次で帳尻が合わなかったら警察に通報する‼」

「ちょっと、切羽詰まってるの⁉」

　電話の向こうの典子が慌てた。

「そうなんだ。もう俺、ダメだ。本当にゴメン、母さん――」

「ダメ、和ちゃん切らないで」

　そこで、ファイルを握っていた男――針谷《はりや》が、電話を替わった。黒縁メガネにツーブロックの髪形で、室内にいるどの男よりも高級そうなチャコールグレイのスーツを着用している。

「あ、突然スイマセン。藤木君のお母様ですか」

　太く、威圧感のある声で針谷は呼びかける。

「え、ええ。えっと、そちら様は――」

「わたくし、大北建設経理部会計課係長のヤマシタと申します。お世話になっております」

「こちらこそ、息子が毎日お世話になって……」

「あまり猶予がないので、率直に申し上げますね。藤木君が三年前から横領をしていたと、先ほど告白してくれました。総額、一千万超えてるんですよ」

「エッ……一千万」

「はい。私の腸《はらわた》がどれほど煮えくりかえっているか、ご理解いただけますよね？」

「す、すいません、うちの息子が――」

「ただ私の方としましても、部下の横領に気が付かなかったというのは大変まずい状況なんです。降格、左遷必至」

「本当に、申し訳ありません。あの、私のほうでできる限り弁済させて――」

「そんな悠長なこと言っている暇、ないんですよ。部長が帳簿の不備に気づいちゃって」

針谷がもう一度、廊下の男に合図する。部長役の男がまた怒声をあげた。

「担当は藤木か⁉　いまどこにいるんだ‼」

電話の向こうの典子は沈黙してしまっている。

「お母さん。藤木君のお母さん⁉」

「は、はい……」

「一時間以内に、どれくらい準備できますか」

「え、ええと。いくらを……」

「いくらなら準備できますか？」

「タンス預金があります。三百万」

「とりあえず三百万でいいでしょう。三十分でそちらに部下を向かわせますから」

「あの、できれば直接和明に渡したいんですけど」

　針谷は沈黙した。そして、典子の言葉をそのままオウム返しにした。

「直接和明君に渡したい？」

　電話の向こうの典子はその威圧感に、「は、えっと、そのぅ……」とかわいそうなほどに声を震わせた。針谷はとどめを刺すように怒鳴り散らした。

「どれだけことが切迫しているかわかっていますか⁉　こっちはね、社長を煙に巻き、帳簿の不備を直していかなきゃならない。とりあえず三百万あったことにしてね。それがどれだけ神経をすり減らす作業かわかるか。お宅の息子の尻拭いを死ぬ思いでやってんだよ‼」

「すいません、すぐに、すぐに用意してあの、部下の方を待ちます」

　針谷はため息をつき、声のトーンを落とした。

「――すいません。ちょっとこっちもかなり切羽詰まってるんで……。藤木君はもう、パソコンに向かって帳簿直してますから。切りますね」

藤木典子は放心状態で受話器を置く。和室に入り、悲鳴を上げた。龍平が仏壇の下の物入れから夫の遺品や仏具を全て、畳に放り出してしまっていた。風呂敷に包まれた三百万から一万円札を何枚か抜いて、『りゅう』の青いスタンプを押している。

「龍ちゃん、ダメよ!!」

典子は背中から龍平を抱きしめて、泣いた。龍平は驚いたが、「ばあば、泣いてるー」と向き直り、典子の頭をよしよしとなでた。

「あなたたちを守ってあげられるのは、ばあばだからね」

典子はもう一度龍平を抱きしめ、やわらかな頬に自身のたるんだ頬を擦りつけた。青いスタンプが押された万札三枚を帯封をした札束の中に滑りこませ、風呂敷に包みなおす。しっかり口を結んで、押し入れにストックしていた伊勢丹の紙袋に風呂敷包みごと収める。

それをじっと抱き、典子は和室の畳の上に座り込んだ。鼓動は少しずつ収まっていき、かわりにやってきたのは、奇妙な優越感だった。

和明は社会人になってからも実家を出ず、典子は三十歳になった息子の下着をも洗っていた。変わったのは和明が三十三歳で結婚してからだ。

和明は出ていき、ほとんど実家に顔を出さなくなった。電話すらよこさない。こちらからときどきかけると、煩わしそうな声音が返ってきた。新居を建てる頭金を少し用立てられないかと相談され、五百万出してやった。それでも典子が新居を訪ねると、「来るならあらかじめ連絡くれないと困る」と足蹴にした。嫁の由美子が陰口を叩いているはずだった。

だが、最後の最後はやはり、母なのだ。

「お母さん」と泣きながら呼びかける和明の声がまだ耳にこびりついていた。いつまでも、忘れたくないと思った。息子にそうするつもりで、典子は紙袋を抱きしめた。

世田谷区内を縦に貫く環状八号線を、黒塗りのクラウンが北上していた。冬のさなかといえど、低い太陽が、運転席でゆったりとハンドルを握るスーツ姿の男の頬をじりじりと焼く。男は目を細めたが、サングラスはかけなかった。法定速度をきっちりと守っているせいか、片側三車線の環状八号線で、後続車が車線変更し次々と追い越していく。

ノータックの濃紺のスラックスに、イタリア製の焦げ茶色の革靴。無地の青いネクタイをきっちりと締めている。襟足がすっきり切りそろえられた黒髪。助手席にはアタッシェケース。中堅どころの営業マンといった様子だ。携帯電話の着信音がする。男はウィンカーを出して路肩に停車すると、内ポケットから黒の二つ折り携帯電話を出し、通話ボタンを押した。

「味田《あじた》さん、針谷です。ヒット出ました」

味田と呼ばれた男は、表情一つ変えず、メモも取らず、電話に耳を傾ける。

「直接伺いの現ナマ三百。マトは藤木典子、住所は三鷹市新川五丁目××の×。電話番号は０４２２－４５－××××」

「了解。すぐ手配する」

味田は電話を切ると助手席のアタッシェケースを開けて、タブレット端末を出した。名簿のデータを確認し、藤木典子の個人情報を検索する。今日、針谷グループは会社の金を横領したというシナリオを使っている。典子の息子は大北建設経理部に勤務、と名簿に記されていた。味田はスーツの右ポケットから、青い二つ折り携帯電話を出し、電話をかける。ワンコールで受け子のリーダーの前島《まえじま》が「お疲れさまっす」と電話に出た。

「ヒットだ。受け子の手配頼む」

味田は今受けた〝ヒット通知〟を伝える。「ちょっと待ってください」と前島はガサゴソと音を立てた。メモを取っているのだろう。前島と通話状態のまま、味田は今度は白い二つ折り携帯電話を出し、短縮ダイヤルを押して、反対側の耳に当てる。「はい」と中年男の声を捉えた。〝道具屋〟である。味田は左耳の前島に「道具の手配があるから、またすぐかけなおす」と言って通話を切ると、道具屋に尋ねた。右手でカーナビを操作しながら。

「味田です。大北建設の社員証、ありますか」

「うちを見くびるな。各業界大手十社分の社員証やバッジを完備してる」

「いくらで」

「三でどうだ」

「そこは二でしょう」

「二・五」

了解、と言いながら味田はカーナビを確認する。藤木典子の自宅からそう遠くない場所に、杏林大学医学部付属病院があった。味田は道具屋にその駐車場で道具の受け渡しをするよう指示して電話を切ると、再び青い二つ折り携帯電話で前島を呼び出した。

「受け子は？」

「いまあたってます。ひとりめNGで」

「早くしろ。手配できたらまず、杏林大学病院へ行け。駐車場で道具屋から大北建設の社員証を受け取る」

味田は通話を切り、車を発進させた。甲州街道との交差点である上高井戸《かみたかいど》一丁目に差し掛かると、左へハンドルを切る。味田は名簿屋に会い、五百万で百人分の名簿を受け取ってきたところだった。高齢者の住所、氏名、電話番号だけでなく、その家族構成や職業に至るまで完備した豪華盛りの情報を売るこの名簿屋は、貴重なビジネスパートナーだった。だから一件あたりの値段が法外に高い。その分、ヒット率も高い。

被害者《マト》は架け子のトークに最初怪しんでも、息子の職場や所属、孫の名前や幼稚園の名前まで聞かされる上、架け子たちが醸し出す臨場感と切迫感にコロッと騙される。

味田の二つ折り携帯電話は全部で七台ある。黒が各店舗の架け子リーダーとの専用電話で三台、青が受け子リーダーで二台、白は道具屋。スマートフォンはプライベート用で稼働中はめったに使わない。もう一台、趣味の悪い真っ赤なボディを持つ二つ折り携帯電話があったが、稼業が順調に進んでいるときはあまり用がなかった。相互連絡の専用携帯電話を使用するのも、詐欺組織が芋づる式に検挙されないための防御策だった。

味田は都内各地で稼働中のオレオレ詐欺店舗を管理、運営する『番頭』である。

吉祥寺駅前のパチンコ屋で、米村《よねむら》は上下ジャージ、サンダルを履き、マールボロをくわえ、パチンコ台をしかめっ面で眺めていた。開店と同時に始めてまだ一時間も経ってないのに、もう三台替えて、昨日日雇いで稼いだ八千円が消えた。イベントのステージ組み立ての仕事で突き指したのに、「ほっときゃ治るだろ」と派遣会社は治療費を出さなかった。煙草を挟むたびに指が痛むが、保険証を持っていないので病院には行っていない。

ジャージのポケットの底に沈むスマホがバイブした。いいところへ、と米村は嬉々として「はいどうも、前島さん」と電話に出た。

「ヨネさん、いまどこです」

「パチ屋ッス。吉祥寺の」

「受けの仕事、出れます？　自宅伺い。三万」

「やります、やります」

「迎えに行くから、北口ロータリーで立ってて。スーツね。十五分で行く」

米村は大慌てでパチンコ屋を飛び出し、商店街を抜けた先にある築四十年の木造アパートの一室に戻った。顔を洗い、髭をそり、伸びきった髪に櫛を入れて整髪剤で後ろに流す。グレイのスーツに袖を通すと、空っぽの革カバンを手に持ち、吉祥寺駅前にとんぼ返りだ。

米村は今年四十歳になる。三流私立大学の文学部を卒業しているが、ちょうど就職氷河期とぶつかって就職浪人してしまった。やっと入れたベンチャー企業はブラックで、半年持たずやめた。むしゃくしゃして競艇にはまった。親兄弟には借金しすぎて、十年前に絶縁された。派遣や契約社員などを転々とし、日雇いで食いつなぎ、生活費が足りなかったり、ギャンブルで消えてしまったりしたときは、消費者金融を頼った。

気が付くと返済できなくなり、とうとう闇金に手を出し、それも焦げ付かせて都内を逃げ回っていたところ、ヤクザに拉致された。コンクリ詰めにされて東京湾に沈められるのかと思ったら「てめーみたいな社会のクズ、殺す価値もねぇ」と言われ、オレ詐欺の架け子養成所に放り込まれた。とっさの機転がきかない、問い詰められると黙り込んでしまうクセが抜け切れず、採用されることはなかった。巡ってきたのが受け子の仕事である。

きっちり十五分後、受け子を取りまとめるリーダーの前島史顕《ふみあき》がやってきた。彼の表の顔はブローカーで、炊き出しなどをやっている公園にちょくちょく顔を出してはホームレスに日雇いの仕事を世話し、賃金の四割をピンハネしている。

背は低いがスーツの肩や胸は筋肉で盛りあがっている。いかつい体躯の上に印象の薄いのっぺりとした顔を乗せ、感情をほとんど表に出さない。いっきに五人ほどの労務者を現場に運ぶこともあるから、彼はいつも八人乗りのハイエースに乗っている。

米村は助手席に乗った。

「すげー助かりましたよ。有り金スッたところで……」

米村の事情などどうでもよさげに、彼より十歳下の前島は不愛想に言った。

「相手は藤木ってばあさん。六十五。息子は大北建設経理部の社員、三十九歳」

「大北建設。すげー貰ってんだろうな、給料」

「ヨネさんはその後輩経理部員ってことで。藤木先輩の指示でやってきましたとかなんとか適当に言ってください」

「えーっ。俺より年下だよ、息子」

「大丈夫。ほとんど同じだし、ヨネさん見た目若いから」

米村はつい微笑んだ。

「褒めてませんよ。子どもっぽいってこと」

車は杏林大学病院駐車場に向かう。道具屋から社員証を受け取った前島は、それを無言で米村に突き出した。写真も部署名もないが、偽名と立派な社章入りで本物に見える。米村が感心しながら商売道具を眺める。前島が車を動かしながら電話をかけた。

「前島です。道具屋から社員証受け取りました」

スマートフォンをスピーカーにして通話しているから、米村にも通話内容が聞こえた。相手は番頭だ。声を聞くのは初めてだった。

「了解。下見してきたが、サツはいない。三分以内に行け。耳にイヤホンつけてる男がひとりでも付近にいたら、通り過ぎて様子見ろ。迷ったら俺に連絡入れて。近くにいる」

通話を切った前島はすぐさま杏林大学病院駐車場を出た。藤木典子宅まで、一分で着く。

「番頭さんも来てるんですか。一度でいいから会ってみたいな〜」

米村は緊張を紛らわせるように言った。

「そんなことより、ターゲットの息子の名前は？」

「あ、大北建設経理部の藤木」

「呼び捨てにしない。藤木先輩」

「そうそう。藤木先輩」

前島は女性の口真似で言う。

「息子は大丈夫なんでしょうか。いま、どこに？」

「えっと。社にいますよ。電卓叩いてます」

「〝えっと〟はいらない。〝電卓叩いてます〟もいらない。社におります、だけでいい」

「社におります」

「着いた。あの、階段の家だ」

見たところ警察官らしき姿もない上、住人の姿もなく、全く静かだ。前島は静寂を嫌ったのか、一度藤木家を通り過ぎた。ブロックを一周してまた戻ってくる。一階の庭に面したリビングの窓辺に、小さな男の子を抱いた女性の姿が見えた。あれが藤木典子だろう。

前島はスピードを上げて角を曲がると路肩に停めた。米村は咳ばらいをひとつして、車から降りる。前島が車の向きを変え、背後で様子を見守る。

藤木家のゲート前に到着した米村は、一度ネクタイを直してから、インターホンを押した。

「大北建設経理部の者ですが」

「はい、はい。どうぞ、階段を上がってきてください」

米村はゲートを開け、急な階段を上った。階段の隅に置かれているフラワーポットに目をやったとき、サンダルのまま来てしまったことに気が付いた。思わず足を止めていると——。

玄関扉が開き、伊勢丹の紙袋を抱えた藤木典子が階段を下りてきた。米村は階段の段差で典子から足元が見えないような位置に立ち、典子を見上げた。この真冬だというのに塗りたくったファンデーションが浮くほど、典子は脂汗をかいていた。

「息子がこのたびは、本当にどうもすいません」

階段の途中で典子は立ち止まり、深く頭を下げた。

「息子はいま？」

「社におります」

「本当にありがとう。あなた、お名前は？」

「大北建設経理部の」といったん言葉を切り、ニセ社員証を示して、「鈴木です」と言った。

「鈴木さんね。本当に、ありがとうね。どうぞ息子をよろしくお願いします」

紙袋を受け取った米村はすぐに違和感を持った。受け子の仕事はこれまで数えきれないほどやってきたから、重さだけで、大体の金額が予想できる。これはあまりに重い。本当に三万円の仕事なのか。もっと要求できるのではないか——。

「中に、つまらないものだけど差し入れ、入っていますから。どうぞみなさんで」

米村は舌打ちを堪え、紙袋の中をのぞいた。半ダース売りの野菜ジュースが見えた。

「どうもすいません。遠慮なく。それじゃ」

米村は頭を下げて、引き返した。階段を下りていると、パタ、パタとサンダルが踵に跳ね返る音がする。気づかれただろうか——。後ろを振り返る。典子はまだ頭を下げたままだ。

玄関扉が不自然に開く。男児が飛び出してきた。

「ばあばー！」

「あら龍ちゃん、ダメじゃないの。裸足よ、怪我するわ」

男児は階段を勢いよく降りてきた。手に持っていた青いものが階段を転がり落ちて、米村のサンダルの先にぶつかる。おもちゃのスタンプだった。

「やだ、ごめんなさい」

典子が階段を降りてきた。米村の足元にかがもうとして、手を止める。靴下でサンダルを履いているのに気付いて、困惑気味に米村を見上げる。

「あ、すっげー急いでて……」

言い訳して、言葉遣いを間違えてしまい、また焦る。米村はほとんど逃げ出すように門扉を開けた。階段を降りてきた男児も一緒に門の外に出ようとする。「ダメじゃないの」と典子に咎め抱き上げられると、泣きわめき始めた。

「おさんぽ、おさんぽー!!」

男児の声が響き渡る。向かいの戸建の二階の窓が開いて、若い男が顔をのぞかせた。米村と目が合う。

米村は先を急いだ。急げば急ぐほど、サンダルが踵をはじくパカパカという音が大きく反響しているように思えた。今度こそパクられるかもしれない。そういうとき、米村はこの仕事に初めて就いたときの、前島の激励を必ず思い出すようにしていた。

「いいですか、ヨネさん。受け子は直接ターゲットと接触する重要な仕事であるにも拘わらず、パクられたって刑務所送りになることはないんです」

刑事には知らぬ存ぜぬを貫き通せばいい。ただ、ネットで見つけた高額バイトに応募しただけだと言う。でも受け子リーダーの存在を口に出したら、アウト。詐欺組織の一味と見なされて、刑務所行き。言わなければ、留置場に一週間くらい放り込まれて終わり。

前科がついてしまうことにはなるが、前科があろうがなかろうが、中年フリーターの米村にこの先就ける職業は、せいぜい期間限定の派遣労働だ。そんなものに時間を費やすくらいなら、ものの一時間で数万円稼げる受け子の仕事を、米村は迷わず選ぶ。

受け取り完了報告が前島から入ったのは、味田のクラウンが首都高速4号新宿線高井戸インターのETCを通過したときだった。

「ご苦労さん。トラブルは？」

電話の向こうで一瞬、沈黙があった。

「どうした」

「いや。受け子が本当にバカで、サンダル履きのまま受け取りに行っちゃったんスよ」

「金は取れたんだろう。問題ない」

「それから、玄関先に出てきた子どもがずいぶん泣いてまして。近隣が受け子の顔見ちゃったかもしれません」

それも全く問題ないと、味田は答えた。たとえ藤木典子が詐欺と気づいて通報したとして、警察が受け子逮捕のために、目撃者に似顔絵を取りに動くとは思えなかった。そもそも、受け子のひとりである米村が逮捕されたところで、警察に味田の存在をうたうはずがない。味田のことを知らないからだ。

「今日はどこのコインロッカーにします？」

電話の向こうで、前島が尋ねる。

「歌舞伎町の風林会館向かいに寿司屋がある。その並びに大黒商事ビルってのがあって、そこにコインロッカーがあるから。鍵ぬいたら宅配でいつもの私書箱に送って。封筒は――」

「いつもの角2で?」

A4サイズの紙が入る大判封筒のことだ。味田は「そう」と短く答える。

味田は最後まで法定速度を守り、錦糸町の稼働店舗に到着した。『SATO』というこじゃれた表札も、ベビーカーもダミーだ。詐欺に成功した三人組の架け子たちは、すでに別のマトへ電話を開始していた。藤木典子の息子役だったアポインターが「母さん、俺もうダメだ」とまた泣いている。詐欺電話を締めくくるクローザーの針谷が通話に耳をそばだてていたが、味田を見るとすっと立ち上がって腰を曲げ、廊下に出てきた。

「藤木典子、受け取り完了だ」

「あざーっす!」

「コレ、追加名簿。いまのスリーマンセル、横領ネタでいける名簿だ。鉄警でもいい」

スリーマンセルとは三人組を指し、横領ネタは藤木典子が騙されたシナリオのことだ。鉄道警察を名乗り、マトの家族が痴漢行為をしたとして、示談金をせしめる詐欺を鉄警という。

「頼むぞ、次期番頭候補」

味田は意味ありげに囁いて、針谷の肩を叩いた。針谷はこの店舗で働く架け子たちを取りまとめるリーダーだ。身長は一九〇センチ近い。

味田が3LDKの廊下を進むと、各部屋にいた男たちは次々立ち上がり、頭を下げ、詐欺電話の邪魔にならない程度の声で挨拶をする。ほとんどが二十代の若者で、なかには明らかに十代と思われるニキビ面もいた。中年男性も二名ほどいる。

味田はこの錦糸町店舗以外にも、新宿と台場の店舗の面倒を見ている。味田は営業成績表の前に立つと、針谷グループの棒グラフのマスを三つ、赤ペンで埋めた。今月の売り上げは合計三千万円を超えていた。

味田は電話をかける架け子たちを恍惚と振り返る。ここは最も〝活気あふれる〟店舗だ。


一月二十三日、カンボジアでの事後処理を終えた本城仁一はひとり、成田空港に降り立った。税関を通り抜けて、公衆電話を探す。携帯電話はバンコクで落としたきりだ。まずは直属の上司、警視庁捜査二課長の吉本に帰国したことを伝えようとした。課長は幹部会議で不在、事務員が電話を受けた。

次いで本城は自宅に連絡を入れた。成田を出る直前に電話をして以来だった。誰も出なかった。妻の携帯電話を鳴らした。応答はなく留守番電話に切り替わった。

タイの国境の町・アランヤプラテートで別れた部下の石原は、一足先に帰国していた。本城が無理を通してタイからカンボジアへ越境したとき、翌日になって国境が開いても石原は来なかった。二課長の吉本が本城を置いてすぐ帰国するように命令したという。

本城はボストンバッグの底から、皺くちゃのトレンチコートを引っ張りだした。到着ロビーに出る。赤い規制線の向こうに、人が連なっていた。本城を出迎える者はいない。

本城は高速バスで東京駅に行き、携帯電話会社に立ち寄った。思い切ってスマートフォンを新調してから、丸ノ内線で霞ケ関駅に降り立った。

徒歩数分で、警視庁本庁舎に到着する。うつむき加減でエレベーターに乗り、捜査二課フロアに降り立つ。真冬に日焼けしている本城に声を掛ける者はいなかった。

警視庁の知能犯係捜査員の中でも最も優れた人材を集めた、〝ナンバー知能〟が集う無数の島。第四知能犯捜査一係に席を並べる部下たちが、どこかよそよそしく、同情するような目で本城を見る。ひとり、本城と同じくよく日に焼けた男が立ち上がり、駆け寄ってきた。石原だ。本城の前に立つと、敬礼した。

「無事帰られて、お疲れさまでした」

「いや……いろいろ無理をさせて、済まなかったな」

この広いフロアにはおおよそ百人程度の職員がいて、みな忙しげに働いている。石原と本城だけが浮いていた。本城が自身のデスクに向かおうとしたところ、石原が止めた。

「まず、課長のところへ顔を出された方が」

石原の肩の向こうを見た。本城が五年もの間、座り続けた四知一係キャップデスクには、見知らぬ男が座っていた。本城は石原に言った。

「気を遣わせたな」

本城は踵《きびす》を返し、同じフロアにある二課長の執務室をノックした。

「第四知能犯捜査一係、警部の本城仁一です」

「どうぞ」と若々しい声が返ってきた。扉を開ける。吉本はスーツ姿で、デスクに座っていた。傍らで加湿器がフル稼働しており、暑いくらいだ。バンコクの熱気と似ているようで、どこか不快な質感でもある。吉本が帰還を喜んでいないのは目に見えており、立ち上がって労をねぎらうどころか、顔をあげようともせず、ひたすら書類に印を押している。

吉本警視は二十八歳のキャリア官僚だ。本城の息子の智也と同い年、平成二十一年入庁組の同期である。この年齢で一癖も二癖もある捜査のプロ集団を束ねる立場にあるせいか、吉本の前髪には、幾筋か白いものがちらほらと見えた。気苦労は絶えないはずである。智也を含めた同期二十人の中で、吉本は誰よりも早く昇進していた。

「今回の件で私も、ちょっと痛手を負いましたよ」

吉本がようやく言葉を発した。

「智也君に追い抜かれそうだな」

珍しく自嘲気味に言う吉本に、本城は頭を下げた。

「そういえば、智也君のところ、お子さんがもうすぐ生まれるとか」

智也の姉さん女房の咲江《さきえ》が妊娠していることは聞いていたが、出産予定日を本城は把握していなかった。それをキャリアの上司から知らされた。ただ面食らう。

「智也君は、二十一年組の中でいちばん結婚が早く、そのうえもうお子さんが生まれるとは。プライベートでは、追いつきそうもない」

吉本がまた自虐を重ねる。

「孫は目の中に入れても痛くないと言いますよ。少し、休暇を取りますか？」

「と、言いますと」

「本部二課に長らく勤務なさった功績は認知しております。窓際に追いやったりはしません。調布署交通課長のポストがもうすぐあくので、そこはどうです。交通課の経験は」

本城は首を横に振る。

「私も二課捜査の経験なんてありませんよ。管理職はあくまで管理職。末端で働く部下を管理し、回ってくる書類に印を押していればいい。あとは現場の捜査員たちがスムーズに動けるように、関係各所に根回しする。縁の下の力持ち。それが管理職です」

吉本は断言する。

「直接現場に出て人を追い回すのは、管理職がすべきことではない」

本城は否定しなかったが、決して吉本から視線を外さず、静かに見返す。

「あなたもいまさら、人の下で働けないでしょう。二課にしがみつきたいのなら、役職に残すわけにはいきません。ヒラの捜査員ということになります。主任の警部補の下に経験豊富な警部がいるなんて、係がまとまらないのはわかるでしょう」

「大平の圧力ですか」

「はい？」

「復興庁審議官、大平雄也の差し金ですか」

吉本は顔色ひとつ変えずに、答えた。

「復興庁審議官、大平雄也とは、何者ですか？」

本ナンバー知能キャップが二年もの間、全身全霊を注いだネタを否定する物言いだった。本城は目礼して、部屋を出ようとした。「智也君によろしくお伝えください」という吉本の過剰に穏やかな声が聞こえてきた。

本城は警視庁本部庁舎を出ると、中央官庁が立ち並ぶ桜田通りを赤坂方面に向かって歩いた。平日の午前中ということもあり、通りは警備の警察官が数人立ち並ぶだけで静まり返っている。虎ノ門交差点付近を通り過ぎたあたりから、飲食店が立ち並び、にぎやかになってきた。本城は右に折れＪＴビルに入る。ロビー右手の居酒屋レストランがランチ営業の看板を出したところだった。本城はその店に入り、窓辺のテーブル席に座った。店員がランチメニューを出す前に、ロックのウィスキーを注文する。店内はガラス張りで、外の様子がよく見えた。

ＪＴビルの斜め向かいにある、三会堂ビルもよく見えた。昭和の雰囲気を漂わせるベージュ色のビルは、米国大使館や近代的なビルに取り囲まれ、存在感が薄い。このビルに、復興庁が入っている。狭いロビーには守衛がひとりいるだけ。各中央省庁から官僚を寄せ集めて作られたこの組織に、数兆円の予算と被災地の期待が集約されている。

本城はウィスキーを一瞬で飲み干すと、すぐに同じものを注文した。

大平審議官はあのビルの七階執務室にいるはずだった。二年もの時間を内偵に費やしたが、本城は復興庁どころか、三会堂ビルの敷居すらまたいだことはない。警視庁の刑事が入ろうものなら、大平に感づかれてしまう。この界隈まで足を延ばすことも避けてきた。ただひたすら山末の情報を頼りに内偵を進めていた。あの建物に一歩踏み出すのは、捜索差押許可状を元に、大平に吸い出し――任意同行を求めるときだと思っていた。

真新しいスマートフォンが振動した。慣れない手つきで画面をフリックし、電話に出る。

「もしもし、あなた⁉ もう、やっと出た」

妻、美津子《みつこ》だ。やけに切羽詰まった声。

「日本に帰ってきた。空港で電話をしたが――」

「ちょっと、赤羽《あかばね》総合病院に来てくれる？ 咲江さんが今朝がた入院して、でも陣痛が止まってしまって、部屋を歩き回ったり、階段を上り下りしたり――」

「生まれそうなのか」

「そうなのよ、でも智也はいまどうしても出られないというし」

「当たり前だ」

美津子は一瞬、ムッとしたように黙った。

「智也は当たり前と思っていないようだったけどね、ビデオは父さんに、って」

「なんのことだ」

「立ち会い出産の希望を出していたのよ、智也がカメラマンするはずだったの」

「つまりカメラマンを、俺にやれと？」

「そうよ。最初からそう言ってるじゃない」

赤羽総合病院に、本城はタクシーで乗り付けた。全く気乗りしないが、他にすることもない。分娩の立ち会いにやってきたと受付の事務員に申し出ると、慌てた様子の看護師がやってきて、本城を産科のフロアへ案内する。

新生児室から赤ん坊の泣き声と、分娩室からは、複数の母親がいきむ声が聞こえてきて、本城の気は萎えた。男がいるべき場所ではない。引き返そうとすると、分娩室前のベンチに座っていた美津子に捕まった。ハンディカムを押し付けられる。

「パカッと開いて、録画ボタンは赤いの、ね。ズームはこれを右、左に」

看護師が分娩室への扉を開けた。咲江の苦しそうな声が聞こえる。医師、助産師は突っ立って、モニターを見ているだけだ。

「立ち会いの方です」

看護師が本城の背を押すと、助産師が振り返った。

「どちら様です？」

「――舅《しゅうと》です」

「立ち会いは、ご主人ということで許可してあります。お舅さんでは認められません」

本城は追い出された。驚いた美津子が血相を変えて助産師に嚙みつく。

「ちょっと！　息子は仕事で来れないんですよ」

「許可を受けて、母親学級に参加されている方でないと、分娩室に入ることはできません」

引き戸が閉められた。美津子は深く息を吐き、本城を見る。役立たず、という顔。

咲江は初めての出産に難儀しているのか、なかなか赤ん坊のうぶ声が聞こえなかった。

時間を持て余す本城の横で、美津子はせわしなくしていた。自宅の最寄り駅前にあるスーパーで、レジ係としてパート勤務している美津子は、仕事を休ませてくれと電話で頼んだ。店長によほど嫌な返事をされたのか、自分で電話を次々とかけ、今日仕事を代わってもらえる同僚を探した。ようやく代わりを見つけると、大げさなため息をついた。

「そうだお義母さんの介護、延長してもらわないと」とまたスマートフォンを出し、介護事業所に電話をかけ始めた。自宅には、寝たきりで要介護5の本城の実母の芳子《よしこ》がいる。訪問介護員が日に三度も訪れて、オムツ交換や食事の用意、入浴介助を行う。

「〝しまうま会〟の所長さん自ら来てくださることになったわ。ああ、助かった。やっぱり智也が紹介してくれただけあって、いい業者さんね。他だったらこうはいかなかったわ」

「智也の紹介の事業所なのか」

「ええ。あなたにお義母さんのことを相談したって右から左なのにね。智也ったら私がなにも言わなくても気が付いてくれたのよ。介護費用、大丈夫なのって。それで、厚労省の知り合いの人を頼ってくれて、いい事業所見つけてきてくれたのよ。それがしまうま会」

「……ちょっと、休憩してくるよ」

「煙草？　赤ちゃんが生まれてくるのに？」

本城は妻の嫌味を聞き流し、エレベーターを降りて病院の敷地外に出た。駐車場の片隅にある喫煙所を見つける。セブンスターに火をつけた。ハンディカムを持ったままだった。蓋を開けて適当に操作していると、液晶画面に黒のハイヤーが映った。

顔をあげる。ハイヤーが病院の入口につくと、運転手が出てきて、後部座席の扉を開けた。スーツ姿の男が颯爽と出てきた。

すでに日は落ちていて、街灯の陰で顔は見えなかったが、男が本城を見て立ち止まった。

「父さん？」

息子の智也だと気づくのがあまりに遅すぎて、本城ははっとした。昔もいまも、仕事人間でほとんど家に帰ることがなく、智也とは年に数度しか顔を合わせなかった。智也が家を出て官舎に入ってからは、さらに会わなくなった。

数年前、巡査実務研修で所轄署に出向いていた智也は「パトカーで移動するたびに、年配の刑事が車の扉を開けてくれるのが慣れない」と苦笑いしていた。いつの間にこんなに、高級官僚然とした佇まいを身に付けたのだろう。

「もう生まれた？」

智也は喫煙所の数メートル手前で立ち止まり、声をかけてきた。本城は煙草を灰皿に落とし、智也に近づく。

「いや。難儀しているようだ」

「初産《ういざん》だからね」

「帳場の方は大丈夫なのか」

智也は吉本捜査二課長と同じく、去年から警視庁に出向しており、組織犯罪対策部第四課の管理官をやっている。管理官だから、多い時で三つや四つの帳場——つまり、捜査本部の面倒を見るのが常で、多忙さは尋常ではない。

「問題ない。俺より咲江の心配してやってよ」

エレベーターに乗った。慣れた様子で、智也が産科の入る四階のボタンを押した。

「女の子だよ」

「ふうん。そうか」

「いまのいままで知らなかった？」

智也が横目で、本城を見た。智也の身長は父親を超え、一八四センチある。

分娩室前のベンチに美津子の姿はなかった。智也と本城が分娩室に入る。先ほどの助産師が「ご主人以外はパーティションから先に入らないでください！」と叫んだ。

美津子の肩の向こう、保育器の中で身長や頭囲を測られている小さな赤ん坊が、手足をばたばたと動かしていた。あまりの小ささに、本城は目を細めた。美津子は泣いており、「パパ来たわよ～」と赤ん坊に呼びかける。かいがいしく智也のカバンを受け取り、本城に押し付ける。それを本城は抱えて、離れたところから生まれたての赤ん坊に見とれた。

智也はワイシャツの袖をめくりあげ消毒液で手をこすり、横たわる嫁に声をかけた。

「咲、よくがんばってくれたね」

「ありがと……智くん見て、かわいい」

智也は保育器をのぞきこみ、目を細める。長い指をそっと差し出し、小さな赤ん坊の掌をくすぐる。赤ん坊はぎゅっと智也の指を握った。美津子が歓声をあげ「ビデオ」と振り返る。本城はハンディカムを喫煙所のベンチに置き忘れていた。慌てて取りに戻る。エレベーターの中でひとり、目頭をぬぐった。

二十九年前、一九八六年に智也が誕生したとき、本城は麻布《あざぶ》警察署刑事課の知能犯係の巡査部長だった。当時のバブル景気とあいまって多発していた地面師事件の捜査に忙しく、美津子を気遣う余裕がなかった。妊娠五か月のときに水天宮《すいてんぐう》で安産祈願に付き添ったきりだ。当時の警察官はそれが当たり前だった。美津子は日に日に膨れる腹を重たそうに抱えて、泊り込みで仕事をする本城の着替えを運んだ。

美津子は早くに両親を亡くしていたこともあり、お産には本城の母の芳子が付き添った。本城が赤ん坊と対面したのは生後三日たってからだった。ようやく現れた父親が戸惑いながら差し出した指を、赤ん坊は強く握る。赤子の条件反射なのだろうが、なかなか顔を出さなかったことを責められているように感じたものだ。

本城は当時のことをぼんやりと思い出しながら、智也のハイヤーの助手席に乗っていた。後部座席に美津子と智也が座り、本城の自宅がある世田谷区喜多見に向かっている。気持ちが昂っているのか、閑散とした官舎ではなく、実家に帰りたいと智也は言った。帳場に戻るべきではと本城は眉をひそめたが、なにも言わなかった。

郵便受けが埋め込まれた自宅の石造りの塀はすでに黒ずんで、大理石でできた『本城』の表札にも点々と水垢が浮く。本城が玄関扉を開けた。和室から、白いトレーナーにチノパン姿の女性がスリッパも履かず、廊下へ出てきた。

「おかえりなさい――あ、どうも初めまして。〝しまうま会〟所長の黒沢《くろさわ》めぐみです」

ほっそりとした首を曲げ、女は礼儀正しく上がり框に正座して頭を下げた。ショートカットで、顔の小さな女だった。咲江と同年代くらいだろうか。

智也と美津子も玄関に入ってくる。

「あ、どうも急な話で、ごめんなさいね〜」

「いいんです。お孫さんのお誕生、おめでとうございます」

またしても恭《うやうや》しく、めぐみが頭を下げた。靴下の足では冷えるだろうと、本城がスリッパを出し、めぐみに勧めようとしたが、智也がそれを履いてさっさと和室に入った。「おばあちゃん。智也だよ」と大声で叫ぶ。寝たきりで認知症の芳子の返事は聞こえてこなかった。

「あ、ついさっき、眠られたところで」

めぐみが声をかけたが、智也は無視して居室に入っていった。めぐみは智也の態度を特に気に留める様子もなく、芳子の様子を美津子に申し送りした。

「急な介護、どうもありがとうございました」

本城の言葉に、めぐみは驚いて振り返り、明るい笑顔になった。

「とんでもないです。では、失礼しまーす」

本城がダイニングに入ると、「父さん」と智也が瓶ビールを持ち、お酌しようとした。智也の隣に座り、グラスに注がれたビールを一口飲んだ。

美津子はキッチンに立ち、白ワインを飲みながらつまみになるものを作り始めた。本城は瓶ビールを持ち、智也を見る。智也はビールを飲み干して、グラスを掲げた。

「いま、どんな帳場を仕切ってるんだ。いや、差し支えない程度で」

智也が答えるよりも早く、美津子が「孫が誕生して早々、どうして仕事の話になるのよ」と目を吊り上げた。智也は苦笑いしたが、きちんと父親の質問に答えた。

「生活安全課と二課の特捜係も出て、本部に合同捜査本部がたってる」

本城は驚いて、智也を見た。まだ若い智也がそんな大がかりな帳場を仕切っている驚き以上に、子どもが生まれた程度で指揮官たる者が帳場から席を外すことに呆れてしまう。

帳場――捜査本部がたつこと自体、大きな意味を持つ。全ての捜査員は完全に拘束され、全神経を捜査に集中させる。情報を集約する管理官は、どんな小さな情報も漏らすまいと、トイレと食事以外に帳場から離れることはない。捜査二課の管理官もそうだ。

美津子が包丁で解凍まぐろを叩きながら「偉いわよね、智也」と感心したように言う。

「きちんと捜査を管理しながらも、ちゃんと家庭の面倒も見てる」

また、ちらりと本城を見る。

「まぁ、あなたが孫の誕生に駆け付けただけ奇跡かしらね。智也が生まれた日も、入学式も卒業式の日も、お義母さんが倒れた日も仕事してた人だものね、あなたは」

本城は美津子を無視して、智也に向き直った。

「大丈夫なのか、戻らなくて。合同捜査本部となればかなりの規模だぞ」

捜査内容の保秘は常識だから、本城はどんな事件を追っているのか尋ねなかった。智也は本城ではなく、美津子の言葉に反応した。

「時代が違うんだよ、母さん。父さんの時代に僕みたいな行動は許されなかった。でもいまは違うんだ。ワーク・ライフ・バランスがどの警察官にも求められる」

「――それで、事件が解決できるのか」

「統計的には、父さんが若いころより確かに検挙率は下がっている。けれど犯罪と認知される案件が倍増しているのも確かだ。検挙率だけをただ比べて、それが右肩下がりであるのをワーク・ライフ・バランスから来る影響と結論付けるのはフェアじゃない」

本城は咳ばらいをひとつしただけだった。智也は警察官ではない。警察官僚だ。警察を法的な立場から管理、運営する組織の人間で、本城とは全く立場が違う。同僚や部下と酒を酌み交わし、あれこれ語り合った同じ感覚を智也に求めるべきではない。

「――帳場に二課が入っているのか。俺の話が出たんじゃないか」

本城は自身のグラスにビールを注ぎながら、尋ねた。

「みな気を使って、何も言わないさ」

「官僚のお前に迷惑をかけているようなことがあったら――」

「それはないよ。官僚に問われるのは、部下と妻子の管理だ。その不祥事はいくらでも問題になるが、親の失態までは問われない」

美津子が釘を刺した。

「初孫が生まれた日に、あなたの失態の話なんて聞きたくないわ」

本城はグラスを置いて、美津子と智也に言った。

「それなんだが、今回の件を受けて、左遷となりそうだ」

「やだ。降格⁉」

美津子が絶句して、包丁を持ったまま本城を振り返る。

「降格にはならないが、所轄に飛ばされるだろう。交通課長を打診された」

美津子はほっとした様子で、「なんだもう、びっくりした」と料理に戻った。

「所轄署課長なら役職手当はつくでしょう。本部の係長とそう変わらないんじゃない」

美津子は給与にしか興味がないようだった。刑事としてのプライドや意地など、二の次だ。

「しかし、その打診は蹴ろうと思う」

「二課に残るの？」

智也が目を細めて、尋ねた。それが難しいことを誰よりも知っている顔だ。

「いや。少し早いが、退職しようと思う」

即座に美津子が問い詰めた。

「天下り先にあてはあるの」

かわりに智也が答える。

「あの騒ぎのあとだよ。無理だ」

「それじゃ、あなた、退職して毎日なにをするの」

「なにか、仕事は探すさ。ハローワークにでも登録して」

「この家のローン、まだ三年も残っているのよ。それは誰が払うの？　お義母さんの、毎月点数オーバーで自己負担になる介護費用は？」

黙り込んだ本城にとどめを刺すように、美津子は言った。

「そもそも、ずっと家をあけっぱなしだったあなたの居場所が、この家にあるの？」


深夜二時を過ぎてもまだ、本城はダイニングテーブルに座り、酒を飲んでいた。時差ボケによる不眠というわけではない。美津子が眠る二階の部屋で寝る気になれなかっただけだ。

本城は自身の給与明細を確かめたことがない。貰って美津子に渡す。通帳を管理するのも美津子で、本城はカードを持っていた。現場の捜査員の成績は、情報提供者の数の多さに比例する。優秀な刑事ほど、多額のポケットマネーを捻出している。本城も復興庁の山末に、頻繁に食事を奢り、ときに万札を数枚渡したこともあった。

ダイニングテーブルには、プラスチックケースが置かれていた。「犯罪者の帳簿ばっかり見てないで、家の帳簿にも目を通して、現実を見て頂戴」と美津子が叩きつけていったものだ。ケースには本城と美津子、芳子名義の預金通帳が三冊、家計簿が入っていた。

改めて自身名義の通帳の預金残高を見た本城は、目を疑った。３００４円。数字のゼロが、次の給与振り込みをいまかいまかと待つ口のように見えた。

今月だけで、本城が下ろした金は十五万を超えていた。自宅のローンにあたる引き落とし額も、並ぶ数字の中で異様な存在感を放つ。

家はもう築二十七年。リフォームを考えなければならないほど傷みはじめているが、ローンがまだ三年も残っている。二重ローンなど考えたくなかった。

あの時、家の購入を二年先延ばしにしていたら……恐らくもうとっくにローンを払い終わり、いまごろリフォームどころか、フルリノベーションくらいはできたのではないか。

バブル絶頂期、本城一家は杉並区にあった警察官舎に身を寄せていた。築四十年が経過したカビ臭い建物で、五階建てなのにエレベーターもなく、２Ｋの間取りも悪かった。本城は帳場に泊り込んで仕事をする毎日だったから、なんとも思わなかった。朝から晩まで官舎にいる美津子は違った。当時まだ二歳にもなっていない智也はいちばん手がかかるときで、階下の主婦からは子供の足音や泣き声がうるさいと苦情をたびたび申し立てられていた。

近隣には当時大変荒れていた区立中学校があった。不良どもが校舎の窓ガラスを割ったり、暴力沙汰が起きたり、通報で駆け付けた交番巡査が袋叩きにされる事件まで発生していた。警察官舎があると知られれば、襲撃にあうのではないかと、妄想にも似た恐怖感を美津子は抱いていた。本城との結婚を「貧乏くじを引いた」と呪う。「信用が大手企業よりもある、それが公務員だ」と本城が言い返すと、今度は「信用」をネタに、ローンを組んでの一軒家購入に美津子は執着するようになった。

そんな美津子に押される形で世田谷区喜多見の一軒家購入に踏み切った。その二年後に地価が暴落するなど夢にも思わず。

本城は煙草をガラスの灰皿でもみ消した。冷蔵庫の前に立ち、グラスいっぱいに氷を入れて、目を閉じた。炎に包まれ死んだ山末の姿が浮かぶ。蘇生処置を施した際に鼻をついた煤の臭いが、まだ鼻腔に残っている。生き物としての厚みを失った黒焦げの足と、炎で溶けた靴底に張りついた、ただの缶の蓋。

申し訳が立たないと思った。帰国して早々、無駄死にさせてしまった山末のことではなく、家計に頭を悩ませるとは思いもよらなかった。

本城はグラスが冷えるのを待つ間、年金が振り込まれる芳子の通帳を開いた。年金が支給されたばかりで二十万ほど残高があった。年金支給日前日には、数千円の残高しかない。〃しまうま会〃の二十四万円の引き落としが大きい。まるでマッチポンプのように、年金事務所からの入金が介護事業所に押し出されている。介護保険の負担額は一割のはずだが、なぜ毎月二十万を超す額になるのか――。

本城は食器棚の引き出しを開け、『二〇一四年度介護関係請求書』と題されたファイルを取り出す。その明細を見た。ノートパソコンを開いて、介護費用の算出方法や要介護度の点数など基礎的な内容にさっと目を通すと、電卓を叩く。二度計算しなおしたが、間違いはない。

その時、二階で寝ていたはずの智也が、ガウンを羽織ってダイニングに顔を出した。

「眠れなくて。僕ももらっていい」

本城は食器棚からグラスを取って氷を入れ、ダイニングテーブルに置いた。智也がボトルからウィスキーを注ごうとしたので、「ロックならグラスが冷えるまで待て」と言った。智也は「なら水割りでいい」と冷蔵庫からミネラルウォーターを出した。

智也はテーブルいっぱいに広げられた通帳や家計簿、請求書を見た。

「母さんは相変わらず、きれいに整理してるね」

「ああ。どれもこれも完璧に書類がそろえられているから〝捜査〟の手間が省けるよ」

「母さんのそういうところに惹かれたって」

「ひとり暮らしの女で、家計簿を完璧につけているのは珍しかったからな」

本城は苦笑した。遠い昔の話である。

「――で、我が家の帳簿の捜査結果はどうだった」

「介護費用が思った以上にかさんでいる。点数オーバーで、自己負担になっている額が全体の七割を占めていた」

「母さんも週四でパートに出て、毎日疲れ切っている。業者に頼るのは仕方ないよ」

パートだから、全部ひとりでやるのは当たり前だろうが、智也はそう思っていないようだ。

「父さん、いまのうちからもう少し、家庭内のことを見直しておいた方がいい」

「――そうか」

「不器用な人だよね、本当に父さんは。時々腹立たしくなるほどだよ」

本城はなにも答えず、結露しはじめたグラスにようやく、ウィスキーを注いだ。軽く指先で氷を回し、香りを堪能する。突然、智也がいらだったように切り出した。

「そうだ、父さんに見せたい絵本があってね」

智也はガウンの懐から大判の絵本を取り出し、本城に手渡した。洋書だった。

「娘が生まれる前に、買っておいたんだ。何度でも読んでやりたい名作絵本だよ。読めるでしょう、これくらいの英語なら」

The Giving Tree と題された絵本に目を通した。

「邦題は〝おおきな木〟。僕が翻訳者ならこう訳す。〝与え続ける親〟」

意味ありげな視線で智也は言うと、頼んでもいないのにあらすじを話しはじめた。

「リンゴの木は、小さな男の子の遊び相手になってやり、おなかがすいたらリンゴを与え、金が必要と言われるとリンゴを売ればいいと言い、要求されるままに枝も幹も与えて、とうとう切り株だけになってしまう。最後、老人になった男の子は疲れた様子で戻ってきた。リンゴの木はもう与えてやるものはないけど、せめて自分の切り株に座って休んでいけと、言うんだ」

智也はなにかを求めている。本城は本を閉じ、息子の告白を待った。やがて智也は本城に視線をうつした。

「実は――。まずいことになってる」

「父さんの、カンボジアでの一件か」

「いや。僕自身の失態だ」

言葉の割に、智也は背もたれに体を預け、ふてぶてしい態度だ。

「咲江との関係が、あまりよくない」

「そうは見えなかったが」

「赤ん坊の誕生で夫婦の剣呑が霞んだんだろうね。実は浮気をした。でも体の関係はない」

「それは――、浮気とは言わないんじゃないのか」

「いや。気持ちが浮ついたんだから、文字通り、浮気さ」

「咲江さんはそのこと、知っているのか」

「知るはずない。妊娠してから僕の存在は透明になった。気が付くとモダンでシックに統一された家の中がパステルカラーだ。落ち着かない。吐き気がする」

「それが、身重の妻を裏切った理由か」

智也は笑った。

「咎めるのは早いよ、父さん。浮気は失態じゃない」

眉をひそめた本城に、智也は立て続けに言う。

「浮気など、僕がこれから話す失態に比べれば格段に軽い、ということだ」

本城はセブンスターのパッケージの底を指ではじいて一本出すと、口にくわえ、火をつけた。本城が煙を吐き出すと同時に、智也がまどろっこしい説明を始めた。

「赤坂に行きつけのバーがある。あんなカラフルな自宅じゃ、論理立てて物事を考えられない。帳場は現場捜査員のものだから、特に僕みたいな若いキャリア官僚は居心地が悪い。バーで捜査のことをひとりで考えていたら、女が声をかけてきた」

智也は遠い目で天井を見上げて、続ける。

「髪は長くて、栗色だった。マダム風というのかな。巻き髪で——」

「それで、どんな失態だ」

智也はまた笑って、水割りを飲んだ。

「焦らないでよ、父さん。ウィスキーのグラスが冷えるのをじっと待つことはできるのに、息子の話はじっくり腰を据えて聞くことができないの」

本城は不機嫌に、煙草の煙を吐いた。

「昔の、結婚前の咲江もああいう雰囲気だった。知的で上品。気が利く。部屋をパステルカラーで統一なんてしない。僕のことを立てていつも優先して考えてくれる女だった。いまはなんというか、世俗まみれだ。母親学級で知り合った同じ妊婦仲間を〝ママ友〟と呼び、必死にSNSで連絡を取り合って、地盤固めにいそしんでいる」

智也は本城に同意を求めてくる。

「苦手なんだ、ああいうの。わかるだろ、父さん」

本城はなにも答えなかった。

「バーで僕を誘った女は非常に経済に詳しくて、投資信託会社の社員だと言っていた。政治経済の議論は尽きず——彼女がホテルに部屋を取っているというんで、バーを出たあと、彼女を送っていった。それで、また部屋で酒を飲みなおしているうちに、意識を失った」

「なんだって？　誰が」

「僕が、だよ。薬を盛られてたんだ」

「昏睡強盗ということか」

「そういうこと。目覚めたらもう、翌日の朝八時だった。女はいない。僕はスーツ姿のまま、床のじゅうたんに倒れていた。スマホを探したが、ジャケットにも、クローゼットにかけたコートの中にもない。革のカバンごとなくなっていた」

本城は息を呑んで、智也を見つめた。

「まさか、警察手帳を？」

智也はまた、ほほ笑んだ。

「さすが、四十年近く警視庁に勤め上げた父さんだけある」

「お前が言う失態というのは、それか」

「そう、警察手帳も奪われた。昏睡強盗に」

智也は軽く、肩をすくめた。本城は愕然と、軽い態度の息子を見つめた。警察官僚はそもそも捜査員ではないから、警察手帳を持たない。警視庁をはじめ各都道府県警察に出向したときに初めて、貸与という形で支給される。

「俺のカンボジアでの失態なんて吹き飛ぶ事態だぞ」

「わかってる」

「直属長に報告は入れたのか？」

智也は目を逸らした。報告していないのだろう。警察手帳の紛失は悪用を防ぐため、即座に直属上司から所属長、やがては警察庁に報告があがり、全国都道府県警に通達が出る。

〝警察手帳を失くした間抜けな警察官〟として、智也の氏名、階級、役職がさらされるのだ。

「お前の態度はずいぶん軽々しいが、ことの重大さがわかっているか」

「重く受け止めているよ。バレたら戒告処分。残りのキャリア官僚としての三十二年を、地方のどさ回りか庁内の雑用係で終わる。それどころか、警察手帳を紛失した官僚なんて前代未聞、僕は恥ずかしくて恥ずかしくて警察庁にいられないだろう。それほどの事態だ。だからこそ、軽く言ってみたんだ。じゃないと、押しつぶされる」

水割りを飲み干した智也を、本城はじっと見つめた。息子はこんな間抜けな男だったのだろうか。本城は目を閉じて息子の過去に思いをはせたが、なにも出てこなかった。知らないのだ。子育てにほとんど関与しなかった。

「課長──いや、組対部長に報告して、今後の処遇を甘んじて受け入れるしかない」

「それができないからこうして父さんに話した」

「父さんにできることはなにもない」

「困ったな。父さんなら協力してくれると思ったんだけど」

「協力？　もちろん、できる限りのことは」

「それなら、手帳を取り戻すための捜査をしてくれ」

「馬鹿を言うな」

「僕は本気だよ」

智也の気迫に、本城は圧倒されそうになる。

「絶対に上に報告はしないし、こんなことで警察官僚としての人生を終わらせない」

失態を犯した者とは思えない、凛とした態度で、智也は本城を見据える。あまりにふてぶてしい。本城はテーブルの上に放置された『The Giving Tree』の絵本を手に取った。

「つまりお前がいいたいのは、親なら子供の失態のために動け、ということか」

「僕はこれを読んで学んだよ。娘には、そういう父親であろうと思う。ただ……」

智也は残念そうに、絵本をめくる。

「この洋書、リンゴの木のことを〝she〟と表現しているんだ。つまり、親は親でも、母親の無償の愛のことを言っているんだろうね」

嚙みしめるように、智也は言う。

「母さんなら、死にもの狂いで、なくなった警察手帳を捜してくれると思う」

「母さんにはその手だてがない」

「だから父さんに頼んでいる」

「そもそも〝なくなった〟じゃない。〝盗まれた〟だろう」

智也は苛立たし気に、唇を嚙んだ。その智也に本城は重ねる。

「もう一度言う。上司に報告し、甘んじて処分を受け入れろ」

智也はため息とともに立ち上がった。

「父さんはカンボジアで、復興庁職員の焼身自殺を傍観していた」

本城はじろりと、智也を睨みあげた。

「父さんはそういう人だ。息子のために正義を売るような男ではない」

母親とよく似た目つきで、智也は最後、言い放った。

「ほめてないよ。けなしているんだ」

2

藤木典子はＪＲ武蔵小杉駅で下車すると、林立するタワーマンションの数の多さと迫力に圧倒された。地震大国と呼ばれる日本で、地上三十二階に、何が悲しくて家を買ったのか。典子はレジデンスヒル武蔵小杉を目指して歩きながら、ため息をつく。

典子とそりが合わない由美子の差し金に決まっていた。三鷹に一軒家がある、和明はひとり息子で唯一の跡継ぎなのだから、同居するのが筋だ。

考えれば考えるほど腹が立ってくるが、あの日、心に宿った優越感は日に日に大きくなっていた。最後の最後で息子は母を頼る。典子は来る途中立ち寄ったデパートの地下でとらやの羊羹と、孫の龍平にラスクを買った。二つの紙袋を下げて、気分よくレジデンスヒル武蔵小杉の敷地内に入る。広いシンプルなエントランス前で、番号を押す。三二〇五。呼び出し音が鳴り、少し遅れて「はい」という由美子の声がして、「藤木です」と返す。

「え、お義母さんですか？　えーっと、いらっしゃると聞いていなかったんですが」

「だからなに」

典子はいつにも増して強気だった。

通話が切れた。一分も待たされて、ようやくオートロックが解除されて扉が開いた。

エレベーターを三十二階で降りた。ホールを取り囲むはめ込みガラスの外をちらっと見て、あまりの高さにめまいがした。三二〇五号室に急ぐと、すでにポーチで息子の和明が待っていた。セーターにスラックス姿。両手を組んでいる。

「やだ風邪ひくわよ、中で待ってたらいいのに」

「ホールも空調きいてるから平気だ。それより、なんで急に来たんだよ」

「ちょっとお買い物をしていたら、龍ちゃんに会いたくなっちゃったのよ」

「こっちの都合も考えてくれ」

「都合って、出かける予定があったの？　はい、これ、お土産」

とらやの紙袋を渡し、典子は和明の横をすり抜けていく。

「俺、甘いものは食べないよ」

「私が食べるの。どうせ約束して遊びに来たって、茶菓子のひとつも出さない嫁でしょう」

龍平を伴った由美子がちょうど、玄関扉を開けたところだった。由美子はスウェットにノーメイクというしどけない姿であった。突然訪ねてきた姑に、会釈しつつも顔をこわばらせている。

「ばあばー!!」と龍平だけが無邪気に典子を出迎えた。

典子は室内に入ると、早速、龍平を膝に抱き、広いリビングダイニングにぽつんとあるローソファに座った。低すぎて、六十五歳の典子は尻もちをついた。

「和明、もうちょっと座りやすいソファに買い替えたら？」

和明は何も言わず、ダイニングテーブルの前に座ってスマートフォンをいじっている。対面式キッチンの向こうで、由美子が不機嫌そうな表情で茶の準備をしている。

　龍平はすぐに典子の膝の上に飽きて、由美子のタブレット端末を慣れた様子で操作しはじめた。テレビはアンパンマンのビデオが垂れ流しになっていて、その隣のおもちゃ箱は大小合わせて十個以上ある。龍平を面倒みる時間はないが金だけはある由美子が、買い与えているのだろう。テレビとおもちゃとインターネットに子守させていると思った。

「タブレットって高いんでしょう。子どもにいじらせて大丈夫？」

　和明が視線も合わせず、答えた。

「取り上げたらギャン泣きして暴れるんだ」

「だったら与えなきゃいいのに」

「俺たちだって平日は仕事でヘトヘトなんだ。休日にやらなきゃいけないことだって山ほどあるのに、子どもの相手をいちいちしてやれない」

「由美子さんが仕事を辞めればいいだけのことじゃない」

　和明がぎろりと、典子をにらんだ。カウンターの向こうで、由美子はうつむきながら家事をしている。典子は平気な顔で、和明の向かいのダイニングテーブルに座った。扉のしまった洗面所から、洗濯が終わった音が聞こえてきた。由美子がお茶そっちのけで、洗面所の中へ入っていった。時計は午後一時をさしている。

「これから洗濯物を干すの？」

「乾燥機だよ」

和明がスマートフォンに目を落としたまま、適当に返事をする。典子は、背後の洗面所から由美子が出てこないのを確認して、「ねえ」と和明の手を握った。

和明は典子の手を振り払った。息子が冷淡なのは中学二年になってからずっとだ。慣れている。典子は気にも留めず、耳打ちした。

「例の件、無事済んだの？」

和明はようやくスマートフォンから顔を上げて、典子を見た。眉間の皺が深くなっている。

「例の件？　なんの話」

洗面所から由美子が出てきた。盆にのせた煎茶を、典子に出す。

「いま、羊羹切ってきますね」

典子は返事をしなかった。ただじっと和明を見つめ、答えを待つ。和明は煎茶をすすり、なにがそんなに気になるのかまたスマートフォンいじりを始めた。

「スマホは仕事関係？」

「違うよ。ニュース見てる」

「……もう、大丈夫なのね」

和明はちらっと典子を見て〝なにが〟という顔をしたが、深くは尋ねず、またスマートフォンに視線を落とした。典子はその態度を、理解してやった。嫁の手前、横領の件やその穴埋めに母親の預金を頼ったことなど、口が裂けても言えないだろう。典子も、この件を由美子に話すつもりはまったくなかった。母と息子、二人だけの秘密である。

ＪＲ神田駅から徒歩数分、高架上を走るＪＲ線が拝める雑居ビル四階に、私書箱サービス会社・レンタルラインが入っていた。味田がガラス扉を開けると、常駐スタッフ兼受付の女性スタッフが立ち上がり、ほほ笑んだ。

「いらっしゃいませ」

「どうも。五三二、須賀野《すがの》です」

女性スタッフは立ったままパソコンを操作し「はい、お荷物一件届いております」と笑顔で伝えた。味田は礼を言い、契約してある五三二番のロッカーへ向かった。この私書箱は『役者』の名義で契約している。振り込め詐欺グループの末端である『受け子』『出し子』よりさらに下を行くのが、〝名義貸し〟でしか金を得られなくなった『役者』だ。

味田は五三二番ロッカーを開けた。角2サイズの茶封筒がひとつ。味田はちらりと、周囲を見渡す。このレンタルラインは都内の私書箱サービス会社の中で珍しく防犯カメラの類がなく、味田は重宝していたが、念には念を入れる。ロッカーを隠すように立つと、中に手を突っ込んだまま、封筒の封を開ける。鍵が出てきた。藤木典子からせしめた三百万が入る歌舞伎町のコインロッカーの鍵だ。

　味田は掌をすぼめて鍵を隠し持つと、ロッカーから手を抜いた。そのまま、片隅に置かれた可動式テーブルの上に革カバンを置いて、開ける。内側は布張りになっていて、底面の縫い目にある一センチほどの破れた穴に、鍵を押し込んだ。

　ロッカーの前に戻り、革カバンにあらかじめ入っていた書類を取り出す。すぐさまロッカーに空になった角2封筒に書類を入れてから、封筒ごと取り出し、革カバンに仕舞った。

　全て、警察が張り込んでいたときのための用心だ。ここに入る前に三度、車で雑居ビル前を通り過ぎて、張り込みがないか確認している。万が一表に張られていて、職質、所持品検査をされても、目を皿にしないとコインロッカーの鍵は出てこない。

　味田はカバンを持ってレンタルラインを後にした。

　コインパーキングに停めたクラウンの運転席に滑り込む。懐から青い携帯電話を出し、受け子リーダーの前島に連絡を入れる。

「運び屋の手配を頼む。歌舞伎町だ」

「受け子やったヨネさんでいいすか。運びもやりたがってたんで」

「同じ人間はダメだ」

通話を切る歌舞伎町に向かうべく靖国通りに入り、防衛省前を通り過ぎようとしたところで、前島から折り返しの電話がかかってきた。

「西口のホームレスに声かけたんすけど、いいっすか」

「構わない。風林会館前で鍵を落とす。荷物出したら連絡入れろ」

富久町《とみひさちょう》を過ぎたあたりから渋滞し始めた。懐のプライベート用のスマートフォンが着信する。ディスプレイを見て、味田はつい目尻にしわを寄せた。車を路肩に停める。

「どうした。いま、学校じゃないのか」

咳き込む声がした。娘というのは咳までかわいい。

「風邪ひいたんだな」

「そうなの」

「インフル流行ってるだろ。ちゃんと注射したか？」

「したよ。すごく嫌だった～」

「インフルじゃなきゃいいな。熱は？」

「七度。だからママが今日はお休みしなさいって」

「ママ寝てんだろ。仕事どうするって？」

「行くんじゃない？」

「夜、ひとりで大丈夫か。パパ、なにかあったかい食べモン持ってってやるよ」

「本当？　待ってる！」

「了解。ちゃんとご飯食べれるように、しっかり寝とくんだぞ。あ、ママには——」

「わかってる。内緒ね」

電話を切り、再び車を走らせる。歌舞伎町に出て、靖国通りから裏道へ入ると、やがて風林会館が見えてきた。ダウンジャケットを着た前島が、寒そうに立っている。隣に立つホームレスは、セーターやブルゾンを何重にも着こんで着ぶくれしている。

午前中ということもあり、この界隈の店舗はほとんどシャッターを下ろしている。開いているのはコンビニや朝キャバぐらいだ。味田は速度を落としただけで停車せず、数センチ開けた窓の隙間からコインロッカーの鍵を投げ落とした。すぐにスピードを上げる。バックミラーを確認する。前島に肩を叩かれたホームレスが、道路に落ちた鍵を拾い、歩いていった。見たところ、警察の張り込みはない。

目障りなほど派手なホストクラブの看板を抜け、新宿コマ劇場跡地にもうすぐオープンするホテルとTOHOシネマズの横を通る。いったん靖国通りへ戻り、今度は西武新宿駅前に向かい、また風林会館方面へ出る。新宿バッティングセンター前のコインパーキングにクラウンを停め、車を降りた。

バッティングセンターに入ると、前島から連絡があった。場所を伝えて電話を切る。客はいなかった。味田はバッターボックスへのガラス扉を開けた。内側から鍵がかかるようになっているが、かけなかった。ジャケットを脱いでベンチの背もたれに掛け、小銭をマシーンに投入する。バットを一本選んで、バッターボックスに入った。

中学時代は野球部だった。授業は受けたり受けなかったりだが、部活だけはなんとなく顔を出していた。退部のきっかけは、暴力沙汰だった。態度の悪い後輩に腹が立って、頭をバットでかち割った。後輩は死ななかったが、脳挫傷で一生寝たきりになった。

それまでにもケンカで二度ほど補導されていたこともあり、一発で少年院送りになった。一年で出たあと味田を待っていたのは、地元の暴走族だった。

十球のうち六発、強く打ち返した。残りはボテボテだ。真冬なのに、もうっすらと汗をかいていた。振り返ると、ベンチには変わらず、スーツのジャケットがかかっている。

味田はもう一度、マシーンに小銭を入れた。あと十球。背後の扉が開いた気がしたが、前だけ見つめてボールに集中する。今度は四球しか強く打ち返せず、終わった。

ベンチを振り返った。ジャケットが置かれたベンチの下に、伊勢丹の紙袋が置かれていた。味田はジャケットと紙袋を抱え、バッティングセンターを出た。

味田が錦糸町の店舗に戻ったのは、午後四時前だ。基本、詐欺の電話は銀行の窓口が閉まる午後三時を目途に終わらせる。

すでに稼業を終え、リーダーの針谷の下、ブリーフィングが行われていた。クローズまで持っていけなかった案件を一件ずつ振り返り、何が悪かったのか、改善点はあるのかと活発に話し合っている。味田の登場で静まった。手に持った伊勢丹の紙袋を見て、今日が配当日であると察した架け子たちが我先にと味田の前に集合する。

架け子への配当金分配はだいたい一週間に一度だが、〝叩き屋〟対策もあり、曜日を確定してはいない。〝叩き屋〟とは、警察に被害届を出せない裏稼業人から、暴力で金を奪い取る輩《やから》のことだ。五百万以上持ち歩くときは、週一の配当を二度三度と分けることもある。大金を一度に動かさない、配当日を確定しないことは番頭の常識だ。

以前は受け子から回収した売上金はまとめて店舗内の大型金庫に保管していたが、暗証番号を盗み見た架け子が売上金を奪い、飛んだ。こうなると味田のケツ持ちの出番である。同じ暴走族出身の後輩で、南田《みなみだ》組と盃を交わす永沢《ながさわ》だ。通称、ゴリ。そのまま、ゴリラのような顔、体つきで凶暴な奴だ。ゴリは架け子を八丈島で捕まえると、半殺しにして生きたまま八丈島沖に沈めた。死体が上がったというニュースには、お目にかかっていない。

味田は周囲に集まった架け子たちの前で、重たそうに伊勢丹の紙袋を引き上げた。

「重さ的には億なんだがな」

味田は笑い、紙袋の中から、半ダースパックになった野菜ジュースを出した。

「マトからの差し入れだ」

味田は紙袋を乱暴にひっくり返した。風呂敷の包みが出てくる。とくと、札束が三つ。ひとつの帯封を外し、その四分の一、二十五万を針谷に手渡した。

残りの二人に十万ずつ。架け子の取り分は十五パーセントで、それを三人で分ける。クローザーの取り分が多いのはその重要性もあるが、針谷が三年目のベテラン架け子で、この店のリーダーでもあるからだ。次の紙袋を取り出そうとしたところで、針谷が向き直った。

「味田さん、コレなんすか」

札束の中から三枚抜き取って、味田に示す。子どもがいたずらで押したものなのか『りゅう』とひらがなの青いスタンプが押されていた。

「なんかちょっと……」

替えてくれ、と針谷は暗に訴えている。味田は別の札束から三枚抜いて、交換してやった。

「リーダーはさすがだな」

褒められるとは思っていなかったようで、針谷は驚いて顔をあげた。

「現場にどんな爪痕も残さない。それがS稼業の極意だ。つまり、どんな爪痕が残った金も持たない。他の奴らも見習えよ」

「はい！」と、架け子たちが揃って返事をした。

架け子たちが退勤した後、店舗に残った味田と針谷は使用済みの名簿を元に、今日の営業結果に対するブリーフィングを行った。ヒットは十件。未回収ながら売り上げは一千万円近かった。他の名簿はアポイントの場面やクローズで失敗したものに分類され、別のシナリオで使用可能かどうか検討される。この店舗で利用している名簿は名簿屋から金を出して購入した貴重な〝詐欺道具〟だ。一度や二度の失敗で捨てることはない。

ブリーフィングも終わり、事務所の後片付けをする針谷を残して、味田は店舗から立ち去ろうとする。針谷が声をかけてきた。

「さっきはスイマセンした。ハンコで汚れた万札、替えてもらって」

「いや、当たり前のことだ」

「でも、どうするんです、アレ。味田さん銀行行って替えるんすか」

「するか。それこそ痕跡が残る。金主への上納金に混ぜるさ。あいつら、どんな汚れた金でも洗浄する術を持っている」

ここでは架け子たちがひれ伏す番頭でも、所詮裏稼業人としての味田の立場は低い。資金洗浄を手伝う悪徳弁護士や税理士などと知り合うコネはないから、ただひたすら現金を隠し持ち、使えるときが来るのを待つしかない。

味田はアタッシェケースを持って店舗を後にすると、プライベート用のスマートフォンを出した。JRのガード下を通って錦糸町駅北口に出たところで、ようやく通話がつながった。

「カエデ?」

「和《かず》くん。ごめん、ごめん」

「いや。忙しい時間だったな」

「今日バイトさんが急に休むことになって」

「ちょっと頼みがある」

「売上金は無理よ、いま預かっても余計危ないわ」

「わかってる、もう着く」

味田は通話を切った。北口にあるワイヤーで宙づりになった奇妙なオブジェを通り過ぎ、カエデの店が入る雑居ビルに着いた。微妙な振動で揺れる古いエレベーターを降りた目の前に、クラブ『カエデ』はある。まだ看板は出ていない。カエデが中から扉を開けた。

カエデはまだノーメイクで髪を頭のてっぺんでまとめていたが、十分色気があった。腫れぼったいほどボリュームのある唇に、軽く唇を重ねる。

味田は、五席あるバーカウンターの上にのせられた椅子を次々と下ろしきっちり並べていくと、アタッシェケースを傍らに置き、座った。

「ビール？」

「いや。水でいい。自分でやるさ」

味田は言って、カウンターから身を乗り出して水を注ぎ、カエデに尋ねた。

「なにか消化のいいもの、さっと作れるか。野菜たっぷりの卵がゆとか」

「なに。胃やられてんの」

「いや――」

味田が一瞬目を逸らしただけで、カエデは不機嫌そうに背を向けた。それでも棚から小鍋を出し、業務用冷蔵庫から食材を選んでいく。

「すまない。熱があって学校を休んでいるらしいんだ。母親は仕事に行くだろう。夕飯はまたレンジでチンくらいのもんしか用意していかないだろうし」

「――そうね」と、そっけない返事。

「店終わるころ、また戻ってくる。なにか食いに行こう」

ちらっと振り返り、カエデは少し、ほほ笑んだ。恋人の娘に嫉妬していつまでも大人げなく口をとがらせるような女ではない。ここで店を開く前は銀座の高級クラブのホステスで、政治、経済に詳しい。男を立てることができる女だ。カエデは米を研ぎながらつぶやいた。

「実はさ、急襲されちゃって。実家の母に」

「また金をせびりにきたのか」

「それだけならまだましよ。母親面して、見合い写真持ってきたのよ。地元の建設会社に勤めるキモい男。見てくれこんなだけど安定してる、安定してる。それぱっかり」

「金の要求は？」

「三十万。でも私はその見返り以上のものを持ってきたってデカい顔してるの。〝もっとも、あなたが彼に気に入ってもらえなければ話にならないけど〟だって」

「会ってぶちのめしてやろうか」

カエデは大笑いした。味田はさりげなく言う。

「ぶちのめすまではいかなくても、恋人がいると言えば少しは黙るんじゃないか」

「そんなこと口にしたら、今度はあなたのところに結婚、結婚とうるさく迫ってくるわよ」

味田は黙って、カエデを見返した。

「――まさか。本気？」

「会っても構わない。結婚も平気だ」

「だけど、番頭やってる間は、目立つことは無理って――」

味田はジャケットの裾を直すと仕切り直すように、短く言った。

「独立する」

カエデは喜ぶ前に、味田の身の上を心配した。

「大丈夫なの」

「心配ない。手は打ってある」

味田は自信満々に言った。

「いいものが手に入ったんだ。俺の身の安全を、永遠に保障してくれる代物だ」


本城仁一は息子の智也に体を燃やされるという悪夢で、目が覚めた。ぐっしょりと汗をかいているが、布団の外はかなり冷える。

一月二十六日。カンボジアから帰国して四日目。進退を決めかねていると、時間だけが過ぎていく。家計に余裕のない本城は週末、自宅からほとんど出ることなく、今日もテレビの前でソファに身を任せるつもりだ。妻が占領する寝室では気が休まらず、かつての智也の部屋で寝起きしている。

時計は午前十時をさしていた。本城はスマートフォンに手を伸ばし、着信やメールをチェックした。警察手帳の紛失について相談してきた智也のことが気になっていた。恐らく智也は本城の忠告を無視し、ひとりで解決するつもりだ。

　大学四年だった智也が官僚を目指すべく各省庁への訪問を始めると、警察庁以外にも財務省や法務省からもお声がかかったと聞く。数ある誘いを蹴って警察庁を選んだ理由を本城は智也に尋ねたことがある。父の背中を見て——という答えはもちろん、期待してはいなかった。本当に父に憧れていたなら、官僚ではなく警視庁職員になるはずだ。智也はこう答えた。

「警察庁なら、二十代で何十人という部下を持てる。捜査で鳴らしたベテラン刑事を顎で使えるけど、他じゃそうはいかない。いわゆるパワーゲームに魅せられて、かな」

　本城は階段を降りて、ダイニングに入った。リビングと和室を隔てる襖が開け放たれ、介護ベッドの頭部をギャッチアップされた状態の芳子が、ぼんやりとリビングのテレビを眺めていた。

「母さん、おはよう」

　芳子の反応は薄い。本城は食パンをトースターに突っ込み、コーヒーメーカーをセットした。妻がいないことに安堵する。ダイニングテーブルに置手紙があった。

『仕事に出かけます。お義母さんのデイサービスよろしく』

　本城は困惑した。何を準備したらいいのかわからない。どうやってデイサービスまで行く。自家用車はない。タクシーを呼ぶのか。車いすを押して歩くのか。そもそも、どこのデイサービスを使えばいいのだ。

妻に電話をしようとしたとき、インターホンが鳴った。鍵が開錠され、扉が開く。

「おはようございます、しまうま会の黒沢です〜。お邪魔しまーす」

本城はスマートフォンを置き、めぐみを出迎えた。

「鍵、預かっているもので、勝手に入ってすいません」

「構いませんよ、勝手がわからなくて。よろしくお願いします」

本城はスリッパを出した。それをめぐみは丁重に断り、そそくさと和室へ入る。

「芳子さーん、黒沢です。おはよう〜」

明るく通る声に、ぼんやりしていた芳子が反応した。少しほほ笑んだようにも見える。

「今日はね、デイサービスです。いっぱい楽しんできてくださいね〜」

言いながらもう、右手でリモコンを持って介護ベッドの高さを調節し、左手で車いすを準備する。手際の良さに感心する本城に、めぐみは言った。

「ご主人、今日はなんだかダンディですね」

「えっ」

「無精ひげ、素敵です」

めぐみは明るくほほ笑んだ。手早く芳子を外着に着替えさせると、小柄なめぐみが介護べッドの芳子を車いすに移そうとした。本城が慌てて声をかけた。

「母はちょっと大柄だから、大変でしょう。私が車いすに座らせますよ」

「大丈夫です。訓練してますから」

「いや、でも……これからなにかと、私も介護を手伝うことにしようと思っていますから」

「――そうですか。では、お願いします」

本城は力任せに芳子を抱き上げた。芳子は大きく、「ひー」と喉を鳴らすような声をあげた。助けを求めるように、めぐみを凝視する。本城は芳子を車いすに移した。浅く座らせてしまい、いまにもずり落ちそうだ。膝を押して深く座らせようとしていると、芳子のよだれがだらりと垂れて、本城の頬を濡らした。めぐみがティッシュの箱を差し出す。

「どうぞ」

めぐみは車いすの背後に回り、芳子の脇に手を入れてあっという間に深く座らせた。それから芳子に軽く化粧を施し、ストールを羽織らせた。和室を出て玄関に降りる。傘立ての横に仕舞われていた折り畳み式簡易スロープを取り出し、広げた。上がり框に立てかける。和室に戻ると芳子の車いすを押して、スロープを降りてあっという間に外へ出た。

自宅前の私道に『デイサービスつむぎ』と社名の入った送迎車が停まっていた。デイサービスの職員と思われる女性が出迎える。特殊リフトで車いすの芳子を乗せる。

本城はめぐみの横で車が出ていくのを見送った。ただ見ているだけだった。

「黒沢さん、寒いでしょう。なにか、温かいお茶でも」

「あ、私、もう次のケアに行かなくちゃならなくて」

めぐみは和室に戻ると、ウェストポーチから二枚綴りのサービス実施記録を出した。床の間に置かれた『本城』のシヤチハタで自ら捺印し、控えをファイルに綴じる。すでに記録にはサービス内容が記入されていた。時間がないので、事前に用意してきているようだ。

めぐみの言葉は標準語だが、独特のイントネーションがあった。茨城弁だろうか。小さな顔とすらりとした体形、軽やかなショートカットで、とても洗練された雰囲気があるものの、明るくはつらつとした笑顔と北関東のイントネーションが、本城に親しみを与えていた。

めぐみを玄関先で見送ると、本城は和室に戻ってサービス実施記録ファイルをちらりと見た。しまうま会がケアに入る、週間時間割表が表紙の裏側に張られていた。ほとんど毎日、めぐみが担当だった。今日午後四時半の、デイサービスのお迎え介護にもやってくる。

本城は洗面所へ行き、髭を剃ろうとして——やめた。


午後四時半、めぐみは予定通り、本城の自宅にやってきた。冷え切った和室の暖房を入れ、芳子が横になれるよう介護ベッドを整えると、コートを羽織って玄関の外に出た。デイサービスの送迎車は四時四十五分から五時の間に来ると言う。

本城はリビングの窓越しに、めぐみの黒いコートの背中を見た。寒いのだろう、小さく足踏みをして、体が左右に揺れている。一月下旬の今日、東京は寒波に見舞われ、最高気温は二度だった。日が沈んだいまは氷点下近くかもしれない。本城はリビングの窓を開けた。

「寒いでしょう、中で待っていても見えますよ。まだあと、十分ありますし」

「寒いの慣れっこなんで、平気です～」

めぐみが鼻を赤くして、ほほ笑んだ。本城は窓を閉めるとブルゾンを羽織り、ソファにかけてあったフリースのひざ掛けを持って、玄関を出た。ひざ掛けをめぐみに差し出したが、やはりスリッパの時と同様、丁重に断られた。

冬の日が沈むのは早く、辺りはもう暗くなっていた。角の街灯が点灯した。めぐみがその街灯を指さし、「いま、見ました？」とほほ笑む。

「ちょうど、つきましたね」

「私、小さいころ、家から見える街灯のスイッチ、誰が入れてるのかなってずーっと不思議に思ってたことがあって」

本城は思わず目じりを下げた。

「父に尋ねたら、〝父ちゃんがつけとるに決まっとる〟って笑いながら言うもんで、信じちやって。私もスイッチ入れたいーって、騒いだことがあって」

「確か、頭の部分にセンサーがついてるんですよね。暗くなると自然点灯する」

「そうそう。それ知ったの、ずっと後で」

二人で、笑いあった。

「黒沢さん、育ちは北関東ですか」

「あ、訛ってました？」

「いや、イントネーションが」

「福島です。うちの事業所に青森出身のおばちゃんいるんですけどね、笑われるんですよ。イントネーションが強烈だって」

「確かに……宮城や岩手の方が、訛りは強くないかもしれない」

「東北、詳しいんですね」

——復興庁の大平の横領を暴くため、東北には嫌というほど足を運んだ。

「そういえば、ご主人、確か警視庁勤務だって」

東北の話からの流れだったこともあり、本城はつい表情が強張る。

「あ、すいません。契約の際に必ず、緊急連絡先書いてもらうんで。警視庁だったなと思って。兄が警察官で、親近感があるんです。本城さんはどちらの係なんですか」

「私は、ずっと知能犯畑です」

めぐみは意外そうな顔をした。

「なんか、帳簿相手というより、現場を駆けずり回る敏腕刑事ってイメージでした。殺人捜査とかの」

「なぜです？」

「革靴、新しいのに、靴底はすごいすり減ってて」

本城は苦笑しつつも、めぐみの観察力に感嘆した。

「知能犯係も駆け回ることがありますよ。そういうとき、靴は一か月でダメになります」

「すごい。体力ありそうだし、電卓叩くのもめっちゃ速そう」

本城は噴き出した。めぐみは朗らかに続ける。

「私、そろばん習ってたんで。結構数字強いんですよ」

「そうでしたか。僕がまだ若いころ――たぶん、黒沢さんが生まれたころかな。当時の知能犯係の上司は電卓よりもそろばんはじく人の方が多かった。とちるとよく、そろばんで頭はたかれましたよ」

「アレ、痛いですよね。私もしょっちゅう兄貴に頭はたかれましたよ。ちっちゃいとき」

「お兄さんは、福島県警ですか？」

「――ええ。でも、亡くなったんです。津波で」

「……そうでしたか」

それ以上、なにも聞くことができなかった。本城は話題を変えようと、道の先を見た。

「来ませんね」

「いま、五十五分です。ちょっと遅いですね、今日は」

「次のケア、大丈夫ですか」

「あ、今日は私、これで上がりなんで。気にしないでください」

めぐみは、ぶるぶると震えあがった。本城は再度、フリースのひざ掛けを突き出した。めぐみはちょっと考えた後で受け取り、広げて羽織って背中を丸めた。しばらくしてめぐみが
「あの、変なこと言っていいですか」と深刻そうに聞いた。

「知能犯畑ってつまり、捜査二課――なんですよね。こないだまで、結構ニュースになってたじゃないですか。復興庁の」

本城はゆっくり、めぐみから目を逸らした。

「なんか、カンボジアで死んだ人のこと、死体の写真が出回っちゃったり、難病の息子がいたりとかでみんな同情してますけど、あれ、おかしいですよね。直前に難病の息子が臓器移植のために渡米って……どう考えても、疑惑の官僚が口封じに金出したに決まってます」

ただ口元に笑みを固まらせたまま、本城は黙す。

「その金って結局、被災地に回るべき金を横取りしたものでしょう？　正月にはうちの地元の人たちもめっちゃ怒ってたのに、まぁ、なんかその金が難病の子供に使われたなら……みたいな空気になっちゃって。気が付くと、必死に証拠を取り返そうとしてた警察の人に批判の矛先が向いてて、ホント、おかしいです」

めぐみはしゃべりながらだんだん興奮してきた様子で、続ける。

「直接の関係者じゃない人間を追い詰めすぎだとかって言いますけど、証拠品とか持って逃げたんなら警察が追って当然です。そばにいた二課の刑事が過去にも関係者を自殺に追い込んでるとか、死に方が悲惨だったからって、正義の刑事が叩かれるなんて、おかしい」

本城は勝手に震え出す唇を噛みしめることしかできなかった。

翌朝、一月二十七日火曜日、本城は美津子に叩き起こされ、目が覚めた。本城にとってはまだ午前九時だが、美津子はいまにも息子のベッドから夫を蹴り落としそうな剣幕である。

目をしばたたかせていると、作業着姿の男二人が大きな段ボール箱を運び入れてきた。

「あなたたちょっと邪魔だから出てて」

「何の騒ぎだ」

「ベビーベッドよ。凛奈《りんな》ちゃんが寝るベッドがこの部屋にはないでしょ？」

本城はため息をついた。

「順序立てて説明してくれ。まず凛奈とは誰だ」

「孫よ！　あなた、孫の名前も知らないの⁉」

「知らされていない」

「凛奈にするって、智也がこないだここに泊りにきたとき言ってたじゃない」

恐らく美津子には話したのだろうが、本城は聞いていない。警察手帳を失くしたことしか。

「──それで。なぜ凛奈がここに来る？」

「今日退院の日なのよ。咲江さんと凛奈」

「退院したら官舎に戻るんじゃないのか」

美津子はもう、呆れてものも言えないという様子だ。横で、作業員たちが淡々とベビーベッドを組み立てていく。

「ねえ、九州出身の咲江さんがどうして東京で子どもを産んだのか考えたことある？」

「朝からその、人を責めるような口調はやめてくれ。つまり彼女は産後しばらくここで過ごすということだな？」

「そうよ！　切迫早産で産休前に一か月入院して、絶対安静だったの。それに免疫力もついていない赤ん坊を連れて飛行機やら新幹線やらに乗れとあなたは言いたいの？」

「誰も九州の実家へ帰れなどとは言っていない」

「いつもあなたは話半分。あなたの脳の中はマルタイだけ。家族の話は左耳から右耳を通り過ぎていくの、いつも、いつも、いっつもそう！」

昼過ぎ、咲江が智也に見守られ、小さな凛奈を抱いて喜多見の自宅にやってきた。智也は妻の荷物や赤ん坊のオムツ、当面の着替えなどを両手に抱えている。Vネックの紺色のセーターにジーンズ姿だ。どこにでもいる新米パパといった風情で、不器用ながらも凛奈の世話をしている。表情から、警察手帳紛失という危機感は微塵も伝わってこない。

本城はその日の晩から、二階北側にある四畳間で寝起きすることになった。いわゆる納戸、物置である。家庭を顧みずに仕事に邁進し、その職すら失いかけた男の行き先は、会社も家庭も同じだ。窓際に行くしかない。

物置と言っても開き戸収納があるだけで、客用の布団や座布団、夏物衣料が押し込まれていた。北側に唯一ある窓をも隠し、壁をぐるりと囲むように本棚が並ぶ。ほとんどが智也の蔵書だ。実用書や哲学書、評論ばかりで、『警視庁史』という金文字布張りの大判書物、全五巻セットもそろっていた。ぎっしりと付箋が張られている。

手に取ろうとしたところで、布張りの本にカビが生え、本文紙が湿気で膨らんでいるのに気が付いた。周辺の本もカビにやられている。慎重に本棚を動かし、壁を見た本城は絶句した。黒カビと埃のような白カビ、赤カビがせめぎ合って生えている。壁紙は浮いていた。

雨漏りをしているようだ。壁紙をはがして専門家にチェックしてもらう必要がある。やはりリフォームか。本城は枕と布団を持って廊下に出ようとした。ノックの音がする。

扉が開いて、智也が顔を出した。本城は手帳ではなく、わざと別の話題を振った。

「カビ臭いと思わないか、この部屋。雨漏りしてるんだろう」

本城が指さしたところを見ようともせず、智也は答えた。

「築三十年近い。リフォームを考えるころだよ」

言うと智也は扉をきっちりと閉め、手に持っていたものを突き出した。智也名義の郵便貯金の通帳と印鑑。智也が誕生した二十九年前に開設した定期貯金で、家を出る際に美津子が渡したものだった。

「リフォームに使ったらいい。三百万、手つかずで残ってる」

「それはお前の金だ。もらうことはできない」

「いや、別に使う予定もないんだ。うちは官舎で生活費はそうかからないし、いずれ咲江も育休を終えて職場復帰するだろうから、家計には余裕がある」

「凜奈のために使えばいい」

「学資保険でドル建ての貯蓄をしていて、うまく運用している。本当に必要ないんだ」

智也が無言で、通帳を突き出す。

「金は、流通させないと。世の中のためにもならないよ」

「手帳は見つかったのか？」

「僕ひとりで見つかると思う？　父さんの力が必要だよ」

「まだ上司に報告していなかったのか。遅くなればなるほど、処分が――」

「父さんが手伝わないというので、僕ひとりで必死に情報を集めてみたんだ。バーやホテルの防犯カメラ映像とかね」

智也は通帳と印鑑をまた本城に突き出す。

「それで？」

「女の素性はでたらめだった。防犯カメラから切り取った女の顔画像データはあるけど、粗すぎる。鑑識にある特殊ソフトで解析しないと、判別不可能だ」

「なるほど。高級官僚独自の捜査も袋小路というわけか。いますぐ上司に――」

「ところが、意外なことが起こった。あちらから連絡してきたんだよ。昨日、警視庁の総合番号あてに電話があった。警視庁組織犯罪対策部四課管理官の本城智也警視と直接話がしたいと言う。相手は情報屋を名乗り、僕ではないと絶対に話さないと言った」

智也は通帳と印鑑を突き出したまま、説明を続ける。

「僕は電話を取った。男は詐欺グループの番頭だという」

「待て……詐欺グループ？　もしかして――」

「そうだよ。僕の帳場が芋づる式検挙を目論む組織のナンバー2から、指揮官の僕に直接電話がかかってきたというわけさ。なかなかシュールな展開だろう」

「まさか、そいつが警察手帳を……？」

「僕は偶然昏睡強盗のターゲットにされたわけじゃない。最初から、狙われていたんだ」

「つまり、警察手帳をネタに、捜査の手を緩めろと。そう脅迫されているということか」

「ま、客観的に見ればそうだね」

事態はより悪化しているというのに、智也は他人事《ひとごと》のような態度だ。

「これまで受け子や出し子は腐るほど逮捕してきた。時々、架け子もね。でも組織のナンバー2である番頭の逮捕はそう例がない。捜査員たちがその裏を固めている最中だ。慎重な奴でなかなかしっぽを出さないから、現行犯逮捕を狙っている」

「逮捕と同時に店舗や自宅の手入れが行われるぞ」

「ああ。そこから帳場管理官の警察手帳が見つかるなんて、警視庁史上まれに見る珍事だ」

「お前、いい加減その口調をやめな――」

「泣いて頼んだら、僕の嘆願を聞き入れてくれるのか」

互いに相手の言葉尻を捉え、口論となりそうだった。本城は押し黙った。

「謙虚に土下座して頼んだら、父さんは警察手帳を取り返すために奔走してくれるのか」

本城はただ黙って、首を横に振った。智也が握り続けて温まっている通帳と印鑑を受け取ると、すぐさまそれを智也のガウンのポケットに突っ込んだ。

「上司に報告しろ。警察手帳を詐欺組織に奪われたと」


翌一月二十八日、水曜日。本城は数日ぶりにスーツを着用し、とくに何も入っていない革カバンを持って、通勤電車に揺られていた。桜田門へ向かっている。働かなくてはならない。家でぼんやりしているから、息子に付け込まれるのだ。本城が現場に戻れば、智也もそう簡単に頼れなくなるはずだ。

警視庁本部庁舎に入る。捜査二課長の執務室の扉をノックし、階級と名を名乗って返事を待つ。「どうぞ」と感情のない吉本課長の返事。中に入る。今日も加湿器がフル稼働で蒸し暑い。吉本は愛想よく、本城を迎えた。立ち上がり、握手を求めてくる。

「おめでとうございます。お孫さん、女の子だとか」

「ありがとうございます」

本城は首を垂れた。吉本は執務デスクを回り、革張りのこぢんまりとした応接ソファに座るよう、促した。本城は困惑した。部下ではなく同期の父として歓待するような態度だ。

「どうです。孫は目に入れてもかわいいと言いますが、やはり？」

本城は立ったまま、思い切って言った。

「私は客ではありません。あなたの部下としてここに参上したわけです」

吉本は「ま、座ったらどうです」と言いながら、悠然とソファにもたれる。本城は立ったままだ。

「実は、先日賜った調布警察署交通課長の内示を受けようかと思いまして――」

「いつの話をしてるの。もう先週の話だよね。とっくにそのポストは埋まったよ」

本城は愕然と、吉本を見下ろした。

「あのね、組織はピラミッドですよ。特にあなたがた団塊の下世代は人員過多、下からの突き上げもあって、役職は早い者勝ちなんです」

「……………では、他にどこか、あいているポストがあれば」

吉本はさもばかにした様子で本城をじろりと見上げたあと、ため息まじりに言った。

「ポストはそう簡単にあきませんよ。必死に根回しして調布署のポストを確保しておいたのに、蹴ったのはあなたですよ」

本城はただ、唇を嚙みしめる。

「私はあなたを刑事として評価していた。カンボジアで情報提供者に死なれたのは大変な痛手で私のキャリアにも傷がついた。それでも私はあなたの次のポストのために労力を使ったんだ。それをあっさり蹴っておいて、いまさら要求されても困ります」

「……課長のご厚意を無下にしたこと、大変、申し訳ありませんでした」

本城は深く、首を垂れた。

「どうしても退職しないというのなら、いまでもあなたの籍は四知にありますから、そこで働いてもらうことになりますが——。籍はあっても、島に席はありませんよ」

藤木典子は週明けの二月二日月曜日、三鷹の自宅の裏に住んでいる義理の両親を訪ねた。傾斜地に立つ典子の自宅と背中合わせに建っている。

亡夫の実家は築五十年近くの古い木造家屋。出戻りの義妹の亮子《りょうこ》が、両親の介護を一手に担い、同居していた。亮子は十八歳で大阪の商売人の元に嫁いだが、三十年後に離婚して戻ってきた。すっかり馴染んだ大阪弁でよくしゃべる。

「こんにちは～」

古い引き戸を開けると、台所のガラス戸の向こうから「いらっしゃーい」という亮子の明るい声が聞こえてきた。典子は昨晩炊き込んだ筑前煮をタッパーに入れていた。台所に立つ亮子に渡し、居間に入った。高めの座椅子に腰かけてこたつに入る姑に挨拶をする。

「あら。勉《つとむ》のカノジョさんだったかしら？」

勉とは典子の亡き夫のことだ。姑は認知症である。台所で茶の準備を始めた亮子が豪快に笑った。

「ちゃうで。確かにカノジョさんやったけど、ちゃーんと嫁に来てくれた典ちゃんやで」

「そうなの〜。で、勉は？」

週に二度顔を出すたびに聞かれることだ。亮子がかわりに答える。

「勉兄さんはぽっくり逝ってもうたで。お先に〜ってな」

「あら。死んだの？」

「もう十年前のことやで」

漫才じみた毎度のやり取りを聞きながら、典子は隣の和室をのぞいた。介護ベッドに舅が仰臥している。襖一枚で居室と仕切られた部屋で、会話は筒抜けのはずだが、典子が顔を出したとたんに狸寝入りをする。七十歳の時に胃がんを患うまではゲートボールなどに精を出していたが、手術後急速に衰えた。認知症となったいまは突然声を荒らげ、怒鳴る。

「お義父さん、典子です。ご機嫌いかがですか？　なにかあったら呼んでくださいね、隣にいます」

「帰れ！　この馬鹿嫁が!!」

いつものことなのであまり気には留めず、典子は居間に戻った。姑はまだ自分の息子の話をしていて「私、勉のお葬式に行ったのかしら？」と亮子にしつこく尋ねている。亮子や出入りの訪問介護業者がいるので、典子に介護は求められてはいないが、すぐ裏手に住む長男の嫁として、全く顔を出さないわけにはいかない。

亮子は茶を出し、お菓子をこたつの上に袋ごと出して典子に勧め、興奮気味に言った。

「そういえば典ちゃん聞いてや〜。またうちの息子の嫁がさぁ、もう……！」

亮子にも年頃のひとり息子がおり、先日入籍したばかりで、この春式を挙げる。結婚式の場所や日取り、招待客について、揉めているのだ。

「招待客リストを見てびっくり！　新婦側の招待客の方が十人多いんやで。信じられる!?」

「ひどい話ね。夫を立てるっていう意識が、いまの若い娘《こ》にはないのよ」

「ほんまあの嫁なにを考えとんのか。尚樹《なおき》も尚樹やで」

亮子の息子のことだ。

「嫁相手にガツンとひとこと言ってやりゃあいいものを、黙ってへいへい従っとんのよ」

典子は大きく頷き、「でも大丈夫」と亮子の腕を摑んだ。

「息子は最後の最後で必ず母親を選ぶから、大丈夫」

「ほんま～？　そんな話聞いたことないで典ちゃん」

「息子はちゃんとわかってるのよ。きっと尚樹君だって」

「ふうん。和明ちゃんは違うん？　いつも典ちゃんぶーぶー文句言うとったやんか」

典子は一瞬迷ったが、少し咳払いして打ち明けた。

「実は和明、ちょっとこないだ、仕事でトラブったみたいなの」

「えっ、どないしたん」

「詳しいことは勘弁して。でも由美子さんには何にも言わずに、私に相談してくれたの」

「ほんま～⁉　仕事のトラブルって、実の母親に相談することとちゃうで」

典子はむきになった。

「でも私、助けたわよ。ちゃんと」

「助けた？　なんかアドバイスできたん？」

口ごもる典子に、亮子は無遠慮に顔を近づけてくる。髪はパサついて、シミだらけの顔にファンデーションすら塗っていない。二人の老人の介護に明け暮れる亮子からしたら、毎日きちんと化粧をする典子の方がおかしいのかもしれないが、それにしても品がない。

「なにしてやったん。コレ？」と亮子が人差し指と親指で円を作り、お金のマークを作った。

デリカシーのなさに呆れながらも、頷いた。

「天下の大北建設社員がありえへんわ。オレオレ詐欺みたいな話やで」

「詐欺じゃないわよ、それはないわ」

「で、いくら払うたん？　トラブルってなんやったの？」

典子は急に、不安になった。和室のふすまの向こうから「うるさい！」という舅の怒鳴り声が聞こえてきた。「お前がうるさいわ、どあほ！」と、亮子が負けず劣らず怒鳴り返す。

典子は話をそらした。

「それで、尚樹君の結婚式だけど――」

亮子は乗せられた。尚樹の嫁になる女性の外見からいまの仕事まで、やり玉に挙げる。典子はほとんど耳に入らなかった。

私は本当に息子を助けたのだろうか。あの金は息子の横領の補塡に使われたのだろうか。

そもそも息子は横領などしていたのだろうか。

典子は一時間ほどで自宅に戻った。そう言えばあの日、現金を受け取りにきた鈴木は、サンダル履きだった。金を要求した上司は山下と名乗った。山下という上司は関西出身で、和明の結婚式のとき、場を盛り上げてくれた。亮子とも意気投合していた。確かに電話の相手は『山下』と名乗っていた。詐欺師がそこまで把握しているはずがない。

電話を受けた当初は、不審に思って受話器を置こうとした。和明ではない携帯電話からかかってきたが、矢継ぎ早に通話相手が変わったことや、突きつけられた事実にパニックになった。

典子は震える指先で、和明の携帯電話に連絡を入れた。まだ勤務中だからか、応答しない。典子は思い切って、和明の職場の番号を押した。四年前の震災の後、緊急の場合にと和明が教えてくれた番号だ。ワンコールで女性の声がした。

「大北建設経理部会計課です」

「あの……山下さん、いらっしゃいますか」

「失礼ですが、どちら様でしょうか」

「えっと。さ、佐藤ですが」

適当な苗字を出した。

「山下は昨年、出向いたしまして、現在こちらの部署にはおりません。ご用件は……」

典子は電話を切った。茫然としていると、切ったばかりの電話が鳴りだした。和明からの折り返しだった。典子は上ずった声で出た。

「母さん？　なにかあった」

「か、和ちゃん」

「やめろよ、その呼び方。小学生じゃあるまいし」

典子は最後の望みをこめて、まっすぐ尋ねた。

「和ちゃん。横領の件、無事済んだの？」

「……横領？　なに、突然。誰が？」

典子は息を吞んだ。

「は、まさか、俺が⁉　なに馬鹿なこと言ってんだ。誰がそんなこと――」

典子は慌てて電話を切った。そして、膝から崩れ落ちた。


二月五日木曜、朝から冷たい雨が降っていた。昼には雪に変わって関東でも数センチ積もり始めた。本城はノーネクタイのスーツの上にトレンチコートをはおり、小田急線成城学園前駅から北に延びる狭い歩道を歩いていた。路線バスがひっきりなしに行きかっている。土が混ざった茶色い雪を、バスの後輪が重たそうに撥《は》ね上げる。

やがて目当てのビルを見つけ、階段を上がる。白い鉄の扉に介護事業所『しまうま会』の看板が出ていた。シマウマのキャラクターが笑っている。

インターホンがなく、ノックすると、「はい、どうぞ～」という、めぐみの明るい声が聞こえてきた。扉を開けて中に入る。事務所内は暖房がよくきいていた。寒さから解き放たれたこともあり、本城は思わず笑みをこぼした。

　事業所の規模や従業員の数などは知らないが、広いオフィスで、リノリウムの床はぴかぴかに磨き上げられていた。従業員の研修用か、販売用の見本なのか、介護ベッドが置いてあり、他にもいくつか介護用品が積み上げられている。

「今日は寒かったですよね。わざわざご足労いただいてすいません、どうぞ」

　めぐみはスチールデスク脇の応接テーブルに本城を促す。

「いや……こちらこそ、お時間を割いてしまってすいません」

「いいんですよ。解約書類、全て準備してますので、ちょっとお待ちくださいね」

　めぐみは早速、書類を手に取って向かいの椅子に座った。ペンと捺印のための朱肉などを手早く準備していく。

　本城の復帰はかなわなくなった。二課に籍を置いたまま、たまりにたまった有給休暇の消化を続けるのみ。四月中旬には退職となる。もう出費を抑える生活にシフトするしかない。芳子の基本的な介護は本城が引き受け、週に三度のデイサービスに絞ることにした。このあとはハローワークに登録に行く予定だ。

　解約手続きの説明を淡々と受け、めぐみの指示に従い、サインしていく。最後、印鑑を出そうと背広の内ポケットに手を入れ、取り出したとき、一通の封書がはずみで飛び出した。

めぐみが拾ってしまった。近いうちに二課長に出すつもりでいる辞表だった。

めぐみは驚いて、本城を見た。けれど何も言わずに返した。本城は懐にそれを仕舞いながら、言った。

「――そういうわけなんです。家計が厳しくなるので解約を。黒沢さんには感謝していますす」

めぐみはただ目を伏せて、沈黙した。

「感謝と同時に、申し訳ない気持ちでいっぱいです。横領疑惑がある復興庁の審議官を、逮捕できなかった」

めぐみは黙り続けている。

「バンコクでもう少し器用にうまく立ち回っていたら――審議官を逮捕する証拠を押収し、そして難病の息子を心配し続けた男を、無駄死にさせずに済んだ」

めぐみは慌てて頭を下げた。

「すいませんでした！　私、察しもせずに」

「いいんです。あなたの怒りはよく知っている。私も被災地で何度も何度もその言葉を聞いた。そして捜査に無償で尽力した人々にたくさんの激励を受けた。それなのに――」

「それなら、辞めないでください」

突然、これまで控え目だっためぐみが豹変して、声をあげて懇願してきた。

「辞めないで。執念の捜査をする刑事さん、なんですよね。このまま、疑惑の審議官を被災地にのさばらせておくなんて、私、絶対許せません」

本城はしばらくしてから言った。

「……もう、居場所がないんだ、警視庁に。私の居場所は」

めぐみが唇を震わせて、悲し気にうつむいた。

「それに……刑事として一からやり直すには、私は年を取りすぎている。申し訳ない」

本城は頭を下げて、解約書類の控えを受け取ると、逃げるように事務所を立ち去った。


めぐみの言葉はじわりじわりと広がる毒のように、辞表を握る本城に迷いを生じさせた。

毒なのか、薬なのか。

夕方、デイサービスから帰った芳子を迎え入れ、慣れないながらも介護ベッドに寝かせた。夜には美津子が作った流動食を食べさせる。明日は一日自宅介護だ。本城は就寝前、芳子のお茶に下剤を垂らした。デイサービス中に排便があると職員に迷惑がかかるから、排便もコントロールする。

本城は目を細めて、一滴、二滴……と容器を指で押したが、三滴目がなかなか落ちない。

めぐみの言葉がよみがえり、手に力が入った。茶の中にいっきに数滴、下剤が入った。少し多く入ってしまったかもしれないが、茶を淹れなおすのも面倒でそのまま飲ませた。

咲江がぐずる赤ん坊を抱いて、階段を降りてきた。洗い物をしていた美津子が声をかける。

「あらどうしたの？」

「泣き止まなくて」

「おっぱい足りてないのかもね」

顔を真っ赤にして、凜奈が泣き叫ぶ。ミルクを作ろうと、咲江が凜奈を座布団の上に寝かせる。凜奈は泣き声をさらに張り上げた。

「私がミルクを作ろうか」

本城が声をかけた。ミルクの作り方は習った。慌てた様子で咲江が首を振った。

「いえ、私がやるので、結構です」

本城は二階の納戸に入った。ツンと鼻をつく薬品のにおい。雨漏りから発生したカビを専用洗剤で撃退したのだが、どれだけ換気しても塩素の臭いが部屋に染みついている。

この部屋にはエアコンがない。小さな電気ストーブをフル稼働させてもなかなか温まらなかった。本城は寒さで震える指先で、目覚まし時計を深夜三時にセットした。芳子のオムツ交換のためだ。尿量が多い体質なのか、深夜のオムツ交換は必須だった。自分で寝返りをうつこともできないので、数時間置きに体の向きを変えてやる必要もある。

灯りを消して布団に入り、目を閉じたが、「警察をやめないで」と訴えるめぐみが思い出された。何度も寝返りをうっていた深夜一時過ぎ、凜奈の激しい夜泣きで完全に目が冴えてしまった。本城は不安にかられて納戸を出た。嫁が寝付く部屋を直接ノックするのは憚られ、夫婦の寝室に入る。美津子はベッドに横になりながらぼんやりとテレビを見ていた。

「ノックぐらいしてよ」

完全にこの寝室を支配した顔で美津子は言う。

「凜奈の泣き声がひどい。急病じゃないのか」

「ただの夜泣きでしょ」

「泣き方が尋常でない」

「赤ん坊はああやって泣くものなの。あなたは知らないでしょうけどね。眠いけど眠れないから、怒って泣くの！　なにも知らないひとがいちいち口を出さないで」

本城はすごすごと納戸に引き下がった。十分もしないうちに、金切り声をあげていた凜奈は泣き止んだ。本城はほっと安心して時計を見た。深夜二時。一時間後には目覚まし時計が鳴る。凜奈を起こしたらまずいと思い、目覚ましを切って、三時まで起きていることにした。

家の雑事——家事も育児も介護もなにも知らないのに、これからその現実と向き合っていかなければならない。ため息しか出なかった。本棚には『警視庁史』の背表紙の金文字が暗闇に燦然と輝いていた。警視庁の歴史の中に、自分はその足跡を残しただろうか。十八で組織に入り、今年で四十年目。自分でも卑しさを感じるほどの未練がふつふつと湧き上がる。

はっと目が覚めたときには、本棚に埋もれた窓から日が射し込んでいた。美津子が階下からなにか叫んでいる声がする。つけっぱなしだった手元のスタンドライトを消して、時計を覗き込む。午前八時だった。

「あなたがどうにかしてよ。私は仕事だから‼」

美津子が言って玄関を出ていく音がした。

慌てて階下に降りた。リビングのソファで、咲江が疲れ切った様子で凜奈を抱き、うたた寝していた。

本城は咲江と凜奈を起こさないよう、廊下から和室に入った。ふすまを開けた瞬間、悪臭に思わず吐き気を催した。ベッド上の芳子は完全に右に傾き、小さなうめき声を上げ、介護ベッドの柵を骨の浮いた掌でぎゅっと摑んでいる。その手は茶色く汚れていた。

「母さん、すまなかった。つい寝過ごして――」

掛け布団をめくった本城は絶句した。芳子は下半身を露出させていた。昨晩からの尿でパッドもオムツも膨れ上がっていた。便があふれ出ている。昨晩、本城が必要以上の下剤を与えてしまったせいか、ひどい液状便だった。それが腹にあふれ、ヘソにたまっている。不快感に耐え切れず、芳子は自分でオムツを外してしまったのだろう。両手もパジャマの袖も便まみれで、それは芳子の白い髪や介護ベッドの柵にもこびりついていた。

本城は悪臭に堪えきれず、まず窓を開け、暖房をフル稼働させた。よく晴れているが、冷気が吹き込む。そっと襖が開いた。

「おはようございます、なにか、においが。あっ……」

介護ベッドの上の惨状に、咲江は声をあげて、ぴしゃりと襖を閉じてしまった。手伝ってくれるものと期待した本城は拍子抜けした。言い訳がましく、咲江が襖の向こうから言う。

「すいません、凜奈になにか感染したら大変なので、上へ行きますね」

「感染？　別に母は病気など――」

「でも、デイサービスに通ってらっしゃるんですよね。幼稚園や小学校もそうですが、そういった老人施設も黴菌の巣窟だと言います。凜奈はまだ抵抗力がありませんから」

昨晩、ミルクを調合しようとした本城を拒否したのも、そういった理由のようだ。本城はまず掛け布団のカバーをはぎ、便がべったり付着した毛布と共に、浴室の洗い場に置いた。窓が開いていた浴室は凍てつく寒さだ。追い焚きスイッチを押し、残り湯を沸かしている間に、介護用の風呂椅子を準備する。椅子を持ち上げたとき、その脚が洗濯機上の収納棚にぶつかり、粉末洗剤を床にぶちまけてしまった。

本城は思い切り悪態をつきたいのを堪え、手で洗剤をかき集めて箱に戻した。和室の寒さに耐えきれなくなったのか、芳子のうなる声が聞こえてくる。

洗剤はまだ床に残っていたが、本城はシャワーの湯を全開にして冷え切った浴室を温め、トランクス一丁になり、和室に戻った。介護ベッドの上で芳子を全裸にして、抱き上げて浴室へ運ぶ。シャワーで体を流しても、便のにおいはなかなか落ちない。

芳子の体をなんとか洗い終えた。追い焚きが完了した湯船の中に芳子の体をそっと沈める。芳子が右に傾いてしまうので「しっかり左手で手すりを摑んでおくんだ！」と本城は耳元で叫んだ。芳子は左手で手すりを探り当てると、言われた通りに握りしめた。

本城は毛布や掛け布団カバーに付着した便を、シャワーの水圧で注ぎ落とし、洗濯機に放り込む。他にタオルやパジャマ、シーツなど、洗濯物が山ほどある。

風呂場をのぞくと、芳子が左手を離してしまって、顔がぶくぶくと沈み始めていた。慌てて洗い場に入ろうとして、本城は足を滑らせてひっくり返った。先ほどこぼした洗濯用粉末洗剤が湿気で溶け、床がぬめっていた。痛みに悶えながらも、芳子の右腕を摑んで引き上げる。芳子は顔を真っ赤にして、きばっていた。瞬間、浴槽の底から泡が浮き上がって水面で弾け、強烈な悪臭を放った。カスのようなものが浮かび上がってくる。また排便したのだ。

本城は廊下に出て、思わず階段下から二階の咲江に叫ぼうとした。手伝ってくれと。しかし、その考えを遮るように凜奈が激しく泣く声が聞こえてきた。

本城はただ、階段の手すりにしがみつき、歯を食いしばった。滑って打った腰がじわじわと痛みを増し、寒さで体が勝手に震える。いまにも膝からくずおれてしまいそうだった。

この程度でなぜ、と思う。長い刑事人生の中で、命の危険を伴う状況に何度も直面した。そのたびに本城を奮い立たせたのは気概や高揚感だった。いま、年老いた母を前に、何も内から湧いてこない。

インターホンが鳴った。鍵が開錠され、扉が開いた。

めぐみだった。裸にびしょぬれの本城を見て目を丸くし、慌てて「失礼しました」と顔をひっこめた。本城は洗面所からバスタオルを取り、腰の周りに巻いた。

めぐみが、扉の隙間から声をかける。

「すいません。先日の解約の際、合鍵の返却を忘れてしまって。お届けにあがったんですけど、浴室の換気扇からかなり臭いが——。お困りなんじゃないかと思いまして」

「その通りです。助けてほしい」

二時間後、三度目の洗濯機が回る音を廊下の向こうに聞きながら、本城は急須を準備した。

すでにワイシャツにスラックス、セーターに着替え、髪も整えた。芳子はすっかり腸を空っぽにして、いまは気持ちよさそうに、縁側の方に体を向けて寝ている。

　本城が茶を淹れていると、二階のベランダで洗濯物を干し終えためぐみが降りてきた。

「終わりました。三度目の洗濯は——」

「私が干しておきます。本当に助かりました」

　そして本城は勧めた。

「お時間ありますか。お茶、どうぞ」

　めぐみは「いただきます」と笑った。

「腰、大丈夫ですか？　赤く腫れあがっていました。曲げるのも痛そうでしたし……」

「ああ……。ちょっと、風呂場の入口でひっくり返ってしまって」

「見せてください」

　めぐみは立ち上がると、容赦なく本城のセーターとシャツをめくり上げた。本城は観念して、ダイニングテーブルに手をつき、身を任せた。

「腫れていますね。湿布、貼っておきますよ、念のため」

　本城はうなずいたが、湿布のありかがわからない。そう言おうとしたときにはもう、めぐみは和室の床の間から救急箱を持ってきていた。主よりも家のことをよく知っている。

外で洗濯物を干していためぐみの凍てついた手に、本城は飛び上がりそうになったが、湿布はもっと冷たかった。じわじわと鈍痛が吸い込まれていくような気がする。

「なかなか手際よくできず……もっとちゃんと、介護の勉強をしなくてはなりませんね」

めぐみは湿布を優しい手つきで撫でつけながら、黙っている。

「ありがとう、あとは自分で」

本城は向き直り、シャツをスラックスの中に突っ込んだ。急に振り返ったこともあり、めぐみとの距離が近い。めぐみは本城の顎のすぐ下で、怖いくらいの真剣な表情で言った。

「介護には向き不向きがあります」

「そうでしょうね。どんな仕事にも」

「本城さんには、他にすべき仕事が……」

本城はダイニングテーブルとめぐみの間からすり抜けた。

「あの、今日のはケアということで。料金、請求してくださいね」

めぐみは強い瞳のまま、口を閉ざした。

「自費ですよね。努力しますが、お支払いが間に合わないかもしれません」

めぐみは小さく、ため息をついた。支払いが遅れることに対するため息でないことは重々わかっていたが、本城は言葉を重ねた。

「情けない話で、申し訳ない」

「情けなくないです。情けないのは、及び腰で官僚にへつらう警視庁です」

黙り込んだ本城に、めぐみは静かに言った。

「すいません。何度も蒸し返してしまって」

「いや。うれしいですよ。私の行動を評価してくれたのは、あなただけだ」

「息子さんは？　警察庁の方だと。奥様がよく、お話しされてましたので」

「そうでしたか。まあ、あいつはあいつでいま、ちょっと厄介ごとを抱え込んでいるようなので――。末端にいる私のことなど心配している余裕はないと思います」

「そうだったんですか。でも、息子さんはちゃんと、ご主人にご相談なさってるんですね。厄介ごとを、警察官僚が現場の刑事に相談するって、あまりなさそうですよね」

本城が沈黙すると、めぐみは焦ったように言った。

「あ、すいません。なんか勝手なイメージで。テレビドラマとかの警察官僚ってなんだか、すごく偉そうな感じがあるから」

本城は少し笑った。

「きっと息子さんは高く評価しているんですね。刑事としての本城さんを」

めぐみが帰ったあと、本城は智也の携帯電話に連絡を入れた。急遽、智也が昏睡強盗に遭遇した赤坂のバーで待ち合わせすることになった。

『セプテンバー』という名の、雑居ビルの半地下にあるバーは、足元とカウンターに埋め込まれたLED照明が、あたたかな雰囲気を醸していた。カウンター六席だけで、テーブル席はない。

智也はまだ何も注文しないうちにバーカウンターのスツールを降りて、狭い通路で土下座した。本城は慌てた。バーテンダーは淡々とグラスを磨いている。

「これで、動いてくれるか。こういうのが見たかったんだろ？」

智也は上目遣いに言うと、また頭を下げて、額を床にこすり付けた。本城はスツールから飛び降りて智也の腕を引いたが、智也は動かない。扉が開き、カップルが入ってくる。騒動を見て驚いたのか、引き返していった。

「店の迷惑だ。いい加減にしろ」

智也は微動だにしない。本城は諦めて、智也に尋ねた。

「ひとつ、教えてくれ。なぜ俺を頼った。俺が〝giving tree〟だからか。親は与え続ける、どんな状況でも子どもを助ける存在だからか」

智也はようやく顔を上げた。観察するように本城の表情を見てから言う。

「違う。それならとっくに、母さんに相談してる」

「父さんが、捜査二課が誇るナンバー知能のキャップだからだ」

「……では、なぜ俺に」

乾いた心に水が急速に注がれるような感慨を、本城は覚えていた。智也は断言した。

「ノンキャリで定年間近とはいえ、警部で本部の係長にまで上り詰めた。捜査能力は誰よりも高い。それがすべてだ」

自覚する以上に高かった自尊心を本城は恥じながらも、自らを奮い立たせるように言った。

「では、報酬は前払いということでいいな」

本城は堂々と手を差し出した。智也は少し困惑した様子だったが、すぐにスーツの懐に手を入れると、通帳と印鑑を手渡した。

「これは親子の情でやることじゃない。ビジネスだ」

「だから金をもらうと」

「俺も仕事をボランティアでやってきたわけじゃない。報酬があるから、責任が生じる」

智也はほっとした様子で立ち上がると、「また来ますよ」とだけバーテンダーに言い置いて店を出た。

本城が店の外に出ると、智也はタクシーを呼び止めた。運転手にインターコンチネンタルホテルと行き先を告げる。わざわざ部屋を取るつもりらしい智也に、本城はタクシーに乗りながら、首を横に振った。

「お前の官舎の部屋でいいだろう。咲江さんや凜奈はうちにいる」

「言っただろ。パステルカラーだよ。思考がまとまらない」

ホテルに到着し、智也はチェックインをした。ボーイの案内でエレベーターを待つ。ロビーをスーツ姿の初老の男性三人が通り過ぎていった。一人が足を止め、智也に声をかけてきた。一瞬顔をひきつらせた智也は、慌ててスーツの第一ボタンをはめ、頭を下げた。

「これはどうも。山口《やまぐち》警視長。こんなところでお目にかかるとは」

「もう警視長ではないよ、本城君。僕は去年退官した身だよ」

智也はボーイからカードキーを預かって立ち去らせた。山口が言う。

「恒例の同期会だったんだ」

山口は振り返る。連れの二人が少し離れたところで待っていた。片方のスーツの襟元に国会議員バッジが光っている。国政に打って出た警察キャリアは珍しくはないが、ノンキャリの本城も顔と名前は知っていた。山口が智也に現在の所属を尋ねる。

「警視庁に出向してます。まだまだ新米の警視です」

「そうか。君も大変だね。現場のお父さんがアジアで大暴れしたそうじゃないか」

山口は、智也がこのインターコンチネンタルに父親を連れているとは思わなかったようだ。本城は思わず、顔を背けた。智也は「お騒がせしております」とだけ答える。

「まあ、これが息子だったら、尻拭いに奔走することになる」

山口は智也の肩を叩くと、同期の輪の中に戻っていった。エレベーターに乗りこんだところで、智也が言った。

「山口警視長には世話になったんだ。入庁前の、省庁挨拶回りのときに初めて会って」

「そうだったのか。いまはなにを？」

「日豊《にっぽう》証券の顧問に無事、天下った」

「議員先生もいたな」

智也が侮蔑の色を浮かべた。

「彼は局長どまりだったからね」

「なるほど。出世競争に敗れた目立ちたがり屋か」

「手厳しいね、父さん」

「警察は不偏不党、政治的中立性をうたう組織だ。それを退官した途端に掌返しでどこかの党から立候補なんて、いい恥さらしだろう」

智也は否定も肯定もせず、本城を見ている。エレベーターが到着した。扉が開く。本城が先に出たが、智也は続かなかった。振り返る本城に智也は言う。

「父さん、なぜ急に協力しようと思ったんだ？」

本城は智也を見返す。

「土下座が効いたわけじゃない。その前から、決断していた」

エレベーターの扉が閉まりかけた。本城は腕で遮り、智也を促した。

「理由はなんであれ、俺はお前からの報酬で〝仕事〟をする。それは揺るがない。心配するな」

二人で絨毯の廊下を歩く。

「本当だね。厳しい捜査になる。僕はもう、組織に潜入するしか方法がないと考えている」

本城は人差し指を立てた。智也は肩をすくめ、カードキーで開錠して、部屋に入る。本城はしっかりと扉を閉め、ドアガードをかけながら言った。

「壁に耳あり、障子に目あり、だ。それに潜入だと？」

「内偵は得意だろ？　番頭に近づいて信頼されて、手帳のありかをはっきりさせるしかない。公安部が対象組織に捜査員を潜入させているのと同じだ」

智也は言いながらコートをハンガーにかけ、どかりとベッドに腰を下ろす。

「これは組織捜査ではないぞ。俺とお前だけの〝秘匿捜査〟だ。潜入など――」

「父さん、僕が警察手帳を奪われてもう三週間になる。父さんに相談しただけで、あとはただ指をくわえて右往左往していたと思うか」

本城はブルゾンを脱ぐと、デスクの椅子の背もたれに掛けた。

「昏睡強盗をした女の調べをしていたと」

「それだけじゃない。帳場は番頭のヤサも、車のナンバーも把握しているんだ」

「番頭は店舗をいくつ面倒見てるんだ」

「帳場が把握しているのは新宿の店舗のみだが、他にもあるはずだ」

「どこかの店舗内に隠し持っている、ということか」

「その可能性が高い。番頭に近づくほか、知りようがない。潜入を――」

「そう結論を急ぐな。とにかく、その番頭の情報が欲しい。犯歴や家族構成、ケツ持ちヤクザ、全て調べ上げて俺に報告をあげろ。それから、振り込め詐欺組織のことをもっと知りたい。これまで検挙した事案の調書、全てコピーを取って俺に回せ」

智也は「番頭の情報ならいまある」と、カバンからファイルを取り出し、免許証のコピーを見せた。『野村和巳《のむらかずみ》』という人物の免許証で、交付は四年前。金髪で眉をそり落とし、人相の悪い若い男の顔があった。昭和六十一年十二月十三日生まれ。智也と同い年だ。

「これが番頭だ。組織内での通称は、味田」

3

二月十日火曜日、午後六時前、ＪＲ錦糸町駅北口を出た本城仁一は、メガネの奥の瞳をせわしなく動かす。ロータリーを行きかう人々を一人残さず観察し、警戒しながら歩いた。ワイヤーで支えられた金色の丸いオブジェの向こうに、ライトアップされた東京スカイツリーが見える。今日で錦糸町に通うのは四日目だ。

本城は無精ひげにブルゾン、薄汚れたスラックス、伊達メガネ、ニット帽。首には白いタオルを巻き、労務者風情を装って街を歩く。向かう先は振り込め詐欺グループ番頭、味田――本名・野村和巳――の女と目される人物が経営するクラブだ。

智也は管理官とはいえ、八十人体制の帳場の捜査員がどこの地域にいるか、完全には把握しきれない。味田の女のカエデも現場捜査員に尾行されているかもしれない。本城は特に古巣の捜査二課員には面が割れていることもあり、変装していた。

雑居ビルに入った本城は、一台しかないエレベーターの前に立つと、その扉に『故障中』と書いた紙を貼りつけ、階段を上った。目当てのクラブ『カエデ』は六階にあった。

時計を見る。午後六時。開店は八時だが、本城は構わずガラス扉をノックした。床をモップ掛けする女がいた。カエデだった。驚いた様子で扉を開ける。

「やだ、田中さん。どうしたの」

『田中』という男を演じてもう四日目だ。本城は完全になり切って、カエデをもてはやす。

「すまんねカエデちゃん、開店前に。お、今日はまた一段とかわいいじゃない」

カエデはいまさら、両手で顔を少し隠した。

「まだ顔も〝仕込み前〟よ」

「実は現場で機材が届かねぇトラブルがあってな。作業は夜の十時からだとよ、全く」

「あら、それは困っちゃうわね」

「申し訳ねぇんだけど、今日はちょっと早めにお邪魔していーかな」

「もちろんよ。でも食材がまだ届いていなくて、たいしたお料理出せないわ」

知っている。食品卸会社のトラックが午後六時半頃配達に来ることを調査済みだ。

カエデは営業時間外にやってきた客にも愛想よく、グラスを出すと瓶ビールの栓を開ける。

本城にとって情報を得るために別人に成り済ますのは日常茶飯事だった。『田中』は北海道出身で、錦糸町に建設中のビルにエレベーターを設置するため、二週間限定で東京に来ている。毎日仕事を終えて、カエデの店で一杯やって夕飯を取り、宿に戻って寝る。そんな日常を繰り返す男という設定だ。

本城がカエデに目をつけたのには、もちろんわけがあった。

味田は智也の警察手帳を、詐欺の売上金と同等かそれ以上のセキュリティの下で保管しているはずだ。本城はそこで、オレ詐欺組織の番頭がどのように売上金を保管しているのか、捜査資料を読み、探った。

二〇〇三年ごろから世間に認知され始めた〝振り込め詐欺〟は、その勃興から干支がひとまわりするほどの年月を経て、警察や売上金を狙う〝叩き屋〟との激しい攻防の末、万全のセキュリティを誇る犯罪組織へと変貌を遂げていた。同時に手口も巧妙化し、二〇一四年、警察が把握している全体被害額は約五百六十億円にも及ぶ。

被害金——詐欺組織にとっての売上金の五割近くが、『金主』と言われる詐欺グループオーナーに入る。それだけの金を彼らが持て余さずにいられるのは、資金洗浄しているからだ。

事実上のナンバー2である『番頭』から事情は変わってくる。番頭で大多数を占めるのが、半グレと呼ばれる準暴力団指定された連中だ。元暴走族だがヤクザとは盃を交わさない彼らは、歴史と人脈を持つ暴力団組織と違い、いわゆる悪徳弁護士や税理士などのブレーンと出会う術がない。資金洗浄できず、現金をひたすらどこかに隠し持っているようだ。

警察に感づかれるから自身名義の銀行、貸金庫系は使えない。だから分配前の売上金も含め、大金は店舗内の金庫に保管――というのが、本城が知る詐欺組織の姿だった。しかし、昨年大阪府警が一斉検挙したグループの捜査資料が、本城の考えを否定した。摘発店舗に金庫がなかったのだ。逮捕された番頭の供述調書にはこう記されている。

オレ詐欺の売上金が叩き屋に狙われるのは以前からだが、最近は巧妙化している。信頼していた架け子が家族を人質に取られて、仕方なく店舗の住所を明かし、売上金一千万円が奪われたという話もある。売上金や貴重品を置いている店舗なんて、いまはない。

智也の警察手帳も店舗にはないはずだ。

本城は手がかりを求めて、過去に逮捕、起訴に持ち込んだ振り込め詐欺事案の調書を徹底的に読み込んだ。警視庁ではこれまで番頭クラスの人間を十名ほど逮捕している。そのうち大半が、売上金を信頼する女に預けていた。

だから本城は味田の恋人のカエデに目を付けた。

味田の元に『架け子』として潜入し、警察手帳を取り返すという、大胆でいて茫洋とした作戦を提案してきた智也は、本城の話を聞いて、失望した様子だった。

「まずは味田の女からなんて悠長なことを言っている暇があるか？　僕が毎週月曜日に行われる手荷物検査でどれだけの緊張を強いられているか――」

智也は捜査員を管理する立場だから、手荷物検査の指示はしても、智也をチェックする人物はいない。ただいつ何時、管理官も問われるかわからないのも事実だ。

本城は頑として首を縦に振らなかった。

「詐欺組織に潜入とお前は簡単に言うが、その準備だけでどれだけ時間がかかると思っているんだ。焦る気持ちはわかるが、失敗すれば全て失うことになるぞ」

期限を一週間と決めたことで、智也はようやく納得した。

本城演じる『田中』は、グラスのビールを飲み干すと「開店前の忙しい時間に申し訳ねぇな」と言い、モップで床掃除を始めた。カエデはカウンターの中に入った。レジを開けて、金の計算を始める。

本城はモップの柄を握りながら、レジの中をのぞき見る。たいした金額は入っておらず、警察手帳が隠されている様子もない。レジスターの下の棚に小型金庫が設置されていた。

カエデはレジスターの中の万札を取り出して数えると、ジーンズのポケットにねじ込んだ鍵束を出した。しゃがんで金庫の鍵を開ける。左手薬指に昨日はなかった大きなダイヤの指輪をつけていた。暗証番号を押したカエデがふいに振り返った。その目に警戒の色が浮かぶ。

「おいおいおいカエデちゃん、そりゃねーだろう！」

本城は誤魔化そうと、モップを離し、大げさに失望して見せた。

「その指輪、でっけーダイヤだなぁ。何カラットあんだ」

カエデは顔を赤らめて、左手薬指を右手で覆った。嬉しさから、しゃべらずにはいられない様子だ。カエデは指を三本立てた。

「三カラットか」

そんな高価な指輪を仕事場でつけていることに、本城は内心、首を傾げた。飲食店をひとりで切り盛りする立場ならなおさらだ。彼女の喜びが手にとるようにわかる。

「婚約指輪だな」

カエデは笑顔のまま、何も答えない。

「なーんだよ。俺の嫁さんになってくれんじゃなかったんか」

「ごめんね、田中さん」

カエデはすっかり警戒心を解いて、金を金庫にしまった。金庫の中までは、カウンターの外にいる本城には見えない。ガラスの扉がふいに開いた。

「ちわーっす。大森青果〜」

食材の配達屋だ。彼の登場を、待っていた。配達員は激しく息を切らし、カウンターに食材の入ったケースを置いた。カエデと配達業者の雑談に耳をそばだてる。案の定、エレベーターが故障している話になった。本城のニセの張り紙効果だ。

「えっ、私が来たときは普通に動いてたけど？」

本城はモップを動かす手を止めて、話に入った。

「ああ、ちょうど俺が入ってきた時に業者がやってきてたよ。箱の床が一部抜けたとか」

配達員が困った顔をする。

「一階にあと四箱あって」

「あと何往復かしないとダメなの？　手伝うわ。田中さん、ちょっと店番しててね」

カエデと配達員は店から出ていった。本城はモップを置き、カウンターの中に入る。カエデは金庫に鍵をつけっぱなしだ。暗証番号は一二一三だった。番号を押しながら、それが味田の誕生日であると気が付いた。金庫を開ける。売上金の札束が入った封筒と、釣銭用の大量の小銭が入った巾着袋、大手都市銀行の通帳と印鑑。そして、ビロード地の指輪ケースがあった。恐らく、婚約指輪が入れられていたものだろう。智也の警察手帳はない。

本城は金庫の扉を閉めた。厨房内の冷蔵庫や食器棚を探ったが、やはり見つからなかった。

食材を運ぶカエデと配達員が戻ってきた。本城はカウンターの外に出て、モップ掛けをやり続けていたフリをする。カエデは配達員に伝票を渡すと、レジ作業に戻った。配達員が立ち去る。カエデは金庫の鍵を抜いてポケットに突っ込みながら「いつまで床を磨くの、削れちゃうわよ」と冗談めかして声をかけてきた。

「いまの男か？　ずいぶん親しげだったじゃねぇの」

真の目的を悟られぬよう、本城は下心丸だしで尋ねる。カエデは本城からモップを受け取ると、バケツの水ですすぎながら言う。

「田中さんって結構、嫉妬深いのね〜」

「北の男は根気強く粘り強いのさ」

「そう。それじゃ食材も届いたところだし、とろろ定食でも作ろうか？」

「おいおい、もうちょっと力になりそうなもん食わしてくれよ」

「わかってるわ。十時からまた勤務だものね」

カエデはカウンターに戻り、丁寧に手を洗うと、豚肉に醬油と生姜で下味をつける。肉を揉みこむ際には指輪を外したが、終えるとまたすぐつけた。

「――どんな男なんだよ、え？」

本城はカウンターに座り、手酌で瓶ビールを飲んだ。

「どれくらいつきあったんだよ、俺は彼氏がいるなんて承知してなかったぞ」

「田中さんとの付き合いの……二百五十倍くらい」

本城は笑ったが、素早く計算する。今日で本城はこの店に通って四日目。その二百五十倍、約千日。味田とは三年ほどのつきあいか。カエデは数字に強い。金の管理には持ってこいだ。

「なんの仕事してる男なんだ。そんなでっけぇ指輪くれんだから、実業家とかか」

「そうね、そんなところ」

「金持ちの男ンとこ嫁ぐんなら、働き続ける必要ねぇだろ。店たたむのか」

キャベツを千切りにしていたカエデは一瞬、目を逸らした。婚約者の仕事が長く続けられるものではない——それがよくわかっているのか。

「実はね、彼に出資してもらって、二号店を出そうかと思っていて」

「やめるどころか、事業広げるってか」

「もちろんよ。いまどき、結婚でキャリアを潰す女はそういないわよ」

「ふーん。それじゃつまり、旦那の会社の傘下に、この店が入るってことか？」

カエデはあいまいに微笑んだ。味田はある程度金を貯めたら番頭稼業を引退し、カエデとこの店を大きくしていく——そんな夢を語っていたのかもしれない。

「なら、カエデちゃんも結構旦那の事業に絡んでんのか」

「まさか」

心外とでも言わんばかりにカエデは肩をすくめた。味田の稼業を好ましく思っていないらしい。

「まあな。俺も最初の失敗はそこだったかもしれんな。話したろ、こんな人にこき使われる重労働する前は材木店やってたって」

「そうだったわね」

「カミさんを事業に引っ張った途端、あーだこーだとまぁうるさい。やっぱアレだな。女は経営むきじゃない」

「やだ。クラブを経営している私に言うの？」

「女はやっぱりコレだ」

本城は指で金のマークを作る。

「コレに強いからな。コレの管理させとくのが一番。経理な」

「なるほどね～。それ確かに、彼から言われたことあるかも」

本城は確かな感触をつかみながら、話を畳みかけた。

「だろ？　大金になればなるほど、女に管理を任せなきゃダメだ。男はバカだからさ、札束見ると使いたくなっちゃうんだよ。だけど女は堅実だろう。上手に運用してくれるもんだ」

この話への食いつきが悪いと本城は思った。あまりペラペラとしゃべりたくないようだ。やはり詐欺の売上金を管理しているのはカエデか。だとしたら、警察手帳も――。

「もうふるさとのご両親には報告を？」

本城の問いに、カエデは曖昧に笑っただけだった。実家がぐらついていると直感した。そもそも地盤がぐらついているから、詐欺稼業に精を出すような男と平気で婚約できる。

「カエデちゃん、出身どこだ」

「市川よ、千葉の」

「よく帰るのか？」

「実家はもうないから。でもま、用があってよく川を越えるわ」

東京都と千葉県の境には江戸川が流れている。それを指しているらしい。

「そっか。友達多いんだな」

「友達なんか――」

言いかけて口を閉ざすと、カエデはごまかすように肩をすくめた。友達はいない、実家もない。それなのに、いまでもよく地元に帰る。

カエデはメニューにはないが豚生姜焼き定食を作ってくれた。完食して、代金を多めに払って店を出た。

カエデのクラブからほど近いカプセルホテルにチェックインする。狭い個室ですぐに変装をとき、周囲を気にしながら、外に出る。喫煙所で煙草を吸い、智也に電話をした。

「俺だ。正田《しょうだ》楓、千葉県市川市内にある金融機関を洗い出せ。口座だけじゃない、貸金庫もだ。大手は後回しでいい。地銀や地元の信金を中心に調べろ」

店の金庫にないなら、彼女名義の貸金庫に智也の警察手帳があるのではないか。その貸金庫は足しげく通う市川市にあると本城は考えた。

どういうツテを頼ったかは知らないが、智也はほんの二日で情報をつかみ、電話をよこした。建国記念日を挟んでいたから、銀行に問い合わせできたのは今日一日だけのはずだが、動きが早い。

「父さんがにらんだ通りだ。正田楓は市川信用金庫本八幡《もとやわた》支店に貸金庫を持ってる。開設は二年前だ」

計算は合う。味田と付き合って三年と推測できる。信頼関係ができたところで、味田は金の管理をカエデに任せるようになったのだろう。

「この後、どう動く？」

電話口で智也が声を押し殺して尋ねた。

「問題は、どうやって貸金庫にアクセスするかだな」

「捜索差押許可状があれば一発だが……」

確かに、令状があれば、手っ取り早くカエデの貸金庫の中身を確認できる。

「お前、請求できるか」

「できるはずがない。まずいまの父さんの証言だけでは裁判官は納得しないし――」

「そもそも俺は違法捜査中だ」

「懇意にしている裁判官に金を積む方法もあるが――発付したという痕跡が残ると、それを執行したのは誰かという話になってくる」

「やめておこう。あまりに危険だ」

「偽造するしかないんじゃないか」

「簡単に言うな」

結局、捜索差押許可状の偽造をすることになった。提出相手は千葉県内の小さな信用金庫である。東京地裁が発付する捜索差押許可状など見たことがないだろうから、真偽を確かめられない。信金の営業に差し支えない程度で捜索すれば、警察に問い合わされることもない。

本城は早速、自宅の納戸に引きこもり、パソコンのワードソフトで捜索差押許可状を偽造した。ある程度できたところで、もう一度智也に連絡を入れる。

「使用済みの令状を一部、回してもらえないか。一日――いや、その場で返却できる」

「印鑑だね。今日の夜、そっちに寄るよ。凜奈の顔も見たいし」

午後六時過ぎ、智也が喜多見の自宅を訪れた。

二階の納戸で、半年前に発付されすでに処理済みの令状を渡した。保管のために紐綴じされていたのだろう、左端にパンチ穴の跡がある。そして『執行済み』の黒い印。

本城はあらかじめプリントアウトしておいたニセの捜索差押許可状をテーブルの上に出す。買ってあった板ガムを一枚取り出し、中身は智也にやった。アルミと薄い白紙を分離するため、ライターであぶる。ぺろりとアルミ部分をめくって捨てると、薄紙を令状の裁判所印鑑部分にあて、ライターの丸角で強くこすった。

「どこでそんな技を？」

智也が真面目に尋ねる。

「犯罪者の手の内を把握するのが現場の仕事だ」

薄紙に東京地方裁判所の判が転写される。本城は偽の捜索差押許可状に薄紙をのせてズレないように指で隅を押さえ、ライターの丸角で再度、強くこすった。転写は簡単に終了した。

二月十三日金曜日。朝、本城は寝室のクローゼットを開けて、久々にワイシャツに袖を通した。美津子には職安に行くとしか言わず、淡々とネクタイを締めて、ジャケットをはおる。納戸に戻り、偽造した捜索差押許可状が入った封筒を背広の内ポケットに入れると、自身の警察手帳を取った。肌身離さず持ち続けた革の警察手帳は、いまでは表面が光沢をもつほど滑らかに使い古され、風格が出てきた。

警察手帳も内ポケットにねじ込もうとして、手を止めた。警察手帳と偽造文書を同じポケットに入れることに、嫌悪感が湧き上がる。同時に、罪悪感も。

カエデのような、犯罪に関わる人物を欺いて情報を得るのと、堅気の組織を文書を偽造してまで欺くのとでは、雲泥の差がある。真面目に四十年勤め上げてきた警察人生の全てを台無しにする行為だ。ばれなくても、刑事としての誇りに大きな傷痕を残す。

心に大きな迷いを残したまま、本城は午前八時には自宅を出た。最寄り駅の小田急線喜多見駅までは徒歩五分だが、迷いを払拭すべく少し遠回りをした。いまは枝だけの寒々とした桜並木が続く野川沿いに足を向け、小田急電鉄の電車基地を囲む塀の横を歩く。野川に沿うように広がる緑地で、まだ小学生だった智也と正月、凧揚げをした記憶が蘇る。

昔の他愛もない出来事を思い出し、気を紛らわせながら緑地を抜け、喜多見駅にたどり着いた。いつもとは違うルートで来たせいか、駅舎は違う建物に見えた。三十年近く通った駅舎がいま、異物を排除するかのように映る。本城は改札を前にして、とうとう踵を返した。こんなに迷いがある中で決行したら怪しまれるだけだと思った。

その時、自転車が本城の前で急に止まった。

「本城さん、お久しぶりです」

黒いコートにチノパン姿の、めぐみだった。

「お仕事、復帰されるんですね」

めぐみは一歩下がって本城の全身を見た。

「かっこいいです。現場の刑事、って感じ。ネクタイ、直させてください」

めぐみはさっと自転車のスタンドをたてると、両手を本城の首もとに持っていき、曲がっていたネクタイを一度緩め、形を整えてから強く締めた。きゅっと、絹が滑る音。

「……いってきます」


市川信用金庫本八幡支店は、京成八幡《やわた》駅からJR本八幡駅へと続く道路沿いにあった。窓口が四つあるだけの小さな店舗だ。ロビーのソファには老人が三人ほど、順番を待っていた。本城は入口近くの窓口に立ち、迷いなく警察手帳を示す。女性職員は目を丸くして居ずまいを正すと、「少々お待ちください」と頭を下げ、フロアの奥に消えていった。すぐさま男が現れた。支店長だった。

「ここではなんですから、ご用件は別室でお伺いします」

緊張した面持ちで、支店長が本城を案内する。二階の応接室に入ると、支店長はソファをすすめ、茶を持ってこさせようとした。

「おかまいなく。お忙しいでしょうから用件だけ」

本城はスーツの内ポケットから捜索差押許可状を取り出し、広げて見せた。四十年の刑事人生で、何度となくこれを示してきた。今回も、本物であると思い込んでふるまう。

支店長はちらりと見ただけで目を逸らし、遠慮がちに尋ねた。

「あの――どういった捜査で？」

「振り込め詐欺の売上金が、ここの貸金庫に隠されているという通報がありまして」

「そうでしたか。すぐに、ご案内します。どうぞ」

支店長は地下の貸金庫室に本城を連れていった。階段を降りるうち、胸の高鳴りが抑えられなくなった。偽造令状を執行した。罪悪感で胸が潰れると思っていたが、この興奮である。そう、俺はずっと捜査がしたかった。現場に戻りたかったんだ――。

支店長は正田楓名義の貸金庫の合鍵を部下に持ってこさせると、本城を中に案内する。六畳ほどの空間は天井が異様に低く、圧迫感があった。その南東側の壁に金庫の扉がずらりと並ぶ。支店長は当該の扉を開錠した。一歩二歩退いただけで、支店長は立ち去らない。

「立ち会いはご遠慮願います。済んだら呼びます」

支店長はそそくさといなくなった。本城は扉を開けると中の引き出しを抜いて、中央作業台の上に置いた。帯封で百万円単位に分けられた札束が、整然と保管されている。優に五千万円はありそうだった。金を全て取り出してみたが、智也の警察手帳はなかった。

ジーンズにダウンコート姿の正田楓は、市川信用金庫本八幡支店の自動扉をくぐった。昨晩泣き腫らしたこともあり、まぶたが腫れぼったく、コンタクトレンズがうまく入らず、メガネをかけていた。伏し目がちに歩く。

カエデは窓口で貸金庫に預けたいものがあると伝えた。

「こちらに記入して、お待ちください」

用紙に記入し、受付に出した。いつもはすぐ通してくれるのにソファで待たされた。女性誌を摑んだ。適当にページをめくるが、内容が頭に入ってこない。味田とやりあった昨晩の記憶が蘇る。店に寄った味田は、カエデが婚約指輪をつけたまま仕事をしていることに激怒した。

誰かになにか聞かれなかったか、俺のことを話していないか。婚約したからといってはしゃぎすぎだ、クラブ経営者がダイヤの指輪をつけているなんてプロ意識に欠ける……。

カエデは思わず言い返した。裏稼業などに精を出しているから、なんでもかんでも疑うのだ。堅気の商売をしている私に口出しするな、と。味田はさらに激昂する。クラブの赤字は誰が補塡してきたのか――。

「クラブ経営者としての覚悟がないなら、婚約は解消だ。いますぐ、それを返してくれ」

カエデは堪え、謝罪した。いま、味田に捨てられたらもう次はないと思っている。三十五歳、赤字を垂れ流すクラブ経営者。こんな女に寄り付く男はいない。

どうしても、子どもがほしかった。一刻も早く結婚したかった。このまま味田とズルズル続いて、味田の娘が風邪をひくたびに料理を作ってやるなんてまっぴらごめんだった。

カエデの謝罪を受け、味田も冷静さを取り戻した。指輪は外し、市川の貸金庫に売上金と共に保管しておくよう諭された。手元に置きたいと訴えると、「お前の賃貸マンションもこの金庫もセキュリティが甘すぎる。三カラットだぞ。一千万したんだぞ」と言われた。カエデは値段に驚き、それを男性に言わせてしまった自分を恥じた。いま、カエデはバッグに婚約指輪を忍ばせている。

なかなか呼ばれず、カエデはいらだってクレームをつけた。「ただいま、貸金庫に別の方が入られていまして」と窓口の女。セキュリティ上、複数人は入れないと言う。

契約して二年、他の顧客とかち合ったのは初めてだ。味田がこの信金に決めたのは、カエデが周辺地域について詳しく、店舗の規模が小さくて、人目に触れにくいからだった。

貸金庫に出入りする際は最大の警戒心を払うよう、味田に求められていた。カエデは別段気にせず、やがて呼ばれると窓口の中に入り、貸金庫へ続く階段を降りた。

カエデが貸金庫室に入っている間、本城は二階の応接室にいた。十分ほどして、支店長が

「正田様が帰られました」と顔を出した。本城は再度地下に降り、金庫の中身を確認した。積まれた札束の上に、ビロード地の指輪ケースが置かれていた。蓋を開ける。カエデが左手薬指にはめていたものだ。

それを戻そうとしたところで、積まれた札に何か書かれているのに気付いた。『りゅう』の小さな文字が見て取れる。おもちゃのスタンプのようだった。

本城が報告のために智也に連絡をすると、西新宿のパークハイアットの一室を指定された。夜十時過ぎになってようやく現れた智也は、本城の話を聞いて言った。

「やはり潜入するしかない」

「潜入などと簡単に言うな。なんとか現場でごまかし続けろ。他の手だてを探ろう」

智也はむくれたが、本城が作った水割りのウィスキーグラスを受け取る。

「俺の見立ては間違っていないはずだ。事実、金の管理は正田楓が行っていた」

返事がない。氷とグラスが触れ合う小さな音が連続して聞こえる。智也はグラスを震わせていた。本城はその手を摑んだ。

「智也、大丈夫だ」

「父さん、僕は明日にでも辞表を書く」

「なに言ってるんだ。警察手帳紛失ごときで、降格になるわけでもないんだぞ。始末書一枚、戒告で済む。確かに出世には響くだろうが――」

「僕は官僚なんだよ。官僚は上にあがり続けるしかないんだ。降格と、ずっと同じ階級でいることは、僕たちにとっては同義だ」

智也は食ってかかるように言い放った。

「落ちるくらいなら辞めた方がましだ。俺は、同期に追い抜かれてその背中をただ見つめるだけのキャリア人生を絶対に、絶対に送りたくない！」

「だとしても、まだ結論を出すのは早い」

「早くない。遅すぎたくらいだ。味田の元に潜入するしか手がないんだ。それができないなら僕は辞表を書く……。店舗への手入れが近いんだよ」

息子の焦りをようやく理解し、本城は青ざめた。

「一斉摘発が近い、ということか」

「そうだよ。店舗だけでなく、味田や関係者のヤサ、全てに一斉捜索が入る。現行犯逮捕した直後に一斉に開始できるよう、捜査員の編成を練っているところだ。焦って当然だろう」

本城は思わず目を閉じた。

「僕は毎日帳場のひな壇に座っているけれど、足は震えているのさ。捜査員が戻ってくるたびに、報告をあげてくるたびに――」

味田が現行犯逮捕されたら終わり。やがて一斉捜索の末、智也の警察手帳が発見される。

「ならばまずは時間稼ぎだ」

本城は言った。

「今日中に、日付が変わるまでに味田の店舗系列の受け子や出し子の名簿を持ってこい。そいつらもまだ、泳がせている状態なんだろ？」

受け子や出し子は番頭の存在はもちろん、架け子が集う店舗の場所すら知らない。もちろん、金主の顔も拝んだことがないから、彼らを逮捕してもただのトカゲのしっぽ切りで終わる。だから、一斉検挙を狙う智也の帳場は、現在受け子や出し子を泳がせている。

「五人ほど把握しているけど――何をするつもりだ、父さん」

「お前は知らなくていい」


二月十四日、土曜日。連日の晴天で昼間は十度を超えても、やはり朝晩はまだかなり冷える。早朝五時、本城は寒さに震えながら洗面所に入り浸っていた。スマートフォンを洗濯機の上に置いて、参考にするために拾ってきた画像を見本に髭《ひげ》の形を作る。

口髭を小さく整えた。頰の髭はそり落として顎のラインを残し、もみあげから口下の髭がつながるようにした。本城とは程遠かった『チョイ悪オヤジ』のような雰囲気が出る。

　昨晩、次の行動に出ると覚悟を決めた本城は、〝しまうま会〟に電話を入れた。金銭上の理由で解約したばかりだが、いまはとても芳子の介護を一手に引き受けられる状況ではない。事務所にかけた電話は転送され、めぐみの携帯電話につながったようだった。めぐみはサービス再開よりも、本城が刑事に戻ったことを喜んでいるようだった。

　髭剃りムースをすっかり洗い流し、顔を上げた本城は、後ろに立った美津子と鏡越しに目が合った。美津子はさぞ気味が悪そうに本城の全身を睨め回し、「どいて」と言う。

「悪いがもう出るぞ。母さんのデイサービスの準備、頼んだ」

「そんな髭で、就職活動でもないでしょうに」

「ちょっとした小遣い稼ぎの仕事だ」

　本城は六時前に家を出た。小田急線喜多見駅近くにある二十四時間営業のレンタカー店で、白のセダンを借りた。

　車に乗り、品川区大崎へ向かう。単身者向け高級マンションの賃貸物件に、受け子リーダーの前島史顕は住んでいた。マンションゲート前を通り過ぎた先の坂道に、覆面パトカーが停まっていた。前島に捜査員が張り付いているのだろう。彼らに気づかれないように、本城も前島を張り込む必要があった。準備していたサングラスをかけ、面パトとは反対側の区画の路地に車を停めて、前島が出てくるのを待つ。

午前七時半、前島のハイエースがマンションの駐車場を出た。面パトのあとを、距離をとって本城のセダンが続く。前島は車を北に向かわせた。労務者に仕事をあっせんするブローカーが本業の前島が、山谷の人夫出しに精を出すのは智也からの情報で摑んでいた。

格安宿泊施設が並ぶ山谷は、最近では海外のバックパッカーが集う場所にもなりつつある。外国人を歓迎する英語の看板や、万国旗が電柱をつなぐように飾られていた。

前島は集まっていた労務者たちをハイエースに乗せ、常磐道に向かった。面パトは常磐道に乗ることなく引き返した。不思議に思いながらも本城はハイエースを追い続ける。あっという間に埼玉、千葉県を抜け、茨城県に入るころには、あたりはのどかな景色になった。どこまで北上するのかと不安に思い始めたころ、ハイエースは福島県に入った。

やがてハイエースはいわき四倉《よつくら》で常磐道を降りた。一般道を乗り継いで海沿いの国道六号に入り、ひたすら北上していく。行き先の見当がついた。福島第一原発周辺だ。

これ以上追っても、受け子リーダーとしての前島の姿は確認できないだろう。それでも本城はUターンする気になれず、ただひたすらアクセルを踏み続けた。

楢葉《ならは》町を過ぎると『避難指示解除準備区域』の看板が見えた。片側一車線の狭い国道には、一般車両はほとんどなくなり、業務用のトラックばかりになった。歩道を歩く人も皆無で、国道沿いに立ち並ぶ店舗もシャッターが下りたままだった。大部分が居住制限区域に指定されている富岡《とみおか》町を過ぎる。前島のハイエースはスピードを緩める様子がない。

大熊《おおくま》町に入った途端、周囲を走る車のスピードが一気に落ちた。遠くに道路をふさぐ検問所のバリケードと、警察官の姿が見えた。本城は我に返り、ウィンカーを出して車を路肩に寄せた。あの先は帰宅困難区域だ。検問所を通るには許可証がいる。

前島のハイエースはなんの咎めもなく、検問所を通過した。あの先で労働者を降ろしたら、引き返してくるはずだ。本城は新聞店前に車を停めて、前島が引き返してくるのを待った。

一時間後、前島のハイエースが戻ってきた。追尾を再開する。前島は国道六号を南下し、途中いわき市内の喜多方ラーメン屋に立ち寄って昼食を済ませた。慣れた様子で市街地へ車を回すと、JRいわき駅前にあるビジネスホテルにチェックインする。

前島が客室へ消えるのを確認すると、本城はフロントへ直行し、警察手帳を見せた。フロントマンは警察手帳を見返した。

「県警ではなくて、警視庁？」

イントネーションが、福島出身のめぐみと同じだ。

「ええ。ちょっとお尋ねします。さっきチェックインした前島ですけど。常連？」

「ええ、まあ……」

フロントマンは曖昧な口調で答えたが、警察の聴取を拒む様子はない。

「人夫出しやっているみたいだけど——」

「やっぱりアレ、法に触れてるんですね」

ふいにフロントマンは言った。

「結構原発の近くまで行かされるらしいですよ。どう考えても線量オーバーしてるだろうにって、福島側の業者とあの人が、前にここのロビーでもめてたことがあって」

本城はいまさら別件の捜査とも言えず、黙ってフロントマンの話を聞く。

「あの人、線量オーバーしてようが、もうここでしか働けないような人ばっかりなんだからしょうがねぇだろうって。本人たちも了承してるって……」

前島はブローカーとしても、かなりグレーゾーンの仲介業を請け負っているようだ。

「ここにはどれくらいの頻度で来ますか」

「うーん。一か月に一度か二度くらいかな」

「一度来たら、どれくらい滞在する？」

「三日で帰りますよ。二泊。三日間みっちり働かせて、連れて帰る」

本城はビジネスホテル駐車場に停めたセダンに戻り、ため息をついた。被災地へ来るとどうしても、自身がやり遂げられなかった仕事への無念、未練が湧き、心がざわつく。

本城は煙草を続けて二本吸うと、改めて自身に言い聞かせた。ターゲットは前島だ。銀行が閉まる土日、前島は詐欺稼業に精を出すことはないようだ。前島が本城の監視下で受け子の手配をし、受け子と連動してくれないと目的は達成できない。

本城は詐欺の受け取り現場に介入し、智也の帳場が目論む一斉検挙を妨害する作戦を立てていた。受け取りの現場で受け子、出し子が現行犯逮捕されると、その情報は即座に番頭に伝わる。番頭は警戒し、その場で店舗を閉鎖する。解散して、架け子どもも地下に潜ってしまうのだ。そうなれば味田の逮捕は困難になる。

本城はビジネスホテル駐車場から車を出し、帰京することにした。福島に背を向けた途端、言いようもない罪悪感がせりあがった。

週明け、前島は帰京した。本城はベージュの軽自動車をレンタルして、張り込んだ。捜査員による張り込みも再開されている。本城は前島だけでなく捜査員の目も欺くため、毎日違う車種、色の車を使うようにしていた。

この日、受け子リーダーとしての仕事はなく、前島は都内の炊き出しに顔を出して、ブローカー業に精を出したのみだった。

事態が動いたのは翌日の二月十七日火曜日のことだった。雪が降る朝、本城は大崎のマンション前に着いた。今日は白い軽トラックだ。昨晩と同じ坂道の脇に捜査車両が停まっている。

前島のハイエースがマンションを出た。前島は環状八号線に入る。大田区の田園調布に来て、道路沿いのカフェに寄った。車を出た前島は寒そうに首をすくめていた。

張り込みの捜査員はカフェの隣にあるコインパーキングに車を停めた。ブロック塀が邪魔で店内をのぞけないのか、車から二人の捜査員が降りてきて、塀越しに前島の様子を確認する。本城は今日は軽トラックということもあり、カフェ斜め向かいの工務店前に路上駐車した。カフェは総ガラス張りだったから、車内から双眼鏡で店内の前島の様子を見守る。

雪のせいか、店は閑古鳥が鳴いていた。やがて前島のテーブルにパンケーキとサラダが運ばれてきた。前島は慌ただしく食べ始める。サラダをまるで丼ものでも食うようにかき込み、突然、スマートフォンを耳に当てた。慌ててナプキンの裏にメモを取る。受け子の依頼だと本城は直感した。詐欺電話に引っかかった被害者が出たはずだ。

前島は通話を切ると店員を呼び、勘定をする。張り込みの捜査員たちは慌てて面パトへ引き返していく。ブロック塀が捜査員の視界を遮っているはず。出し抜くチャンスだ。

本城は軽トラックを降り、店内に入った。店員の声がかかるが、テーブルを選ぶそぶりで、前島の横を通る。本城は前島の足元にわざと、サングラスを落とした。

「あ、スイマセン――」

前島は舌打ちしながらも、足元に落ちたサングラスを拾うと、腰を折り曲げた。テーブルの上に置いた紙ナプキンの文字に、本城は目を走らせる。

『寺島妙子《てらじまたえこ》　江戸川区中葛西六―×―×』

本城は前島からサングラスを受け取って礼を言い、テーブルに座り、メニューを広げた。前島が店を出る。ハイエースのエンジンがかかり、駐車場から去る。すぐに捜査員の面パトが追う。店員がメニューと水を出してきたが、本城は取り合わずに席を立った。


降雪によるチェーン規制のせいか首都高は空いていて、江戸川区にある寺島妙子の自宅には、四十分ほどで到着した。

本城は車を降りて、インターホンを押した。受け子が自宅に直接受け取りに来るのか、どこかで待ち合わせして銀行へ向かうのか、わからない。不在だったら、金融機関が集まる最寄りの東西線西葛西駅へ行くつもりだった。

「はい」と、高齢女性のしゃがれた声。

「毎朝新聞のものですが、購読のご案内――」

「いま忙しいの！」

切れた。まだ出かけていない。自宅受け取りだろうか。車に戻る。軽トラックを目立たず停められる場所を探そうとしたら、寺島家の玄関扉が開いた。慌てて車を発進させ、バックミラーで確認する。

えんじ色のコートを着た女性が出てきた。恐らく、寺島妙子だろう。腰が曲がっていて、杖をついて西葛西駅方面へ急ぐ。傘をさす余裕はないのだろう。ストールを頭からすっぽりかぶり、寒そうに身を縮こめている。

西葛西駅南口にようやく到着すると、妙子はそのまま駅前郵便局の自動扉に突き進んだ。数秒で出てくる。バスロータリーを突っ切り、交番に入った。若い警察官と一緒に妙子は出てきた。警察官は階段を上がった先にある駅舎の方をしきりに指さして説明している。妙子は警察官に礼を言って、エスカレーターに乗る。西葛西駅構内に入った。改札がある。その北側にある公衆電話にたどり着いた妙子は、慌てた様子で受話器を上げ、小銭を入れた。

妙子は携帯電話を持っていないらしい。受け子と待ち合わせするため、公衆電話を探していたのだ。周囲を見渡すが、まだ前島や張り込み刑事たちの姿は見えない。

恐らく、捜査員たちは前島ら受け子を泳がせるはずだ。受け子が手にした金が、味田にたどり着くまでマークし、味田を現行犯逮捕するのだろう。

白のハイエースと黒の面パトを意識して階段から南口ロータリーを見下ろしていると、改札の中にあるカフェに目がとまった。何度も改札口の方へ視線を向ける人間の仕草に気が付いた。スーツを着た二人組の男。前島だ。もうひとりは受け子だろうか。だらしなく伸びた髪を後ろに流した男。携帯電話で話をしている。

智也の捜査情報を思い出す。だらしない顔つき。覚えている。受け子のひとり、米村誠《まこと》だ。

二人は電車でやってきたようだ。周囲を注視するが、張り込みの刑事の姿はない。

前島はガラス張りの店内から改札方面を見て、公衆電話にしがみつく妙子を確認したようだ。妙子は電話を切ってからも十五分以上、改札横の公衆電話前で待たされた。

前島と米村はカフェから妙子の様子を見つめ、しきりに腕時計に目を落としていた。張り込みを警戒しているのか。本城が見たところ、まだ捜査員は到着していない。

午前十時半、ようやくカフェから米村が出てきた。改札を出て、妙子の肩を叩く。妙子は深々と米村に頭を下げた。前島は間を置いて出てきた。素知らぬフリで改札を抜け、妙子と米村を追い越すと、小走りに階段を降りて、バスロータリーの方へ向かう。その路地の先に郵便局がある。動揺した妙子が最初に飛び込んでしまった郵便局だ。そこで金が受け渡される。本城は確信した。

南口への階段を降りた目の前に、交番がある。しかも郵便局方面をむいている。本城が先ほど目にしたとき、四人の制服警察官が中にいた。本城は妙子と米村の前を行き、エスカレーターを降りた。交番を見る。二人の警察官がちょうど、自転車にまたがったところだった。交番にはひとり残っただけである。もうひとりいたはずだが、いなくなっていた。

本城ははっとした。前島と米村が妙子を二十分も待たせたのは、このためか。彼らは交番が手薄になる時間までも把握している——。

予想以上の周到さに背筋を寒くしながら、本城は郵便局に向かった。前を歩く前島は、郵便局向かいのドラッグストアに入った。処方箋薬局が併設されていて、その待合場所がガラス張りになっていた。前島はそこに陣取って郵便局前をにらむ。本城は煙草の火をつけるそぶりで、歩を緩めた。妙子と米村が本城を抜き去っていく。二人の会話が聞こえた。

「本当にこれで、孫は裁判沙汰にならないのね？」

「ええ。でもくれぐれも、タカミツ君には内緒にしておきましょう。会社のパソコンでアダルトサイト見まくってたなんておばあちゃんが知ってるとわかったら、かわいそうです」

「秘密にしてくれてありがとうね、いま、お金をおろしてきます」

「あ、窓口でなにか理由を聞かれたら、宝石買うって言うんだよ」

「え、どうして？」

「ほら、最近振り込め詐欺とかがはやってるでしょ。窓口で大金おろすときに理由を尋ねられるから。まさか、タカミツ君が会社のパソコンでアダルトサイト——」

「そうね、そうね。宝石買うって言うわ」

本城は二人が郵便局に入ったのを見届け、交番へ走った。ひとり交番に残っていた警察官は、のんきに両手を電気ストーブの前にかざしていた。

「ご苦労さま」

本城は警察手帳を示した。階級を見て、警察官はすぐさま最敬礼する。

「いや、休暇で孫に会いにきたんだがね、ちょっと郵便局前で怪しいのを見かけた。振り込め詐欺の受け取りに違いない。老婆がいまから郵便局で金を下ろす」

警察官は無線を取ろうとした。上に報告してから動くつもりだ。本城はその手を止めた。

「君、名前と階級」

「えっ。あ、自分は葛西署地域課巡査、加藤《かとう》です」

「私は本部捜査二課ナンバー四知キャップ、警部の本城だ。わかるな。知能犯係だ」

名刺を見せる。本部と聞いてさらに、加藤巡査は緊張した様子だ。

「上司の指示など待っていたら逃げられるぞ。急げ。ここは私が責任を持つ」

加藤巡査は最敬礼し、警棒に手をかけながら、郵便局に向かって走り出した。

本城は思わず、中腰姿勢で両手を膝につき、がっくりとうなだれた。

刑事の血が、仲間の内偵を潰した自分自身に怒りをぶつけるように沸き立つ。深く息を吐き、気持ちを落ち着けようとして、ふと視線を感じる。

ロータリーに黒い車が停まっている。張り込みの面パトではない。運転席の窓がこの降雪の中、全開だった。番頭、味田だ。

目が合う。視線が重なったのは数秒だが、十秒、いや二十秒か、実際よりも長く感じた。

味田は目を逸らすと、ウィンドウを上げながら、走り去った。

「受け子がパクられた。閉店だ!!」

味田は西葛西駅前ロータリーを出た十五分後には、錦糸町の稼働店舗に飛び込んだ。

架け子たちが一斉に通話を切り、使用していた携帯電話をその場で半分に折ったり、床に叩き付けて踵で潰したりして、破壊する。店舗リーダーの針谷がすぐさま黒のポリ袋を出し、「おい、こん中捨てろ！」と架け子たちに呼びかける。

「捨てたらとっとと出ろ。散らばって歩け。自宅まで二時間以上遠回りして帰るんだぞ！」

架け子たちは破壊した携帯電話、名簿、騙しの脚本を全て、黒のポリ袋の中に突っ込んでいく。味田も、到着するまでの間に破壊した自身の業務用携帯電話五台を、全て捨てる。

「次の店舗開店まで自宅待機だ。万が一サツが来たら、知らぬ存ぜぬを貫き通せ。お前たちがパクられることは絶対ない。帰り道、サツを撒《ま》いて逃げられたらの話だ！」

架け子たちが次々と店舗を飛び出していく。警察が来ている様子はまだない。味田はドアノブ、電灯スイッチなどを濡れたタオルでふき取った。店舗内には味田も含め、前科持ちが三名いる。指紋を残したらパクられる。最後、ホワイトボードの文字を消し、指紋がべったりついたペンを袋に捨て、終了だ。味田は指紋をふき取ったタオルも中に投げ込む。針谷が袋の先を結びながら、言った。

「次も必ず、呼んでください」

味田は頷き、針谷と堅い握手を交わした。いずれ独立したら、味田は針谷を番頭にするつもりだ。それほど信頼している。

針谷を先に店舗から出させた。遠くからサイレンの音が聞こえる。それでも味田は部屋の隅まできっちり確認する。シャツのボタンが椅子の脚の下に落ちているのを見つけた。回収する。デスク、パイプ椅子、ホワイトボードなどを残し、店舗を出た。パトカーのサイレンは確実に近づいてきている。決して焦らず、淡々と階段を降りる。

クラウンは錦糸町駅の北側、ショッピングモール・オリナスの駐車場に置いてきた。ガード下を通って錦糸町駅の北口へ回ると、味田は別のショッピングモール・アルカキット錦糸町へ向かいながら、旧知の中の中古車買取業者に連絡を入れる。気温が上がってきたせいで、雪はみぞれになっていた。足元にべちゃりと絡みつく雪が、革靴をじわじわと濡らす。

「おう。味田か。元気か」

「元気だが閉店だ。車、引き取ってくんないかな」

「お前いま、なに乗ってたっけ」

「クラウン。コンフォートデラックス。新車で距離は一千キロいってない」

「レッカーする費用差し引かせてもらって、五十万でどうだ」

「馬鹿いえ。最低百だ」

「他をあたれ」

「待て。わかった。九十」

「五十五」

「馬鹿野郎。七十」

「ディール！」

味田はオリナスの場所を説明し、電話を切った。もともと中古車買取業者は詐欺グループのメンバーだった。味田と〝同期〟で架け子として働いていた。顎が強くない——つまり、詐欺トークが下手だった彼は、味田が番頭に昇格したときに足を洗った。以降、犯罪などに使用された車ばかり格安で買い叩いては、訳ありの相手に高額で転売している。

アルカキットに入ったところで、場違いな所を選んでしまったと味田は後悔した。平日午前のショッピングモールは子連れの主婦ばかりで、スーツの男などいない。

味田はエレベーターの前で、運よく正装姿の団体を見つけて紛れた。母親らしき人が小さなネクタイを締めた少年の手を引いている。少年は背中に、ピカピカのランドセルを背負っていた。エレベーターに乗り、最上階に到着した。写真館があった。受付に向かう団体の横をすり抜け、子ども用の衣装が並ぶフロアをぐるりと一周する。見ると更衣室前にシューズボックスがあった。汚れたスニーカーが一足。味田はそれを履いて受付に戻った。

青年がダウンジャケットを脱いで待合椅子に置いていた。味田はそれも拝借するとジャケットと交換して着て、ワックスでセットした髪をぐちゃぐちゃにかき回して、店を出る。ネクタイやカフスボタンはすでに、錦糸町に戻る途中で捨ててきた。

味田は屋上に出た。ひとの姿が全くなかった。北側のフェンスからは雄大な東京スカイツリーの姿が見えるが、上部がすっぽり雲で覆い尽くされ、首をもがれたこけしのようだ。

サイレンの音が激しくなっている。味田はみぞれを防ごうと軒下に入り、煙草に火をつけながら、地上の景色を見下ろした。スカイツリーとは反対側の京葉道路沿いに、店舗が入るマンションが見えた。パトカーの赤色灯に囲まれていた。

コンクリートの段差に腰かけ、煙草の煙を吐く。西葛西駅前にいた男のことを思い出す。刑事とは思えぬ風貌だった。刑事があんなしゃれた顎鬚にしているとは思えない。だが眼光やまとったオーラは確かに、刑事だった。張り込みしていた知能犯刑事なら、交番の警察官に確保を要請したりしない。偶然居合わせた、休暇中の刑事という雰囲気だった。

そのわりに、逮捕を見届けることもなく、自責の念にかられたような態度だった。刑事の眼光をしているのに、犯罪者を摘発する使命感を全く漂わせていなかったのだ。

カエデの店に出入りしていた、エレベーター設置業者だという出稼ぎ男『田中』も、あの奇妙な刑事と同年代くらいか。カエデのプライベートや婚約者のことまでしつこく尋ねてきたという。そして突然、現れなくなった。気になって、『田中』の言う建設現場に行ったが、エレベーター業者の姿などどこにもない。まだ基礎工事の最中だった。

味田は階段を降り、アルカキットから出ようとした。四階から一人の男がブツブツしゃべりながら階段を駆け上がってくる。刑事だ。襟につけた無線マイクで報告をあげている。とっさに味田は五階に引き返した。全フロアがキッズ＆ベビー用品売り場で、親子連れがちらほら見えた。味田は紙オムツと粉ミルクを抱え持って、レジに並んだ。先ほどの刑事が五階フロアを一周していたが、やがて上の階へあがっていった。

味田はレジに並び、西新宿の京王プラザホテルに連絡を入れる。急用があって戻れない、部屋の私物は処分してくれと頼む。すでに一週間分の宿泊料は支払ってある。残り二日分の宿泊費は返金しなくていいと伝えると、フロントは私物の処分を引き受けた。

味田はホテルを転々としていた。身軽であれば、すぐさま地下に潜ることができる。

問題は、カエデだ。

味田はレジで精算しながら、考える。あのエレベーター業者を名乗った『田中』が刑事だった可能性は高い。本八幡の貸金庫にある売上金を早急に回収しなければならない。カエデとは、もう二度と会うべきではなかった。

味田はオムツと粉ミルクを両手に抱え、エスカレーターでひとつ下のフロアに降り立った。公衆電話を見つけた。刑事の姿がないことを確認し、受話器を上げた。お台場の店舗リーダーの携帯電話に連絡を入れる。相手は公衆電話からの電話に警戒を滲ませながら電話に出た。

「そばの出前、まだですか」

味田は迷いなく言った。相手は一旦言葉を切ったあと、「すぐ届けます」と答えた。味田は溜息をついて、電話を切った。これは符牒だ。警察の手入れで番頭が所有する携帯電話を全て潰したときの緊急連絡のためのものだ。「無理だ」と答えられたら、それは緊急事態を表す。「すぐに届ける」は異常なし。台場の店舗に警察の手入れは行われていない。

味田は再び小銭を投入し、新宿の店舗の架け子リーダーの携帯電話に連絡を入れた。

「そばの出前、まだですか」

電話に出た男はちっと舌打ちすると「どこ架けてんだバカヤロー」と電話を切ってしまっ

た。符牒に気が付かない刑事だろう。新宿の店舗は警察に急襲された可能性が高い。味田は受話器を置いて思わず、公衆電話を支えるスチールの柱を蹴った。

みぞれは昼過ぎに雨に変わった。多少積もった雪も雨に融けて流れた。夕方、本城は捜査二課長の吉本警視から直接、呼び出しを受けた。味田の現行犯逮捕を狙っていた合同捜査本部の内偵を台無しにした説明責任を、果たさなければならない。

吉本課長はさぞご立腹かと思いきや、本城の帰国時ほどの冷淡ではなかった。相変わらず、本城を客人として迎えようとソファを勧める。本城は拒まず、ソファに腰かけた。

「本城警部。あなたはまた、上司を驚かせる人ですね」

「申し訳ありません。まさか内偵中だったとは夢にも思わず」

「朝から西葛西でなにをしていたんですか」

「孫の買い物です。肌が弱いようで、かわいそうで。西葛西に、オールオーガニック素材でできたベビー衣類を取り扱う専門店がありまして」

ここ数時間で準備しておいた嘘だ。

「それで偶然、振り込め詐欺の現場を目撃したというわけですね」

吉本は経過報告書に目を通し、本城の証言を確認しているようだった。

「受け取り現場は見ていません。ただ、受け子の男がそういう風に女性を誘導しているのを聞いたものですから。直感で」

「新米刑事じゃあるまいし……。いつからそんな、青臭い人間になったんですか。ベテランなら、内偵がついていないかをまず確認すべきでしょう。その可能性も考えずに交番巡査をけしかけて逮捕させるなんて」

「見たところ、刑事の姿は見当たらず」

「ええ、確かに。受け子たちを張っていた捜査員たちも、途中で尾行を撒かれて西葛西には到着できずにいました。捜査員にも問題はありますけどね」

捜査員は組織対策部と生活安全部の垣根を超えた混成コンビだ。自身の部下ではないから、吉本は余裕の態度なのだろう。

「申し訳ありませんでした。また課長には、ご迷惑を」

吉本は意味ありげな表情で見つめてくる。にやついていて、どこか挑発的だ。

「ご子息が帳場を仕切っていることは、ご存知だったんですか。智也君がまさか父親に帳場の状況を話したりはしていないと思うんだけど」

吉本がなにを意図して発言しているのか摑めず、本城はただ目を細めた。

「まるで、智也君の手柄を潰すような逮捕劇だったから」

吉本は親子関係を心配するような口調だったが、目は完全に笑っていた。智也と階級が同じとはいえ、吉本の方はすでに課長クラスでトップをひた走る。三、四番手の智也の失敗は、吉本には追い風なのだ。事実上、内偵捜査をぶち壊した本城だが、決して法に触れることはしていない。直属の上司である吉本にはなんの傷もつかない。

本城は思い切って、口にした。

「父親がノンキャリの警察官だというのに、あえてその組織の官僚になった息子。うまくいくはずがないじゃないですか」

「いまのは、聞かなかったことにしますよ」

「だからと言って、わざわざ捜査の足を引っ張るようなことはしませんよ。西葛西の件はただの偶然です」

「もう結構。あなたも再就職先探しで忙しいでしょうから」

吉本は立ち上がった。

「天下り先を準備してやれず、申し訳ない気持ちでいっぱいです。あ、そうだ。有休消化はいいですが、早く辞表を出してください。事務処理がありますから」

本城はエレベーターで一階へ降り、「都民ホール」と呼ばれる警視庁本部庁舎ロビーを横切った。一般の人が集う場所で、本城に声がかかった。四知の石原巡査部長だった。本城を手招きしている。ホール脇の来訪者に個別対応するブースにいて、助け舟を求めているようだ。向かいには、派手な柄のショートコートを羽織った婦人が腰かけている。本城が近づくと、石原が耳打ちする。

「実はオレ詐欺のガイシャなんですが……」

「お前の担当じゃないだろ。帳場が立ってるんだから、そっちに——」

石原は本城を見て黙した。非難の色がにじむ。係は違えど、本城が内偵を潰した情報は伝わっているのだろう。帳場は処理に追われ、被害者対応どころではないのかもしれない。

「——そもそも、被害者への対応は所轄窓口が担当することになっているだろう」

「三鷹署が被害届を受理しようとしたらしいんですけど、それじゃご納得されなくて……」

石原は拝み倒すと、いなくなってしまった。仕方なく、本城は女性の前に座る。

「あなた、偉い人？」

本城は名乗ってから警察手帳を示す。

「藤木典子です。三鷹市新川に住んでおりまして。刑事さん、名刺くださる？」

本城は一枚渡した。桜の代紋のマーク。警視庁捜査二課第四知能捜査一係という所属。

『係長　本城仁一　警部』という役職と階級。典子は満足したようだ。仰々しく名刺を両手で持ち、安堵の表情になった。

「よかったわ。ようやく責任あるお方とお話ができて」

「振り込め詐欺の被害に遭われたとか。捜査は進んでますから、警察に任せて――」

「そうじゃなくて、直接犯人をあぶりだせる証拠を持ってきたんです」

典子は懐から、ジップロックに入った小さな青いものを取り出し、本城の前に置いた。

「スタンプですか」

「ええ。犯人に渡した金の何枚かに、これが押されているんです。孫が押してしまって」

本城は受け取らず、テーブルの上に置かれたスタンプにじっと視線を落とす。

「しかもこれ、世界にひとつしかないものなんです。二歳の誕生日に、母親が通販で注文して作ったもので……その文字は、母親の文字をもとに作られているんです」

典子はジップロックの中からスタンプを出すと、他に紙が見当たらなかったこともあり、本城の名刺の裏にスタンプを押して見せた。

「つまり、このスタンプが押された万札を探せば、犯人をあぶりだせるんじゃないかと」

スタンプの文字を見た本城は息を呑んだ。市川信用金庫の貸金庫で見た万札が、脳裏に浮かぶ。『りゅう』と名の入った青いスタンプが押された万札。本城は偶然の巡り合わせに言葉を失いながらも、感情は表に出さず、静かに切り出した。

「ありがとうございます。こちらでも警戒を強めます。まずは被害届をお願いします」

「このスタンプが押された万札、探してくださるんですね⁉」

「最善を尽くします」

公僕らしい曖昧で婉曲な言葉で逃げた。

この程度のことで罪悪感にさいなまれている場合ではなかった。智也の警察手帳は相変わらず味田の手の中だ。これからもっともっと、大きなハードルを越えるために——典子のような善良な市民に、泣いてもらうことになる。

ロビーを出る間際、本城は振り返った。典子はいつまでも本城の方へ頭を下げていた。


二月十七日深夜、智也がハイヤーで喜多見の実家を訪れた。疲れきった顔をしていた。本城が内偵を潰し、智也が矢面に立たされたのは間違いない。それが身から出た錆であることも。納戸で〝捜査会議〟をする。

「店舗の架け子に逮捕者は出たのか」

「新宿の店舗は全員逮捕。錦糸町の方は四名。上出来だけど味田は地下に潜った」

ため息と共に、智也は続ける。

「想像以上の警戒のしようだ。潜伏していた京王プラザホテルにも戻ってこなかったし、クラウンもとっとと売り払っていた」

「つまり、帳場の捜査員は誰もまだ、味田の行方を摑めていないんだな」

「ああ。カエデを張っているけど、どうやら婚約破棄のようだ。常連と浴びるように酒を飲んで、泣きじゃくっている」

「本八幡の貸金庫は？」

「捜索に入ったときには空っぽ」

本城は今日会った藤木典子を思い浮かべた。彼女が奪われた金は確実に貸金庫にあった。

智也は前のめりで言った。

「いよいよ、潜入するの」

「そうするつもりだったが、無理だ。西葛西で通報した際、味田に顔を見られた。受け取り現場に来ていたんだ。内偵や張り込みがないか確認のために、あたりを車で周回していたんだと思う」

智也は前のめりの姿勢のまま、がっくりと頭を垂れた。

「交番の巡査に指示していたところを見られた。刑事と感づいたはずだ。潜入は無理だ」

智也はうつむいたまま、長い沈黙のあと、顔を上げた。

「実は今日、本庁の人事課に呼ばれた」

「そろそろ異動の話が出るころだな」

官僚の昇進は早いが、異動も多い。たとえ山場を迎えた捜査があっても、早い時は一年弱で次の職場に移る。智也は警視庁に出向して一年以上たつ。

「次はどこだ」

「内閣官房だ」

本城は息を呑んだ。内閣官房に出向する警察官僚は多い。とくに情報関連組織は警察庁が握る治安情報が必要不可欠で、ポストの大半を警察官僚が占めている。

「総理大臣秘書官の、候補にあがっていると」

「すごいじゃないか」

本城は思わず、現実を忘れて言った。

「事実上、同期で出世コースのトップに躍り出る。歴代の警察庁長官、警視総監の大多数が、警視クラスのときに内閣総理大臣秘書官を経験している」

警察官僚が目指す最高位は警察庁長官か、警視庁のトップに君臨する警視総監だ。

「だから残りの二か月、気を引き締めろと」

「人事がそう言ったのか」

「ああ。不祥事があればこの異動は立ち消えだとね。とっくに不祥事を起こしているのに」

智也は自嘲する。

「内示を受けて二週間以内に異動する規定だ。僕は警視庁に出向している身。つまり――」

「装備品一式、返却せねばならないということか」

「そうだ。もちろん警察手帳も含まれている」

本城はつい舌打ちをしてしまう。目の前にぶらさげられた餌はあまりに魅力的だ。ただ、そこへ辿り着くにはとてつもない壁を突破しなくてはならない。

「僕は栄転目前にして、失脚というわけさ」

「内示はいつ出る？」

「三月下旬ごろだろう」

「つまり猶予はあと一か月ちょっとか」

本城は眉を執拗にこすり続けた。当初は店舗を閉店させてガサ入れを遅らせた後は、地下に潜った味田を早く見つけだし、警察手帳のありかをあぶりだすしかないと考えていた。だが、味田を見つけ出すだけで相当な時間がかかりそうだった。

もうあきらめよう。その一言が、本城はどうしても出なかった。息子が内閣総理大臣秘書官に任命されるという名誉、だけではない。本城自身はもう刑事ではなくなる。捜査ができない。いまは一分でも一秒でもそれを先送りしたい。実母の介護に疲弊しながら、ソファに根を生やす現実が本城は恐ろしかった。本城は決意の瞳で、智也を見上げた。

「やるか。潜入捜査」

4

二月十八日水曜日、雨が続き肌寒かった。本城は傘を差し、ひとりの情報屋と共に、立川市内の貸倉庫に来ていた。情報屋は大学生のころに結婚詐欺を働き、所轄署員だった本城が逮捕した。当時まだ二十一歳で、執行猶予で済んだが、口八丁手八丁で演技がうまくアドリブに強い。それなりに整った顔をしていたから、俳優にでもなれよと言ってみた。すると本当に劇団員になり、舞台の世界にのめりこんでいた。

あれから二十年が経ち、詐欺を働いていた頃より生活は厳しいが、好きなことをやって気ままに暮らしているらしい。いまでも劇団の公演があるとチラシが本城に届く。

彼は情報屋というより、いわゆる道具屋に近い。捜査二課は何か月も同じ対象に張り付いて行動確認をすることがあり、変装する。劇団の衣装やカツラを時々借りていた。

「本城さん、そういやもうすぐ定年だっけ。俺も年を取るわけだ」

コンテナが並ぶ広い敷地を歩きながら、劇団員が言う。

「定年なんて気が滅入る言葉を使うな」

「だってなんか、やつれたからさ。顔色悪いよ」

本城は答えなかったが、満足していた。味田の詐欺組織に潜入すると決意した。容姿を限界まで変える必要がある。朝から水分しかとっていない。タバコの量は増やした。やさぐれた中年への変身を画策している。

「で、今日はなにがほしいの」

劇団員がシャッターを開けた。傘を閉じて中に入り、本城は答えた。

「黒髪のカツラがほしいんだ。俺の髪形そっくりの」

劇団員は傘を畳んで振り、貸倉庫の明かりをつけながら笑った。

「冗談でしょ。そんだけ髪フサフサした上に乗っけたらカツラ浮くよ」

本城は無言で見返した。劇団員は掌を差し出す。一万円やった。劇団員はカツラが入る箱を次々取り出した。本城が中身を確認していく。最適なものを見つけた。

「あー。それは三万だわ。テレビ局からの払い下げなの」

「中古なら五千だろ」

「テレビ局が使うイコール高価、ってこと。それ、モノホンの人毛でできてんだぜ」

財布にはもう一万円しかない。最後の万札を出して言う。

「今日はこれで勘弁しておいてくれ」

「なら一緒に銀行行こうぜ」

「なにオレ詐欺グループみたいなこと言ってんだ」

「いや、次の公演でさ、なにかといま入り用なんだよ。舞台装置とかさぁ、金がかかって」

本城は黒いカツラを箱ごと借り受けると、仕方なく劇団員と共に銀行へ向かい、金を下ろした。昼食代として三千円上乗せした。劇団員は拝んで受け取る。彼の顎には横一直線の傷跡がいまでも深く残っていた。結婚詐欺の被害者女性に切られたものだが、医者にかかると警察に通報されてしまうので、接着剤で傷口をふさいだと言っていた。

本城は劇団員と昼食をとる暇もなく、新宿に出た。サロンの予約時間が迫っている。

ヘアサロンで担当についた女性が本城の髪や頭皮の状態を見て、「すごい」と言う。

「体質もあるでしょうが、年齢の割に量もしっかりあって、白髪が一本もありませんね。頭皮がすごくやわらかくて状態がよく――」

「白髪にしたいんです」

「……ロマンスグレーみたいな雰囲気にしますか」

美容師が手元のヘアカタログを見せる。写真は黒髪と白髪が交ざったのではなく、髪そのものをグレーにブリーチしたものだった。

「いや、グレーではない。完全なる白髪に」

美容師は本城の豊かな黒髪を触りながら、さも残念そうに言う。

「そうですね。できないことはないですが、かなり頭皮にダメージを負いますので、二日に分けてやりましょうか」

「ダメージは全く、構わない」

「髪がスポンジみたいになってしまいます。櫛をいれただけでぼろぼろとちぎれる感じに」

「構わない」

五時間かけ、二回に分けてブリーチを行った。頭皮に皮脂が残っていた一度目はまだしも、それもシャンプーで落ちた二度目は想像を絶する痛みだった。

本城はカットを断り、頭皮の痛みに耐えながら、小田急線に乗った。成城学園前駅で下車する。約束の時間よりもだいぶ遅くなってしまったが、しまうま会の事務所をノックした。

対応にでためぐみの視線がすぐさま、本城の真っ白になった頭に飛んだ。

「――どうなさったんですか」

本城は勧められる前に椅子に座った。外は雨、風が強く、髪が吹かれるだけで頭皮が痛み、雨粒があたると飛び上がるほどだった。本城は自分で買った鎮痛剤を飲んだ。

「実は、あなたに協力していただきたいことが」

「……その、髪の毛と関係が？」

本城は大きく頷いた。

「謝礼は弾みます」

「なにか、捜査に関することですか」

「そうですが、申し訳ないが、復興庁がらみの案件ではないのです」

めぐみは下を向いた。迷っているというより、突然の申し出に困惑している様子だった。

「あなたが危険にさらされるようなことはありませんから、ご安心を。ただ家族にも内緒なのです。知っているのは息子だけです」

「警察、官僚の？」

「ええ。彼の仕事を秘密裏に手伝っているんです」

「……私、なにをすれば」

「福島の方言を教えてほしい。それから、妻に対するアリバイ作りに協力してほしい」

「………アリバイ」

「事実上、仕事は休んでいますが、秘密の捜査で四六時中外出しなくてはなりません。ここで将来的に働くことを前提に、介護の実習をしていることにしてもらえませんか」

めぐみは長らく、本城の真っ白になった髪を見ていた。

「あの、血が……頭皮に、にじんでます」

「ええ。知っています。あなたしか、頼りにできる人がいないのです」

めぐみはやがて、同じ言葉を福島のイントネーションで繰り返した。

「ええ。知ってでます。あなたしか、頼りにできる人がいないンです」

本城はほっとして、イントネーションをまねた。福島弁レッスンはもう始まっていた。

晩には自宅の納戸で、頭髪を抜いた。口にタオルを突っ込み、激痛を堪《こら》える。美津子が使用している置き型の手鏡に頭部を映し出し、毛抜きで一本一本抜いた。頭皮の状態が落ち着いてからとも思ったが、待っている暇はない。

毎日髪以上に早く伸び続ける髭だけは、下手にブリーチすると伸びた後の根元の黒さが目立ってしまうから、こまめに剃り続けるほかなかった。

翌日には日焼けサロンにまで出向き、短時間で肌を焼いた。肌のトリートメント用の高価そうなクリームを塗られそうになったが、断った。公園に行き、誰もいない砂場に腰かけて、ひたすら砂で手を洗うような仕草を繰り返した。爪の間だけでなく、皮膚、指紋の間にも土をこびりつかせていく。日焼けサロンで焼いた肌は突っ張って痛いほどだった。

自宅に帰って改めて鏡を見た。体重は二キロ落ちていた。数日のうちに目と頬は落ちくぼみ、日々の生活に疲れた中年ができあがるはずだ。


二月二十日金曜日。本城は黒いカツラを着け、ネクタイを締めながら、一階に降りた。美津子は自分用の朝食に目玉焼きを焼いていた。時々、本城の頭のカツラに視線が飛ぶ。

「白くしたり黒くしたり、忙しいこと」

「いろいろと迷った末にこうなった」

「で、介護の仕事に就くことにした、と」

「うん。黒沢さんが是非にと、スカウトしてくれたんだ」

テーブルに着き、本城は新聞を開く。

「ふーん。ま、黒沢さんは、あなたのお気に入りだしね」

美津子はそれ以上なにも聞かなかった。いつもの根掘り葉掘りがないのが引っかかる。本城は食器棚のガラス扉に映った自分の顔を見て、うろたえた。風貌を変えても、四十年近くかけて犯罪現場で培った刑事独特の眼光は、隠しようもない。

警察をあれほど警戒する味田に、西葛西で会った男だとバレなかったとしても、刑事であることを隠し通せるだろうか。

不安なまま自宅を出て、渋谷に向かう。毎週木曜日の朝は、宮下《みやした》公園で炊き出しがある。本城はいつかの前島のように、ベンチに座ってホームレスを品定めした。『役者』を探す。

詐欺組織に潜入するための名義が必要だった。偽名で通るほど甘い組織ではない。本城は同年代の男を探す。炊き出しの品はもう食べ終わったのか、カップ焼酎を飲み始めた男に目をつけた。よく日に焼けて、まだまだ精悍な顔つきをしている。体力はありそうだが、朝から酒を飲んでいるのは、日雇いなどで働く気力もないことが窺える。

本城は男の隣に腰かけた。

「仕事あるけど。どう？」

男は怪訝な表情をしている。耳がだいぶ遠いようだ。本城は立ち去った。

今日一日で、都内だけで五か所の炊き出しがあった。すべてに顔を出したが、本城が求める人材は少なかったし、いても条件が合わなかった。四か所目で前島の姿を見かけた。西葛西で米村を犠牲にして逃げおおせた前島は、もうブローカー業を再開していたのだ。本城は公園に入らなかった。

翌、二月二十一日土曜日も、本城は炊き出し回りに精を出した。週末ということもあってか、上野公園は人でごった返していた。食べ物を求める人々の列を眺めていると、三角巾で腕をつり下げた男が目についた。同年代。腕にけがをしたのか、石膏で覆われている。立ったままその手を必死に使って、おにぎり、豚汁を口にしている。血色はよく元気そうで、目つきもしっかりしていた。治療を受けたということは、保険証を持っている可能性が高い。

本城は声をかけた。

「腕、大丈夫か。豚汁持っててやろう」

「ああ。すまねぇな」

本城が発泡スチロールの椀を手に取ると、男は石膏の腕をそっと三角巾の中におろし、ほっとして片方の手で握り飯に食らいつく。

「その腕じゃつらいな」

「あんた、NPOの人？」

炊き出しのスタッフと思っているようだ。

「違うよ。おじさんに紹介したい仕事があるんだけど」

「いまは無理だよ、ほら」

石膏で固めた腕を見せる。

「建築現場で落っこちたんだ。複雑骨折。全治半年だってよ」

「生活は大丈夫か」

「だからこのザマよ」

「働かなくても金が手に入る方法がある」

男はじろっと、本城を見上げた。

「不労所得か。ろくなもんじゃゃねえよ」

「名義貸しだ。あんたの仲間でもやってるの、いるだろう」

男は何かを堪えるように、首を横に振った。

「確かにろくなもんじゃゃねぇが、背に腹は代えられないだろ。怪我をしたら仕方がない」

「脱サラして商売始めたのが運の尽きだったな。寝ないで働いて生き抜くと誓ったんだが」

「仕事は何を」

「こう見えて、銀行さ。バブルのときまではよかったんだけどさ。大手に吸収合併されてからもう、年下の奴らに顎でこき使われるようになった。耐えられなくて、辞めたの。家族の反対押し切ってさ〜。退職金は全部、店の開店資金に回して」

男は初台《はつだい》でカレー屋を開いていた。

「家賃だけで相当だろ」

「そう。三年で閉めた。残ったのは借金だけ。二千万に膨れ上がってた。妻も愛想尽かして、娘も大学進学をあきらめざるを得なくて、口きいてくんなくなってな。閉店から離婚までたったの一か月だった。俺、しゃべりすぎてるな」

「そんなことはない」

「まともに口きくの、一か月ぶりだからさ。医者や看護師は長話を嫌うだろ」

男は懐から写真を取り出した。ずいぶん古い家族写真だった。

「菜々子《ななこ》っつうんだよ。かわいいだろ」

写真の中の娘は、七五三の着物を着ていた。

「いま、いくつになった？」

「今年三十だよ。アラサー。どうしてるかな」

「会ってないのか」

「連絡先すら知らねぇよ。十年くらい前に金の無心に来ただけさ」

金を食い尽くした父に金の相談に行く娘――。娘もかなり借金がかさんでいると本城は思ったが、家族にまで気を回していたら『役者』は見つからない。

「ほかに、親兄弟は？」

「もともと父親はいなくて、俺の借金半分肩持った母親は心労で倒れて死んじまったよ。唯一の弟は、俺のせいで財産が減ったと葬式で大喧嘩して、それきりさ。これも十年近く前の話。なんだ、自分で話してて驚きだな。俺以上にに名義貸しにぴったりな人間はいねぇな」

本城は男の話をじっと聞いていた。

「コレでどうだ」

豚汁を飲み干すと、男は両手を開いてかざした。十万か。相場は二、三万円だ。自分の力で生き抜くプライドが男にはまだあるようだ。本城はVサインした。

「お断り。そんなはした金で俺の名前が犯罪に使われるなんて」

「二十万だ」

男は驚いて、目を剝いた。

「おい、冗談だろ」

本城は現金二十万が入った封筒を男のブルゾンの内ポケットにねじ込んだ。

「条件がある。二か月、都内から離れてほしい。二か月だけ」

男は最後まで渋ったが、引っ越し代と当面の生活費として、本城が次々と現金をポケットに入れるのを、抗わなかった。本城は保険証を受け取った。『堀尾《ほりお》隆志《たかし》』という男だった。

夕方からずっと、本城は〝しまうま会〟に入り浸り、めぐみから福島弁の指南を受けた。

本城はめぐみに相談した。

「――刑事の眼光ってのは、どうやったら消えるもんですかね」

めぐみは小首を傾げてみせる。

「いや……。私の目つき、悪くないですか」

「優し気ですよ。大丈夫」

「いや。それは黒沢さんの前だから……」

言ったそばから本城は打ち消した。

「疑うべきでない人の前では普通でも、目つきの悪さは時々出てしまうような気がして」

「それなら、昔は警察官だったけど落ちぶれたとか、そういう設定の人間はどうですか」

めぐみは立ち上がり、パソコンの前に座った。「福島県出身ってことですから、福島県警でいいですよね」と言いながら、インターネット検索画面で『福島県警　不祥事』と入力する。本城はめぐみの機転に感心しながら、画面の検索結果を覗き込む。震災前までさかのぼると、福島県警だけでもそれなりの不祥事があったようだ。自殺、買春、窃盗――中でも群を抜いて多かったのが『飲酒運転』であった。

「これとかどうです？」

めぐみが、二〇〇八年に南相馬市《みなみそうま》で起きた飲酒ひき逃げ事件の記事を指さした。五十代の巡査長が飲酒運転で七十代の老婆を撥ね、重傷を負わせており、即懲戒免職となっていた。

『堀尾』の年齢とも合うし、事故が起きた時期も悪くない。

「南相馬市って確か、めぐみさんの？」

「ええ。私の生まれ故郷です」

めぐみの表情に故郷を懐かしむ色はなく、どこか突き放したような目だ。

「この、事故があった小高区行津《おだかくなめづ》のあたりって、津波で壊滅的状況になったところですよ」

警察官の兄が津波で死んだとめぐみが話していたことを、思い出した。地震発生から津波が来るまでの間、住民の避難誘導のために現地に駆り出された多くの警察官が殉職している。

「この五十代の元警察官、いまごろなにをしているのかしら。震災前に県警をクビになっといて命拾いしたわいなんて、思っていたりして」

晩、自宅に帰った本城は、納戸に置いた小さなテーブルの上に堀尾の保険証を置いて眺めながら、本城は後頭部の毛を手探りで抜いていた。だいぶ頭皮の状態が落ち着いてきて、悲鳴をあげるほどの痛みはない。

『堀尾隆志　生年月日　昭和三十五年二月二十七日
住所　和光《わこう》市白子×××番地×××あかね荘二〇一』

国民健康保険は埼玉県和光市から発行されていた。本城よりも二つ年下だ。自宅が少々遠いのが難点だったが、上出来だろう。鏡を見た。額部分がとくに薄く、白髪よりも地肌の色が目立つほどになった。

ドラッグストアで購入した二重瞼用糊を出す。アイプチと言われる化粧品だ。切れ長の一重瞼を二重にした。瞼がくっつきすぎてめくれ上がってしまった。失敗だ。練習を重ねないとうまくはいかないようだ。本城は黒縁のメガネをかけた。作られた二重瞼の不自然さは、メガネのフレームである程度カバーできる。

明日から、福島県警の元警察官、堀尾隆志だ。

二月二十二日日曜日、本城はスーツ、黒いカツラを身につけて玄関を出た。近所の主婦が「おはようございます」と頭を下げる。カツラと気が付いていない。

本城は成城学園前駅で下車してしまうま会に顔を出すが、日曜日は休業日なので人気がない。合鍵で中に入る。

しまうま会は所長のめぐみ以外は非常勤職員で、直行直帰する主婦ばかりだ。月に何度か、サービス実施記録の控えを提出しにくるだけで、シフトはめぐみが各自にメール配信していた。ほかの従業員と鉢合わせする確率が低い。本城は更衣室を変装拠点とすることにした。

パーティションの奥の畳二畳分のスペースで、素早くカツラとスーツを脱ぎ、この日のために汚して準備しておいたスラックスとネルシャツを着る。二重瞼を作ると、フリーマーケットで百円で手に入れた青いブルゾンを羽織り、庭先の石で叩いて形を潰したハンチングをかぶった。メガネをかけ、糸がほつれた手ぬぐいを首に巻いた。

しまうま会を出ようとして、私服姿のめぐみと扉の前で行きあった。めぐみは本城だと気づかなかった。

「堀尾ですヨ、社長」

本城が福島訛りのイントネーションで言った。めぐみは驚きの表情を浮かべる。

「全然わかりませんでした。すごい」

「いってきます」

鉄の外階段を下った。めぐみが駆け降りてきて、トートバッグからお守りを差し出した。

「これ。福島ですっごい有名なパワースポットのものです」

金糸の刺繡が入った赤いお守りだった。『円明院《えんみょういん》』と読める。丁重に返そうとすると、めぐみはお守りを本城のブルゾンの内ポケットに突っ込み、「気を付けて」と強く言った。本城はうなずき、歩き出した。

めぐみは外階段の手すりを握って、いつまでも手を振っていた。

この一週間で、本城はだいたい、前島がいつどの炊き出しに顔を出すかパターンを把握していた。今日、日曜日は主に上野近辺だ。本城も朝、昼、晩と公園や教会を回って炊き出しに並ぶ。しかし、前島と接触することはできなかった。前島以外のブローカー、人夫出しが二人ほど、声をかけてきた。背筋が伸びた本城は目をつけられやすいようだ。一切断った。最後、福島で除染作業員をやらないかと声をかけてきた人夫出しに断る理由も伝えた。

「福島行きのときは、前島さんに決めてンだよ」

「なんであいつ限定なんだ」

やはり、知り合いのようだ。

「ハイエースが好きなんだ。そういや前島さんは？　最近見ねェけど」

「今日、福島行ったばっかりだ」

本城は小さなため息をついた。味田まで、あまりに長い。


本城はそれでも、福島のブローカーの証言が間違いである可能性を考え、翌日もその翌日も、炊き出しに顔を出した。前島は西葛西の一件以降、家財道具をすべて捨てて大崎のマンションを出ていた。いまはどこに住んでいるのか、わからない。

炊き出しでは同じホームレスと何度も顔を合わせる。みな三食ありつくために、どこで何時から炊き出しがあるのか把握していた。彼らとの交流も大事だった。堀尾隆志になりきるため、本城は他愛もないおしゃべりに加わり、機が熟すのを我慢強く待った。

前島が福島から戻るはずの二月二十四日火曜日の夕方、本城は代々木公園南門で、仏教団体の炊き出しの列に並んでいた。昼間は珍しく二十度近くまで気温があがったが、やはりまだ二月、日が落ちると冷え込む。食事の前に坊さんによる説法を聞かねばならず、本城は寒さに耐えていたとき、ベンチに座りスマホをいじっているサラリーマン風の男がいることに気が付いた。視線はじっとホームレスを品定めしている。前島だ。

福島から帰って早々に人材探しとは、ずいぶん精が出る。上に立つ味田は現在新店舗開業を目論んでいるはずで、恐らく受け子と同時に架け子も探す必要があるのだろう。炊き出しの行列の中で前島から最も近い列に、本城は並び直した。

知った顔が列の何人か前に見えた。麹町《こうじまち》の教会の炊き出しにもいた、南という六十代のホームレスだ。茨城出身で、本城の訛りを聞いて声をかけられ、仲良くなった。「失礼、失礼」と言いながら腰をかがめて、順番を抜かし、前島の目につきやすいようにする。南の汚れたダウンジャケットの肩を叩いた。大声で福島弁をかます。

「ヨオ。南くん」

ホームレス仲間がいるように見えれば、偽装した刑事だとは思いもよるまい。猫背になって少し腰を曲げ、長身を隠す。

「説法早く終わんねがな。あいつら、優越感にひたってるンだ」

本城が大声で言うと、南は「しー！」と人差し指を立てた。

「聞こえんべ、堀尾のオッサン」

「かまわねー。俺がマッポやってたころだってヨ、坊主の駐禁がいっちばん質悪《たち》がったんだ」

マッポ——警察官の蔑称である。ベンチの前島が本城を振り返った。

「そらオッサン、坊主は葬式だ通夜だなんだ、颯爽と駆け付けねばなんねぇだろ。葬式の最中に駐禁取られたって、その場抜け出されたらホトケさんが成仏でぎねぇよ」

二人で大笑いする。後ろにいたホームレスがふいに、本城の肩を強く叩いた。

「あんた、マッポだったんか。どこの?」

見覚えのあるホームレスだった。まだ若い、三十〜四十代くらいの目つきの悪い男だ。元プロボクサーで喧嘩っ早く、ホームレスのシマを荒らす嫌われ者だった。

「福島だよ」

「こんなところで東京都の善意にすがってないで、地元助ける仕事しろよ」

「うるせぇヨ、余計な世話だこの野郎」

「やんのか、コラ。マッポ崩れの分際で」

いきなり、冷酒を頭からぶちまけられた。メガネの奥の瞼にも酒が滴り落ちる。目の前に前島がいて、投げ込んだ餌にいまにも食いつきそうだというのに、二重瞼の糊が剝がれてしまったら、全てが水の泡である。ここは一旦、退散だ。本城は大げさに目を押さえて、叫んだ。

「この野郎、覚えとけヨ！」

本城は列を飛び出し、公園を立ち去ろうとした。思いがけず「あ、ちょっと」と、腕を摑まれた。前島だった。本城はハンチング帽をまぶかにかぶり、ちらっと前島を見る。

「おじさん、警官だったの？」

『堀尾』に興味を持っている。本城の罠に引っかかった。だが瞼の皮膚がゆっくりと剝がれていく。変装がとけてしまう。本城は思い立ち、前島の腕を振り払うと、先ほど難癖をつけてきた元ボクサーのところへ戻った。肩を叩き、振り返りざまに顔面に唾を吐きかける。

本城は殴られ、大の字に倒れた。相手は馬乗りになり、なおも殴る。騒ぎに気づいた坊主が駆け付けたが、袈裟姿だ。「警察を」と坊主が叫んだとき、元ボクサーの後頭部に、強烈な踵落としがお見舞いされた。前島だ。元ボクサーは白目を剝いて、ひっくり返った。

前島は乱れたジャケットを整えると「大丈夫か」と本城を立たせ、腕を強く摑んで歩き出した。五発殴られ、両目とも腫《は》れはじめている。腫れてしまえば瞼も一重だ。

新大久保駅近くのクリニックのロビーで、前島史顕は治療が終わるのを待っていた。堀尾と名乗る男とまだろくに話せていないが、元警察官ならば味田が喜ぶ人材だ。

受付から堀尾の保険証をいったん返却してもらった。スマートフォンで写メを撮り、味田にメールで送る。堀尾が羽織っていたブルゾンのジャケットを探る。内ポケットから円明院のお守りが出てきた。月に何度も福島へ除染作業員を連れていく前島は、そこが有名なパワースポットなのは知っている。

味田から、折り返しの連絡が来た。彼はいま、台湾にいる。よほど警戒しているらしく、錦糸町店舗を閉鎖した直後、警察の急襲を逃れた台場店舗の番頭を他に任せ、ケツ持ちヤクザが手配した偽造パスポートで飛んだのだ。

保険証の情報を確認した味田は電話口でこう言った。

「確かにこの年代の架け子は欲しいところだが――どこで見つけた」

「炊き出しです。デコスケだったら顎が立つでしょ。現場で使えます」

「どこの警官だった？　警視庁か」

「いや。酔っ払いに絡まれて怪我しちゃいまして、いま治療受けさせてるんで、まだ詳しい話は……でも警視庁はなさそうです。ひどい訛りで。福島県の寺のお守りを持っていたんで、あっちの方の県警じゃないかと」

「人相は？」

「いや〜ぼこぼこに殴られちゃってて、だいぶ顔腫れちゃってたんでなんとも」

「身長は」

「一七五くらいじゃないですか」

　味田は電話の向こうで沈黙した。前島はため息をついた。

「――また〝西男〟すか？」

〝西男〟とは、前島と味田の間で暗号のように定着した〝西葛西の男〟の略である。交番の巡査に米村を逮捕させた眼光鋭い大柄の刑事。それが味田の中ではすっかり、元婚約者から情報を取っていた謎の労務者『田中』と同一人物となっているようだ。被害妄想じみた味田の強い警戒心に、前島は呆れながらも、ポケットからぼろぼろの紙を出した。味田が書いた〝西男〟の似顔絵である。豊かな黒髪と、刑事とは思えぬ個性的な髭。切れ長の目。中年のようだが精悍な雰囲気が似顔絵からも漂う。

「西男でないのは間違いないっす。もっと痩せててみすぼらしい。頭、真っ白。薄いし」

「――とにかく、よく素性を確かめろ。使えそうなら養成所へ放り込め。名前と生年月日でケツ持ちに調査させる」

　ケツ持ちヤクザが調べられるのはせいぜい闇金リストに載っている人物か否かである。

「で、味田さんはいつ日本に戻るんすか」

「状況次第だ」

電話は切れた。前島はため息をついた。味田はちょっと前まで、もっと大胆でおおざっぱな男だった。顎の強さと度胸、そして暴力で番頭にのし上がった。

中国人金主とつるみ始めてから態度が硬化してきた。デキるサラリーマン気取りで高級スーツをまとい、ホテル住まいを始めた。中国人金主を通じて知り合った〝頭のいい連中〟のアドバイスを受け、どんどん敷居を高くして、味田を三年も支え、金の管理をしていた女まで も切り捨てた。

「あのォ……」

はっと前島が我に返ると、目の前に堀尾が立っていた。治療が終わったのか、右眉には大きくガーゼが張られ、左瞼も腫れ上がって視界が悪そうだ。負け犬のオーラが全身から放たれている。敏腕刑事〝西男〟のはずがなかった。

「ありがとうございまシた。あのォ……」

なんで俺なんかに親切にしてくれるんだ、という表情をしている。堀尾がポケットに手を突っ込んでぐちゃぐちゃになった千円札を出そうとしたが、前島は受け取らなかった。

「炊き出し食えなくて腹減ったろ。飯でも食いにいかね？」

前島はさっさと歩きだしたが、堀尾はついてこなかった。

「悪いようにはしねぇよ。ちょっとあんたに、紹介したい仕事があってな」

〝仕事〟と聞いて、堀尾は目を輝かせた。

　新宿中央公園近くのデニーズに入った。堀尾は最初遠慮していたが「食わない奴には仕事は紹介できない」と言うと、猛烈に食べ始めた。ハンバーグ定食に続き、ピザをほおばる。

堀尾はやはり福島出身だった。南相馬市で暮らしていたという。

「大変だったね。自宅は無事だったの、津波」

「アパートは流されちゃって……。隣に住んでだおっさんも死んだヨ」

「家族は？」

「独り身サ。離婚した妻も娘もいま、どこにいるやら……でも、生きてるとは思う。震災で死んだ人の名前、新聞に載るでしょ。目ェ皿にして全部見だけど、妻も娘の名もながった」

「ならよかった。そういや、マッポだったたって叫んでたけど。本当に警官だったの」

　前島はさっさと本題に入った。途端に、堀尾の目の色が変わり、どこか自嘲するような雰囲気を醸し出す。懲戒免職で追われたのだろうか。

「前島さんは、なにが、派遣業者さん？」

「ま、ブローカーだね。福島にもよく行くよ。除染作業員連れていくんだ」

　堀尾はその仕事を振られると思ったのか、大きくかぶりを振った。

「あ、堀尾さんにはもっと向いてる仕事があるかなと思っていて。元デコ……いや、警官だった堀尾さんにぴったりのやつ。警察だとどこ畑だったの？」

「ずっと交番勤務だよ」

「電話対応とかは？　一一〇番通報とかの」

「それは通信司令ンとこに行くから。交番には直接かかってこねェよ」

　まあいっか、と前島は心の中で思う。

「堀尾さんいま、保険証持ってるってことは、保険料払えるだけの金はあるんだよね」

「まあ、なんとか日銭を節約して」

「どんな現場に行ってるの」

「主に建築だナ」

「その年じゃつらいでしょ」

「ほかに雇ってくれるとこはねェよ。それで、俺にどんな仕事をそのう、斡旋すると？」

　堀尾が上目遣いに尋ねる。

「それを言う前に、正直に答えてほしいことが。なぜ警察を辞めた？」

　堀尾は首を横に振った。

「それを言っちゃぁ……たぶん、不採用になんねェかな」

「なにか悪さしたの？　犯罪がらみだな。薬物、万引き、買春……」

堀尾は苦笑いで、「飲酒運転」と答えた。前島は大した罪じゃないと思ったが、堀尾は暗い瞳で続けた。「挙句の、ひき逃げで」

前島はこれはいけると直感した。

「相手は？」

「軽傷だったンで、地元の新聞にちょろーっと載っただけ。でも一発で懲戒免職」

「このご時世だからね」

「震災の、一年前くらいの話かな。でも正直、アレで命拾いしたかなってのもあって」

堀尾は掌に汗をかいているのか、太ももで執拗にこすりながら、声を潜めて言った。

「だってね、俺の後任で交番に入った若い巡査がさ、震災の時に住民の避難誘導だなんだで駆り出されて、津波にのまれちゃったたって聞いてさ――」

腫れあがった瞼の隙間から、堀尾の卑しい瞳がのぞく。前島は顔には出さなかったが、目の前の警察官崩れの中年男を心底軽蔑した。

「まぁなんにせよ俺の飲酒運転のせいで、一家離散だ。男なんが所詮、女にとっちゃ金づるさ。俺が仕事見つがンなくてあたふたしてるうちに、娘連れて出でってしまった」

「そう……懲戒免職じゃ天下り先もないだろうしね」

「いわきとが郡山でも仕事探しで、ようやぐ福島市で定職にありついたの、スーパーの警備員。矢先に、震災があって。店は閑古鳥サ」

「うん。そういうご時世だったよね、あの時は」

「あっどいう間に倒産。それから仕事求めて、流れ流れて、東京まで来たモンだげど。東京もやっぱり厳しい。仕事がこんなにまでないとはネ」

「大丈夫、俺がいい仕事紹介するよ」

前島はあえて前のめりにならず、コーヒーを飲みながら軽く流す感じで言った。

「テレアポみたいなもんなんだけど。電話勧誘だよ。お金持ってる高齢者が相手ね。株とかマンションとか持ってて不労所得で儲けてるひとたち」

「なにか、営業電話みたいなもんかい？　ぜひぜひ、やらシてください」

堀尾は深く頭を下げた。

「で、俺がマッポだったのが役に立つってのは」

前島は完全に無視して、落としにかかる。

「いやーでもちょっと心配なのは、その訛りなんだよね。標準語、できるよね」

堀尾は居ずまいを正し、正確なイントネーションで「もちろんです」と答えた。

「ま、研修所でどうにかなるか。じゃ明日からどう？　朝八時、ここ集合で。迎えに来るから」

前島は質問させずいっきに畳みかけた。一度養成所に放り込んでしまえば、もう逃れられない。あとは徹底的な暴力で管理される。『架け子』としてしっかり成長してくれたら、味田に売り渡す。元マッポということもあり、十万以上要求できる。脱落すれば『受け子』『出し子』もしくは『役者』として、前島が引き取ってこき使う。

二月二十五日水曜日。本城は右眉上のガーゼを、顔面を硬く強張らせながら交換していた。強張りは痛みによるものだけではない。いよいよ組織に入る初日ということもあり、緊張しているのだ。二階の寝室クローゼットからコートを出してはおり、まずは『本城仁一』で家を出る。階段を降りたところで、ダイニングから美津子と咲江が話す声が聞こえてきた。

「それにしてもあの顔――相当殴られたんじゃないでしょうか。智也さんに相談します？」

「気にしなくていいわよ、放っておいて。だいたいなにが起こっているのかはわかってる」

美津子はさも、夫を泳がせているかのような口調だった。

「きっとあの人、ヘルパーと不倫してるのよ」

本城は噴き出しそうになって、顔面の痛みに顔をしかめた。

「あの傷はたぶん、黒沢さんの夫とか彼氏とかにやられたんじゃない？」

咲江は遠慮がちに尋ねた。

「お、お義父さんが不倫なんて……」

本城は牽制するように「行ってくるよ！」と玄関先から大声をあげた。女たちの声は止み、探るような沈黙が続いた。


渋谷区の道玄坂にあるビジネスホテルの一室で、針谷は洗面所の排水口を詰まらせてしまい、舌打ちした。指を突っ込み、剃り落とした頭髪を押し流す。

裸で、バスタオルを腰に巻いたままの恰好だ。身長一八九センチ、体重九〇キロを超す男は暴力団にならいくらでもいるが、詐欺稼業の現場ではそう見ない。暴走族時代から、用心棒的扱いで体を張る仕事が多かった。上半身のいたるところにある傷はその証だ。顎が立つ──トークが上手で頭の回転が速いと味田に見抜かれ、詐欺稼業に引っ張りこまれて二年。頭角を現し、架け子リーダーにのし上がった。

新たに店舗を開拓すべく、針谷は味田から物件探しと架け子の養成を依頼されている。架け子の半分がパクられた上、警察の捜査の手に完全にビビった二人が、足を洗うと飛んでしまった。急襲された新宿店舗に至ってはリーダーもろとも全員逮捕というから肝が冷える。

自身の素性も警察にマークされているかもしれず、針谷はツーブロックの髪を全てそり落とし、今日、一からスタートを切る。

午前八時、針谷は養成所に到着した。渋谷区神泉《しんせん》のラブホテル街の一画にある雑居ビルの地下。かつてはクラブだったが、いまは潰れて廃墟になっている。ビルの上の店舗は飲み屋やパブで、開店は午後五時以降だからひとの気配がない。防音設備もしっかりしており、喉が一日で潰れるほどしゃべらせる架け子の養成所としては、最適だった。

地下への階段を降りる。前島が扉の前に立ち、集められた男たちを見張っていた。

「全員集まってるか」

「や、ひとり遅刻が。まだ来てない」

「なんて奴？」

「山崎竜輝《やまざきりゅうき》。二十一歳、大学生。ネットで自ら応募してきた奴です」

そのとき背後から、階段を駆け下りてくる足音がした。山崎だ。

「あー、すいません。あの、えっと、アルバイトの研修に来たんですけど」

針谷と前島は一瞬視線を交わした。前島が扉を開ける。山崎がへらへらと頭を下げて入ってくる。その背中を、針谷が思い切り蹴飛ばした。山崎は吹っ飛んだ。椅子に座っていた〝架け子候補生〟たちに激突し、倒れる。どよめきにも似た悲鳴があがった。

「おい山崎。この稼業に立候補してきた立場だろ、え⁉」

針谷は容赦なく、床に倒れた山崎の顔面に革靴の底を押し当て、踏みつける。廃墟のクラブにはグラスや皿の破片が散乱している。山崎の顔にガラスがめり込み、血が流れる。

呻きながら、山崎は「ごめんなさい」と叫んだ。針谷は山崎の顔を踏み台にしてまたぎ、クラブのお立ち台だった場所に立つ。なんとか起き上がった山崎は「出血多量で死んじゃう」とパニックに陥った。針谷は無視し、候補生たちを一喝した。

「遅刻厳禁！　一分一秒でもアウト！　欠席も厳禁、親が死んでも片腕が取れても定刻三十分前までにココに集合。わかったか！」

唐突な暴力と怒号に、誰も言葉が出ない。顔面にガラスの破片が刺さった状態のまま、「きゅ、救急車を……」とすがった山崎を針谷は再び殴り倒した。全員の顔を見る。最年少は血まみれの山崎で、あとはだいたい二十代後半。その中に飛びぬけて年長の男がいた。薄汚れたハンチング帽をかぶり、ただ立ち尽くしている。

「あんたか、噂の元デコスケは」

男が顔を上げた。ホームレス仲間とやりあったとかで、散々な顔つきだ。かつては警察権力の手先とは思えなかった。

「名前は？」

「――そんなことより、彼の手当てを」

ハンチング帽が山崎を気遣って言う。他の男たちがさざめいて、目でハンチング帽を咎める。いつもなら殴り倒しただろうが、針谷は青あざだらけの顔を見て、やる気が失せた。

「そうだな。前島、救急セット」

前島が一度外に出て救急箱を持って来ると、ハンチング帽が率先して、山崎を手当てする。

「で、あんた、名前は」

「堀尾です」

男は帽子を取り、頭を下げる。礼儀正しいが、それは恐怖心から来るものではないようだ。

「肝が据わってやがる。さすがデコスケだ」

「〝元〟ですヨ」と、自虐的に笑ってみせるほどの余裕が堀尾にはある。

他の若者たちは、デコスケの意味がわからないようで、ただ視線を泳がせている。訛りは強いが、これくらい度胸が据わっていないと架け子は務まらない。針谷は集まった六名に自己紹介させた。声が小さい、聞こえにくい、というだけで、平気でケツに回し蹴りをお見舞いした。初日は完全に暴力で支配すると決めている。

自己紹介が終わると、針谷は改めてお立ち台に立ち、言った。

「てめーらが現場で戦力になるように、今日からみっちり研修していく。営業電話をかける仕事ってことはわかってンな。シナリオはある。まずはこれを暗記な」

準備してきた書類を全員に配る。業務用のホチキスではないと留まらないほどの厚さがあり、訓練生たちからどよめきがあがる。

「一時間で暗記。十時から口頭でテスト。間違えたらぶちのめす。スタート」

問答無用で針谷はストップウォッチをスタートさせた。訓練生たちが慌ててページをめくる。山崎はまだ泣いていた。針谷は山崎が座る椅子の脚を蹴った。

「てめー大学生なんだろ、お受験パスしたんだろ？　泣きながら勉強してたのか？　泣いて英単語や数式暗記できたのか、ああ⁉」

山崎は椅子から落ちて、その場で土下座した。

「す、すいませんでした。あの、辞退させてください。僕には……」

針谷の踵落としが、山崎の左肩を直撃する。

山崎は肩を押さえ、のたうちまわった。唇を嚙みしめながら、呻く。暴力と屈辱を知らないナメたボンボン。

「座って勉強始めねーと、今度は右肩に落とすぜ」

山崎は嗚咽を堪えながら椅子に戻り、震える指先でシナリオのページをめくった。

ふいに、訓練生の間から手が上がった。堀尾である。

「ちょっと、待ってぐれねェか」

「待たねぇよ。一時間」

「こんなごとは聞いてない。明らかにオレオレ詐欺のシナリオでねェか。オレは……」

「飲酒ひき逃げやっといて、なにが元警察官だバカヤロー」

　堀尾は顔を強張らせた。

「てめえはいま、その肩書も使えないほど地に落ちた社会のクズだろうが」

　他の架け子候補生たちも、堀尾に侮蔑の視線を送る。クズほど別のクズを見下すものだ。

　堀尾は唇をかみしめ、針谷をにらむ。針谷はバーカウンターの奥に隠してあった鉄パイプを摑みあげ、堀尾の頭へ向けて振り落とした。耳の奥が痛むほどの音がして、スチールデスクがへこんだ。鉄パイプは堀尾の鼻先一センチをかすめていた。ハンチング帽が犠牲になり、スチールデスクにめり込んでいる。

　堀尾は慌てて、詐欺のシナリオのページをめくった。

　一時間、針谷は鉄パイプを肩に、訓練生たちが座るスチールデスクの周りを、威嚇するようにぐるぐると歩き続けた。ストップウォッチが鳴った。

　針谷はシナリオを全て回収し、パイプ椅子を山崎の目の前に置いて座った。

「テスト。お前から」

受話器を持つそぶりで右手を耳にあて、中年女性の声音をまねて言う。

「もしもし～。針谷でございます～」

その場の張りつめた空気を弛緩させるほどのとぼけた声だ。

「あっ。えーっと。ハ、針谷様でございますね……。わたくし、日本年金機構財団セキュリティ対策部の、山崎と申します」

「はいどうも～」

「えーっと、えっと。このたびはですね、年金の支払いにつきまして、こちらに不備がございましてご連絡をいたしました」

「あら、年金は先週、きちんと支払われましたが」

「そうなのですが、実はこちらのミスで、支給額に誤りがあることが判明したのです」

「ブー！　一行飛ばした」

針谷は山崎のすねを思い切り蹴った。

午前中のテストで合格者はひとりもいなかった。一時間で暗記するのは無理だとわかっていても、できるのが当たり前のように振る舞うことが、優秀な架け子を育てる秘訣だ。五十代の堀尾は最初の一ページすら怪しく、惨憺たるものだった。しかも訛りがひどい。

ただ、目を閉じてその声を聴いた針谷は感動していた。さすがに元警察官。訛りがあろうが、官庁に勤める人間独特の〝におい〟があるのだ。これは訓練で身に付くものではない。年を取って落ち着いているせいもあるが、堀尾は磨けば光ること間違いなしだった。問題は、堀尾の心に無駄に残ってしまっている正義感だ。しかし、それも今日この雑居ビルを出るころには吹き飛んでいることだろう。針谷には自信があった。

正午、前島がコンビニ弁当を買ってきて、昼食になった。針谷も一緒に弁当をつついた。十二時半からまた、暗記タイムだ。一時間後にまたテスト。口答えするもの、居眠りをしたものには容赦なく鉄パイプを振り下ろした。午後四時になると、みな声がガラガラで喉の痛みを訴えたが、休憩も水分補給も一切許さなかった。

午後五時。いよいよ初日のハイライトである。

「みんな、よくがんばったな」

針谷は初めて優しい声をかけ、候補生一人ひとりに二リットル入りペットボトルを手渡した。候補生たちのほとんどが、浴びるように水を口にした。ようやく終わった——という安堵に冷水をかけるように、針谷は言った。

「よし、これから講義だ」

フロアの片隅に放置されていたホワイトボードを引っ張ってくる。研修生たちからは絶望にも似たため息が漏れる。それでいい。疲れ切って思考停止しかけたときこそ、ひとは暗示にかかりやすい。

針谷は訓練生に向き直り、正面から問うた。

「お前ら、貯金いくらある？」

一同はおびえて、互いに目配せするばかりだ。針谷が左端の山崎から順に指名していく。

「ゼロす」

「借金しかないです」

「次のバイトの給料日まで、三百九円しかないです」

「貯金なんて言葉、異次元すぎて……」

針谷は満足げにうなずき、再度問うた。

「お前らが貧しいのは、どうしてだ？」

ギャンブル依存症、前科がある、就職に失敗した……いろいろ出てきたが、針谷はそれを全て、否定した。

「違うよ。お前らが貧しいのは、社会のシステムのせいだ」

候補生たちの反応は鈍い。三年ほど前までは、若者は夢中で社会批判をした。非正規労働、安い賃金、ブラック企業……。選挙の投票率が高い老人への優遇政策を非難する者もいた。

目の前にいる彼らは、もはやそんな言葉にも飽きてしまっていた。いまさら政府を批判しても、なにも変わらないとあきらめている。この〝あきらめ〟を〝強烈な怒り〟に変えて、詐欺を働くエネルギーとする。架け子養成所で最も大切なことだった。

針谷は彼らの救世主であるかのような顔をして、〝説法〟を続ける。

「お前らは貧しい上に、搾取されているんだ。若さと労働力を、金持ちのぶよぶよ太った経営者から——。こんな話をしてもお前ら身をもって体感しているだろうからもういい。その代わり、今日はお前らから搾取し続けるもうひとつの〝諸悪の根源〟の話をする」

一同は困惑気味に、針谷を見上げた。

「税金だよ」

候補生たちはピンと来なかったようで、顔を見合わせる。

「お前らの雀の涙の給料を、税金と言う名のもとにチビチビ国に持ってかれている。バイトしたってはなから所得税が天引きされてるだろ？　一年なんとか同じとこで働いて、やっと落ち着いたと思った翌年から今度は、住民税まで天引き。さらには缶ジュース一本買うにもいまは八パーセントの税金がかかる」

針谷はしゃべりながらホワイトボードに向かう。裾野が大きくて広く、中腹は痩せ細って寸胴、頂上は鋭角の、バランスの悪い山を書いた。

「これ、なんだと思う？」

みな押し黙ったままなので、指名する。「ロケット」と二十代フリーターが言った。

「ひと昔前は、こうだったんだ」

針谷は赤ペンを取り出し、裾野が狭く、中腹も頂上もゆったり広い山を書いた。堀尾だけがわかったような顔をして、頷いた。

「バブル経験してる堀尾のオッサンならわかるだろ」

「資産の……グラフかなンか。納税額か」

針谷はうなずく。

「バブルの時は中産階級の数が多かった。みんな金持ち。超絶金持ちはごくわずか。同じく、貧乏人もごくわずかだった。でもこれが崩れていまはこうなんだ」

ロケットのような山の線を、針谷は上からなぞった。そして脇に青字で大きく『貯蓄千六百兆円』と書く。

「これは、日本人の貯蓄額の分布グラフ」

頂上から少し下の、鋭角部分に横線を引く。区切られた頂上の部分を赤く塗りつぶす。

「ここのクラスは貯蓄額一億から十億。百万人」

各自がそんなにいるのか、という表情。そういう輩と接点がなく、知らないのだ。

「まんなかは普通のサラリーマンとか公務員な。で、お前ら、いまここ」

横軸の底辺の少し上に線を引き、大きく広がった裾野部分を青く塗りつぶす。

「貯蓄額ゼロから二百万円以下。推定、四千万人」

訓練生たちからため息が漏れる。そこで針谷は話題を突然変えた。

「そういえば、消費税っていつから始まった？」

誰も答えられない。針谷は堀尾を見る。正確な答が返ってきた。

「平成元年」

「そう。三パーセントから始まって、いまじゃ八パー。もうすぐ十パーだな。ちなみに海外の平均消費税率はだいたい二十パーセント。しかも日本は超高齢社会。消費税はまだ国際平均よりは低いし、しょうがねーかな？」

一同が納得しがたいように黙した。

「――んなはず、ねーんだ。いいかお前ら、よく聞けよ。いまから、お前たちがどれだけ不幸にも搾取され続けているのか説明してやる。そもそも日本の税制はもっと、下に優しく、上に厳しくだった。話は戦後すぐの頃までさかのぼるぞ、いいか、ついてこいよ」

針谷がワイシャツの袖をまくりながら、勢いづいて言う。

「日本が戦争に負けて、マッカーサー率いるＧＨＱが戦後日本の基礎を構築していったわけだ。こんな話しただけで学校の授業中は居眠りこいてた野郎どもばっかりだろうが――」

ひとりの訓練生がくすりと笑った。ノッてきた。手ごたえを感じながら針谷は続ける。

「GHQはコロンビア大学からカール・シャウプ先生というどえらい先生を呼びつけて当時の日本の財閥やら軍部との癒着やらを解体すべく、全く新しい、民衆が主役となるような税制度をつくるように言った。シャウプは部下を率いて〝世界で最も優れた税制を日本で構築する〟べく、ある試みをした。それが、社会主義世界で広く運用されていた累進税率だ。つまり、貧乏人の税率は低く、金持ちの税率は高く、っていうやつだ」

そんなの当たり前じゃないのか、という顔の訓練生たちに、針谷は続けた。

「そう、そんなの当たり前じゃなかった。当時のどの資本主義国家も基本、一律で税金取ってた。つまり金持ちほど税金が安く、貧乏人ほど高くなる。わかるか。百万円持ってる奴が千円払っても痛くもかゆくもないだろ。でも、一万円しか持ってない奴が千円持ってかれたら痛くてたまんないだろ。一律っていうのはそれだけ不公平なことなんだよ」

針谷はホワイトボードに向き直り、赤いマーカーを使って大きな字で『シャウプ勧告』と書いた。シャウプは、日本を経済的には資本主義国家としながらも、税制面では社会主義的思想で、財閥の金をもっと国民に流してやろうとした。高額な相続税に、財産を持っているだけでかかる富裕税。金持ちの子が金持ちになるという流れを断ち切った——針谷はいっきにまくしたてて説明すると、候補生たちを振り返る。

「それが功を奏して日本は中産階級が台頭、バブル景気に沸いた。なあ、堀尾のオッサン」

堀尾はわかったようなわからないような顔をして、たどたどしく頷いた。

「ところが、一部の金持ちがこんな国で金持ちやっても損だと、政治家に大量に献金して国を動かした。それで消費税三パーセント、貧乏人からも金持ちからも広く、金を搾取するようになった。てめーら知ってるか、消費税開始とともに、廃止になった税制があるんだぜ」

候補生たちが静まり返り、厳しい表情になっていく。

「物品税。贅沢品にのみかけられていた税金だよ。金持ちしか買わないような商品対象の税金がなくなって、かわりに缶ジュース一本に三パーセントの税金がかかるようになった」

ため息と舌打ちが、候補生たちから発せられる。怒りのエネルギーが満ちてくる。

「さて。それで国が搾取できる額は減ると思う、増えると思う？？」

針谷は尋ねた。今度は指名せずに、候補生たち自ら口を開くのを待つ。

「……まあ、裾野が広いわけだから、増えたんじゃないんすか？」

闇金地獄からここに放り込まれた三十代無職の男が発言した。

「いや実は、そう増えてはいない」

「それじゃ、誰が得してるんすか」

ネットカフェで暮らしている二十代のフリーターも口を開いた。

「富裕層に決まってんだろ」

針谷はホワイトボードの、赤く塗られた頂上部分を、拳で強く叩いた。

「シャウプ勧告のころ、所得税の最高税率は七十五パーセント。それがいまじゃ四十五パーまで下がってる。それでも税額が減らないのは、裾から三パーセントまき上げてるから」

青く塗られた階級を、マーカーの尻で叩く。

「裾を一パーセント上げれば、上が十パーセント下げられるんだ」

〝裾〟に属する研修生たちが怒りに絶句する。

「つまり、お前たちが持つべきだった資産が、じりじり、じりじりじりと、税制という名のトンネルを通って、頂上人の元へ移動してるってわけさ」

メガネをかけた二十代の男がデスクを叩いた。派遣の仕事を転々としている奴だ。

「許せねぇ！　これでまた二パー消費税があがれば、上は二十パー儲けるってことか」

若い架け子候補生たちが憤懣やるかたない様子でどよめき始めた。針谷がここで言う数字にどこまでの信憑性があるのかも確認せず、完全に乗せられている。

「どうする。これからみんなでプラカード持って国会前でデモでもするか？」

髪を逆立て革ジャンを着た、いかにもロッカー風の男が答えた。

「デモなんかじゃなにも変わらねぇよ」

「それじゃお前ら政治家になって選挙に出て、国のシステムを替えようぜ！　あ、立候補するには三百万の供託金が必要だけどね。票が伸びなければ没収〜」

暴力による恐怖からずっと押し黙っていた山崎が、拳を握った。

「許せねぇ……ただ黙って搾取され続けろってことか」

「おめーら。こっちの世界にいきてぇよな」

針谷はホワイトボードの赤い、小さな頂上を拳でノックする。

「じゃ、どうやっていく？　仕事はきついわ、ブラック企業ばっかりでそもそも税金取られる前に適正な給与すらもらえねぇ。毎日〝仕事に対する責任と情熱〟という名のもとにサービス残業を強いられる。休日もクタクタで上にあがる方法を考える暇もねェ。それもお偉方の策略だぜ、底辺のものどもを疲労困憊させて思考能力を奪う。さあどうする、お前たち。こうなったら、リスクを冒してギャンブルで一攫千金か、それとも会社でも興すか？」

一般企業からもあぶれ、日雇いの仕事がやっとの男たちは、ただ黙するしかない。

「でも、ここに入れる方法がひとつだけあるぞ。それが、オレ詐欺だ」

堀尾もじっと針谷を見上げている。針谷は満足して、声を張り上げた。

「俺たちは、ここに集中している千六百兆円もの銀行に眠っている金を、電話一本で引き出させて、裾野のお前たちに分配する仕事を、バックアップしてる」

廃墟のクラブが異様な熱量を含んだまま、沈黙する。

「雇われ続けているだけじゃ上にいけねぇよ。俺らの仕事は、ギャンブルや会社を興すほどのリスクはない。すでに金を引き出すためのシステムやノウハウはできあがっている。ただお前たちはそれを訓練して身につけて、電話を架けるだけだ。受け子や出し子じゃないから逮捕されることはないし、稼働店舗のセキュリティは万全。もちろん、いやになったらいつでもやめていい。ただ、最低でも年収一千万超えは約束できる」

針谷は高らかに約束すると、バリトンボイスで静かに続けた。

「金は詐欺でひとさまから奪った金だが、その本質は違う」

架け子たちが息を呑んで、針谷を見つめる。

「本来は俺たち末端に残されるべきだった、富裕層に吸い取られ続けている金だ」

架け子たちの瞳は怒りと新しい世界に対する期待感でぎらついている。

「ちなみに俺が架け子としてスタートしたのは二年前。いまでは年収五千万くだらねぇ。三億ためたら足を洗って好きなこととする」

もう迷いを見せているものはほとんどいなかったが、針谷は〝とどめ〟を刺した。

「俺と一緒に明日から、新しい人生の第一歩を踏み出す奴は残れ。一生搾取されるだけの底辺で終わってもいいと思うなら、いますぐここから出ていっていいぞ」

針谷は一分間、沈黙し、待った。出ていく者は誰ひとりとしていなかった。


三月一日の昼下がり、味田は台北《タイペイ》市内のオープンカフェでタピオカミルクティーを飲んでいた。三月ともなれば日本は春の息吹を感じる季節になるが、台湾はただ蒸し暑い。

無地のポロシャツにハーフパンツという出で立ちは、何年振りだろうと味田は思う。年中無休で番頭として働く最近は、スーツをほぼ毎日着ているし、土日祝日でも、味田は名簿屋や道具屋に会ったり、金主やその人脈との会合に顔を出していた。

窓辺のテーブルに座る、ワンレングスの台湾人女性二人が互いに顔を近づけてひそひそ話をしながら、頻繁に味田を振り返った。味田を逆ナンパするか迷っているようだ。

味田は向かいの椅子に座り直し、彼女たちに背を向けると、タブレット端末を開いた。トップ画面に表示される『三月一日』という日付が、味田を多少、焦らせる。年度末は書き入れ時であり、専用のシナリオもある。それを裏付ける数字を警察庁も発表している。月別の総被害額で突出して大きいのが師走の十二月。三月はその次だ。

研修を終えた針谷から途中経過報告のメールが届いていた。開始時は六人。研修三日目で一人脱落。終了日の七日目までにさらに一人脱落、あとの一人はあまりに〝大根〟で、針谷がクビにした。彼らは前島に引き取ってもらい、受け子、出し子もしくは役者になってもらう予定だ。研修を生き残った三人の架け子の簡単な履歴書がＰＤＦデータに添付されていた。ひとりひとり、味田はチェックする。

山崎竜輝。二十一歳、大学生。当初はバイト感覚で応募してきて初日の研修に遅刻してくる大失態をおかし、針谷にコテンパンにやられたようだが、針谷お得意の〝講義〟で目覚め、最高評価で研修修了、とあった。千葉県出身、母子家庭。女手一つで竜輝を育てた母は去年体を壊し、いまでも療養生活を送る。大学は休学中であった。

二人目は、闇金での借金を焦げ付かせて逃げ回っていた、二十五歳のフリーター。オレ詐欺の現場でよく見る経歴だ。三人目の経歴書を見た味田は、目の色を変えた。

堀尾隆志。五十九歳。当初から前島がイチオシしていた元デコスケである。研修初日は正義感を振りかざし逃げ出そうとしていたようだが、それも暴力で抑え込まれ、針谷の講義で落ちた。警察官役をやらせると見事なハマりよう。ただ、方言が抜けきらないらしい。

味田は空港で借りたレンタル携帯電話を出し、日本の友人に電話をかけた。電話口の相手はワンコールも鳴らさずにすぐ通話に出ると、「誰だ」と開口一番そう言った。

「味田だ。いい加減番号覚えろ。台湾の国際番号みりゃピンと来るだろ」

「いや、台湾からの電話は結構あるんだ」

ケツ持ちである、南田組のゴリが言った。南田組は拳銃《チャカ》を台湾のヤクザから仕入れているから、なにかと連絡が入るのだろう。

「前に依頼した件、調べてくれたか」

「堀尾っていうマッポか」

「福島県警南相馬警察署地域課にいたはずなんだが」

「いや、福島に縄張り持つ系列の組の奴に聞いたんだが、そんなマッポの情報はないと言っていた。奴らが把握してんのは現場に出てるマル暴、捜一、生安くれえだ。地域課って交番のオマワリだろ？　福島県警の過去の職員名簿とか手にいれねーと調べようがねぇよ」

堀尾という人物が福島県警にいたという証拠はまだない。味田はため息をついた。

「飲酒運転ひき逃げについてはどうだ？」

「確かにその新聞記事は見つけた。七年前に南相馬市で老婆をひいて逃げたマッポが懲戒免職、っていうね。ただ、五十代巡査長としか載ってなくて、名前は不明」

味田は考え込んだ。

「闇金のブラックリストに名前はない。そこまで警戒する必要はないんじゃないの」

「そうなんだが――」

「〝西男〟の件が気になってんだろうが、俺はお前の取りこし苦労だと思うぜ。日本の警察が、たかだか詐欺摘発のために潜入捜査なんてするか？」

味田は電話を切ると、続けて金主の側近である男にかけた。金主の周りには、政財界の人脈がある。どうにか福島県警の過去の職員名簿が手に入らないか、掛け合おうと思った。

その時、窓辺できゃっきゃっとやっていた台湾人女性二人組が、突然味田の前に立った。ホットパンツとミニスカート、ずいぶん露出が多い。味田は電話を閉じた。ホットパンツの方が味田のタブレット端末を見て、「ジャパニーズ？」と尋ねてきた。

「イエス」と答えると、女ははしゃいで、味田の肩を叩く。日本の若い男がリッチだという誤解がいまだに海外にはある。味田は不思議な気持ちになった。架け子も受け子も使い捨て。食うに困った者が、雨後の筍のようにやってくる。日本の貧困層の深刻さは増すばかりだ。

いつまでいるの、と簡単な英語で尋ねてきた。今日の夕刻の便で日本に帰る、仕事があるのだと、味田はさも残念そうに女たちに伝えた。

新店舗がいよいよ明日、開業するのだ。

堀尾隆志として架け子の研修を無事修了した本城は、いよいよ週明け三月二日の月曜日から、店舗に派遣されることになった。最後まで研修に生き残った三人が揃って、飯田橋に新たに開業する店舗の、オープニングスタッフとして参加する。本城は山崎たちを〝同期〟として親しみを持ち接しているように見せて、心の中では線引きしていた。

いずれ智也の警察手帳を取り戻せば、針谷を含め、奴ら全員の手にワッパがかけられる。

智也は本城の慎重すぎる潜入にじれったそうにしていたが、明日からようやく味田が運営する店舗に出入りすると聞くと、慌てた様子で喜多見の自宅を訪ねてきた。「渡しておきたいものが」と言って智也は本城に、指先ほどの大きさの超小型発信器を見せた。

「GPSで常時、僕のスマホに位置情報が届く。万が一のときのために」

「大げさな」

「甘く見ない方がいい。現役刑事と知れば、味田みたいなタイプはなにをするかわからない」

「しかし、店舗は持ち物検査がある」

「だからこそ、最軽量のものを準備した。市販はされていない代物だよ」

「特殊班御用達のものか」

捜査一課特殊班は誘拐や立てこもり事件を担当する部署だ。身代金を運搬するバッグにこういったたぐいの発信器をつけて、犯人を追跡することがある。

発信器は平らで薄い。めぐみに貰った円明院のお守りの中に隠すのに適していた。本城はお守りの巾着袋を開け、守札を取り出すと、代わりに発信器を仕込んだ。

飯田橋の店舗には午前八時集合だった。初日ということもあって、午前中は店舗オープンパーティ。正午からいよいよ、ターゲットに電話を架ける。

午前五時半、ブルゾンにチノパン姿でカツラをかぶり、家を出た。小田急線の各駅停車に乗り、しまうま会の事務所に立ち寄る。六時、めぐみも出勤していない。本城はあらかじめ更衣室に準備しておいたスーツを取り出し、着替えた。自宅を出るときと店舗に入るときの服装は違う方がよかった。今日は自宅をブルゾンで出た。

カツラを取り二重瞼を作ると、ワイシャツに着替え、スーツをまとう。ほんの少し黒みを帯びてきた髪の根元に、劇団員の情報屋から借りた、白髪に見せるパウダーをはたいた。

財布から出した一万円札、針谷から研修最終日に支給されたオレ詐欺用の携帯電話をポケットに入れた。携帯電話や身分証を持ちこむことは厳禁だった。

午前七時前には、ＪＲ飯田橋駅に到着した。東口改札を出て、目白通りを九段下方面に歩く。通りは飲食店や事務所が立ち並んでいる。路地裏に出て急な坂を上がれば、東京大神宮に出る。

洒落た飲食店や近代的な雑居ビルの隙間を縫うように進むと、サンパレス飯田橋というマンションがあった。最上階、五〇五号室に今日開店する新店舗がある。

エレベーターに乗ることは禁止されていた。乗り合わせた住民に顔を覚えられないためだ。本城は息を切らし、五階へ向かう。先のことを考える。味田と接触できたら、まず車のナンバーを押さえることが重要だ。智也に頼んでNシステムにかければ、足しげく通う場所がいくつか判明する。そこを虱潰《しらみつぶ》しにあたり、智也の警察手帳を探す。

五階廊下の一番奥にある五〇五号室のインターホンを押した。時刻は午前七時三十分。扉が開いて出てきたのは、思いがけず女性だった。

「堀尾さんね」

女が本城をドアの中へ促す。二十五、六歳の女はこの季節にしてはよく日に焼け、化粧が濃かった。最近ではあまり見かけない、ガン黒ギャルといった風情だが、髪は漆黒。スーツも黒だから余計に、白いワイシャツがまぶしいほどに映える。

「一番乗りよ、偉いじゃない。さすが元マッポ」

リーダーとして店舗を仕切る針谷が奥から顔を出した。すぐに本城の臀部に蹴りを入れる。

「お前、礼儀がなってねェな。番頭のナツさんだよ、ツラ下げろ!」

本城は驚愕して、女を見た。針谷が本城の後頭部をグローブのような手でわしづかみにし、押さえつける。煙草と酒で潰れたようなかすれ声で女は言った。

「まさか女の番頭だなんてって顔ね。これからよろしく。ナツさん、て呼んでね」

5

新橋駅近くの焼き鳥屋でひとり、本城は熱燗を呷っていた。近くに座る女の客が、本城の額の生え際をじろじろと見ている。本城は息子の智也に会うため、成城学園前のしまうま会まで戻り、ブルゾンに着替えてカツラをかぶり、都心に戻ってきた。

智也が暖簾をあげて、店内に顔をのぞかせた。らっしゃいませーという店主の威勢のいい声が上がる。本城は勘定をして、智也と共に店を出た。

「緊急事態と言ったろ。もっと早く来れなかったか」

「まだ七時だ。こんなに早く出てきたことを褒めてほしいくらいなのに」

「こっちは飯田橋のあとに一度変装を解いてまた都心に出てきてんだ」

智也は酒臭い本城をあからさまに嫌がり、顔をそむけながら言う。

「ホテルでも連泊で取って、変装用具を隠しておけばいい」

智也には、しまうま会のめぐみに潜入捜査を手伝ってもらっていることを話していない。

二人は夜の新橋を歩き始めた。会社帰りのサラリーマンで大変な賑わいだ。

「で、味田との初接触はどうだった？」

本城は首を横に振った。

「味田は来なかった」

智也は人の流れに逆らって立ち尽くした。

「飯田橋の店舗は女番頭が仕切ることになった。ナツっていう女だ」

「味田はどうした。手帳は⁉」

「そんなこと、こっちが知りたい」

サラリーマンが声を荒らげた本城を振り返る。智也は声のトーンを落として続けた。

「前島は味田の手下だろ？　彼が集めた架け子を投入して新規オープンする店舗に味田がつかないなんて……。他に前島は仕えている番頭がいるってことか？」

「俺が張っていた限り、前島が別の番頭らしき人物と接触している様子はなかった」

「帳場の情報もそうだ。いったいどうなってる」

「味田は警察に追われる身だ。店舗を閉鎖したあと、海外に飛んだ可能性はあるだろう」

智也は首を横に振る。

「野村和巳のパスポート情報を監視しているけれど、使われている形跡はない」

「ケツ持ちにヤクザがいれば、偽造パスポートなどいくらでも手に入る」

「ケツ持ち——確か、南田組だ」

「南田組周辺に、偽造パスポートを作る道具屋がいないか調べるんだ」

「わかった。動いてみる」

「それから、あの女番頭の素性も調べよう」

「そんなもの知ってどうする？」

「味田の新しい女という可能性だってある。だとしたら金や警察手帳の管理を一手に担っているかもしれないんだ。それがはっきりしたら、味田を追う必要はなくなる」

智也は納得できない顔をしたが、渋々頷く。

「女番頭の方はどう道筋をつけたらいい？」

「顔認証などで本名を調べてくれ。鑑識にひとりくらい動かせる捜査員がいるだろ」

「その前に顔写真をどうやって手に入れる。父さんが隠し撮りでもするのか」

「いや。店舗内は私物の持ち込みが徹底的に禁じられているし、持ち物チェックもあるから不可能だ。店舗が入るマンション内には防犯カメラはないが、向かいのコインパーキングにはある。女番頭はそこに車を停めている。パーキングの防犯カメラ映像を手に入れろ」

「わかった」と言う智也の肩を強く叩き、本城はＪＲ新橋駅の改札に向かった。

飯田橋の店舗開店二日目の三月三日、火曜日。ナツこと三沢夏海《みさわなつみ》は飯田橋に立ち寄る前、他にも面倒を見ている台場と恵比寿の店舗に顔を出した。

架け子業では、女はあまり役に立たない。詐欺を切り出すアポインター、詐欺を締めくくるクローザーはやはり男でないと務まらない。女はせいぜい補助役として、痴漢をされた女子高生とか妊娠させられた部下の役に回って、電話口で泣くくらいだ。実際、夏海は架け子をほとんど経験していない。オレ詐欺組織の中で、夏海は異例中の異例の番頭だった。

整形費用と男に貢いだ金がかさんで消費者金融への返済に困り、闇金に手を出したのが転落のきっかけだった。返済を焦げ付かせ、風俗に売り飛ばされた。十九の時の話。このまま男のあそこをしゃぶり続けて生きていくのかとうんざりし、客とトラブルになっては、店を解雇され転々としていた。闇金のヤクザも夏海の鼻っ柱の強さに呆れ果て、とうとう風俗ではなく、オレ詐欺組織の末端に放り込んだのだ。最初は『出し子』スタートだった。

散々荒稼ぎしていた時、不審に思った銀行員に捕まった。通報されそうになったが、夏海はとっさに「エステの開業で最新機器を購入するのに必要な頭金」と嘘をついた。夏海は毎日メイクも服装も完璧だったから、関係者に見える。なぜ振り込みではないのかと食い下がる銀行員に、夏海は「海外の業者でドルに替え送金する必要があるが、銀行はレートが悪いから、レートが良い空港の銀行に持っていってドルに替えて送金する」と言いくるめた。

その夏海の機転に目をつけた番頭がいた。こんなに顎が強いなら女架け子として使えると、店舗に引き抜かれた。これで『架け子』デビューである。夏海は主役にはなれなかったが、アポインターを食うほどの話術で、店舗の売り上げ倍増に貢献した。そのうち番頭と寝るようになった。売上金の管理を任されたのち、金主の顔を拝めるほどの立場になった。

オレ詐欺組織内での立場が上がるのと引き換えに、番頭はナツに店舗を任せ、働かなくなっていった。夏海はその背中を見て、まただ、と思う。なぜか働かない男ばかりに縁がある。

自分の育ちのせいだと思った。夏海の両親がまさにそうだった。母親は朝から晩まで身を粉にして働き、父親はいつも家で飲んだくれたり、パチンコを打ったりしていた。でも夏海は、父親がきらいではなかった。普段は寡黙なのに酒を飲むと饒舌で陽気になり、夏海をよくかわいがった。両親が離婚し、父親と離れ離れになったとき、夏海は母親を恨んだ。母はそんな夏海の気持ちを察してか、父親とよく似た夏海の容姿を罵った。「かわいい」と言ってくれたのは父で、母は「ブス、醜い」と平気で蔑んだ。

飯田橋の店舗に向かう前、夏海は目白通りを挟んで向かいにあるメトロポリタンホテルエドモントに立ち寄った。フロントを抜け、エレベーターで七〇〇五号室に向かう。扉をノックすると、同じ金主の下で働くベテラン番頭の味田が、顔を出した。

部屋にはもうひとり別の男がいて、部屋を出ようとするところだった。薄汚いジャケットにチノパン姿で、いかにもフリーランスの記者といった風情だ。裏系雑誌によくオレ詐欺のネタを投稿している黒川《くろかわ》という記者で、夏海も何度か取材を受けたことがある。

「それじゃ、黒川さん。くれぐれもよろしくお願いしますよ」

味田は丁寧だが威圧感たっぷりに言う。黒川の方がずっと年上だが、へいこらした様子で頭を下げ「どうも、どうも」と片手をあげて、部屋を立ち去った。

「取材だったんですか」

「いや」と味田は答えたきり、黙した。成田空港に迎えに来てくれと味田から突然呼び出されたのが、一昨日のことだった。到着ロビーに姿を現した味田は明らかに苛立っていた。駐車場で車に乗り、エンジンをかける直前の静寂で、助手席の味田が興奮で指先を震わせているのに気が付いた。台湾でなにかトラブルがあったと直感した。飯田橋の店舗の番頭を夏海に譲ると味田が言い出したことで、直感は確信に変わった。警察沙汰になるようなことを台湾で起こし、急遽日本へ戻って来たのだろう。しばらく派手なことはできない。

味田は番頭として飛びぬけて優秀で、稼ぎだす額についても、夏海はその足元にも及ばない。だが所詮は半グレ出身の暴力男だ。カッとなるとすぐ手が出る。ピンチが来れば平気で人を殺す冷血漢である。きっと台湾で人を殺してきたに違いない。

「どうだった、飯田橋のオープンは」

味田がカフスボタンを留めながら言う。

「上々です。針谷さんのおかげで、新人もがんばってます」

味田が両腕を広げた。夏海はクローゼットからスーツのジャケットを取り、着せた。同じ番頭であっても、味田の方が格上。夏海は小間使いのように扱われることもあるが、素直に従っていた。敬服しているからではなく、ただ味田に対する恐怖からだった。

「山崎と長嶋《ながしま》は、早速ヒット出して、受け子を動かすまでになってます。ただ、山崎の方は受け子が断念しました。警察の張り込みがあって」

「もうひとりは？　堀尾隆志」

「ダメですね。昨日はヒットなしです」

「三日間ヒットなしだったら即クビにしろ」

「ええ。本人にも通達してあります」

味田と夏海は一緒に、ホテルの部屋を出た。

「これからどちらへ？」

「金主に挨拶に行く」

エレベーターに乗った。帰国時と比べて味田は冷静さを取り戻したように見える。

「台湾でなにか、トラブルがあったんですか」

「どうしてそう思う？」

「金主に挨拶に行く――トラブル報告かと」

末端の逮捕はもちろんのこと、店舗閉鎖や警察沙汰になるようなトラブルは番頭のペナルティとなる。番頭は金主に〝迷惑料〟を払う必要があるのだ。

「人を殺したとか。台湾人を？」

直球で尋ねた。味田は答えない。身じろぎひとつしない味田の背中は却って不気味だった。

「同胞を殺したとなると、その場で金主のケツ持ちから射殺されるかもしれませんよ」

「中国人は台湾人を同胞とは思っていないさ」

味田は笑った。

「やっぱり。誰か殺してきたんですね」

「金主よりも、こっちのケツ持ちの方がまずい」

「味田さんは南田組でしたっけ」

「ああ。出入国は、南田組関係の道具屋から流れてきたパスポートを使った」

「パスポートから警察の手入れが南田組に、なんてことになったらまずいですね」

「指の一本や二本は覚悟しておかなくてはならないな」

味田はまた笑った。

夏海は味田を丁重に見送ってから、飯田橋の店舗へ向かった。

玄関扉を開けた瞬間、男たちの、滑舌の良い声が聞こえてきた。泣き声、淡々とした経緯の説明、怒号。一チーム三人が2LDKの部屋を使い分けている。西側六畳間でクローザーを務めていた針谷が、まだヒットを出せずにいる堀尾につきっきりで指示を出していた。

六畳間の部屋の片隅にはCDラジカセがあり、道具屋が調達してきた〝駅のBGM〟が流れる。雑音、駅員のアナウンス、電車がホームに進入する音――。息子が痴漢で逮捕されたと電話をかけ、示談金と称した金をせしめる手口、通称〝鉄警〟で詐欺を行っているのだ。

夏海はドア枠に肩をもたせ掛け、堀尾が必死に電話をしている声に耳を傾けた。

「ご子息はいま、取調べに戻ったところで、代わることはいたしかねます」

堀尾のトークは、十代のころ何度か世話になった所轄署少年課の雑多なフロアを思い起こさせた。丁寧なようでいて、どこか傲慢。まるで本物のマッポである。

電話の向こうのマトは息子の声をもう一度聞くまで、金を払わないと突っぱねているようだ。堀尾がなにか言おうとして、針谷が首を横に振り、A4のコピー用紙にでかでかと書いた『地蔵』という文字を掲げて見せる。慌てて堀尾は口を閉ざした。

『地蔵』とは沈黙して相手に電話を切らせにくくするテクニックだ。沈黙には、相手が不思議と聞き耳を立てる効果がある。

案の定、これを詐欺電話と疑って息子を出せと騒いでいたマトが、慌てたように「もしもし？　ちょっと、聞いてますか！」としつこく尋ねてきた。針谷はギリギリまで我慢させ、ようやくゴーサインを出した。堀尾はため息とともに、シナリオを読む。

「あのね、奥さん。警察だってね、痴漢程度の容疑者に時間を取られたくないんです。被害届出されたら最後ですよ。ここは弁護士の方の要求をのんで示談で済ます方が——」

「いいえ。息子の声を聞かせてください。さっきは泣いてばかりで、本当に息子かどうかわからなかったわ。最近はこういった手口の詐欺も多いし——」

針谷はすかさず、コピー用紙に『こだま返し↗』の指示を走り書きし、堀尾に示した。

「こういった手口の詐欺も多い？」

堀尾が相手の最後の言葉を繰り返し、語尾を上げる。怒り、不機嫌になったとにおわせ、マトを焦らせるテクニックだ。「警察を怒らせただろうか」と慌て、電話を切れなくなる。

針谷のトークテクニックに完全に落ちた様子のマトが、慌てて言う。

「いや、だってテレビや新聞であれだけ報道されていて……」

針谷がコピー用紙にメモを走り書きする。『かぶせ！』。

堀尾はマトが言い訳するのを遮って、一方的に話し始めた。

「奥さん、新宿駅の痴漢逮捕者だけで、一日三十名近くいるんですよ。確かに何件かはまぁ、冤罪もあるでしょうけどね、示談金を突っぱねて留置場で何週間も耐えている健全な青年がゴロゴロいるんです。結局、会社にも知れて失職なんてパターンばっかりなんですよ」

次に針谷は、名簿を引っ張り出した。マトの家族構成が記されている。息子の職業、嫁の名前、孫の名前もある。具体名を出すことで、より電話にリアリティを持たせるのだ。

「聡《さとし》さん、日山《ひやま》広告の課長さんなんですよね。日山と言ったらこの間、取締役のひとりが贈賄で逮捕されてたでしょう。メディアに注目されているから、きっとまた日山の職員がってことで、聡さんの名前もニュースで流れてしまうかもしれませんよ」

日山広告という大手広告代理店の取締役が贈賄で逮捕などという話は、シナリオにも名簿にもない。元マッポの堀尾がいま思いついたネタだろう。針谷がにやりと口の端を上げて、夏海を見上げる。

マトがなにか言いかけたが、堀尾がまた『かぶせ』た。

「聡君、泣いてますよ。理沙《りさ》には言わないで、って。お母さんしか頼れないと。今日はひなまつりなのに、お父さんが帰ってこないことを彩芽《あやめ》ちゃんになんて説明するんですか？」

電話の向こうから、すすり泣きが聞こえてきた。

「私は、お金なんていくらでも息子のためなら出しますよ。でも、悔しいじゃないですか。

私がお金を出したら、息子が痴漢犯罪者だって認めてしまうようなものじゃないですか！」

　最初は息子が本物かどうか疑っていたマトが、気が付くと示談金を払うか否かの選択を余儀なくされている。針谷はスチールデスクの上に散乱するメモから用紙を一枚抜き、堀尾に示した。

『ループ』

　堀尾はうなずき、つい数分前にしたセリフをそのまま、マトに返した。

「奥さん。警察だってね、痴漢程度の容疑者に時間を取られたくないんです。被害届出されたら最後ですよ。ここは弁護士の方の要求をのんで示談で済ませた方がいい」

　話をいくら進めても、前の状況に戻ってしまうことを『ループ』という。弁護士と話をして示談を勧めるしかない、という言葉を、堀尾は恐らく二度三度、繰り返しているはずだ。

　とうとう、マトが落ちた。

「わかりました。弁護士さんと、話をさせてください」

　クローザーの針谷の出番だ。代わると、電話はものの一分で終わった。夏海はすぐさま、受け子の手配に取り掛かる。

　初めて詐欺を成功させた堀尾は放心状態で、パイプ椅子の背にもたれていた。タワーファンが回っているだけの部屋だが、額にびっしりと玉の汗を浮かべている。針谷がその肩を叩き、「おめでとう」と激励する。

夏海はジャケットのポケットから金色に光るルイ・ヴィトンの万年筆を取り出し、堀尾に渡した。夏海が初めて『架け子』の詐欺に成功したとき、当時の番頭から譲り受けたものだ。


本城は重い足取りで喜多見の自宅に戻った。駅から自宅まで徒歩五分の距離だが、歩いても歩いても、今日はたどり着かない気がした。長い警察人生の中でも、こういう日は時々あった。捜査関係者に自殺されたときだ。

今日の出来事は、関係者に自殺される以上の重さで本城の心を蝕んでいた。目当ての味田とは接触できず、わけのわからない整形美人の元で、いつまでこんなことを続けるのか——。

何度電話しても、肝心の智也とは連絡がつかなかった。いつになく憤慨しながら自宅の扉を開ける。本城のそのいらだちを逆なでするような、家族の談笑が聞こえてきた。

「お、天下の警視庁捜査二課の刑事が帰ってきたぞ、わははは！」

男の笑い声が豪快に聞こえてきた。九州に住む、咲江の実父が上京してきたようだ。智也が凛奈を抱えて、玄関に出迎えた。

「何度も電話したぞ」

「この状況で出られなかった」

「なんで来てるんだ」

智也はため息をついた。

「凜奈の生後一か月のお宮参りだよ。初節句だし、まとめて今日、という話に」

「聞いてないぞ」

「母さんが朝からずっと父さんのケータイを鳴らしたらしいけどつながらなくて、相当ご立腹だよ」

その時、咲江の母が扉を開けて、恭しく玄関先に膝をついた。

「どうも本城さん、娘が一か月もこちらでお世話になりまして」

咲江の母は九州男児を支える妻らしく、控え目でおとなしい。本城は慌てて頭を下げた。

「どうも。わざわざ東京までご足労いただいて」

「少しお瘦せになりました？　なんだか印象が変わったような――」

咲江の父の太い声が聞こえてきた。

「おい、面倒くさい挨拶は後回しだ。玄関は寒いだろ、早く捜査二課刑事を連れてこい！」

咲江の父は医者だ。九州一帯に力を持つ系列病院の重鎮で、政財界にも顔が広い。豪快で人情味あふれ、本城は親しみを持っていたが、美津子は嫌っている。智也に対しても荒ぶる口調で、時に顎で使うから気に食わないのだろう。本城がダイニングテーブルにつくなり、咲江の父はもう酒に酔った様子で絡んでくる。

「かわいい初孫の記念すべきお宮参りなのに、かたっぽのジイジは仕事だというから全く」

和室にはいつの間に準備されたのか、豪華八段のひな飾りが置かれていた。

「すいません。いろいろと立て込んでまして」

帽子を取る。咲江の父の視線が頭に飛んでくる。咲江の父は、スキンヘッドだ。

「往生際が悪いよ、本城さん。薄くなってきたならかぶせんじゃなくて、剃っちまうんだ」

酒で真っ赤になったつるつるの頭を撫でて見せた。

「ダイエットでもしたのかい、本城さん。太っているほどでもなかっただろうに」

「内臓脂肪とか数値があんまりよくなかったものだから、軽くダイエットを」

「そうだったのか。いやなんだか病的な痩せ方だからさ、なんか患ってるのかなと」

「痩せて元気はつらつですよ」

本城は過剰なほどに笑って、咲江の父のグラスにビールを注いだ。

咲江の母が、ほとんど空っぽの寿司桶やオードブルの盛り合わせの大皿を見て、「あら本城さんの分を残しておかなかったわ」と申し訳なさそうな顔をした。

「私、なにか一品作りましょうか」

咲江が気が付いて、立ち上がった。美津子はその手を引き戻した。

「いいのよ、いいの。咲江さんは休んでなさい」

そして本城を見た。

「あなた、適当にお茶漬けでも食べたらいいわ」

咲江の母は、信じられない様子で美津子を見て、本城に同情を寄せる。

「うわぁ！」

突然、咲江の父が凜奈を高く持ち上げた。着ているカーディガンに茶色いものが付着していた。凜奈の便が漏れたらしい。咲江が慌てて立ち上がり、おむつ替えの準備をした。

「お義父さん、すいません」

智也が凜奈を受け取り、咲江と隣の和室に入った。介護ベッドは脇に押しやられ、空っぽだった。美津子に問う。

「おい、母さんどうした」

「昨日からショートステイよ。言ったじゃない」

聞いていないが、黙り込む。

「智也君は偉いなぁ。赤ん坊のオムツなんてオレ、交換したことないよ」

咲江の父が感心したように言う。美津子がうなずいた。

「そういう時代でしたからね。私もよく姑に口うるさく言われましたもの。どんなに忙しくても、夫に赤ん坊のおしめを替えさせちゃだめだって。出世に響くって。ところがどう? うちの人は一度だって智也のおしめを交換しなかったけど、出世しなかったわ」

咲江の母の表情がまた強張る。「こりゃまたきっついジョークだよ美津子さん」と、咲江の父もただ苦笑いしただけで、ちらりと本城に同情の視線を送った。

本城はグラスのビールを飲み干す。二杯目を注ごうとした咲江の父をやんわり断り、「すいません、疲れていまして」と二階へあがっていった。

三十分ほどして、智也が納戸をノックした。おにぎりと茶を載せたお盆を手に持っていた。咲江の母が握ってくれたらしい。

「母さんのあの性格は直らないね」

「知っている。だからなにも言い返さない」

「あれが母さんなりの、咲江の両親への気遣いなんだよ。謙譲の美徳だと思っている。自分の夫をこき下ろすことで、咲江の父さんを持ち上げてるつもりなんだ」

本城は握り飯をほおばりながら、脇に置いたブルゾンに包むようにして隠してあった封筒を取り出した。智也に投げる。

「今日の稼ぎだ」

「え?」

「忘れたか。俺はいまやオレ詐欺の現場で架け子をやってるんだぞ」

智也が「しっ」と指を立て、廊下の気配を確認してから、声のトーンを落とした。

「味田の近況はつかめた？」

たった一杯のビールでは酔えない苛立ちも手伝って、本城の口調は荒くなる。

「その前にこの金をどうする。味田にたどり着き、お前の警察手帳のありかを探り当てるまで続けるんだ。汚い金が貯まっていく」

智也は目の前に放り出された封筒を手に取ると、中身を確認した。二十万ほどある。智也は自らの懐に収めた。

「預かっておく。いずれ被害者に返還できるよう保管しておくよ。ことが済めば、芋づる式にグループを摘発する。押収した金にうまく混ぜて、被害者救済金とすれば問題ないだろ」

智也は懐から小さなＵＳＢメモリを取り出した。折り畳みテーブルの下に置いていたノートパソコンを起動させる。

「懇意にしてる鑑識課員に頼み込んで、押収してもらった。コインパーキングのものだ」

本城は映像を見た。朝八時前後の映像だ。早送りする。目を皿にして、女番頭を見つけた。

「この女だ」

「漫画みたいな顔をしてるね」

「整形してるんだろ」

「顔面認証、使えるかな……」


本城はブルゾンのポケットから、ハンカチに包まれた万年筆を取り出した。

「詐欺を初めて成功させた祝いだと、この女番頭がくれた。指紋がついているはずだ」


智也はうなずき、それをハンカチに包んだまま、受け取った。

「父さん、期待されてるんだね」


山崎竜輝は生まれて初めて熱中するものを見つけた。

生まれたときは畠田《はたけだ》竜輝という名前だった。物心ついたころから、銀行員の父と専業主婦だった母の仲は険悪で、竜輝はピエロ役を引き受けて、両親を笑わせようとしていた。毎日、親の顔色を窺いながら育った。学校でもそうだった。

両親の離婚が成立したのは、中堅どころの公立高校に進学が決まったときだった。「高校からは苗字を山崎にした方がいいよね」と言うと、母は神妙な面持ちになった。そして「実は、竜輝に会ってほしい人がいるのよ」と遠慮がちに、でも嬉しさを隠しきれずに微笑んだ。

その人とは結局、会うことはなかった。母の恋愛に終止符が打たれる瞬間を偶然、見てしまった。母は携帯電話を握りしめて号泣していた。

「離婚なんてするんじゃなかった。あなたの言葉を信じていたのに」

山崎の貧困は突然始まった。

学業とバイトの両立でへとへとだったが、若さで乗り切れた。母は昼夜問わず働きづめで、日に日にやつれていった。大学だけは絶対に出してあげるから勉強しなさいと竜輝を勇気づけ、昼の仕事の他に居酒屋でアルバイトするようになった。母子の努力の甲斐あって、山崎は国立大学に合格した。

苦学して目標の大学に合格を果たすと、山崎は弾けた。バイトこそ続けながらも、サークル活動や合コンに参加するようになった。相変わらず周囲の顔色を窺い、道化を引き受ける。山崎は同級生や先輩から好かれたが、心の中は冷め切っていた。この宴《うたげ》が終わればまた、金を稼ぐためにあくせく働かねばならない。金のことばかりがよぎって、冷めてしまうのだ。

母が倒れたのは、竜輝が横浜市内の居酒屋チェーン店の個室で、女の先輩と野球拳をしていたときだった。これが人生最後の『宴』だと山崎は悟った。

母は脳梗塞で、左半身麻痺となった。治療費は消費者金融を何社か満額で借りてようやく賄った。母の病院の社会福祉士に相談すると、役所の窓口を紹介された。生活保護の申請をしようとしたら、大学を辞めて働けば、とそっけなく断られた。

大学だけは絶対に辞めたくなかった。国立大学の合格切符は、山崎本人の苦学だけではなく、母が身を粉にして働いてもぎ取ったものだ。その代償に母は倒れたのだ。山崎は朝から晩までバイトするようになった。それでも月給にして二十五万がせいぜいで、半分が返済、残りは母のリハビリ費用に消えた。食費に回せる金はほとんどなく、ひとつの卵を三日に分けて食べるような生活が続いた。

そのせいか、バイト先の飲食店で貧血を起こし、倒れてしまった。立ち仕事は無理だと、山崎はネットで別のバイトを探した。少しでも時給がいいものをと、『高額　バイト』と検索窓に入れてネットサーフィンしているうちにたどり着いたのが『有限会社　ハッピーファニーステーション』だった。テレアポ業務で九時五時の完全週休二日制。給与は出来高歩合制だが、研修期間と万全のサポート体制があり、平均給与実績は月五十万円とあった。新規店舗拡大につき、オープニングスタッフ大量募集中とあって、かわいらしい女の子が両手を広げているイメージ画像が貼り付けられていた。山崎は応募した。返信があり、担当は前島史顕と名乗った。

山崎はオレ詐欺組織の架け子として、飯田橋の店舗に配属され、最初の週末を迎えた。

番頭のギャル風美女は当日か、遅くとも翌日には売上金を架け子に配当してくれる。稼働五日目で、竜輝の懐には百万円近い金が転がり込んでいた。今月中にも消費者金融の借金を完済できそうだ。

午後三時過ぎに各自業務、つまり詐欺電話を終えると、『宴』が始まる。これはギャル番頭特有の儀式だと、〝育ての親〟である針谷が教えてくれた。ここで今日一日の売上金を手渡すのだ。山崎にとって金の心配がいらない『宴』は生まれて初めての経験だった。

すでに夏海は今日午後二時までに受け取りを完了した現金を持ち帰っており、デスクには各銀行の封筒や、色とりどりの紙袋が並んでいる。針谷がリーダーらしく、夏海の後ろに控える。他の架け子たちが一列に並ぶ。隣に立つ最高齢の『堀尾』だけが、死んだような目でぼけっとそこに突っ立っている。夏海が景気よく手を叩いた。

「まずは、墨田区の代田ミネ子さんから、四百五十万、いただきましたー！」

山崎がアポインターとして泣きついた、金持ちババアだ。拍手と歓声。「よっ！」というかけ声が上がる。竜輝は指笛を鳴らして盛り上げた。夏海が紙袋をひっくり返す。札束が四つとバラバラの現金がデスクの上に落ちる。山崎は率先して手拍子。夏海はノリノリで、「一枚、二枚」と、万札を並べていく。二十から四十のカウントをとぼけた調子ですっ飛ばし、やがて架け子の取り分六十七万を並べ終えると「持ってけ、ドロボー！」とハイテンションの声を上げる。山崎は、いの一番に金に飛びついた。取り分二十万あまりを手にした。

高校二年生の夏休み、海の家で一か月、住み込みでアルバイトをした末に手にした給与と同額だった。山崎が今日出したヒットはあと三件ある。

「やっべぇ、超楽しい！」

山崎は叫んだ。次々と金が配られる。手拍子。歓声。サークルの飲み会や、女子大生との合コンとほとんど同じノリで、高齢者から巻き上げた金が宙を舞う。テンションがあがって暑くなったのか、夏海がジャケットを脱いだ。大きな胸が揺れて、男たちの目が釘付けになっている。山崎も無遠慮にその胸を見つめた。

山崎はまだ女性の経験がない。無意識下で男が稼ぐ金に群がろうとする女の本性みたいなものを、母の醜態を通じて直視してしまったトラウマだった。しかし、大金が毎日大量に積みあがっていくいま、積極的に女を作りたいという欲求が湧き上がるのを感じていた。

夏海がジャケットを勢いよく椅子に引っ掛けたとき、ポケットから鍵が床に落ちた。みな、金が宙に舞う幸福に溺れ、山崎だけでなく、夏海本人も鍵を落としたことに気が付かない。

それは売上金が入るアタッシェケースの鍵で、ピンク色の背を持つ魚のキーホルダーがついていた。山崎の隣で適当に拍手をする堀尾も気付いたようだ。今日二回目の配当に呼ばれ、現金を数える山崎の横で、堀尾は魚のキーホルダーを摑み、夏海に手渡した。

本城が稼働店舗に潜入捜査を始めてから、初めての週末が訪れた。この一週間で摑んだ情報を喜多見の自宅の納戸で整理する。依然、味田の動向は摑めていなかったが、女番頭の素性だけは、逮捕歴があったおかげで把握できた。

本名は三沢夏海。二十五歳。十九の時に売春防止法違反で逮捕されている。その後も裏社会で生き続けて、オレ詐欺の現場ではめったに見ない女番頭となった。

本城は三沢夏海が逮捕された当時の捜査資料をくまなく読んだ。逮捕された風俗店店長の顔写真と名前に見覚えがあった。北川誠《きたがわまこと》。かつての部下の情報屋だ。現在は所轄署知能犯係で係長となっている部下の番号を押し、北川を紹介してほしいと本城は頼んだ。

週明け火曜日、三月十日の午後七時に、北川と池袋で落ち合うことになった。『宴』が終わり退勤となる午後五時から二時間あるが、本城は変装を解く必要がある。本城は飯田橋の店舗を出ると、慌てて成城学園前に向かった。

しまうま会事務所には誰もいなかったが、ほどなくしてめぐみが戻ってきた。

「お仕事、その後順調ですか」

「いやいや。どんづまりですよ。攻略しづらいのを相手にしていまして」

「というと？」

「仕事柄、捜査対象は男が多かったもんで。官僚も政治家も詐欺師も、圧倒的に男でしょう。女の犯罪者というのを、どう扱ったもんかと――」

めぐみは思案顔になると、やがて言った。

「犯罪に走る女のひとって、父親に問題がある場合が多そう。お父さんにちゃんと愛されれば、犯罪には走らない気がします。厳しすぎるとか、虐待されたりとか、お父さんがいなかったとか。もちろん、そういう親でもちゃんとしている人はたくさんいますけどね」

「そういう見方もありますね。うちは娘がいないもんで、ピンときませんでした」

めぐみはどこか恥ずかしそうだった。

「なんだか、すいません。捜査のプロを前に、犯罪者のプロファイリングだなんて」

「いいえ。参考になります。黒沢さんのお父さんは、どんな人でした。どうやって、あなたのような立派な娘さんを育てたのかと」

めぐみは一瞬黙ったあと、苦笑いを浮かべて言った。

「実は、あんまりいい父親じゃないんです。酒癖が悪くて、よく殴られて、まだ小さいころに若い女のひとと逃げちゃいました」

「……それでも黒沢さんはいま、こうやって介護事業を立ち上げて。立派ですね」

めぐみは目を細めた。

「頑張る女のフリをしている、だけかもしれませんよ、私」

めぐみの言葉から福島の訛りが抜けると、途端に猛烈な色気が押し寄せる。本城は飲み込まれそうだった。智也から連絡が入り、我に返る。雑居ビルの外階段で電話に出た。

「父さん、大きい情報を仕入れた。南田組とつながりの深い道具屋を揺さぶった。やはり味田に偽造パスポートが渡っていた。二月十八日から台湾に渡航しているようだ」

錦糸町店舗の手入れは二月十七日だった。時系列は合う。

「まだ帰国していないのか」

「いや、三月一日、夕刻の便で帰国している」

飯田橋の店舗開店は三月二日だった。帰国は開店に合わせたものと思われるが、それならばなおさら、味田が現れないことに合点がいかない。

「未だに雲隠れせざるを得ないトラブルがあったのか……」

「僕もそれを考えていた。味田が台湾滞在中に被疑者不詳の凶悪事件が起こっていないか確認する必要がある」

「台湾警察にツテはあるのか」

「いや。ＩＣＰＯから情報を仕入れる」

「そんなツテがあるのか」

「ＩＣＰＯは現役警察官僚が結構出向しているし、幹部にはＯＢもいる。なんとかなるさ」

智也の人脈の広さだけでなく、情報収集能力にも本城は驚嘆した。

「お前の力量には舌を巻くよ。現場の捜査員だったら警視総監賞を百回は受賞できるぞ」

「僕はそれをもらう側ではなく、与える側になるさ」

　ＪＲ池袋駅北口を出てすぐの喫茶店で、本城は情報屋の北川誠と対面した。北川は五年ほど前、夏海が彼の店舗で働いていたころ、生安による一斉摘発で逮捕され、前科もあって収監された。娑婆に戻ってきて、いまは本城のかつての部下から情報料をちまちまと取りながら、風俗店のキャッチをして生活している。本城とは初対面だった。

　ブルゾンの懐から一万円札を出して北川に摑ませると、本城は夏海の現在の顔写真を示す。

「誰だかわかるか」

　北川は写真を手に取り、顔を異常に近づけて見た。本城の困惑を察し、「昨日酔っ払いに絡まれて、メガネを壊されたんだ」と言った。

「新しいメガネを買ったらいいさ」

　さらに一万円摑ませた。北川はすぐさまポケットにねじ込むと、申し訳なさそうに言った。

「まあ、夏海ちゃんだと言われれば、そうかな。ただあの当時から整形狂いでね。一年俺の店で働いてたけど、その一年での顔面の変遷と言ったらすごかった」

「逮捕されたあとのことは知ってる？」

「いや。俺は五年もブタ箱の中だ。何をしてたのか、いま何をしてるのかも知らない」

「どんな子だった。男はいた？」

「うん。典型的な、男運がないタイプかな。鼻っ柱が強い姐御《あねご》肌《はだ》で面倒見がいいから、ヒモ体質の男に言い寄られやすいんだ」

北川は哀れそうに夏海を評す。本城は当初、夏海が味田の女である可能性も視野に入れていたが、その線はなさそうだ。二人が同じ金主の元で働く番頭という間柄でしかなかったら、夏海は味田が警察手帳を隠し持っていることを知らないはずだ。

「男運がないのは、本人も自覚してた。そういう育ちだから逃れられないって笑ってた」

「そういう育ち？」

「働かない父親と、働きすぎてヒステリックになる母親の元で育った。母子関係は最悪だったんだろうな。だから整形を繰り返さないと気が済まなかった。醜形恐怖症っていうの」

ふと、めぐみの言葉を本城は思い出した。父親に愛された娘は、犯罪には走らない——。

「父親はいま？」

「夏海が小さいときに離婚して、それきりじゃないの。あ、そうや、出入りの探偵業者に、父親の居場所を探してくれないかと依頼してたのを見たことがある」

「出入りの探偵業者？」

「家出少女を探していた探偵。結構、探偵稼業の人は風俗店に来るんだよ」

「その探偵に、父親を探したいと？」

「うん。だけど料金聞いて、慌てて首を横に振ってた。闇金での借金焦げ付かせて風俗に売り飛ばされた口だ。探偵なんて雇えないでしょ。まあさ、いわゆるファザコンなんだよ」

本城は北川と別れ、池袋の繁華街をひとり歩いた。味田も警察手帳の行方も手がかりが摑めない。わかったのは、夏海という女番頭の弱点と思われる父親の存在だけだ。いくつかの情報の中から何を捨て、どれを拾い、捜査線を広げるのか。その取捨選択こそが、命運を分ける。本城は方策を練るとき、街の雑踏に繰り出す。その方が不思議と集中できる。

覚悟を決めてぱっと顔をあげたとき、本城は繁華街を抜け、ラブホテルや風俗街が混在する裏通りを歩いていた。目の前に客引きの男の顔があった。「おっさん、ヤバい人？」と相手は言って、逃げていった。客引きの存在に気が付かないほど、集中していたようだ。

本城は人通りが少ない線路沿いの道を池袋駅方面に引き返しながら、智也に連絡を入れた。

夏海の実父の居所を突き止めるように言う。戸籍、住民票を辿れば早いはずだ。

「最善は尽くすけど、女番頭の父親を突き止めてどうするの」

「夏海を引退させる。店舗開業から間もないというのに番頭が引退したとなったら、味田がその座につくはずだ。ようやく新規開店した店舗を、誰かが逮捕されたわけでもないのに閉鎖するはずがないだろう。夏海をなんとかして番頭の座から退かせる必要がある」

「うまくいくかな」

「いいから、早急に夏海の父親を調べて俺に連絡を入れろ」

本城が電話を切ろうとして「ちょっと待って」と智也が言った。

「三沢夏海が二級の小型船舶操縦士免許も持っていることがわかった。小型のクルーザーを所有している。湘南マリーナという藤沢市の会社が管理している」

本城は夏海のキーホルダーを思い出した。あれはルアーをキーホルダーに改造したものなのではないだろうか。

番頭としては脇が甘い。クルーザーは中古艇でも一千万は下らない。そんな高価なものを所有していたら、警察や税務署の目につきやすくなる。当然、『役者』名義にすべきだが、船は小型船舶操縦士免許がないと所有できない。

夏海は努力や実力ではなく、運よくその座を手に入れただけの番頭に見えた。『宴』のノリにしろ、組織を管理する者としてはあまりに〝軽い〟。だからこそ欺けると本城は思った。

三沢夏海の父親が見つかったと智也から連絡が入ったのは、それから二日後、三月十二日木曜日のことだった。仁科猛《にしなたけし》、五十五歳。横浜市磯子《いそご》区の缶詰工場勤務。夏海が十歳のときに離婚したきり、ひとりで生きてきたようだ。勤務先近くのアパートに住んでいる。

本城はその日、架け子業を終えてしまうま会に戻ると、早速、横浜市磯子区にある缶詰工場を訪ねた。ダウンジャケットのポケットに手を突っ込み、夜なのにサングラスをかけ、ガムをくちゃくちゃと嚙む。いかにもやくざ者の風情を出す。

午後七時過ぎ、仁科猛は襟元にフェイクファーのついたブルゾンに、紺色の作業着、黒のニット帽をかぶり、潮風に吹かれて工場から出てきた。フェイクファーは使い込みすぎてダマになっている。三月も中旬だが夜半の海風の冷たさは凍てつくようで、その頰は赤く、皮膚はひびわれ、北国の漁師のような雰囲気だ。七十代の老人のように見える。

「あんた、仁科さんだよね？」

本城は乱暴に声をかけた。仁科は困惑しながら、立ち止まって、上目遣いに本城を見た。

「三沢夏海って、知ってるよな」

仁科の顔がみるみる青ざめた。

「む、娘がなにか？」

「よかった。覚えててくれたんだ。お父さん、お父さんって泣いてたよ、夏海ちゃん」

「一体ど、どうしたんですか。夏海とは生き別れたきりですけど」

「悪い男に引っかかってね。うちに膨大な借金作っちゃったんだわ」

「……夏海が？」

「うん。お父さんと離れて、ずっとさみしかったんだろうね。変な男にすぐひっかかる」

仁科はいまにも泣きだしそうである。

「しかもね、勇敢にもというか、店の金庫から売上金五千万担いで逃げ出したの」

仁科は真っ青になり、その場で本城に土下座した。

「む、娘がすいません。どうか、どうか殺さないでやって。あの」

慌ててブルゾンから金を出す。三千円だったが、「今日はこれで」と拝んでくる。

「お父さん、全額弁済してくれんの」

仁科は無理だと言わんばかりに唇を震わせる。

「思いつめないでよ。十五年近く音信不通の父親から、金ふんだくらないから」

「えっ。そ、それじゃ……」

本城は仁科のそばにしゃがみ、肩を叩いた。

「十五年音沙汰ナシでも、助けたくなるだろうよ。思い出のひとつや二つ、あるだろう」

黒光りする地面をじっと見つめていた仁科の視線が不意に浮いて、海をとらえた。

「海か——？」

「……夜釣り、よく行きました」

「へえ。夜釣りか」

もっとしゃべれ——本城はただ同意して、次の言葉を待つ。

「夜になると、母ちゃんのヒステリーが怖いと言って。よく、二人で夜釣りに」

「へえ、なにが釣れんの」

「アジがよく釣れます」

「この近く？」

「電源開発近くの岸壁で……。これで食費浮くなぁって思うんだけど、夏海は優しい、本当に優しい娘でさ」

仁科はそこで嗚咽を漏らす。震えながら呼吸して、吐き出すように続ける。

「腹すかせてんのに、釣ったアジを必ず最後には逃がしてやってて——」

「なるほどね。日本中逃げ回ってた夏海が最近になって横浜に来た理由がわかるな」

仁科は目を丸くした。

「夏海はいま、この辺にいるんですか」

「お父さん。夏海ちゃんが五千万担いでやってきたら、ここに電話してよ」

名刺を仁科に突き出す。つい数時間前に印刷屋で、即席で作ったニセの名刺だ。

「金は盗んじゃいけない。こんなの基本でしょ。お父さんからちゃんと、叱ってやって」

思いつめたように仁科はじっと名刺を見つめているだけだ。

「返事は‼」

本城が怒鳴ると、仁科は蚊が泣くような声で返事をして逃げ出した。距離を置いて、尾行する。仁科はコンビニの前で立ち止まると、本城が渡した名刺を破り、ゴミ箱に放った。

本城は情報屋の劇団員に連絡を入れた。カツラを貸し出してくれた人物だ。

「舞台の経費は集まったのか」

「全然だよ。なんか仕事ないか」

「ある。十出すぞ。すぐ顔出せ」


飯田橋店舗開業から二週間、夏海は台場にあるホテル日航東京に宿を取っていた。飯田橋店をおこぼれ的に面倒見ることになった夏海は現在、三店舗同時に運営している。金主から、三店舗を超えたらホテル暮らしをするように指示されていた。売り上げは倍増するが、リスクはその五倍。万が一を考えてすぐ飛べるように、家財道具なども一切合切捨てた。そもそも持ち続ける品も殆どない。幼少期の写真も少ない。

唯一の思い出の品は、父とよく行った夜釣りのときに使ったルアーだ。背中にピンクの筋が入った魚の形をしていて、暗闇に浮かぶと幻想的できれいだった。海に投げ込まれるルアーを物欲しげに見ていると、父はちゃんと気が付いて、取り換えた。ピンクのルアーの針を外して、口の部分に紐を通して、夏海のポシェットに結び付けてくれた。

ルアーは知り合いのアクセサリー職人によってキーホルダーとなり、夏海の懐に入っている。父の写真は一枚もない。ルアーだけが夏海と父親を結ぶものだった。

早朝五時、まだ日も昇り切らないうちからベッドを這い出ると、夏海は熱いシャワーを浴びる。五時まで遊んでいたことはよくあったが、起きるようになったのは番頭になってからだ。いまでも夜遊びの虫が騒ぎ出すことはあるが、それを堪えて金を積んでいく。金は使えば使うほど目立つ。やがてそれは警察の目に留まる。

それでもクルーザーだけは我慢できず、購入してしまった。一千万、現金で売主に渡してから一か月は、警察や税務署に目をつけられるのではないかとビクビクしていた。

一時間かけてメイクする。眉間の皺、目の下のたるみ。ボトックスを打たなきゃなと思う。

午前八時、夏海は恵比寿の店舗に顔を出した。モチ検と発声練習だけして、八時半から一斉稼働だ。早速午前九時前には、ヒット通知が入った。夏海は恵比寿を出ると、専属の受け子リーダーである桐田《きりた》に連絡を入れた。電話はすぐつながったが、なかなか会話が始まらなかった。桐田の咳がおさまらないのだ。

「ちょっと。風邪、まだ治らないの？」

「わりぃ……ゴホッ！」

「架け子だったらボコるとこだったけど。体調管理ができないなら受け子か役者に落ちな」

「わかってるって。ゴホゴホ。ウケの手配な。どこゴッホン」

「渋谷区幡ヶ谷三丁目××の×。佐々木愛子《ささきあいこ》、六十一歳。タンス預金五百万、全部もらって」

　桐田とはオレ詐欺稼業に関わる前からの付き合いだ。夏海が以前勤めていたキャバクラの黒服だった。当時は支給されるスーツがパツパツで、サイズがないと店長が困惑するほど恰幅が良かったが、去年から突然ダイエットに目覚めたとかで、いまは拒食症かと思うほど痩せている。黒服時代はたぶん、過食症だったのだろう。施設育ちで精神的に不安定なところがあるが、それを仕事上では絶対に出さない完璧主義者だ。

　桐田はその日も、マスクをして咳をしていたが、花粉が飛びかう季節柄、かえって町の景色になじんでいた。受け取りは成功した。夏海は周辺を三周して警察の張り込みがないことを確認すると、その場で桐田から五百万を受け取った。桐田に十五万渡して、立ち去る。そのうち、末端の受け子に何万やるかは、桐田の裁量だ。

　夏海は味田のように、いったん現金をロッカーに入れたり、宅配便で私書箱に送ったりはしなかった。自分が受け取りの現場に来られるときは、即座に懐に入れた。金主は夏海のやり方を黙認していた。女だから警察の目に留まりにくい利点から、許容しているようだ。

夏海は奪った金を薄型のアタッシェケースに仕舞い、ルアーのついた鍵でロックすると、運転席シートのクッションの下に入れた。金の上に座るというのは気持ちがいい。

その日のうちに売上金を架け子たちに分配するのも、夏海独自のやり方だった。架け子は金を見ると俄然やる気を出し、明日への活力とする。

昼過ぎ、夏海が飯田橋の店舗前のコインパーキングに車を入れ、サイドブレーキを引いたところで、窓が激しく叩かれた。助手席の窓を見る。三十歳くらいの、色付き眼鏡をかけた男が、夏海をにらみつけている。知らない顔だが、白いダブルのスーツの上は黒革のロングコート。堅気でないのは一目瞭然だった。顎には一直線に傷跡が残っている。

夏海はスマホを太ももの脇に置いて、短縮ダイヤルを押した。夏海のケツ持ちヤクザである、山原《やまはら》組の直通番号を表示させて連絡できる態勢を整え、助手席の窓を下ろした。

「仁科夏海さん⁉」

男は夏海が十歳まで使っていた名前で呼んだ。オレ詐欺関連でのトラブルではない。

「仁科猛さんの、娘さんだよね⁉　ちょっと乗せてくんないかな⁉　寒いんだけど‼」

夏海は心臓がぎゅっと摑まれたようになった。ジャケットの内ポケットに入ったルアーのキーホルダーが突然、重さを増して存在感を放っているように感じた。

夏海は助手席のウィンドウをさらに二センチほど下げただけで、無言で相手の出方を待つ。

「おいおい、ケチくせぇな。乗せてくれっての」

「あんた、どこの組のもんよ」

男はぎらつく瞳を窓の隙間からのぞかせ、すっとぼける。

「組？　なにそれ」

「こっちは後ろに山原組ついてんのよ」

「だからなんだよ。ヤクザなんて怖くねーよ、ばーか」

半グレか。最近は暴力団の社会的排除が進み、乱暴を働くのは暴力団より半グレが多くなってきた。

「やれるもんならやってみろ。暴対法でスカスカになった組織なんか怖かねーよ。あんたがヘルプの電話をしているうちに、お父ちゃんの耳をちぎって手土産に持ってきてやるぜ」

夏海は沈黙した。沸き上がる感情を必死に抑え、ただ沈黙する。

「よしよし。いい子だ。話を聞く気は、あるみたいだな。で、寒いんだけど」

夏海は助手席のロックを外した。男は滑り込み、車が揺れるほど強く扉を閉めた。

「夏海ちゃんのパパね、俺んとこの会社から五千万借金焦げ付かせてんのよ」

借金か、夏海は暗澹たる気持ちになった。

「一週間以内に返済できなかったら、東京湾に沈んでもいいって約束してくれたの。もちろん、体の中身を全部、取り出して売っ払ってからね」

闇で臓器を売る、ということらしい。

「でね、その期限が今日なわけ。パパ、たいした度胸だよ。家族はいないと言い張って。夏海なんて知らない、家族じゃないと言い張ってねぇ、おいおい泣くの。臓器などいくらでもやるから、黙って東京湾に沈めてくれと」

夏海の瞳が潤む。父の顔はもう遠い記憶の海に沈みうろ覚えだが、その温もりは体に染みついている。毎晩のように夜釣りにでかけた電源開発横の岸壁で、父は夏海を膝の上に抱き、薄っぺらいダウンジャケットで、凍える海風から守ってくれた。

「でもさ、残念ながら、あんな年取って酒でボロボロになった臓器なんて、金になんないわけ。それで、夏海ちゃんに、パパの代わりが務まらないかなぁと思って、わざわざ横浜からこうして東京都心までやってきたわけよ」

父はまだ、そこに住んでいたのか。横浜と聞くだけで、港に漂う汐のかおりが蘇る。

「聞いてんのかコラぁ！」

男が口角泡を飛ばし、夏海に迫った。

「今日の夜七時までに五千万担いで根岸湾に来い。電源開発の裏の岸壁だ。わかるだろ？」

夏海はただ、瞬きをした。男はそれを肯定の返事と受け取ったようだ。「ほいじゃよろしく」と車を降りて、さっさと立ち去った。

夏海はすぐさま、ケツ持ちの山原組に連絡を入れた。事情を話すと、「馬鹿か、そんなことで動ける訳ねぇだろ」と一蹴されてしまった。

「話が違う。毎月いくらみかじめ料払ってると思ってんの」

「それは、オレ詐欺現場でのトラブル処理料だ。あんたの家族のことまで責任持ってらんねぇよ。そもそも十五年も音沙汰ない親父を助ける義理があんのか」

夏海は電話を切り、車を発進させた。首都高速都心環状線から3号渋谷線へ乗りこみ、アクセルを深く踏む。見慣れた景色が認識できない。自分が浮遊していて、現実感がない。何の衝動で動いているのかわからない。ただ、ジャケットの内ポケットに入ったルアーが重い。

東名高速道路に乗って一時間半、夏海は神奈川県藤沢市の湘南海岸に到着した。観光客らしき姿はなかった。湘南マリーナの駐車場に車を入れ、プレハブの事務所で受付を済ますと、自分のクルーザーが繋留されているマリーナへと向かった。

スウェーデン王室御用達というストレブロロイヤルクルーザーだ。自身の名前からSummer Seaという名をつけて、腹にペイントしてある。コンクリの岸壁からデッキへ軽々と飛び乗る。操舵席後ろの短い階段を降りた。鍵を開けて船底に入ると二畳ほどのスペースがあり、革張りのソファや簡単な料理ができるキッチンも備え付けられている。

夏海はソファのクッションを取り去り、その内部にはめ込んだ金庫の暗証番号を押す。〇四〇六。父の誕生日。もう五十五歳になっている。涙が出てきた。金を取り出して数える。四千五百万ほどしかないが、船を売ってしまえば合計で五千万近くにはなる。

スマホが鳴った。針谷からだ。受けが無事完了したことは伝えていた。ただ、戻ると言ったのに姿を現さないので、電話をしてきたのだろう。ぼんやり浮遊していた意識が一瞬のうちに戻った。番頭が稼働中になにをやっているのか。バレたら大変なことになる。電話を取り、すぐに戻ると言おうとして、はたと手を止めた。

今日午前の売り上げだけで、アタッシェケースの中に八百万円が入っている。

飯田橋の店舗で、本城は昼食を取っていた。弁当買い出し当番が近くのコンビニで買ってきた海苔弁を黙々と食べている横で、針谷が鉄火丼をがっつきながら、番頭直通の携帯電話を睨んでいる。

「なんで戻ってくるのに二時間以上かかるんだ」

針谷は呟きながら、携帯電話のタイマー機能で三分をセットする。針谷の腰ぎんちゃくである架け子が「なんのタイマーすか」と尋ねる。

「出られなかった電話は三分以内に折り返す。番頭の基本だ」

本城は弁当を食べ続けながら、考えた。今日の昼、情報屋の劇団員が闇金業者を装って夏海に接触するはずだった。夏海が電話に出ない。これは、本城の思い通りにことが運んでいると見ていいのか。しまうま会まで戻らないと、自身のスマートフォンをチェックできない。

残り五十秒を切ったところで、針谷の携帯電話に着信があった。

「ナツさん。どうしたんすか」

「ごーめんごめん。ちょっとさ、急に生理が来ちゃってお腹痛くてのたうちまわってたのよ。でももう薬飲んでおさまったから。いまから店舗戻るわ」

「そうすか。お大事に」

針谷は早々に電話を切った。無言で鉄火丼を食べていたが、やがて顔を上げて断言した。

「やっぱり変だ。ありえねぇわ」

誰に言うともなく、続ける。

「ナツさんは女子日を理由にアレコレ言う女じゃなかった。ここは男社会だからな。男をこき使うにゃ男以上に男になんなきゃなんないってよく言ってた」

「なんか、男でもできたんじゃないですか〜。人工的とはいえ、まあきれいだし、胸もでかいし。きっと男と朝からふけこんでやりまくってんすよ」

針谷の腰ぎんちゃくが呑気に言った。

「――ったく、結局女はコレだから」

針谷が鼻白んだ。〝女だから〟というのは大変便利な言葉だ。多少不可解な行動を取っていても、〝女だから〟で片付けてもらえる。

結局、夏海はその日、戻ってこなかった。午後は入れ食い状態で、ヒットが十件出た。他店舗からのウケの手配もあるだろうから、夏海は多忙だったはずで、針谷も夏海を疑うことはしなかった。売上金は明日朝いちばんに、まとめて分配されることになった。今日一日、飯田橋の店舗だけで二千八百万の売り上げがあった。店開業以来、最高額である。

午後五時、本城はタイムカードを押し「お先です」と店舗を出ようとした。玄関前で立ち止まり、振り返る。いかにもなにかに迷う態度で。案の定、針谷が声をかけてきた。

「おい。どうした」

本城は迷ったそぶりで答えない。針谷が玄関先まで近づいてきた。

「実は……言おうか言うまいか、迷ってたンだけども。ナツさんの、ことで」

「なんだ。言ってみろ」

本城は針谷を使われることがない浴室に連れ出し、声を潜めて言った。

「実は今朝出勤前、ナツさんがコインパーキングんとこでコソコソ電話してンの聞いちゃって。相手はお父さんとか、何とか」

「父親？」

「店の売上金含めたら相当になるから、一緒に逃げるとか、なんとか――」

針谷の大きな顔がみるみるうちに、赤く染まっていく。

「ほかになにか、言ってなかったか？」

「クルーザー所有してっがら、それ使ってどうのって」


三月十三日金曜日、本城は終電で喜多見の自宅に帰った。咲江と凜奈が咲江の両親と共に九州に帰ったこともあり、家は閑散としていた。

本城はダイニングの明かりをつけ、ウィスキーボトルを取った。ウィスキーの芳醇な香りより、体についた汐の香りの方がまさった。目を閉じる。つい数時間前、覚悟を決めて、夏海のクルーザーに飛び乗った仁科の青いブルゾンの背中が目に焼き付いていた。詐欺稼業とは何の関係もない彼を巻き込んでしまったことに、罪悪感が湧き上がる。

針谷にでたらめの告げ口をした後、本城は退勤し、しまうま会でヤクザ風情の人物に変装、慌てて横浜へ飛んだ。スーパーで瓶ビールを一本買い、飲み干してから、磯子区の缶詰工場から出てくる仁科を待ち伏せし、捕らえる。

「娘があんたんとこに逃げてくると情報があった。どうして情報くれねぇのかな」

怯える仁科の首根っこを捕まえて、電源開発の火力発電所タンクを横目に、岸壁まで連れていき、仁科を海風に晒すように立たせた。懐に隠し持った空の瓶ビールの口を、仁科の腰に突きつける。本城はなにも言わなかったが、仁科はそれを銃と誤解し、微動だにしない。海からの凍える冷気を前にただ立ち尽くしていた。

夏海はクルーザーで海から近づいてきた。本城は黒い海の向こうにクルーザーが見えると、まさかそれが夏海だとは思いもよらない様子で、「ちょっとしょんべんだ、てめぇ動くんじゃねぇぞ」と立ち去った。

電源開発の壁の陰に隠れて、岸壁の様子をうかがう。夏海のクルーザーが接岸する。目の前に現れた十五年ぶりの娘は整形を繰り返し、別人になっている。それでもふたりはものの数秒でわかりあったようだった。

仁科は背後に怯えながらも、寒さにかじかんで震える足を、黄色い手すりにかけた。黒い海に浮かぶ娘の船に、娘の手を借り、ぎこちない足取りで飛び乗った。

本城はなんとか逃げおおせてくれと願った。いまごろ、互いに闇金に追われている身と思い込まされていたことに気が付くだろうが、夏海はもうオレ詐欺の現場に戻れない。今日の売上金、飯田橋店だけで二千八百万を持ち逃げしたからだ。

オレ詐欺も番頭レベルにまで到達すると、足を洗うのに時間がかかるという。金主と互いのケツ持ちヤクザを同席の上、何度も話し合い、指を詰めることもある。本城にはそれを待つ時間はない。夏海に売上金を叩いて逃げてもらうしかないと考えていた。

夏海は今後しばらく、金主のケツ持ちヤクザから追われることになる。捕まったら半殺しで、今後一生、受け子か役者として奴隷のように使われる。夏海は女だから、風俗に売られるだろう。本城の胸が鈍く痛む。そもそもが詐欺を働いて高齢者から金を巻き上げる犯罪者だと、彼女を完全に突き放せたら、どんなにラクだろう。


週が明けた三月十六日月曜日、気温が十五度以上になった。本城はコートを持たず、自宅を出た。今日こそ味田と対面することを切に願い、しまうま会を経て、飯田橋へ出勤する。

朝八時の朝礼と持ち物検査はいつも通り、針谷が仕切った。朝礼の最後に針谷が言った。

「実は事情があって、今日から番頭が変わる」

架け子たちが、顔を見合わせる。

「なにも心配すんな。業務に支障どころか、史上最強の番頭の登場で売り上げも伸びるはずだ。お前ら、気合い入れていけよ」

本城は手を挙げた。

「あの～。ナツさん、もう、来ねェってことですか」

「そんなことはない。また会えるよ」

針谷は妙ににやつきながら言う。やがて朝礼を終えると、針谷は本城に耳打ちした。

「あんた、お手柄だったな」

「……………やっぱり、ナツさん」

本城の言葉を最後まで聞かず、針谷は新しい書類を突き出しながら言った。

「これ、新番頭からご褒美」

「名簿ですか」

「今日から新しい名簿と新しいシナリオだ」

言いながら、針谷はいつも使用している六畳間に本城を連れ込む。部屋にはベテラン架け子がいた。針谷が名簿を渡す。

「〝常連さん〟名簿だ。成功率九十パーセント以上！」

ベテランの架け子は「うわ、ラッキー！」と大喜びだ。

本城は名簿をめくった。『藤木典子』という名前がすぐさま目についた。

「……これは、どういう？」

針谷が答えた。

「一度詐欺に引っかかったマトをもう一度、引っ掛ける。名付けて〝オレ詐欺救済詐欺〟」

本城は暗澹たる気持ちで、シナリオをめくる。ひとりで警察官役を行う〝ピンネタ〟だ。マトに犯人が逮捕されたことを伝え、被害者救済金が支払われるとの名目でＡＴＭに連れ出す。そして〝被害者番号〟の入力と偽わり、実は金を振り込ませる手口だ。

隣のベテラン架け子はシナリオをざっと読んだだけで、もう電話をかけ始めていた。本城はなかなか携帯電話を持つ気になれない。針谷がじっと見ていた。

「なにいまさら、怖気づいてんだよ」

「……いや、でもこりゃぁさすがに」

「もうてめーだけで二十人は騙してる」

本城は忸怩たる思いで携帯電話を握った。最初の中年女性はそもそもオレ詐欺に引っかかっていたことにすら気がついていない様子だった。

「捜査で詐欺組織を検挙いたしましてね、売上金を押収しました。いくらかを被害者救済金として、お支払いしますね。いまから銀行に出向いてもらえますか？」

折り返しの電話を待つ間に、次のターゲットにかける。やがて一件目の被害者女性から、折り返しがあった。しかし、ＡＴＭを操作させている途中で警戒中の警備員が気付いたようだ。本城は即座に電話を切った。ベテランの架け子は隣で粘っている。なるべく警備員がいないようなＡＴＭに行くよう促している。近隣ＡＴＭの警備員の情報まで名簿に書かれていた。

　ベテラン架け子は最初の一件目を当てて、針谷にヒット通知を促す。針谷はその電話を終えると、電話が進まない本城の元にやってきた。

「何件かけた？」

「これで、六件目です」

「どんだけ外してんだ、てめー。もっと必死になれよ、元警察官だろ⁉」

デスクの脚を蹴った。安っぽいスチールデスクはその一撃だけで横倒しになった。本城が怯えたそぶりで立ち上がると、針谷がでかい顔を近づけてきて、猫撫で声で言った。

「被害者を助けてやんだよ。騙しとられた金を返してやるんだよ、一刻も早く。返してやりたい、そういう気持ちで、かけるんだよ‼」

　頭をはたかれた。本城は唇をかみしめて頷く。再び携帯電話を持った。次は藤木典子だった。針谷に殴り倒されても、彼女だけは外さなくてはならないと思った。電話番号を押す。

「もしもし、藤木でございます」

警視庁の都民ホールで、頭を下げ続けていた典子の姿が、目に浮かぶ。

「もしもし。こちら、警視庁特殊詐欺特別対策本部の――」

「本城さん⁉」

すがりつくように典子が叫んだ。『堀尾』を演じている本城は、言葉に詰まった。電話を切ってしまおうと決意し、携帯電話を耳から外した。その時、開け放した部屋の入口に、音もなく立つ人物がいることに気が付いた。針谷が丁重に頭を下げている。

味田だ。

味田は針谷の報告に耳を傾けているようでいて、目はじっと『堀尾』を見ていた。

「本城さん⁉」

携帯電話から、典子が叫ぶ声が漏れ聞こえてくる。相手が藤木典子とは、架け子として味田の信頼を得るには都合が良い——悪魔が囁く。本城はシナリオを閉じた。

「藤木さん、先日はどうも、被害届を出していただきまして」

「わざわざ係長クラスの方に対応していただいて。その後、捜査の方はどうです」

「実は藤木さんのご協力のお陰で無事、詐欺組織の逮捕に成功いたしました」

「よかった‼」

典子は電話口で叫んだ。安心し、泣き崩れている様子がわかる。

「藤木さん？　お辛かったですよね」

「あの青いスタンプ、役に立ちました？　孫が押してしまった」

「ええ。あれのお陰で、捜査がスムーズに運びまして」

「ああ、よかった。気持ちがいまようやく、すっとしたわ！　たったの三百万といえばそれまでですけどね。夫もなく、年金暮らしで、息子とも縁がほとんど切れてしまっているような状況ですから、もう、本当に大切なお金なんです」

さらに本城は搾取しなくてはならない。

「早速ですが、藤木さんの口座に被害額三百万円を、振り込ませていただきます」

「まあ、全額、取り戻せるんですの⁉」

「ええ。お手数なのですが、実は警視庁からの振り込みの場合、法律の関係で直接個人の口座にお金を入れることができないのです」

これは大嘘だ。

「そうなんですか？」

「ええ。指定銀行で藤木さんにＡＴＭを操作していただき、振り込み完了となるんですが」

「そうですか……。どちらの銀行です？」

本城は名簿を見た。近隣の警備員なしの無人ＡＴＭは、杏林大学病院内にあった。

「えーっと、藤木さんのお宅は三鷹市新川ですね。その近くだと、杏林大学病院内にＡＴＭがあるんですが」

「えっ。病院のＡＴＭ？」

「ええ。こういったところの方が、たくさんの銀行を扱っていますから。窓口の方までとなると、お手数なのですが、霞が関まで出ていただかなくてはならないんです。いまは年度末ということもあって、窓口はひどく混雑しておりますし――」

シナリオにない言葉で本城は誘導した。背後の味田が唸るのが聞こえた。

「わかりました。では、いまから行きますね」

「到着しましたら、連絡ください。折り返しの番号を言いますね」

「名刺にありました番号でいいかしら？」

「いいえ。そちらは事情があって不通ですので、新たな番号を」

本城は飛ばしの携帯電話番号を口頭で伝える。通話を切った。折り返しは十分と経たずにかかってきた。本城は早速、ＡＴＭ操作を誘導する。

「警視庁からの特別な振り込みで、通常とは違う手続きになります」

『振り込み』をタッチさせる。指定された、『役者』名義の口座を口頭で言う。

「では次に、被害者番号を入力していただきます。４９の、９５５、３１です」

四百九十九万五千五百三十一円、搾取する、ということだ。大半のキャッシュカードの振り込み限度額五百万、そのギリギリの金額である。残高が足りなければ、「番号がひとけた多かった」と言って、数を減らしていくよう、シナリオには注意書きがある。ＡＴＭの液晶画面には『残高不足』と表示されてしまうため、詐欺と気づかれてしまうことが多い。

電話の向こうで、ATMが稼働する音がする。

「あ、手続きが終了しましたと」

典子があっけなく、言った。

「ご苦労様でした。藤木さん、これで被害者救済金、口座にお戻しできましたよ。後日、銀行で記帳なさって、ご確認ください」

「本城さん、本当にありがとうございました。本城さんなら絶対に犯人を逮捕してくださると信じていましたのよ。オーラを感じました。なんというか、正義感にあふれた、というか」

これほどまでに胸をえぐる激励はなかった。ただ、耐える。

「これからも警察官として、頑張ってくださいね！」

6

藤木典子から詐取した約五百万円の金を、無事出し子が引き出したと味田の元に連絡が入ったとき、『堀尾』演じる本城は、味田が運転するプリウスの助手席に座っていた。

味田は詐欺電話をクローズした本城に「見事なベシャリでしたね、堀尾さん」と静かに声をかけてきた。飯田橋の稼働店舗の新しい番頭だと名乗った味田は、まずは元警察官の堀尾にひと仕事頼みたいと申し出てきた。

味田の車は首都高速5号池袋線に乗り都心環状線を経て1号羽田線に入る。隣に本城を乗せたまま、未だひとことも口をきこうとしない。本城は昂りと不安を押し隠すのに精いっぱいで、無言を通した。

二人きり、しかも味田の所有車に乗っている。智也の警察手帳を探すチャンスだ。ただ、味田との距離があまりに近すぎて、変装がばれていないか、西葛西で目撃された刑事であると気付かれていないか、緊張の糸が張りつめていた。ブルゾンの内ポケットに入っている円明院のお守りを押さえた。万が一のときは、このGPSが頼りだ。

トンネルから出たところで、耐え切れず、本城は福島訛りで声をかけた。

「あのォ……。どこへ、向かってるンでしょうか」

「もうすぐ着きます」

本牧《ほんもく》埠頭近くに出ると、味田は埋め立て地にある倉庫街に車を走らせた。ほとんどの倉庫のシャッターが開いて、トラックがバックでつけて顔を出している。作業員の姿は少なく、閑散としていた。無人のフォークリフトがあちこちに置き去りにされていた。味田は慣れた様子で、B48と書かれた倉庫の前にやってきた。一度車を降りてシャッターを開ける。運転席に戻ると、車を倉庫の中に入れた。

「シャッター、下ろしてきてくれませんか。私は灯りをつけます」

本城は車から降りて、シャッターに手を伸ばした。ちらりと背後の味田を振り返る。なぜこんなところに連れ出されたのか。本城は覚悟を決めて、シャッターを下ろす。目を開けていても闇になった。ふと、潮のにおいが鼻をつく。

パチンと音がして、十メートル以上の高さの天井に設置された蛍光灯がついた。半分以上切れており、五百平米近くありそうな倉庫の光源としてはあまりに頼りない。振り返った本城は思わず声を上げた。床にずぶ濡れの男がうつぶせに倒れていた。ぴくりともしない。見覚えのある、ダマになったフェイクファーがついたブルゾンを羽織っていた。仁科猛だ。

「番頭のナツが売上金を叩いて飛んだんです。父親を道連れに」

――殺したのか。

「あなたのタレこみのお陰で、先回りできたんですよ。クルーザーの船室の床下に、南田組の人員を潜入させていた。あ、南田組というのは、私のケツ持ちです」

本城の脳裏に、黒い水平線の向こうから現れたSummer Sea号の姿が浮かび上がる。あの中ですでに、地獄が始まろうとしていたのだ。

「ナツは売上金を持ち逃げし、父親と合流した。瀬戸内海の方まで行くとか話していたようです。足の下にケツ持ちがもういることも知らずにね」

味田が冷酷に笑う。

「ケツ持ちが彼らをとらえようとして、二人は海に飛び込んだ。父は力尽きて溺れた」

「ナツさんは？」

「さあ。そのまま溺れ死んだのか、どこかの海岸に泳ぎ着いたのか、調査中です」

本城は倉庫の床に膝をついて、仁科の死体を前に、うなだれる。

「ケツ持ちが夏海の父親を引き上げ、救命したんですがね。倉庫へ連れ込んだときにはもう死んでいた。溺死したのか、寒さで凍死したのか、よくわかりません」

本城は胸が潰れた。オレ詐欺とは全く無関係の人物を、死なせてしまった。

「……で？　なンで、俺が」

「死体の処理に困っているんです。あのまま、海に放置しておけばよかったものを」

ケツ持ちが余計なことをしてくれたと言わんばかりの口調である。

「そ、そんなこと、その、あんたのケツ持ちにやらせればいいじゃないか」

「ナツの捜索で手がいっぱいなんです。本人を確認できない以上、地の果てまで捜します」

「だからって、なんで俺が。体力がある若いのにやらせたら」

「福島県警の方だったんですよね。死体には慣れているでしょう」

味田の冷めた視線が、本城を射抜く。

「若い男たちは、いまのあなたのように死体を前にしれっとしゃべることすらできないはずです。架け子のほとんどが、ただ貧しいだけの、普通の青年たちですから」

それにしても、そもそもが溺死なのだろうから、夜を待ってまた海に出て捨てればいいだけの話である。なんのためにわざわざ『堀尾』を呼びつけて死体遺棄をさせようとするのか。

「……ンなこと言われても、俺だって死体なンかめったに見ねがった」

本城は口を押さえて、シャッターの前に手をついた。口を押さえるそぶりをして、喉に手を突っ込んだ。胃の中のものを全部、吐き出す。

味田はわざとらしく天を仰いだ。

「片付けるものが増えましたね」

『堀尾』を責めることなく、ジャケットを脱ぐと、たたんでプリウスの運転席にかける。カフスボタンをはずし、ワイシャツの袖をまくり上げた。

「それじゃ、あなたはそっちを片付けてください。こっちは僕がやりましょう」

プリウスのトランクを開けて、本城にバケツと雑巾を突きつけた。

「水道は裏の引き戸を出た右手にあります」

味田はプリウスのトランクから上下セパレートの雨合羽を出して着ると、頭もフードで覆う。マスクとゴーグルもした。バケツを受け取った本城は、仁科の死体の横を通る。自身の策略が生んだ人間の亡骸は、生きた人間以上の存在感を放っていた。

外に出た本城は春先の日差しに目を細めた。蛇口をひねると水が出てバケツの縁にあたり、水しぶきが飛ぶ。本城はそれをぼんやり見つめた。水があふれて靴を濡らし、我に返る。

水を汲んで倉庫に戻る。味田は延長コードを使って、電動のこぎりのアダプターをコンセントに突っ込んだところだった。本城はバケツを落として、慌てて止めに入る。

「なに考えてんだ、アンタ」

「細かくした方が運びやすい」

味田はわけもない様子だ。

「やめれよ。この人あんた、ナツさんの父親っつったね。ただの巻き添えくらっただけの人でしょうよ。それをバラバラなんて――」

「彼にも責任はあります。売上金を叩くような娘に育てた」

「いやいやいや、だどしても――。そもそも、番頭さんがそんなヨゴレ仕事までですンのか」

「やりませんよ、普通は。ただ、これはナツを番頭に据えた私の失態でもありますから」

味田は電動のこぎりのスイッチを押した。高速で刃が回転する。本城は強く味田の腕を摑んだ。味田が見返す。

「頼むから、やめでくれ。ホトケさんが気の毒すぎて、見でらんねぇよ」

ゴーグルの向こうの冷たい瞳が、本城をじっととらえる。

「遺棄するンでもさ、ちゃんと埋めてやろう。な？」

そう言って、本城は死体の前に一歩出た。うつぶせの体を裏返しにする。死に際の苦悶が張り付いた死相が本城を責める。思わず手を合わせ合掌した。

「山にでも埋めてやろう。万が一見つかっても身元がわかんなきゃどってことねぇだろ」

本城の背後に、味田は物音ひとつたてず立っている。

「この人、なにが前科は？」

「ないと思います。身寄りもありません」

「なら、指紋やDNAから足はつがねぇだろ。あとは歯の治療痕だけど……」

本城は半開きの仁科の顎を押さえ、仁科の口腔内を覗き込む。薄暗くてよく見えない。

「なにか、懐中電灯みてぇなもンを」

味田がプリウスからペンライトを持ってきた。本城が口腔内をよく観察する。喉に海水がたまっていて、海藻かなにかのゴミが無数に付着していた。歯は上下とも半分以上抜け落ちてしまっていた。残っている歯も虫歯だらけだ。詰め物をした痕跡はない。

「大丈夫だ。歯医者いってた痕跡はねぇ。たぶん身元もわかんねぇだろうから、山にでも置いておこう。下手にバラバラにすると、かえって警察の捜査がはいる」

フードとゴーグルで全く表情が見えないが、味田は静かに答えた。

「さすが元警察官です。確かにバラバラにして遺棄するよりも事故死に見せかけた方がいい。しかし、私は彼を利用したいのです。彼は『役者』として大いに活用できる」

味田が電動のこぎりを起動させる。モーター音の上から声を張り上げる。

「服、脱がせてください」

本城は唇をかみしめ、味田をにらむ。

味田はいまにも、電動のこぎりで襲いかかってきそうだった。本城は仁科のブルゾンを脱がせた。死後硬直はすでに済み、体はぐにゃりと曲がるが、衣類が濡れているので難儀する。ゴムの伸びきった青いトランクスを脱がせる。

靴下を脱がすのにてこずっている横で、味田が解体を始めた。右てのひらをゴムブーツの足で踏みつけて固定し、右肘に電動のこぎりを入れる。

本城は靴下を脱がすと、慌てたそぶりでその場から飛びのき、背を向けた。そして、シャッター近くの自身の吐瀉物を片付けた。電動のこぎりがまき散らす皮膚片が周囲に飛び散り、ぺしゃりとコンクリの床に貼りつく音。骨を切断するゴリゴリという鈍い音が聞こえてくる。潮の香りで気にならなかった腐敗臭が充満し始めた。本城はもう胃の中は空っぽだったが、わざと嘔吐する声をあげた。電動のこぎりに負けない、大声で。

モーター音が止み、味田が振り返る。

「また吐いたんですか」

「すまねぇ。マッポのころからこの臭いだけは慣れなくて。終わるまで車ン中いでいいか」

味田は答えず、ただじっと本城を見ている。

「運ぶのはさ、ちゃんと手伝うから。頼む」

「車を汚さないで下さいよ」

味田は再び電動のこぎりのスイッチを入れて、遺体に向き直る。本城は助手席に入った。ハンカチで口元を覆い、味田の動きだけは目の端で捉え、運転席のシートに置かれた味田のスーツを確認する。味田は背を向けている。スーツのポケットすべてを探った。内ポケットに黒革の長財布が入っていた。取り出す。うなだれるフリをして、中身を探る。現在のヤサに繋がる領収書や、銀行の取引明細などがあればヒントになる。一万円札が二十枚ほど、ぎっしりと札入れの中に詰まっていた。レシートの類はない。運転免許証があるだけだ。免許証情報は把握済みで、目新しさもない。

顔を上げた。味田が電動のこぎりを持ったまま、こちらを見ていた。思わず背筋を伸ばす。財布を落とし、足先でシートの下に隠す。ゴム手袋をした味田の両腕はどす黒くて、飛び散った肉片のようなものも付着していた。電動のこぎりのスイッチを切り、車に近づいてきた。本城の背中に冷たい汗が滴り落ちる。

味田は汚れた両手を上に掲げて、肘で助手席の窓をノックした。本城がウィンドウを下げると、耐え難い腐臭が車内に入り込んでくる。

「結構飛び散るんで、車、下げてもらえますか」

本城は小刻みにうなずいた。運転席にうつり、車をバックさせる。車のライトが、凄惨な解体現場をスポットライトのように照らしだした。肘から下の腕が二本と、膝から下の足が二本、整然と並んでいた。濡れた衣類をまとめて置いた山の横に、黒い血の海があり、そこに四肢の先をなくした仁科の体が横たわっていた。

味田はプリウスのトランクに、黒のポリ袋三つに分けられた仁科の遺体を載せて、西新宿の住友ビル地下に車を停めた。「遅くなりましたが、ランチにしましょう」と言って、最上階にある鉄板焼きの店へ本城を伴う。エレベーターのボタンを、味田は中指の第二関節を折り曲げ、拳を突き出すようにして押した。

午後五時、二人はカウンター席に並んで座った。味田は平気でレアのサーロインステーキをたいらげた。細身のスレンダーな男だが、食べる量が驚くほど多い。

本城はなにも喉を通らなかった。この店の名物という締めのガーリックライスも一口も食べることができない。

料理が終わり、西新宿の景色を一望できるバーカウンターに移動した。食後のデザートとコーヒーを味田はじっくりと堪能しながら、つぶやく。

「それにしても、女という生き物は本当に謎だらけです」

涼しげな横顔は、つい一時間前まで、人間をバラバラにしていた事実を感じさせない。

「なぜ急に、十五年音信不通だった父親と逃げようと思ったんでしょう」

「さあ……なンせ俺、ナツさんとはまだ出会って二週間です」

「女は時に感情に任せて、男が理解不能な行動をする。今回もそうでしょうか」

「違う、と？」

「堀尾さん、ご家族は？」

「娘がひとり」

「会ってます？」

「いや、十年会ってねェな。どこにいるかも知らねェ」

「もし、突然大金を持って現れて、一緒に逃げてくれと言ったら、どうします」

本城は苦笑いで答えた。

「うちはない、ない。散々娘には、嫌われてっがら。あんたはどうだ」

軽く聞いたが、思いのほか味田が動揺した。本城はその様子に目を見張る。味田は二十八歳で、結婚していない。戸籍関係は智也の帳場がすでに徹底的に洗っているが、子どもがいたという情報もない。カエデとの婚約も破棄していた。

味田は遠い目で沈みゆく夕日を眺めているようでいて、口元でほほ笑んでいた。子どもがいないならいないと言えばいい。なぜ沈黙するのか。味田は突然、本城を正面から見返した。

「あなたやっぱり、警察官ですよね、根っからの。その観察眼は隠せませんよ。ひとつの物事から、三つも四つも情報を取ろうとする」

本城はつい目を逸らしたくなった。

「夏海の父親の死体を見たときもそう。普通なら顔を背けるのに観察していた」

本城は笑った。

「十八から警察業だったんだよ。いまさらクセはなおんねェよ」

「いや。さすがだと言っているんです」

「さすがもくそもねェ。警察を離れたいま、これがなんの役に立つ」

「立ちますとも。今後ともよろしくお願いします、堀尾さん」

味田は軽く頭を下げた。

「例のあれ、三つの袋を別々に遺棄しようと思います。あなたならどこに捨てますか」

丁寧な口調で、味田は念を押した。

「どう捨てたら、万が一、見つかっても警察が捜査に行き詰まりますか」

「身元が判明しやすい頭と手は、原っぱとか荒地の奥深くに埋めるのがいい。山はダメだ。獣があさるし、雨なんかですぐ流出する。足は袋から出して、川。流れるうちに切断面から腐ってぐから、発見されても判別しにぐい。管轄違いが望ましいな、胴体は」

「山梨に適当な廃材置き場があります。そこでどうですか」

本城が頷くと、味田はさわやかな笑顔で本城の肩を叩き、席を立った。


夜十時過ぎまで、死体遺棄の仕事を手伝わされた。本城は黒いポリ袋には触れなかったが、西多摩郡日の出町の手つかずの林の中に穴を掘り、圏央道から中央自動車道を通って利根川にぶつかるまで運転を代わった。山梨の廃材置き場では、味田が置いたポリ袋の上に、折れ曲がったトタン板や釘だらけの板などの廃材を山のように積み上げた。心の中でただひたすら、死んだ仁科に手を合わせていた。

山梨からの帰りの車内では、罪悪感と緊張感より疲労が勝り、つい本城は、うとうとと船を漕いだ。智也の夢を見ていた。まだ幼い、四歳くらいの智也が「パパ、お帰り！」と帰宅した本城に抱きついて、細い手足を体に巻き付けてくる。そんなことは実際には一度もなかったのに。

対向車の強いビームに顔を照らされ、眩しさで目が覚めた。隣の運転席では味田が前を見据え、運転している。法定速度を守り、どんどん後続車に抜かれた。

「味田さん。あんた、何歳なの」

知っているのに、なんとなく尋ねた。

「今年で二十九ですよ。昭和六十一年生まれ」

正直に答えるところがなんだかおかしかった。

「どうして笑うんです」

「いや。娘と近くて」

「そうでしたか」

「オレは娘に突然逃げようと言われたら、逃げるかなァ」

味田は黙って前を見据えている。

「なんだかよくわかンなくても、娘のためならと、言うごと聞いてしまう」

味田の口元が少し、緩んだような気がした。本城の言葉に同意しているようだった。

「わがンねェから。子供を理解するのは難しい。同じ血だからこそ、なおさら。子供は全部、妻に任せっぎりで仕事ばっかしてた。子どものこと、知ろうとしながったから……」

味田はなにも言わなかった。

味田は本城を池袋駅前で降ろすと、「明日からはまたテレアポの方、よろしくお願いします」と言って、去っていった。本城は東武東上線の出発間際の下り列車に飛び乗り、ひと駅で降りた。池袋まで歩き、JRから小田急線に乗り継いで成城学園前駅で下車、変装を解く。今度はカツラをかぶり、ブルゾン姿で新宿へ。本城の乗った上り列車は最終だった。智也に連絡し、新宿三丁目のバーで待ち合わせをする。壁一面水槽のアクアリウムバーだった。

本城は半個室内のソファに沈み、ウィスキーを呷りながら、味田と対面したことを報告する。水槽の青い照明に浮かび上がった智也の表情は、不気味なほど嬉々としていた。

「いよいよ、本丸にたどり着いたんだね」

本城は智也を殴り倒したい衝動に駆られ、堪えた。怒りをウィスキーのロックで流し込む。まだ仁科の死体の腐臭が鼻の奥に残っていて、酒以外なにも口にできなかった。

息子が憎くて憎くて仕方ない。悪党の味田に対してよりもずっと憎しみが湧いた。夏海の父親のことは口にしなかった。

「味田の財布にはクレジットカードもキャッシュカードもない。領収書の類もない」

「よほど気を付けている感じだね」

「携帯電話を見ることもできなかった」

「いや、財布を見られただけですごいよ。いったいどうやって――」

本城は答えず、情報を与えた。

「車に車検証があった。八王子市のレインボーオートサービスという業者が販売している」

智也は首を横に振る。

「そこはもう調べがついている。味田が先月まで乗っていたクラウンを買い取った業者だ」

「味田とは親しいのか」

「車の売買だけの関係のようだ。すでにガサ入れしたけど、詐欺組織に繋がるものも、手帳に繋がるものもなかった。味田がいま乗っている車のナンバーはわかる？」

「『品川×××　は　32-××』だ。今日は午後十時ごろ池袋駅北口を通過している。周辺の防犯カメラ映像を辿れば、ヤサを特定できる」

本城はグラスを呷り、五杯目を注文する。

「もう三月中旬になったが、例の内示はどうなった」

智也は静かに首を横に振った。

「まだ出ていないよ。父さん、もうあまり、内示のことは考えなくていい」

「どうしてだ。内閣官房が目の前だろう」

「焦ってほしくないんだ」

本城は腹立ち紛れに笑った。

「さんざん焦らせておいて――」

「味田はオレ詐欺の中では大物だ。心の底から恐れている奴も多い。くれぐれも、慎重に」

智也はひとことひとことかみしめるように言った。本城は息子のことをなにも知らないし、理解できない。それでも愛していた。


三月十九日木曜日、味田が飯田橋の番頭として戻ってきて四日目。

現在の味田のヤサはどこなのか、防犯カメラ映像を辿っている最中だというが、まだ情報はない。正式な捜査ではないから、時間がかかるのだろう。

これまで、味田が店舗に直接顔を出したのは二度だけだ。彼が姿を現すと、空気が締まる。味田には悪党の中でも神々しいほどのカリスマ性があった。

味田が番頭になったことで、架け子たちは即金を手にできなくなった。その日のうちに売上金を持ってくる夏海のときのような高揚感はなく、店舗の雰囲気は冷めてきているように思えた。

毎日の朝礼時に行われる持ち物検査は、夏海が番頭のときは形骸化していたが、味田になってから厳しくなった。毎日違う相手と組まされ、互いのスーツのポケットを探り、プライベート用の携帯電話や身分証となるものを持ちこんでいないか確認。稼働用の携帯電話の発着信履歴もチェックされる。本城は飯田橋駅構内のコインロッカーに自身のスマートフォンを預けるようになっていた。なにかあったときすぐに智也に連絡をするためだ。

ある昼飯時、『堀尾』と同期の山崎竜輝がつい、愚痴をこぼした。

「味田さんも凄味ありますけど、なんつーかやっぱナツさんの方が、華がありましたよね。金もすぐ持ってきてくれるからなんか、楽しかったし」

夏海が売上金を叩いて飛んだのを知っているのは針谷と本城だけのようだ。夏海が捕まらなければ、叩きの成功例になる。夏海を袋叩きにしてから初めて明かされる。

その不満を漏らす山崎を見逃さなかったのは針谷だ。強烈なゲンコツをお見舞いした。山崎は椅子から落ちて、脳天を押さえてうずくまる。ベテランの架け子が言った。

「お前、ゲンコツで済んだだけで幸せと思えよ。味田さんの耳に入ったらヤバいぞ」

「ヤ、ヤバいって……」

「そもそもあの人はさ、あだ名からしてヤバいんだ。そうっすよね、針谷さん」

ベテランが針谷に話を振る。針谷はうなずき、全員に話す。

「味田ってのは、屋号だったんだよ」

山崎が頭をこすりながら尋ねる。

「屋号？　実家の、ですか」

「違う。あの人が十五のときに始末した一家の屋号だ」

山崎が驚愕の表情を見せた。

「一家を始末って……全員殺した、ってことすか」

「そうだよ。五人か六人いたんじゃねぇの。よくは知らねぇけど」

本城はせいぜい〝伝説〟だろうと思った。一家惨殺で死傷者が五人を超える事件は珍しく、記憶にも残る。未解決ならなおさら覚えている。解決済みなら、味田は収監されている。

その日の夕方、ブリーフィングが終わるころ、味田が顔を出した。いつにも増して恐れ多い目で、架け子たちが味田を見る。味田は一同をリビングルームに集め、抜き打ちの持ち物検査を命じた。九人の架け子をペアにしていく。『堀尾』ひとりが、あぶれた。

「それじゃ堀尾さんは、僕と〝モチ検〟やりましょう」

本城は血の気が引いた。スーツの内ポケットに、GPS発信器が隠された円明院のお守りが入っている。背中に冷たい汗を感じながら、味田の前に立つ。味田は自身のスーツのポケットから、次々と持ち物を出していく。味田は九つの携帯電話を持ち歩いていた。今日は現金をそのままポケットに突っ込んでいた。

同じように、本城も内ポケットの私物を出していく。

味田が両腕を上げて、顎で合図した。「失礼シます」と本城は、味田の体を触っていく。膝まで終えると、味田は「手ぬるい」と厳しく言った。みなを振り返り、「こうやってやるんです」と本城の上半身をしつこいほど上から叩いていった。背広の外ポケット二つに手を突っ込み、裏地を取り出して見せる。

「裏地に破れがないかまで、確認してください」

味田は容赦なく内ポケットにも手を突っ込んだ。ポケットの裏地を取り出し、目を皿にして破れがないか見極めている。まるで本城がなにかを隠し持っていると確信しているようだ。本城は右腕が震えそうなのを必死に堪えた。内ポケットに手をいれたとき、お守りをとっさに右袖の奥に入れていた。かろうじてそれがワイシャツの袖に乗っている状態だ。

味田はズボンのポケットまで慎重に調べ、靴を脱がせるほど厳密に検査を施した。なにも不審点がないとわかると、大げさにのたまった。

「堀尾さん。クリーンです！」

プライベート用のスマートフォンを隠し持っていた架け子が二人いた。針谷に殴られた。味田は制裁金として、この先の売り上げから三十万を差し引くと言った。

制裁が終わると、今週の各グループの売り上げが発表された。夏海が番頭だったときとはかけ離れた、恐怖に支配された『宴』だった。

「相変わらずトップは針谷グループ。だが先週よりも売り上げは二十三パーセントダウン」

針谷はすぐに肩を落とした。他のグループも軒並みダウンだった。

「全体的なことを言いますと、飯田橋店舗の下げ率は三十三パーセント。私が面倒を見ている店舗のうち、断トツの下げ率でした」

「ら、来週から――」

針谷が言い訳しようとして、味田が遮った。

「来週がんばっても、今週失った分は二度と戻らない」

場が静まり返る。

「あなた方が使う名簿は、私が一件数万で購入してくる〝高級品〟なのです。名簿屋の血と汗の結晶なんです。わかるでしょう。一人ひとりの人間の家族構成、名前、勤務先の情報が載っている。あなたたちの失敗は金の延べ棒を捨てているも同然なんです」

理にかなった味田の叱責は、部下に発破をかけ事件を解決に導こうとする警察の管理職のようだった。怒りに満ちた叱責を想像していた本城は、背筋に寒いものを感じた。

夏海はノリで詐欺行為に突き進むムードがあった。ある種の〝健全な悪〟が、味田にはない。悪のにおいを全く感じさせずに、悪行をやってのけている。振り込め詐欺がなくならないのは、組織の屋台骨を支える番頭に、味田のような人物が増えたからではないのか。

ぐうの音も出ない架け子たちに、味田は静かに言った。

「みなさん、前番頭のナツを大変慕っていたようですね」

「そんなことは――」

針谷のおべっかを無視して、味田はほほ笑んだ。

「来週から気を取り直し頑張っていただきたいので、今日はこのあと、あなたがたをとっておきの場所に連れていこうと思います」

架け子たちはただ困惑し、顔を見合わせる。

「パーティですよ。一日の売り上げがどれほどであっても、警察に目を付けられるからちっとも豪遊できないし、女も抱けない。飲酒も禁止。地味な生活を強いられているあなた方にも、今日はパーティを楽しんでいただきたいんです。酒も、飲み放題ですよ」

じわじわと、喜びが架け子たちの間に広がっていく。

「ナツとはそこで会えますよ」

架け子たちは、味田が手配した二台のタクシーに分乗する。本城が気乗りせずもたついていると、味田に肩を叩かれた。

「堀尾さん、あなたはちょっと僕の車で来ていただきたい」

本城を助手席に乗せると、タクシーを先導する形で、味田が車を出した。

「――あの。ナツさん、見つかったンですか」

本城が尋ねる。味田は「いまは見世物小屋です」と答えた。

「叩きを行った裏切り者は、格好の見せしめになります。だからあえて架け子たちを呼び集めます。今回は女ですから、まあ、彼らの性欲処理道具としてちょうどよいでしょう」

本城はただ口を閉ざした。

「でも、あなたには必要ない。あなたは強姦よりもひどいものを見たし、させてしまった」

夏海の父親の死体遺棄を手伝わせたことだ。

「私に忠誠心を見せてくれたあなたに、報いたいと思ったんです。酒や料理、女、金よりも、あなたに響くものを準備しました」

味田のプリウスが到着したのは、麻布の裏通りにある隠れ家風のイタリアンレストランだった。周囲を大使館や寺に囲まれた静かな環境の中にある。本城は瞬きをした。夏海が売られた〝見世物小屋〟で行われる酒池肉林の騒ぎに放り込まれることもしのびないが、犯罪のにおいが一切しない上品な場所に連れてこられるのも、うすら寒い。

味田が店の扉を開けると、支配人と思しき人物が丁重にもてなす。

「予約をしていた村野ですが」

味田が偽名を名乗った。本名の『野村』をひっくり返しただけだ。窓辺のテーブルに案内される。開店したばかりで、ホールはまだ閑散としている。

味田と向かいの席に座ろうとすると、腕を摑まれた。

「客人がもうひとり来ます。あなたは隣に」

本城は言われた通りに味田の隣に座った。メニューは厚紙一枚で、イタリア語で書かれているらしい。本城はわからない、と肩をすくめ、味田に尋ねた。

「味田……てのは、いわゆる源氏名ですか。さっき、村野って」

「アジタなんて苗字、ほとんどないでしょう」

「味田の由来って」

味田はおしぼりで指の間まで拭う。

「針谷さんが言ってました」と本城は声を潜めた。「あんたが殺《や》っちまった一家の屋号だと」

味田は噴き出した。

「誰かが面白がって流した噂話ですよ。実家が味田という小料理屋をやっていた。ただそれだけのことです。殺人鬼を見るような目で見ないで下さい」

味田はソムリエを呼んだ。コース料理に合うワインの中で、一番高いものを、とオーダーする。本城は生ビールを注文した。

「お父さん、料理人だったンですか」

「私のことより、これから来る誰かの話のほうが、あなたは興味があるはずですよ」

「で、誰なンです」

「女、ですよ。あなたが理解できない女。それでも無条件で愛してしまう女」

本城はまたもや血の気が引いた。今度は体内の血を全て抜かれたのかと思うほどだ。堀尾の娘の菜々子を、この男は捜し当てたのだ。この場をどう切り抜けるのか、必死に思いを巡らせながら、「う、うそだろ」と答えるのが精いっぱいだった。

次から次へと客が入ってくる。圧倒的に女性が多い。本城は菜々子の顔を知らない。本当の堀尾が持っていた七五三のときの写真をちらりと見ただけである。

「じ、十年ぶりだからな。顔、わかるかな」

「親子ならわかるでしょう」

「いやぁ、女は化粧ひとつでがらっと印象が変わるから――」

ストールを肩に巻いた女がホールに入ってきた。連れはいない。ホールを見渡している。本城と目が合うと、手を上げたように思えた。実際には本城の後ろにいた女性に手招きされていた。本城は心臓が破裂しそうだった。ビールを飲み干した。

「もう二杯目いきますか」

味田が手を上げ、ウェイターを呼んだ。本城は焼酎を頼んだが、扱ってないと言われ、仕方なく生ビールを追加する。飲んで酩酊したフリをして、ごまかすしかないと思った。

隣に座る味田の腕があがる。

「こちらです！」

――来た。本城は顔を上げられず、ただビールの泡が立ち昇っていくのを見つめた。女の足が通路に見える。茶色のブーツ。ピンヒールが一歩歩くたびに、絨毯の床に鋭く食い込む。本城と味田が座るテーブルの前で立ち止まった。

「堀尾菜々子さん、わざわざ足を運んでいただいてありがとう。どうぞ座って」

菜々子は座らなかった。

「これが、父？」

顔をあげなくても、本城を見下ろす様子がなんとなくわかる。

「ええ、堀尾隆志さんです。いま、私の下で働いてもらっています」

味田は名刺を出した。受け取った菜々子はようやく、テーブルに着いた。本城は下を向き続ける。顔面とテーブルが平行になるほどで、薄い頭頂部を菜々子に晒す。

「ウソでしょ。この人がIT企業って」

菜々子は味田の名刺を見ている。

「堀尾さんにはご高齢の方向けに、電話での営業活動を行っていただいているんです」

「へえ……。ねえ、顔をあげたら？」

本城は顔をあげなかった。「堀尾さん」と幾分厳しい口調で味田が言い、本城の肩を摑んだ。菜々子と目が合った。本城はテーブルの下に滑り落ちて、土下座をした。他のテーブル客たちのどよめきが聞こえる。

「す、すまねぇ……。すまねぇ」

本城にはペルシャ絨毯の柄が見えているだけだった。パターン化された幾何学模様の直線と曲線の組み合わせが、ひとの顔に見えた。いまの自分をあざ笑っているような顔。ただそこに額を擦りつけて、ひたすら黙す。

本城は胸の内で言い聞かせた。俺は娘の人生を台無しにした男だ、合わす顔なんてない。申し訳なさ過ぎて合わす顔がない……。

菜々子の、あからさまなため息が聞こえてきた。

「とんだ茶番ね」

菜々子は味田の名刺をテーブルに叩き付け、立ち去った。本城はまだ顔をあげなかった。口数が少なかった菜々子に、ただ感謝しかなかった。

「帰られましたよ」

味田の声が聞こえた。本城の肩に手を添え、立ち上がらせたのは支配人だった。本城は今度、味田の向かいの椅子に座った。

「スンマセン。せっかくのあんたの厚意を、台無しに――」

「いいです。勉強になりました。娘を持つ父として、いろいろと学ぶべきものがあります」

本城は顔をあげた。やはり、味田には子どもがいる。本城は残りのビールを飲み干した。緊張から解放され、大きくため息をついた。

「あんたにも、娘さんが？」

「ええ。籍は入っていませんがね。でも、ランドセルは買ってやりましたよ。飛び切り高級なヤツをあげたかったんですが」

本城は「ランドセルか。懐かしいな――」と調子を合わせるが、まだ沸騰したままの脳で策を巡らせる。いまは味田のどんな情報も貴重だ。情報の線のどれかが智也の警察手帳と繋がっている。

「いまはランドセルっつっても、ピンキリだろ」

「ええ。キラキラするものやお姫様が大好きなんです。ランドセルも、リボンの飾りがついた安っぽいものを欲しがって」

「親とは違う価値観の中で生きるからなァ、子どもってェのは」

「結局もう飽きたとか言うんですよ。二年もたってないのに」

味田の娘は小学校二年生のようだ。

前菜のプロシュートとチーズが運ばれてきた。味田はそれをつまむ。グラスをあけるとすぐにソムリエがやってきて、ワインを注ごうとしたが、味田は断った。

「いや。私もビールをもらおうかな」

ワインの後にビールとは、と驚いた本城に味田はほほ笑んだ。

「あなたといると、ほぐれます。なんというか。かっこつける必要がないという気になる。こんな店でもかしこまることなく福島弁を話されるところを見ると」

本城はいくぶん下品に見えるほどに、笑った。

「娘さんとは、頻繁に会ってンのか」

「母親が嫌がってね。ときどき、内緒で会う程度。でも、よく電話がかかってくる。なにかこう、秘密の彼氏に連絡をいれてきているという感じで。生まれながらに、女なんですよ」

「ああ。うちのも小ちぇころ、そんなだった」

本城は適当に話を合わせる。味田がふと尋ねた。

「女ってのは、やたら指輪を欲しがる生き物だと思いませんか」

「娘さんからねだられたンですか」

「いやいや。さすがにそれは。ただ、前につきあってた女でひどく指輪を欲しがる女がいて。でも俺は昔っから、女に指輪だけはプレゼントしない主義だったんですよ」

「というと？」

「妻になるひとにしかあげない。なんていうか、こだわりがあった」

カエデが婚約指輪をもらってはしゃいでいた理由がわかった気がした。

「でもそれを口にすると、〝あたしとの将来は考えてないってことね〟ってそっぽ向かれる。そういうわけじゃないから本当に困るんだけど」

「女は結論を急ぐところがあるからなぁ」

「そういうときに効くプレゼントが、アンティーク。嫌いな女はいないんじゃないかな。娘でさえ、誕生日にアンティーク小物を贈ったら、飛び上がって喜んで。キラキラの文房具セットをあげてひどく落胆されたことがあったから」

本城は大笑いした。味田はグラスビールを半分ほど飲み干すと、喉を鳴らす。

「あー。うめぇ」

味田は目じりにぎゅっと皺をよせ、笑った。まだ幼さの残る、親しみやすい青年に見えた。

「あんた、どこで道、間違えたンだ。あんたは優秀だ。それが裏稼業でしか活躍できないなンて、社会の損失だとすら思える」

味田は首を横に振った。途端に饒舌が鳴りを潜め、冷徹な顔になる。

「堀尾さんは裏の世界をまだよく知らないから、そんなこと思う。表の世界なんか、まどろっこしくて俺の性には合わない」

「まどろっこしいってのは？」

「ナツがいい例ですよ。表の世界では、組織への背信は左遷とか降格、よくて解雇とかですよね。そんな程度の制裁しかできないところが、まどろっこしい」

「組織から追ン出せたら十分じゃねェか」

「俺は耐えられないですね。裏切り者は再起不能になるまで潰さないと、気が済まない」

味田は不気味にほほ笑んで、グラスを呷った。

午後十時過ぎ、味田は運転代行業者を呼びつけ、帰りはプリウスの後部座席に本城と並んで座った。池袋駅前で、本城は降りた。味田は車を待たせると、本城に耳打ちした。

「実は来週からまたあなたに、特別な仕事を頼むことがあるかもしれない」

「特別な仕事？」

「組織の中に、Ｓがいる」

言葉を失った本城の肩を、味田は強く叩いた。

「スパイってことです。よろしくお願いしますよ、堀尾さん」


本城は東武東上線和光市駅で下車すると、堀尾隆志の自宅へ向かった。アパートの部屋はすでに引き払っていて、堀尾は約束通りにどこか地方へ飛んでいるはずだ。ポストは『チラシを投函しないでください』というシールで口がふさがれていた。本城はそれを破り捨てた。施錠されたアパートの玄関扉のドアノブを、蹴り上げて壊すと、暗闇の中に入った。黴臭い部屋で、ただ背中を丸めてこらえる。しばらくして立ち上がり、ドアスコープから外をのぞいたり、窓からアパートの南側の道路を確認したりする。

「組織の中に、Ｓがいる」

そう断言した味田の無表情が、本城の気持ちを逼迫させた。

機嫌よく飲食し、気を許した様子の味田を見て、油断しかけていたが、味田は堀尾の娘をあっという間に探し当てたのだ。本城が組織に入る際に、ブローカーの前島に身分証として示したのは保険証のみ。どうやってそこから菜々子を探し出した？　堀尾は離婚している。

戸籍や住民票を辿っていかないと、見つけることは不可能だ。それを一週間でやってのけた。だとしたら、福島県警に堀尾という警察官がいなかったことなど、とっくに調べがついているのではないか。『堀尾』が実は役者であるのを見抜いているのではないか。

追尾がないことを確認し、ようやく本城は堀尾のアパートを出ると、走って和光市駅へ戻った。智也と連絡を取りたいが、スマートフォンは飯田橋駅構内にあるコインロッカーの中だ。出発間際の川越市行きの下り準急列車に乗る。途中JRに乗り換え、赤羽を経て秋葉原駅で下車すると、総武線で飯田橋駅に戻り、スマートフォンを取った。智也からの着信が午後七時、八時と一時間ごとにあった。

すぐに電話したいが、店舗のある飯田橋界隈では危険だった。地下鉄構内に入り、ひとに紛れて東西線に乗った。その後も様々な電車を乗り継ぎ、時に路線バスも使用して、ようやく成城学園前駅で下車。しまうま会事務所で変装をとき、喜多見の自宅に帰る。

自宅で納戸に引きこもってもまだ、安心できなかった。味田が持ち物に盗聴器を仕掛けてないだろうか、もしやすでに自宅は把握されていて、マークされていないか。

ウィスキーを飲み、ボトルが空になると、他のアルコールを探した。缶ビールしかない。仕方なくプルトップを引く。ジュースみたいだ。本城は体をアルコール漬けにしてようやく恐怖心から解放され、智也に連絡を入れた。深夜一時を過ぎていた。電話はつながらなかった。酔い任せに連続して発信し続けた。やがて、折り返し電話がかかってきた。

「父さん――」と智也の呆れた声が言う。「一度電話を入れてくれたら必ず折り返すよ」

遅い夜食を部下と共にし、執務室に戻ってきたところだと言う。

「七時ごろ連絡をくれたな」

「味田のヤサがわかったんだ」

本城はスマートフォンを握る手に力を込めた。

「飯田橋のホテルエドモントに宿泊しているようだ」

「何号室だ。まだ宿泊しているのか」

「七〇〇五号室。三月分の宿泊料を前払いしている」

「ということは、月末にはヤサを変える可能性があるな」

「いつでも入れるように、捜索差押許可状は用意してあるよ。印だけは父さんに頼む」

偽造したのだろう。

「わかった。急いで届けてくれ」

「明日にでも――」

「いや、いますぐだ。ハイヤー飛ばして持ってこい」

「無茶言わないでくれ」

「急ぐんだ！　味田が俺の潜入に感づいている可能性がある」

本城は夜通し酒を飲み、煙草を立て続けに吸って二箱、空にした。喉が焼けて痛んだ。それでもまだ足りないと、布団に包まって叫び続け、声を潰した。午前四時半、本城は夫婦の寝室に入り、クローゼットからスーツを出した。美津子が寝ぼけついでに尋ねてきた。

「あなた？　いま何時」

「まだ四時半だ」

嗄れた声で答える。

「声、別人じゃないの。夜中になにか叫んでたでしょ」

納戸でスーツに着替える。ネクタイを結び、タンスの中に保管してあった警察手帳を、久々に取り出す。内ポケットに入れて、チェーンの先のなすかんを留める。有休消化中とはいえ、まだ捜査二課第四知能犯捜査一係に籍があることを自覚し、身が引き締まる。刑事でいられる喜びも悲しいほどにあふれた。

家を出て、飯田橋を目指した。始発列車がまだ動いていない。タクシーを拾い、目黒駅へ向かった。到着するころには、始発の都営三田線が動き始めていた。ガラガラの地下鉄に乗る。飯田橋の店舗の面々が出勤する時間には早いが、誰と鉢合わせするかわからない。飯田橋駅を避け、水道橋駅で降りた。地下鉄構内で針谷に連絡を入れる。

「堀尾のオッサンか？　なんだその声」

「風邪をひいちまったようで」

わざと、咳き込む。

「その声じゃ架け子どころじゃねーだろ。体調管理しっかりしろよ。次から制裁金な」

電話は切れた。地上に出る。午前七時前、朝日がやっと昇ったところだった。飯田橋方面へ向かう。神田川を渡り、首都高高架下をくぐるとすぐに、ホテルエドモントのタイル張りの茶色い建物が見えた。中に入る。ロビーは閑散としていた。本城はフロントで警察手帳と捜索差押許可状を示した。フロントマンは目を見張る。

「まだ七〇〇五号室の宿泊客は中にいる？」

「お待ちください」

フロントマンは手元のパソコンを叩く。

「ええ。昨晩午後十一時に戻られて――」

「いつも何時ごろ、部屋を出る？」

「そうですね……昨日は午前七時。一昨日は午前六時五十分です」

腕時計を見る。そろそろだ。『堀尾』とはかけ離れた格好をしているが鉢合わせはまずい。

本城は名刺の裏にスマートフォンの番号を記して、フロントマンに突き出した。

「出たら、直ちに一報を」

別棟のイーストウィングに繋がる廊下に出た。廊下のソファに座り、時を待つ。七時十分、スマートフォンが鳴った。

「本城様、ただいま、ご宿泊のお客様がホテルを出ます」

礼を言い電話を切って、立ち上がる。本館へ向かう廊下を進み、壁際に体を寄せて、ロビーを見渡す。味田の背中が自動扉の向こうに消えていくのが見えた。ドアマンに車のキーを渡すと、寒そうにコートの襟を立てて、いったんロビーに戻ってきた。本城はすぐさま廊下の壁に背中をつける。しばらくして、ロビーの方に顔をのぞかせる。

味田はロビーのソファに座り、忙し気に電話をかけていた。コートやスーツのポケットから次々と、数台の携帯電話が出てくる。全て黒色の二つ折り携帯電話で、どうやら各店舗のリーダーと連絡を取り合っているようだ。店舗ごとに違う電話を使っているのは恐らく、どこかが摘発されても別店舗までヒモがつかないようにするためだろう。

本城は危険を承知でロビーに出る。ソファは大きな円形になっていて、中央に豪勢なフラワーアレンジメントが飾られている。味田はフロントに背を向けて座っている。本城は味田と背中合わせになる位置に腰かけた。フラワーアレンジメント越しに耳をそばだてる。味田の口から『堀尾』の名前が出た。

「風邪？　わかった。いや。俺が確認の連絡を入れる」

本城はすぐさま男性用トイレに駆け込んだ。五分待っても味田から稼働店舗用の携帯電話に連絡は入らない。

本城はフロントに戻った。味田の姿はもうない。ドアマンに確認する。プリウスに乗って出たと言う。本城はフロントマンを伴い、味田が宿泊する部屋へ向かった。七〇〇五号室はエレベーターのすぐそばで、セミスイートだとフロントマンは説明した。部屋の扉には『Do not disturb』の札がかかっている。フロントマンがカードキーを差し込んだ。

部屋はすでにベッドメイクが入ったのかと思えるほど、整えられていた。几帳面な性格なのか。倉庫の中で仁科の体をバラバラにした際にも、味田は腕や足をきれいに並べていた。

「貴重品入れ、金庫の類はどこでしょう？」

「クローゼットです。暗証番号はお客様が設定できます。我々は開けることができません」

本城はクローゼットを開けた。黒や濃紺のスーツが五着、かかっていた。金庫は使用されておらず、中は空っぽだった。

本城はフロントマンを廊下の外に待たせて捜索をした。五着すべてのスーツのポケットから、トランクの内張り、ベッドのマットレスの下、浴室天井の換気扇の中まで調べた。売上金と思しきものもなければ、智也の警察手帳もない。

ゴミ箱も空っぽだった。窓辺に設置されたガラステーブルはぴかぴかだ。エレベーターのボタンを指ではなく、中指の第二関節で拳をつくように押す味田を、本城はふと思い出した。あれは指紋を残さないためだったのか。

本城はベッドに腰かけ、天を仰いだ。智也に連絡を入れる。

「いま、ホテルエドモントだ」

「ひどい声だ。どうしたの」

「店舗を無断で休めない。風邪っぴきを装うために声を潰した」

智也は息を呑んだ。

「で、ヤサはどうだった」

「なにもない。指紋のひとつすら残していない」

智也が電話の向こうで、口を閉ざした。

「なにかしらの手がかりはないのか？」

「本当に、なにもない。あるのは衣類だけだ」

智也のあからさまなため息が聞こえてきた。

「これから、どうする」

「もうしばらく、詐欺稼業を続けるほかなさそうだ」

智也は一度咳払いして、言った。

「ＩＣＰＯに出向している先輩からさっき情報が入ったんだ」

「味田が台湾にいる間に、なにかあったか」

「ああ。味田と思しき男が台湾を出国したのが三月一日の夕方。その日の午後二時、女性二人が台北市内のラブホテルで惨殺される事件が起こっている」

味田は仁科の遺体を処理する際に、自身の不手際で夏海を番頭に据えることになったと話していた。台湾で殺人を犯して、いったん地下に潜る必要があったのだろうか。

「捜査の状況はどうなんだ。犯人のアテは」

「あちらのラブホテルも、ちゃんとしたフロントはないようでね。それぞれの部屋には駐車場から直接入れる。支払いは被害女性がカードで。防犯カメラに被害女性二人、男性の姿がひとり映っていたようだけど、不鮮明で判別できない」

「防犯カメラ映像が手元にあるのか？」

「いや。画像だけだ。ＩＣＰＯ経由で手に入れた。血の海の現場写真もね。味田が滞在したとされる期間に台湾国内で起こった重要事件はそれだけだ。強盗や暴行事件も起こっていたが、犯人不詳のものはない。しかも被害女性は現地で言うところの〝スキナー〟だった」

「スキナー？」

「外国人観光客をターゲットに、ラブホテルに誘い出し、薬で眠らせて身ぐるみはいで奪い取っていく強盗のことをいうらしい」

「それで、返り討ちにあって惨殺されたと」

味田の仕業だろうか。ポケットに入れた、詐欺電話用の携帯電話が鳴った。味田の番号だ。

本城は智也との通話を切ってから、出た。

「もしもし」

「堀尾さん？　ひどい声ですね」

「昨日ちょっと、あのまま寝ちまって。朝起きたらこの声でもう。ゴホッゴホ」

その時、慌てふためいた様子で、開けた扉のそばに立っていたフロントマンが、本城に向かって何か叫ぼうとした。本城は慌てて立ち上がり、〝声をあげるな〟と首を横に振る。フロントマンは、トランシーバーを指さしてしきりになにか訴えている。部屋の中に入り、デスクの上のメモ帳にこう走り書きをした。〝お客様が部屋に戻ってきます〟

本城は息を呑んで、電話の向こうの味田に聞く。

「味田さん、いま、どこです」

「どこ、と言いますと？」

「いや、手伝ってほしいことがあると言ってたンで。よろしければ行きますよ」

「風邪をうつされても困りますよ。コーヒーショップで馬鹿な女にフラペチーノをぶっかけられて、ただでさえ寒い」

　着替えに戻ってきたのだ。慌てて部屋を出ようとしたが、廊下の先のエレベーターが開き、味田のスーツの足が一歩踏み出したのが見えた。この先の通路は客室で、隠れる場所はない。本城は通話を切り、フロントマンを廊下に出して、扉を閉めた。室内に隠れ場所を探す。着替えるのだから、クローゼットはダメだ。浴室も、体を洗うかもしれない。セミダブルのベッドの下に滑り込んだ。フロントマンが書いたメモをデスクの上にそのままにしていた。本城は慌ててベッドから這い出て、メモを摑む。扉のほうから、鍵が解除される電子音がする。本城は再び、ベッドの下に滑り込んだ。扉が開く音。息を潜める。

「もしもし、堀尾さん？　チッ。なんで切るんだよ」

　味田の茶色の革靴が近づいてくる。ベッドの上になにか放った。その音がしばらく続いた。携帯電話だろうか。やがて浴室の扉が閉められたようだ。シャワーが流れる音。

　本城はそっとベッドの下から這い出た。ベッドの上には九台の携帯電話と一台のスマートフォンがあった。味田は店舗リーダーと通話するときは黒、受け子を手配するときは青の二つ折りの携帯電話を使っていた。黒が四台、青が三台。他に赤と白が一台ずつあった。とっさに赤を取る。無機質な初期画面が、今日の日付と時刻を表示させる。通話履歴を見る。相手は全て『呉』となっていた。最後の通話は一昨日。仕事用だろう。本城はスマートフォンを見た。通話履歴にカエデの名前が出てきた。きっとプライベート用だ。

シャワーの音が止んだ。

本城は体をねじってベッドの下にもぐりこみながら、通話履歴の確認を続ける。『らら』という名前が多数出てくる。新しい女だろうか。『らら』の、080から始まる携帯電話番号を暗記する。次に、写真フォルダを開いた。味田とよく似た甘い顔つきの少女の写真が、多数、出てきた。バスルームの扉が開く音。本城はベッドの上にスマートフォンを放つと、すぐさま潜り込み、息を潜める。裸足にスリッパをつっかけた足がベッドに近づいてくる。

「折り返しはねェのか、堀尾」

本城は物音を立てないように、詐欺用の携帯電話を取り出し、電源を切る。味田はやはり『堀尾』に電話をかけなおしていたようだ。通話をスピーカーにしている。『ただいまおかけになった電話は、現在電波の届かないところにいるか……』というアナウンスが聞こえてきた。味田は舌打ちと共に、通話を切った。本城はただじっと、ベッド下二十センチほどの隙間から、味田の足を注視した。味田がクリーニングを依頼する声。三分ほどして、ルームキーパーが来て、すぐに去った。

味田はまた『堀尾』に電話しているようだ。つながらず「あのジジイ」とつぶやく声が聞こえてくる。味田は黒い革靴を履き、ベッドに近づいてから、部屋を後にした。

三分後、本城も廊下に出た。エレベーター脇の非常階段口へ出る。味田に電話を折り返した。充電が切れたと嘘をついた。

「電話がつながらないのはご法度ですよ。次からペナルティですから」

週末で完璧に風邪を治すよう、味田は言うと通話を切った。本城は非常階段を降りながら、智也に連絡を入れた。

「すぐに調べてほしい。080―4973―××××だ。登録名は〝らら〟だが……」

「なんの番号？」

「味田がプライベート用のスマホで連日、話している相手だ。新しい女かもしれない」

「さっきまでなんの手がかりもないと――」

「状況が変わった。詳しくはまた話す。ただ、味田には戸籍に記載がない娘がいるようだ」

「なんだって⁉　どうしてそれをもっと早く――」

「娘に警察手帳を託すか？　それなりにかわいがっている。犯罪に巻き込むはずはない」

智也は納得したのか、途端にトーンダウンした。本城は勇気づけるように言った。

「味田の娘を産んだ母親が関わっているかもしれない」

「そうか。母親ということは、味田の元女だね。あり得る」

「とにかく、残された手がかりは二つだ。〝らら〟という女と、娘の身元」

「携帯電話の契約者情報は早いと思うけど、娘の方は……。籍も入っていないとなると」

「ランドセルを買ってやって二年と言っていたから、恐らく小二だろう」

「それだけの情報では——」

「味田は半グレで前科《マエ》がある。娘が七歳から八歳と見て、八年から九年前の味田の交友関係を洗え。味田を世話した少年課の刑事を捕まえるんだ。調書に担当者のサインがある」

非常階段を降りて、すっかり息があがっていた。通話を切ると、本城は座り込んだ。まだ四階だった。


週が明けた三月二十三日月曜日。喉の調子を週末で整えた本城は、『堀尾』として、飯田橋の店舗に出勤した。朝礼に味田の姿はなく、午前中は平常通りだった。

昼食時の話題に上ったのは、もっぱら〝見世物小屋〟に売られた夏海の末路だった。男たちは最初、たった二週間でも愛着を持って接していた上司が素っ裸で縛られ吊るされているのを見て、胸糞の悪い思いだったという。しかし、浴びるほど酒を飲んだうえ、針谷が先頭に立って強姦しているのを見て、次に山崎が夏海の体に乗った。初体験だったと告白した山崎を、架け子たちが胴上げしたという。

食後、山崎は缶コーヒーを飲みながら、花見の話題を出した。今週末には東京の桜が満開になるとかで「お濠で花見とかどうっすか」と軽い調子で持ち掛けて、針谷からゲンコツを食らった。セキュリティのため、架け子同士の外のつながりは厳禁。番頭主催のパーティならまだしも、花見などもってのほかだった。

午後二時五十分、今日最後の詐欺電話をかけている最中に、味田が飯田橋店舗に現れた。本城をひとり、連れ出す。新宿にある老舗喫茶店へ入った。

「そういやこないだ、フラッぺかけられたって」

ホテルに戻って着替えた日の話をそれとなく振るが、味田はどうでもよさそうに受け流し、アタッシェケースからタブレット端末を取り出した。

「ちょっと目を通してもらえます？」

エクセルで作成された売上表を表示させる。横軸に成功の可否、売上金額、成功率の数字が並ぶ。縦軸は個人名が三つあり、名前の最後にGという文字。一行目は『前島G』。本城はぴんときた。恐らく、各受け子リーダーの受け取り成功率を表にしたものだ。

「この、前島Gってのは、前島さんのことですか。ブローカーの」

「そう。彼はウケのリーダーも兼任していて、彼の下に何十人もの受け子がいる」

「へえ……。前島さんはそんな仕事もしてンのか」

「底辺の人間をこき使うのが好きなんでしょう」

前島グループの成功率は八割を超していた。架け子が詐欺を成功させていることが前提だが、高い数字だ。群を抜いて成功率の低いグループがいる。『桐田G』だ。

「この、桐田さんいうトコのグループは……」

「やはり、気が付いてくれましたか。極端に成功率が低いですよね」

本城はタグの日付を見た。『3／16〜3／20』とある。これは先週一週間の数字のようだ。

「う〜ん、この一週間の数字を見ただけじゃあ——」と言った本城に、味田はタグボタンに触れ、先週、先々週の表も見せた。桐田グループの数字はいつでも八割を超していた。

「先週から、突然成功率が落ちたと？　番頭がナツさんからあんたに代わってがら？」

味田は頷いて、別のエクセルの表を呼び出した。先週一週間で、桐田に割り当てられたマトの氏名・住所一覧と、売上金額が記されている。取りっぱぐれには×印が入り、備考欄に理由が書かれている。『叩き屋対策』がほとんどで、『警察の張り込み』もちらほら見える。

「叩き屋にマークされて……ってのが、八件もあるぞ」

「ええ。ナツが飛んだ瞬間から、こんな案件が急増した」

「あわシて、警察の張り込みが四件……」

「警察の方は、私が気付いたものです。ちなみに叩き屋に気が付いたのはどれも受け子たちでした。桐田本人は全く気付くそぶりがない」

「受け子リーダーとしちゃぁ失格だナ」

「上の空という感じではないのです。ずっと咳き込んでいます。あれは嘘には見えません。咳で注意力散漫になっているようです」

「だとすると、病気で仕事に支障が出てる？」

「ナツが飛んだ瞬間に、ですか」

本城はわからず、ただ唸った。

「ナツにも尋問したのですが、桐田の咳は年末ごろからだそうで、治る気配がないと」

「本人はなんと？」

「マイコプラズマ肺炎だったと。それが尾を引いて咳が止まらないと言っています」

「あんたはその、桐田とは、どれぐらいの付き合いなンです」

「ほんの一週間です」

「つまり、桐田はナツさん専属の受け子リーダーだった、っちゅうことですか。で、あんたが言ってた、組織の中のSてェのは」

「ええ。桐田のことです」

自分が疑われていなくてほっとしたが、それを見せまいと本城は言葉を継いだ。

「SはSでも、どっからのSだ」

味田は声のトーンを落としたが、迷いなく言った。

「オーナーかと」

金主のことだ。

「なんでオーナーがそんな、売り上げの足引っ張るようなことする」

味田は答えず、タブレット端末を操作して一枚の画像を表示させた。

「これ、受け子が隠し撮りした叩き屋の画像です」

ブルゾンやダウンを着た浅黒い肌の男たちが、眼光鋭くビルの陰に隠れている画像であった。堅気でないことはひと目見てわかる。

「コレ、筋モンか？」

にしては、違和感がある。

「私のケツ持ちに調べさせたら、上海系の筋者だと。ちなみにオーナーは上海出身です」

味田のホテルの一室で見た赤い携帯電話の通話履歴『呉』という名前を本城は思い出した。あれは金主直通の電話だったのだろう。写真の中の〝叩き屋〟が金主のケツ持ち――。金主が命じて組織の売上金を叩くなど聞いたことがない事態だ。

「オーナーは恐らく、私を潰したいんじゃないかと」

本城の無言を疑問と察した味田が、続ける。

「独立を考えています」

「あんたが、金主になろうとしているってことか」

金主のケツをまくるなど、オレ詐欺組織ではご法度だ。ケツ持ちヤクザを盾に押し通して、解決できるものではない。金主の弱みを握ったなど、よほどのものがないと、必ず潰される。

味田は懐から一枚の用紙を取り出した。本城の心臓が鈍く打つ。ホテルエドモントのロゴが入ったメモ。『お客様が部屋に戻られます』という筆跡が、鉛筆で表出されている。

「私が宿泊していたホテルのメモ用紙です。フラペチーノをぶっかけられて、着替えに戻った時、部屋の前でフロントマンとすれ違ったんですよ。客がチェックインする時間でもないのに、なんでフロントマンが客室の廊下をうろついていたのか、不思議に思ったんですよね。部屋のメモ帳にこの筆跡が残っていることに気が付いたんです」

本城は感心したそぶりで言う。

「よく気が付いたなァ、なんだか探偵小説みたいだ」

「オーナーの手先がフロントマンを伴って、私のヤサを探ってたんでしょう。私が運悪く戻ってきたもので、フロントマンがメモを書いて知らせたんだと思いますが、変な話で」

味田が椅子に座り直しながら、続けた。「知らせるなら、口で言えばいいものを」

なぜメモに書いたのかよくわからない、と味田は言う。本城は話をそらした。

「なんだかこんがらがってきた。とにかく、オーナーがあんたを潰そうと、ヤサを探ったり、売上金を叩かせたりしてるっちゅうことだね？」

「ええ。叩き屋に遭遇して取りっぱぐれることもまた、番頭のペナルティになりますから」

「だとしたらどうもじれったいやり方だ。あんたが使ってる受け子リーダーは全部で三人いる。そん中の一人買収したところで――」

「オーナーや桐田の狙いがよくわからない。元警察官のあなたの出番ですよ」

味田は沈黙を挟み、本城を見返した。

「内偵してほしいのです。桐田を」

本城は黙り込んだ。息子のために詐欺組織に潜入し、今度は潜入先のトップの指示に従って別の犯罪者を〝内偵〟する。頭で理解しても、気持ちがなかなか追いつかない。

「菜々子さん、消費者金融にかなりの借金がありましたよ」

味田は突然、『堀尾』の娘の名前を口にした。

「三社満額で借りていて、いまは四社目に頼りながら、他社の返済にあてる自転車操業状態です。しかも、浜田《はまだ》菜々子名義はブラックリストに載ってました」

　本城は話がすぐには見えず、黙する。ただ味田が堀尾の保険証一枚で、菜々子の居所を探し当てた背景が見えてきた。菜々子は母親の旧姓、恐らく浜田という姓を名乗っていたが、更に借金を重ねるため、父方の堀尾姓に戻したのだろう。堀尾姓でも闇金に手を出し、裏稼業人のリストに載った。堀尾本人も娘に金を無心されたことがあると話していた。堀尾が借金の連帯保証人として名を連ねていたら、父子関係は判明する。

　推理を巡らせている本城に、味田は微笑む。

「よろしければ、懇意の金融会社にひとこと言わせますよ。借金を一本化した方がいい」

　味田が懇意にする金融会社など、闇金に決まっている。〝闇金に借金を一本化させ、さらに娘の借金を膨らませてやる〟と、脅されているのだ。これ以上菜々子に接触されたら、『堀尾』が偽者だと、ばれてしまう。本城は渋々頷き、桐田の内偵を引き受けた。

　桐田将《しょう》、二十六歳。目黒川をすぐ下に望む賃貸マンションに住んでいた。その一日は、同じく受け子リーダーを務める前島とは比べ物にならないほど、ゆったりとしたものだった。

　前島はブローカー業も精力的に行うが、桐田はあくまで受け子リーダー一本。もともと二人の受け子リーダーを稼働させている味田は、目黒区近辺の案件しか桐田に振らない。仕事は一日に一回、あるかないかだった。

受け子リーダーとして、一回の仕事の成功で得られる報酬はせいぜい五万〜十万程度だろう。十分食っていける額だが、詐欺稼業のわりに夢がない働き方だ。

初日の尾行で本城が摑んだのは、うすぼんやりとした桐田の日常だった。時間はありあまるほどある。それなのに女と会うでもなく、ただ目黒川沿いのカフェで読書をしていた。詐欺稼業に精を出す連中の中ではかなり異質だ。そしてよく、咳き込む。

味田によると、桐田は大阪の半グレだったという。地元のヤクザと揉めて二十歳で上京。黒服として東京で新たな人生をスタートさせたとき、同じ店で風俗嬢をしていた夏海と知り合った。夏海が詐欺稼業に乗り出してしばらくしてから、桐田も受け子を始めた。

夏海が番頭にのし上がると同時に、桐田も受け子リーダーになった。累積の受け取り成功率は八割。先週一週間の極端な失敗を含めても、高い数字を誇る。

スキンヘッドで目つきは鋭いが、いまはニット帽をかぶっていた。注文したモーニングセットが運ばれてくる。桐田は執拗にタバスコを振りかけてから口にする。

食事を終えると、桐田はトイレに立った。背後のテーブルで、ブルゾンにニット帽という恰好でコーヒーを飲んでいた本城は素早く立ち上がり、桐田が読む文庫本の中表紙をのぞいた。パスカルの『パンセ』という哲学書だった。皿に残ったタバスコの香りが強く鼻をつく。

本城は一日を桐田の内偵で潰し、夜には智也と西新宿のパークハイアットで落ち合った。

「〝らら〟という女の素性はわかったか？」

智也は革カバンから書類を出した。携帯電話の契約者の情報だった。

「〝らら〟の携帯電話番号の契約者は春山響子《はるやまきょうこ》。二十八歳」

本城は契約者情報を受け取り、書類を確認する。

「一方で父さんのアドバイスに従い、野村和巳がまだ十代のころを知る少年係の刑事にあたった。当時、中学時代の同級生と付き合っていたらしい。女の名前は春山響子」

「昔の女とまだ繋がっていたということか」

「刑事によると、十九の時に強盗致傷で味田が逮捕された直後に、響子の妊娠が発覚したらしい。響子は野村を逮捕した刑事に直接会って、いろいろと相談を持ち掛けたようだ」

響子は十九歳で妊娠、二十歳で出産。結婚せずに母子家庭のまま、子供は現在八歳、小学校二年生。計算は合う。

「娘の名前は？」

「春山らら」

〝らら〟は新しい女ではなく、娘だった。味田は毎日のように娘と連絡を取り合っていた。

「次は二人名義の銀行口座、貸金庫契約がないか調べてくれ」

わかっている、と言わんばかりに、ゆっくり智也は頷いた。

「ところで、この男のことを知っているか」

本城は桐田の情報を出した。味田が〝金主のS〟として彼を疑っていることを話す。智也は桐田の存在を把握していないようで、首を傾げる。

「捜査員から彼の名が出たらすぐに報告をくれ。味田の小間使いなど一刻も早く終えたい」

「断ればいいものを」

「堀尾の娘を〝人質〟に取られているんだ。従わざるを得ない。それから、帳場に耳寄りな情報だ。警察手帳が見つかって味田を検挙する際、一緒にあげられるように準備しておけ」

「なんの情報？」

「金主だ。上海出身の中国人。名前は呉。ケツ持ちに上海人マフィアを使っているらしい。上海マフィアといったら歌舞伎町界隈に根を張ってる。そっから潰していくのもありだぞ」

振り込め詐欺捜査で、金主の逮捕に至った例はこれまでない。史上初の逮捕劇になる可能性もあるのに、智也は食いつきが悪かった。「わかった」としか言わない。

「どうした。管理官として大金星をあげたくないか」

「僕が組対の管理官である間に摘発するには時間が足りないだろう。警察手帳を取り戻せば、四月には内閣官房。取り戻せなかったら左遷でどこか地方に飛ばされる」

誰かの大金星になる情報には興味がないようだ。

「智也、パスカルの書を学生時代によく読んでいたな」

「ブレーズ・パスカルのこと?」

「〝パンセ〟の」

「ああ。愛読書だよ。たぶん、喜多見の納戸にあると思う」

「桐田がそれを読んでいた」

智也が眉をひそめ、本城を見た。

「受け子のリーダーが、『パンセ』を?」

「どこかおかしいだろう」

「確かに……。犯罪者の愛読書という話がある。刑務所に図書館があるだろ。貸し出しトップに躍り出るのは、たいてい犯罪小説とか推理小説、官能とかの娯楽小説らしい」

本城はうなずく。

「でも、死刑囚はそういった本をほとんど読まない。宗教書や哲学書を読むようになる」

「死を身近に感じると、そうなるのかもしれないな」

三月二十四日火曜日、本城は桐田の健康状態について味田に尋ねた。この一年の間に急激に痩せているらしい。なんらかの病が進行し、仕事に支障をきたしている可能性がある。

桐田はその朝も、目黒川沿いのカフェで読書に耽っていた。十時ごろ、味田ではない別の番頭からウケの仕事の依頼が来た。

桐田は咳をしながら淡々と仕事をこなす。何人かの受け子に連絡を入れ、ひとりと待ち合わせをし、警戒して場所を転々としながらようやくターゲットと接触。銀行に出向き、金を受け取る。その金のおそらく一部を抜き、宅配便で送付。どこにも叩き屋の気配はなかった。

桐田はひと仕事終えると、高田馬場にある中華料理屋に入った。雑居ビル二階にあり、外から監視できない。本城も入り、離れた席で桐田の様子をうかがう。

桐田のテーブルに、表面が真っ赤になった担々麺が出される。ひとくちふたくち食べると、大量の七味唐辛子と醤油を流し込んだ。水を注ぐ店員が驚いていたが、平気で食べ終えた。水で薬を飲む。本城の目には薬のパッケージを灰皿に捨てたように映った。

本城は桐田が店を出るのを待ち、桐田の灰皿を確かめた。やはり薬のパッケージだったが、アルミに印字された薬の名前が切れていて、『センサ』という文字だけが読み取れる。

スマートフォンで『センサ』『味覚異常』と入力し、検索した。すぐに『アレセンサ』という薬にたどり着いた。手術ができない非小細胞肺がん患者に処方される薬だ。

その晩、味田は本城を麻布のもつ鍋専門店へ連れていった。猛烈な勢いで食べている。

「それにしてもあんた、毎度毎度あっぱれな食いっぷりだなァ」

「堀尾さんは食が細い」

本城は焼酎を傾ける。本当はウィスキーを飲みたいところだが、『堀尾』でいる間は、我慢している。味田は今日ずっと、ビールである。

「やっぱり寒い地方から来た人は強い酒を好みますね」

「味田さん、あんた、出身は？」

「東京ですよ。若いころに榮四郎で悪酔いしてから、日本酒はあまり」

「年を重ねてから飲む酒はまた、味わいが違うんだァ」

「堀尾さんは榮四郎、飲んだことあります？」

「さあ。俺はそこらのコンビニで売ってる焼酎で十分」

味田はほほ笑み、やがて遠い目で呟いた。

「それにしても、肺がんとは」

本城の脳裏に、炎に包まれる山末の最期が浮かんだ。息子を救うため、正義を売った男。

「もしかしたら、金主が治療費を出すだなんだ言って桐田を動かしてる可能性もあるナ」

味田はビールをゆっくりと飲み、うなった。

「死が近いとわかったら、やっぱり見える景色が変わるのかな。これまでとは違うことをしてみようとか。中学時代の教師に、そんなのがいて」

「へえ。教師か」

「若い教師だった。まだ三十手前、いまの俺と同じくらいだったかな。彼が赴任したときにはもう、俺は不良街道まっしぐらの中学一年生、誰も俺と関わろうとしなかった」

味田がグラスのビールを飲み干した。本城が注ぐ。

「その教師だけは違った。俺を真っ向から受け止めて、殴って殴って。とんでもない熱血漢だった。ところが一年ほどたつと突然、態度が軟化した。暴力ではなく言葉を尽くして、俺を更生させようとする。安っぽい言葉ばっかりでうんざりだった。ああ、彼もあきらめたんだと、思った。それから一か月もしないうちに、彼はぽっくり死んだ。急性白血病とかで」

「最後に優しい言葉かけたかったたンかなァ。残された時間が少ねぇとわがって」

「西荻窪駅前のゲーセンで会ったのが最後。ガリガリの手で必死に俺の腕を摑んで」

思わず本城は聞き返した。

「西荻窪？　あんた、杉並の出身か」

味田は笑顔で頷いた。

「ええ。もしかして、堀尾さんも住んでたことがあるんですか？」

本城は慌てて首を横に振った。

「いや、甥っ子が西荻窪に住んでたんだァ。時々、遊びに行ってただ」

味田はよほど懐かしかったのか、前のめりになった。

「どこ中だったんですか、甥御さん」

本城は結婚当初住んでいた杉並区宮前《みやまえ》の警察官舎を思い出した。裏手に中学校があった。

「宮前中……だったかな」

味田はこれまで見せたこともないほど顔をくしゃくしゃにしてほほ笑み、手のひらを突き出してきた。本城は多少戸惑いながらも、ハイタッチする。

「同じ中学校ですよ。甥御さん、いくつですか」

「いや——姉の子供だから、あんたよりずっと上だァ」

「すげぇ偶然」

味田と智也は同い年である。喜多見へ引っ越しをしなければ、智也は味田と小・中時代、同級生になっていたかもしれなかった。味田が懐かし気に目を細め、尋ねる。

「西荻窪の南口前に、ごちゃごちゃした一画があるでしょ」

「飲み屋街？」

「そうそう。あの一画に、小月っていう焼肉屋——」

「知ってる！　不愛想な女主人が仕切ってる店だ」

警察官舎に住む同僚と、よくそこで酒を飲んだ。

「あのババア、怪獣みたいな顔してて、女じゃねぇって仲間内でいっつも笑いながらビール飲んでたら、未成年じゃないのって問い詰められて、通報されたんだ」

記憶をたどる。確かにいかめしい雰囲気の女主人だった。肉はとびきり分厚くボリューム満点なのだが、客の肉の焼き方にあれこれ文句をつけることでも有名だった。

「あのばあさんならやりそうだな」

「腹が立ったからさ、次の日の深夜、店の前に出してあったゴミに火をつけてやった」

「おいおい、おい」

「テント屋根まで焼けちゃって、消防車五台が出動する大騒ぎ。あの店、まだあんのかな」

「地元には帰ってねぇのか。店、あんだろう。小料理屋〝味田〟」

「とっくに潰れていまはコインパーキングだよ」

味田は大げさなほど遠い目をして言う。

「宮前中の校門の前にさ、桜並木が」

「うん、あっだな。見事な桜だった」

宮前中の北側にある正門に、見事な桜並木があった。

「あの桜並木の一件は本当に腹が立った」

味田がふと言う。

「ほら、伐採されたじゃないですか。新しい柔道場を作るとかで。確かに柔道部は強豪だったけど……。署名した？　甥御さん、配布物持ってきたでしょ。桜の木を伐採するなって、当時の生徒会が柔道場設立大反対の署名活動、卒業生にも向けて大展開してた」

「ああ。そういえば——そんなものに署名をしたかなァ」

「でも結局、ぜーんぶ切られた。残った切り株を見た俺は、泣いたね」

さも無念そうに目を細め、味田は本城を見た。

「そうだったな。あれは本当に、残念な出来事だった」

味田はじっと本城を見据え、言った。

「桐田の一件が片付いたら、小月で焼肉パーティでもしよう。堀尾さん」

「具体的に、どう片をつける？」

味田はグラスを傾けた。表情がいつもの冷徹さを取り戻していく。

「桐田にウケの手配をする。俺は現場を張る。その場で売上金を回収するそぶりで、叩き屋を迎え撃つ。堀尾さん、俺と一緒に現場に同行してくれ」

本城は大胆な申し出に慌てた。

「ちょっと待て。自ら火の中に飛び込むつもりか」

「そうしないと、金主や桐田の真の目的がわからない。こっちも俺のケツ持ちを現場に大量投入する。万が一の時は……」

味田は目を血走らせ、宙をにらみつけて言った。

「全面戦争、だな」

7

三月二十七日金曜日、今年初めて気温が二十度を超えると予報が出たわりに、冷え込んだ朝だった。本城は洗面所で髭をそり、白髪の根元の黒を白銀パウダーでカバーしようとして、はっとした。昨日まで、二ミリほど黒い部分があったのに、いまは黒が皆無だ。本当に白髪になった。いま、自分は想像以上に追い込まれているのか。

下手をしたら今日、上海マフィアと南田組が激突する。智也の力を使ってでも警察を配置させることを考えたが、それでは本城の潜入が危うくなる。結局、智也に何も話せないまま、午前八時、東急東横線学芸大学駅前のロータリーで味田と待ち合わせた。

今日もプリウスの助手席に座る。桐田は今朝も目黒川沿いのカフェで、タバスコで真っ赤になったスクランブルエッグを口に入れ、読書していた。目黒川沿いの桜並木はほぼ満開を迎えていたが、平日の朝で人通りは多くない。

味田は目黒川の反対側に車を一時停止し、ケツ持ちの南田組の者に連絡を入れた。

「ゴリ。配置はどうだ……。チャカは？……了解」

本城は唸った。

「チャカって、まさか」

「当たり前だろ。全面戦争。五丁ばかり準備したそうだ」

さも面白そうに味田は言うと、本城にタブレット端末を渡す。六枚の画像を表示させた。

「顔を覚えろ。こっち側の人間だ」

配置につく南田組の連中らしかった。ゴリラのような顔をした男が永沢というらしい。味田は朝から高揚していた。暴力の世界で生き抜いてきた男の本性が垣間見える。

味田はやがて桐田に連絡を入れた。桐田がスマートフォンを耳にあてる様子が、本城がのぞいた双眼鏡から見える。

「味田だ。ヒット通知。動けるか」

桐田の痩せた手がメモを取る態勢になった。運転席の味田が、架空の氏名を伝える。

「林妙子。世田谷区松原四―××―×。六十五歳。ゆうちょウケだ……待ち合わせ場所は京王線明大前駅、改札前。九時半」

双眼鏡の中の桐田は電話を切るなり、激しく咳き込んだ。息を整えると、次々と電話。受け子を探しているのだろう。勘定も済ませ、店を出た。目黒川沿いを歩き、数分で自宅のマンションに戻った。半地下の駐車場の入口を注意して見るよう、味田が言う。

「桐田は白のアウディに乗っている」

五分後、その車がスロープを上がって出てきた。味田のプリウスが距離をあけて追う。午前九時、主要道路は混雑している。桐田は土地勘があるのか、裏道を器用に抜ける。下北沢駅周辺に着いた。

ごちゃごちゃしていたこの界隈も小田急線の地下化で整然としてきたが、京王井の頭線の踏切は残っている。複雑な路地を無数の店舗が軒を連ねていることもあり、配送のトラックなどで混雑していた。桐田の車はまだ開店前でシャッターだらけの商店街を進む。

突然、桐田のアウディがウィンカーも出さずに右折した。味田はハンドルを切り損ね、仕方なく直進する。背後をトラックがつけていて、Uターンできない。次の角を右へ曲がろうとしたが、今度はコンビニのトラックが道をふさいでいた。味田は舌打ちして、前進する。京王井の頭線の踏切にぶつかった。遮断機が下りる。後続の車もあり、身動きが取れない。

本城は助手席の扉を開け、言った。

「歩く。受け子を乗せンの確認したら、電車で直接現場へ行ぐ」

本城は車を降りた。桐田が右折した道へ全速力で走る。アウディはちょうど発進したところだった。助手席にひとの姿がある。受け子を乗せたと確信した本城は、細い路地裏を抜け、京王井の頭線の下北沢駅に飛び込んだ。

ホームに滑り込んできた急行吉祥寺行に乗る。五分で京王線明大前駅へ到着した。改札は西側にひとつあるだけ。目の前のロータリーは小さいが、学生や通勤客で改札はごった返している。パチンコ屋の前で待ち合わせをしているのか、学生らしき人々がずらりと並ぶ。列に南田組のゴリの姿があった。本城と目が合う。あちらにも話が通っているようで、ゴリは顎で右手の甲州街道の方を指した。

甲州街道へ向かう。通りに交番がある。前にベンツが停まっていた。中には南田組の男二人。交番は巡回中なのか、無人だ。桐田と受け子の姿は見当たらない。

左に信金、右の交番手前にドトールコーヒー。窓辺のカウンター席に三人の男がいる。二人はスマホを見ていて、ひとりは新聞を広げていた。スマホのひとりは、南田組の男だ。若い男で、傍らにギターケースのようなものを置いている。

交番を通り過ぎた先のスターバックスにも、学生があふれていた。向かいのマクドナルドにも学生やサラリーマン、OLらが見える。上海マフィアと思しき人物は見当たらない。

甲州街道の方角から黒いスーツの男を連れた桐田がやってきた。連れは受け子だろう。桐田は耳にスマートフォンを当てている。すぐ近くを通り過ぎたが、話し声は聞こえない。本城は味田に電話を入れる。通話中。桐田と話しているのは味田だろうか。桐田が通話を切った。すぐに味田から本城に電話が入る。

「到着したか」

「ああ。いま、明大前だ。桐田も受け子と現れた」

「周囲に叩き屋は？」

「いまンとこいねェ。あんた、いまどごだ？」

「北沢税務署を通り過ぎたところだ」

本城は反射的に南の方角を見た。明大前駅周辺の地図は、前日にしっかり頭に入れてきた。北沢税務署は、明大前の隣、京王井の頭線東松原駅からそう遠くない場所にある。周辺は複雑に入り組んだ住宅街だ。

「桐田を移動さシてくれ。叩き屋がいたら、一斉に動き出すはずだ。南田組は待機だ。下手に動くと判別しにぐい」

味田は「わかった」と短く答える。電話を切ると、本城は缶コーヒーを自動販売機で買い、さりげなくロータリー前に戻る。シャッターが下りたパチンコ屋の前に、学生に交ざって立つ。ゴリは本城を一瞬見ただけで、身じろぎひとつしない。

桐田と受け子は改札から南側にあるガード下にいた。スマホに耳を当てていて、話をしている。切った。本城のスマートフォンに味田から連絡が入る。

「いま桐田に、ターゲットはすずらん通りの郵便局前にいると伝えた」

通話を切る横で、桐田と受け子が改札前を素通りし、井の頭線の高架を渡るのを確認する。すずらん通り入口がその先にある。本城は動かず、ロータリー前の人々を遠目に見る。三人はさんで横に立つゴリは動かない。パチンコ店前に並んでいた列から、男が三人抜けた。二人が桐田を追うようにすずらん通りへ。ひとりは南側の高架下へ。三人とも小ぎれいな私服姿で若く、上海の筋者には見えなかった。ひとりの耳に、無線イヤホンがはっきりと見えた。

本城は遠回りして、甲州街道側からすずらん通りに入ることにした。空っぽの交番の前を走り抜ける。ドトールコーヒーの窓際にいた二人の男が同時に外に出てきた。ギターケースの男だけが、ひとり残ってスマホを触っている。動き出したスーツの男二人のうち、ひとりはすずらん通りへ、ひとりは本城の後ろを足早に歩いてくる。本城は甲州街道に出てすぐ右折して、すずらん通りに入ろうとした。待ち合わせの郵便局はすぐ目の前だった。振り返ったとき、ドトールコーヒーにいた男と目が合った。三十代くらい、眼光鋭く本城を見る。

あの眼の光は刑事だ。

本城はドトールコーヒー前を二往復しているから、目をつけられたのかもしれない。すずらん通りに出ずに、甲州街道ぞいのファミリーマートに入った。店の奥で商品を見つつ、視界の端で店の入口を確認する。刑事と思しき男はファミリーマートの前を通り過ぎていった。本城はブルゾンを裏返しにする。リバーシブルタイプのもので、ベージュのフリースコートになる。懐からニット帽を出し、かぶる。カップ焼酎を手にレジに並ぶ。

刑事が張り込んでいる——桐田は味田を警察に売ろうとしているのではないか？　死期が近い桐田は、最後の最後で『正義』に寝返ることにした。山末とは逆だ。しかし、長年の付き合いがある夏海を裏切る踏ん切りがつかないでいた。そこへ、夏海が飛んで別の番頭がやってきた。知り合って間もない大物番頭の味田なら、裏切るにはもってこいのはずだ。

受け取り失敗の際、味田が見たのが全て警察の張り込みだったというのも筋が通る。叩き屋がいたというのは全部、桐田の下につく受け子たちの証言だ。桐田が金で証言を買収したのだろう。自らが〝警察のＳ〟であることを悟られないために、わざわざ金主のケツ持ちを思わせる上海マフィアの写真まで持たせたのか。

本城はファミリーマートを出た。すずらん通りに入る。桐田と受け子は郵便局前にいた。桐田がずっと通話をしている。よく呟き込む。本城は通りを進む。桐田と受け子の前を通り過ぎて、郵便局入口脇にあるＡＴＭに並ぶ。桐田は口元を左手で覆って、話し込んでいる。

桐田は通話を切ると、すぐに次の電話を取った。いったん電話口を押さえ、隣の受け子に「松原湯ってどこだかわかるか?」と尋ねる。二人は周辺の空を見上げた。松原湯はここから東松原に向かう途中にある。恐らくいま、味田と通話しているのだ。味田がもうすぐ到着する——。

ここで味田が逮捕されるわけにはいかない。本城は刑事の張り込みを知らせようと、味田を何度も呼び出す。桐田は味田との通話を切ったのか、またどこかへ電話をかけなおした。

桐田が通話を切り、大きなため息をついた。その背後、すずらん通りに行きかう人々の中で、いっせいに男たちが動き出したのが見えた。刑事だ。ホシを間近に控えた緊張と高揚に震えるオーラは空気振動となって本城の肌を突き刺す。この通りだけで十人以上いる。味田が通りに入ってきたら終わりだ。

本城は味田へ電話をかけながら、すずらん通りを走り抜けた。高架を抜け、駅前ロータリーに出る。松原湯の煙突が見えた。それを目印に西に走る。味田がやっと電話に出た。

「もう駅前に——」

「明大前は刑事だらけだ、来るな!」

昭和信金の横を駆け抜けると、目の前のＴ字路を右折してきたプリウスが進入してきた。

本城はもう少しでボンネットにぶつかるところだった。運転する味田がブレーキを踏む。本城は運転席の扉を開けようとしたが、ロックされている。拳で窓を叩く。扉が開く。

「助手席へ行け！」

味田はサイドブレーキに膝を打ち付けながらも、助手席にうつる。本城は運転席につき、猛スピードで車をバックさせた。すずらん通り方面から男が三人駆けてきた。本城はT字路をバックすると方向転換し、甲州街道に出た。左車線に入ってアクセルを踏み込んだ。あっけに取られていた味田がようやく口を開いた。

「どこへ行く」

「できるだけ遠ぐだ。すずらん通りは警察だらけ。叩き屋なんてのはいねェ。桐田は警察のSだったンだ‼」

味田の顔は青かった。筋者同士なら高揚しても、相手が警察では逃亡するのみなのだろう。

「すぐに車を乗り捨てる。緊急配備など敷かれたら――」

「心配すンな、詐欺ごときで緊配なんかねェ。いまはできるだけ現場から離れる」

ミラーを確認しても、追尾の車は見えない。警察は出遅れているはずだ。助手席の味田はすぐに飯田橋店舗のリーダーの針谷に連絡を入れた。店舗を閉鎖するように命令する。

「えっ、誰かパクられたんスか」

針谷の電話の声が、本城にも漏れ聞こえてくる。

「桐田が警察のSらしい。飯田橋店舗のこともタレ込んでる可能性がある。すぐ閉めろ」

味田は通話を切ると、ひとつ咳ばらいをした。目を血走らせながらも声音は押さえ、桐田に連絡を入れる。

「警察の張り込みがあった。断念する。また次のヒットのときに頼むよ」

味田はあえてそう伝えた。桐田を泳がせ、油断させ、ケツ持ちに処分させるのだろう。電話を切って一瞬沈黙すると、「畜生！」と叫び、グローブボックスを蹴った。

「おい、落ち着けよ」

「先月も店舗を閉めたばかりなんだ」

低い声で、味田が答える。

「パクられるよりましだ」

本城が言う。怒りにまかせて、味田は次々と詐欺用の二つ折り携帯電話を破壊していく。本城の物も出させて折ると、窓の外に投げ捨てる。

「とりあえず、飯田橋に戻ってくれ。店舗の後片付けを――」

「なに言ってンだ。手入れ入ってたらどうする」

「桐田も警察も、俺が感づいて逃げたことに気が付いてないだろう」

「それでも危険だ。罠張って待ってるかもしれん。今日一日、あんたは戻らねェ方がいい」

「だからと言ってどこへ向かうんだ、え⁉　このまま山梨で富士山にでも登るのか！」

味田の怒りのエネルギーは何をもってしても収まりそうになかった。本城はただ黙する。

環状八号線にぶつかった。赤信号で停車する。味田は助手席で黙り込んでいる。張りつめた空気の中、本城は信号が変わるほんの三十秒の間に、素早く策略を巡らせた。

飯田橋店舗を閉める。架け子の『堀尾』も待機となり、味田と容易に接触できなくなる。味田はまた海外に高飛びするかもしれない。今日別れたら、智也の警察手帳の捜索はまた振り出しに戻ってしまう。内閣官房への内示は目前だ。時間がない。

本城は強引に右折レーンに入り、環八に出た。すぐ車を右折させ、住宅街に入る。左折、右折を繰り返し、北へ向かった。ようやく味田は鎮まって、落ち着いた声音で尋ねてきた。

「どこへ向かってる」

「適当だよ、追尾まくには住宅街が一番だ」

本城は口でそう言いながら、練馬区に確実に近づいていた。味田の娘の居住地である。味田の車にもヤサにも警察手帳はなかった。いまの望みは、味田が頻繁に連絡を取る愛娘しかない。車が西武新宿線鷺ノ宮《さぎのみや》駅脇の線路を通過したところで、本城は言った。

「車を乗り換えよう。このあたりに知り合いいいねェか。車を貸してくれるような」

味田はしばらく黙っていた。

「乗り捨てには賛成だが、電車で移動はまずいか」

車はちょうど、練馬区に入ったところだった。

「桐田はあんたの顔写真も警察に提供しているだろう。いま公共交通機関はまずい」

味田は「わかった」と言うのと同時にもう、スマートフォンを耳に当てた。沈黙の車内で、呼び出し音が漏れ聞こえてくる。ようやく、通話がつながった。

「なんなのよ！」

女の怒鳴り声だ。

「車を貸してほしい。金は払う」

女がわめく声。

「車を貸してほしい。金は払う」

味田は機械のように同じ言葉を繰り返す。相手は怒りに満ち満ちてもはや無言である。

「そもそもが、俺名義の車だ」

女が電話口で一方的になにかまくし立てている。

「バカ言うな。三万だ。すぐに返す」

八万という女の声がクリアに聞こえてきた。味田は「クソ女」とつぶやいて、通話を切った。本城はなにも尋ねなかった。長い沈黙を嫌ったのは味田だ。自嘲しつつ言う。

「言うべきではなかったかな。娘と血を分けた女だ」

本城は何も答えなかったが、体の内側は興奮で震えていた。とっさの判断で、危機をチャンスに変えた。なんとかして、ららと対面し、手がかりを摑む。

「ナビする。次の信号を――」

「いや、運転代わってくれ。いったん休憩さシてほしい。漏れそうだ」

味田は了承した。見えてきたコンビニの前に車を停め、本城はトイレに走る。個室に入ると智也に連絡し、桐田が警察のSだったことを伝える。智也は把握していなかった。

「受け子リーダーを情報提供者にしていたなんて、初耳だ」

現場の辣腕刑事たちを飼いならしきれない、若き官僚のため息が聞こえてくる。

「父さんをまたひどく危険な目に遭わせてしまった」

「うまく転がしたさ。もうすぐ、春山母子と対面できるかもしれない。口座や貸金庫の情報はないのか」

「調べているが、いまのところ母子ともに大手銀行や郵貯の口座があるのみ。残高も目を引くようなもんじゃないし、貸金庫の類の契約もない」

「大手じゃなくて、地元の信金を優先して調べたか」

「もちろんだ。そっちにヒットがなくて、いま大手銀行を片っ端からあたってる」

本城はため息をついた。味田は客の来訪が多い大手より、地元信金を好む。そこに貸金庫がないなら、自宅に売上金や智也の警察手帳を保管しているのだろうか。

本城がプリウスに戻ると、味田は運転席で誰かと通話をしていた。桐田の本名や現住所などを再確認し、「頼んだ」と言って通話を切る。

「――ケツ持ちの出番か？」

「ああ。ただでは済まないことを、思い知らせる必要がある」

味田は乱暴にアクセルを踏んだ。

「警察のSだったとなると、警察は全力で桐田を守りにかかるだろうな」

味田はさも不愉快そうに鼻を鳴らす。としまえんの駐車場でプリウスを乗り捨てた。その場で中古車買取業者に連絡を入れた。恐らく、八王子のレインボーオートサービスだろう。錦糸町店舗を閉鎖し、クラウンを乗り捨てたのはつい一か月前のことだ。

味田はとしまえんから春山母子宅まで、徒歩で行くと言う。距離はかなりあるが、タクシーに乗って足がつくのを警戒しているようだ。味田は本城と石神井《しゃくじい》川沿いを歩きながら、ふと思い出したように言った。

「明大前に刑事がうじゃうじゃ張っていたと言ってたが、顔は覚えてる？」

「全員は覚えてねェが、何人かは」

幸い、本城の知り合いの刑事はいなかった。味田がジャケットから一枚の紙を取り出し、本城に渡した。用紙を見た本城は背筋が寒くなった。

「それ、通称〝西男〟。西葛西の男、の略」

オールバックの黒髪に、個性的な髭の形。切れ長の目。これは本城だ。

「一か月前、受け子が逮捕されて店舗をバラした。俺も逮捕劇の現場にいたが、西葛西の交番のオマワリにタレ込んでる刑事がいた。それがこの男」

「……へえ」

「でも、どうもおかしい。警察はこんな髭、しない。しかも受け子をオマワリに逮捕させるって。自分で行けばいいものを」

「………確かに、そうだナ」

「刑事の目的が判然としない。犯人を逮捕しようという気概が全く見えなかった」

味田の鋭い観察眼に、本城は少し、慌てた。

「そういやごの男、明大前にいだな」

「本当に？」

「ドトールコーヒーのカウンター席に座ってたひとりと似でる。新聞広げながら、現場張ってた。たぶん、知能犯係の刑事だ」

味田は返事をせず、本城の手から〝西男〟の似顔絵を取ると、懐に乱暴にしまった。

「この男を見た日から、仕事の不調が始まった。疫病神だ」


春山母子は、練馬区を流れる石神井川沿いの、真新しいテラスハウスに住んでいた。夜の仕事に精を出すシングルマザーが借りるにはちょっと高級すぎる物件だ。恐らく、味田は養育費を相当出しているはずである。春山響子が乗る車は味田名義だ。

「養育費、どんぐらい払ってンの」

本城はそれとなく、尋ねた。味田は無言で本城を見返す。

「いや、俺も娘に、なにがしてやった方がいいンかなと」

「堀尾さんの娘はもう成人しているでしょう。あれから、連絡は？」

対面が失敗した後、菜々子の連絡先を本城に手渡していた。

「かける勇気、なくてナ」

味田は本城にここで待つように言った。

本城が石神井川のフェンスに身を任せていると、黄色のビートルに乗った味田が現れた。本城を助手席に乗せる。

「娘さんに、ちっとは会えたか？」

おそらく春休み中だから、家にいたはずだ。

「いたが、下手に連れ出すと母親がうるさい。そもそも店舗閉める日に、娘と会う気になんてならない」

味田はそっけなく言うが、本城はここで引くわけにはいかない。

「地下に潜るんだろ？　娘にしばらく会えなくなるじゃねェか」

目の前の信号が黄色に変わる。味田はブレーキを静かに踏んだ。

「娘に心底嫌われてる俺が言うのもなンだが、抱きしめてやれるときにめいっぱい抱きしめてやんねェと、娘は。不幸に育つぜ」

信号を待つ間、味田は思案顔であった。信号が青に変わると「参ったな」とため息をつき、車をUターンさせた。


ららを連れ出した味田は環七沿いを板橋区方面まで車を走らせた。ようやく、ららが納得するファミリーレストランに到着した。びっくりドンキーだった。車から降りて店に入るまで、二人は手を組み、ひそひそ楽しそうに微笑み合う。本城の存在などないも同然だ。

父娘の時間の邪魔するのは憚られたが、本城は警察手帳の手がかりがほしい。ららと二人で話がしたかった。二人の背中を追い掛けた。

二人は並んでソファ席に座った。本城は向かいにひっそりと座る。ららはゆるくくせのある細い髪を腰近くまで伸ばしていた。キラキラ光るカチューシャで前髪をあげて、広い額を見せている。味田によく似た甘い顔つきで、味田の溺愛ぶりが想像できる。注文を終えると、ららは「お手洗い」と言って、バッグの中からポーチを出し、女子トイレへ消えた。味田はドリンクバーで娘の分の飲み物をとってくると、「オンナだろ」と本城に苦笑いをする。

「あんなにかわいらしいと、いろいろと心配になるだろう」

「ああ。泣かせる奴がいたらぶっ殺すね」

言って味田は、機嫌よく笑った。娘という存在は店舗閉鎖という危機もいったん蓋をできるほど、強力らしい。ららはすぐに戻ってきた。唇にリップグロスを塗ってきたようだ。

味田の電話が鳴った。ららの髪をなでながら、笑顔を崩さずに電話に応対しているが、やがて席を立ち、店の外に出た。桐田の件でケツ持ちから連絡が入ったのかもしれない。本城はひと呼吸置いて、ららに話しかけた。

「いいバッグ持ってんな」

「そう？」

ららはドリンクバーのオレンジジュースをストローでかきまぜ、けだるそうに答える。

「ランドセルはパパに買ってもらったんでしょ？」

うれしそうにららは頷くが……途端にそっけない顔つきになった。

「でも、もう飽きちゃった、あのデザイン」

本城は噴き出した。

「また新しいの、買ってもらったら」

「そうね。パパ、お金持ちだから。でもお金のある男って、忙しいのよね〜」

ららは両手を組んで顎を乗せた。ずいぶんませている。

「なかなか会えねェと、さみしいナ」

「だからパパも、物でご機嫌取りするのよ。いっつも」

銀行の貸金庫や自宅につながる糸口はないか、本城はそれとなく話題を誘導していく。

「プレゼントをたくさんくれるンか」

「今日もたぶんこれから、買い物よ」

うれしそうにららが言う。

「お父さん、お金持ちだからなぁ。買ってもらったモンはちゃんと保管しておかねぇとな」

ららはよくわからないといった様子で「そう？」と首を傾げる。

「お父さんからそう言われてねェか？」

「別に」

子どもに貸金庫の存在を暗示しても理解できないだろう。それとも智也の警察手帳がららの周辺にあるという推理は間違いなのか。本城が焦り始めたとき、ふいにららが言った。

「そういえば、これだけは誰にも触らせちゃだめって言われたプレゼントがあって」

本城は思わず、前のめりになった。

「へえ。どんなの」

「アンティーク小物。一点もののオルゴール、突然買ってきてくれたの」

アンティーク小物を娘にもプレゼントしたという話を、味田は以前口にしていた。

「そう、突然？」

それとなく、日時を確認する。

「うん。ららの誕生日は九月だし、ホワイトデーのお返しももらってるのに、プレゼント持ってきたの」

つまり、三月十四日以降ということになる。飯田橋の店舗を夏海に代わって面倒見始めたころと重なる。新たな売上金保管場所を確保しなければならなかった時だ。アンティーク小物に札束はいくつも放り込めないだろうが、警察手帳なら――。

「そのアンティーク小物って、どンな形してる？」

「オルゴールがついてるの。すごく高いらしいけど、カチューシャが入らないから……」

「大きさは？」

ららは手で、長方形の形をつくった。警察手帳と同じくらいのサイズだ。

「確がに、カチューシャは入らねェナ」

「そう。結構高さはあるのに、小物入れの部分はすごく浅いの。なんでかと思ったら、かくし扉？　みたいなのがついてるんだって」

「隠し扉」

「うん。からくりっていうの？」

「からくりの扉、開けてみた？」

「開けちゃダメって、パパが」

「中身はなんて言ってた？」

「お守りだから、開けちゃダメだって。でもね……パパが変なことを言ったの。パパともし、連絡がつかなくて、二度と会えなくなったら、オルゴールを壊して、中を出していいって」

本城はおおげさに頷く。

「ららはそれで、最強になれる、とか言うの。私、女子なのに。最強なんて意味ないのに」

智也の警察手帳が出てきたら、恐らく警察組織は官僚の不祥事を隠蔽しようと、ららの言いなりになる——そういう意味だろうか。

味田の謎めいた言葉を吟味していると、本人が戻ってきた。食事を終え、ららがお手洗いに行っている間に、本城は味田に言った。

「すゲェなあんた。アンティークのプレゼントがきいてるみてェだ」

一瞬間を置いて、味田は大げさなまでに目を細め、言った。

「そんな話、ららがしてたのか」

「ああ。プレゼントのセンスが抜群だと」

味田はさも照れくさそうに笑う。本城はつぶやいた。

「なにか俺も娘に、買うかな。アンティーク小物でも」

味田は「『ルセット』って店だ」と唐突に教えた。

「西荻窪にあるアンティークショップ。例の焼肉屋の小月とは反対側の出口だ。店主が月に一度はパリで直接商品を買い付けてくるらしい。少々お高いが、いい店だ」

本城は笑顔で、その店名を脳裏に刻む。味田は途端に声を潜め、冷淡に言った。

「桐田も感づいていたようだ。ケツ持ちが自宅を張っていて、とっ捕まえようとしたんだが、あと一歩のところで目黒署に飛び込まれた」

「警察の保護下に入るともう手出しはできねェだろ」

「そんなことはない。死ぬまで警察署の中にいると思うか。たかだか詐欺組織のSを、警察が命がけで守るはずがない。SPでもつけて警護する？」

警察はそこまでしない。せいぜい、交番巡査に自宅周辺を巡回させるのが精いっぱいだ。

「いずれひとりで、警察署を出るさ。何日でも何週間でも、ケツ持ちに張らせる。金主にも連絡を入れて、そのケツ持ちも総動員だ」

桐田が警察のSと判明したいま、味田は金主への信頼を取り戻した様子で言う。

「――そこまでする必要、あんのが」

「俺が動かせるケツ持ちヤクザなんて、せいぜい五、六人だ。でも金主は違う」

本城の脳裏に、味田の赤いスマートフォンの通話履歴にあった『呉』という名前が浮かぶ。

「上海系暴力団だ。歌舞伎町からこぞってやってくることだろうよ」

本城は明大前でのゴタゴタがあったその日、大きく遠回りをし、二時間かけて追尾がないことを確認してから成城学園前に到着した。午後七時。通り沿いからしまうま会が入る雑居ビルを見上げる。二階にある事務所の窓はブラインドが閉まっているが、明かりが漏れていた。めぐみの気配を感じ、本城は外階段をいつもよりゆっくりと上がりながら、智也に電話をかけた。警察のS、桐田の保護を手厚くするように頼む。

「すでにうちの捜査員が目黒署に飛んでる。僕にも報告が入るはずだ」

「金主のケツ持ちも総動員だ。上海マフィアだ。呉の情報は摑めたか？」

「まだそこまで手が回っていない」

智也の警察手帳が、春山らが所持するオルゴールの小物入れの秘密箱に隠されている可能性があることを、手短に説明した。電話の向こうの智也は、懐疑的な意見を述べた。

「娘に手渡したオルゴール……。わからなくもないけど、溺愛する娘を巻き込むような場所に手帳を隠すだろうか」

「タイミングを考えると筋が通る」

味田が飯田橋の番頭に復帰したころと重なる旨を説明すると、智也も多少納得したのか、唸り声をあげた。しまうま会の扉の前に着いたので、本城は一旦通話を終えようとした。

「ちょっと待って、僕からも報告が」と智也が電話口で言ったときには、本城はドアノブをひねっていた。施錠されていた。ポケットから合鍵を出した。智也が「ＩＣＰＯが……」と言っているが、本城は扉を開けた瞬間、智也の言葉が全く耳に入らなくなった。

全身の血がざわつく。

事務所内にコーヒーの香りがする。給湯室にはコーヒーフィルターの中に挽かれた豆が一杯分、入っていた。コンロにかかっている薬缶がやんわりと湯気を吐く。デスク脇のシュレッダーの周囲に断裁された紙片が散乱していた。紙詰まりを起こしたのか、受け蓋が取り外され、業務用ゴミ袋の中に逆さまに突っ込んである。

めぐみがいない。

この事務所を『堀尾』になるための変装拠点としている。味田にバレたのか。めぐみがなんらかの危機に晒されている――という最悪の事態が頭をよぎる。

「父さん。聞いてる?」

智也の声にはっとして、「かけなおす」と言い、本城は通話を切った。めぐみの携帯電話に連絡を入れようとしたが、躊躇する。ここでなにが起こったのか、見極めなくてはならない。背中に嫌な汗をかいていた。ブルゾンを乱暴に脱ぐ。その裾がパソコンのマウスとぶつかり、落ちてぶら下がる。スリープ状態だったパソコンの画面が戻った。介護事業所用の帳簿ソフトが立ち上がっていた。

本城は画面の帳簿をつい見てしまう。美しい数字の羅列だった。『雑費』名目に思わず目が行く。経理を置かずひとりで会社を運営する事業主は数字が合わないと、よくここに不明金を落とし込んで帳尻合わせをしようとする。この帳簿の雑費は千円単位と少額だった。

視線を無意識にシュレッダーに向けていた。ゴミ袋の中にしゃがみこみ、数ミリ幅に断裁された紙クズを取る。水色地に青の線が細かく入った紙片が大量にあった。指先に取り、こする。普通紙よりも分厚い、独特の紙質――。

突然扉が開いた。めぐみが肩で息をして、立っていた。呑気な声で言う。

「あら。お帰りなさい。珍しいですね、こんな早い時間に」

「いらっしゃらないので、心配したんです。なにもかも投げ出したままだから……」

めぐみは「ああ」とほほ笑む。両手を入念に洗いながら説明した。

「近所のお客さんで、独居のおばあさんがいるんです。左半身麻痺で、よく転ぶんです。いちど転ぶと自力で起き上がれないので」

本城は軽くため息をついて、硬い笑みを浮かべた。めぐみに対する懸念が疑惑になりかわり、本城を緊張させていた。さりげなさを装って尋ねる。

「ところでシュレッダー、壊れたんですか？」

めぐみは困ったように、眉毛をハの字にした。

「そうなんです。紙詰まりを起こしてしまって」

「なにか大量にシュレッダーかけたんですか」

めぐみは一瞬、顔をこわばらせた。詰問口調だったことに気付き、本城は自重する。

「すいません、事務所がこのあり様で。事件にでも巻き込まれたのかと――」

「ごめんなさい。そうですよね」

めぐみは明るく笑った。

「ちょっと私が見てみましょうか」

親切ぶった笑顔で本城はシュレッダー脇にかがみこもうとした。めぐみが慌てて、本城の腕を引く。

「業者に修理を頼みましたから、大丈夫です」

上目遣いで言うめぐみの頬は赤らんでいて、女そのものだった。本城の腕を引く手を、いつまでも離さない。本城の背を優しし気に押す。めぐみの胸のふくらみが、かすかに本城の腕にあたった。

本城はふと思い出す。過去、贈収賄の捜査で様々な企業や関係者宅の捜索を行った。捜索に女が立ち会う場合、まずいものを探り当てようとする捜査員に、色目を使って誤魔化そうとすることが少なくない。今日のめぐみのように。

喜多見の自宅への帰路、本城はしまうま会の帳簿の数字を思い起こしていた。帳簿にも〝におい〟がある。知能犯畑で長年帳簿と格闘してきた本城が見れば、〝怪しい帳簿〟〝健全な帳簿〟のにおいが一瞬でわかる。

しまうま会の帳簿にはあきらかに怪しい〝におい〟があった。美しすぎるのだ。取って付けたような、結論ありきで作られた帳簿。こういう帳簿を出してくる業者はたいてい、裏帳簿を別に作っている場合が多い。

そして、シュレッダーにかけられた大量の紙。模様や紙質から、あれは領収書だ。文具店などで市販されているもので、写しはぺら紙だが、顧客に渡す領収書は分厚い。顧客に渡すべき領収書を、シュレッダーが詰まるほど大量に遺棄している。

自宅の扉を開けた。夕食前に帰宅するのは久しぶりのことだ。美津子は本城を見るなり面倒そうな顔をする。美津子がキッチンに立って夕食を準備する横で、本城は食器棚の引き出しや扉を次々と開けて、介護関係のファイルを取り出した。契約書や事業所パンフレットのほかに、毎月届く請求書兼領収書もここに収まっている。

「美津子。しまうま会は手書きの領収書を切ることがあるか？」

「なによ、急に」

「いや、ちょっと気になって」

「ないわよ。銀行引き落としだし。印刷された請求書兼領収書が届くだけ」

本城は芳子の仰臥する和室に入り、床の間に置かれた介護グッズの中から、サービス実施記録ファイルを持ち出した。先月分のサービスと請求書の内容を確認していく。自費負担が混ざっているだけに計算式が複雑だが、淡々と電卓を叩いていく。美津子は茫然としていた。

「黒沢さんが過剰請求していると？」

「お前、ちゃんと中身、照らし合わせているか？」

「そんな面倒なことをやってほしいなら、私がパートでみっちり働かずに済むようにして」

本城は美津子の嫌味を無視して電卓を叩き続ける。やはり、サービス実施記録と照らし合わせると、明らかに請求金額が少ない。ふと、めぐみのウェストポーチの中に、大量の記入済みサービス実施記録が入っていたことを思い出した。実際にケアに入ると多忙だから、あらかじめ記入してきていると思っていたが――。

「過剰どころか、請求金額が少ないぞ」

本城の言葉に、美津子はため息をつく。

「全くあなたは、朝から晩まで、黒沢さんのことばっかりね。そんなに黒沢さんが大事？」

「請求金額を見直すことのどこが、黒沢さんを大事にすることなんだ」

美津子は突然、感情を爆発させた。

「あなたはそうやって詭弁ばかり。私、気が付いてたんだから！」

「俺も気が付いてたよ、俺が彼女と不倫していると お前が勘違いしていることをね」

「否定するの」

「不倫だと言い切るならまずは証拠を揃えろ。話はそれからだ」

本城は啖呵を切って、請求書や伝票の類を抱えて、二階へ上がった。美津子が階下から叫んだ。

「窓際のくせに、いつまで刑事ぶってんのよ！」


三月二十八日、土曜日。しまうま会の定休日は日曜日だから、めぐみは出勤しているはずだ。午前九時過ぎ、本城は慌てふためいたふりをして事務所に飛び込んだ。めぐみはスチールデスクに座っていた。驚いた様子で本城を見る。

「おはようございます。土曜日に珍しいですね――」

「ええ。あの、申し訳ないんだが」

極力、焦った様子で言う。スマートフォンを握りしめて。

「実はいま、妻から連絡があって、母が急に熱を出したようで」

「それは大変です。いま、何度くらいですか」

「八度七分です。訪問診療の先生も、今日は都合が悪いと言うんで、急遽、妻が病院に連れていくことになったんだが、ひとりで四苦八苦している。私はちょっと外せない用事があるし、黒沢さん、もちろん自費で構わないから……」

めぐみはほんの一瞬、思案顔で本城を見返した。すぐに笑顔を作り、立ち上がる。

「もちろんです。十一時までなら空いてますから。ご自宅に伺えばいいですか？」

「ええ、お願いします」

めぐみは手元に広げた書類を手早く仕舞うと、キャビネットに押し込み、扉の鍵をかけた。その鍵を、椅子の背もたれに掛けていたウェストポーチに突っ込むと、更衣室に入る。

芳子は今朝早くからデイサービスだ。美津子はとっくにパートの仕事に出かけた。いま、本城の自宅に行っても誰も応答に出ない。到着して不在を知っためぐみは戸惑い、本城に連絡をするはずだ。そうしたら、恐らく行き違いでもう病院に行ってしまったのだろうとか、適当に嘘をつき、謝れば終わる。

本城は「申し訳ないですね」と、パーティションの向こうで着替えているめぐみに声をかけながら、デスクチェアにかかっためぐみのウェストポーチに近づき、ジッパーを開ける。

「いいえ。心配ですね。まだインフルエンザ、かかる方いますからね」

ウェストポーチに手を突っ込む。鍵を探り当て、取り出しながら言う。

「予防接種はしたんですけどね――」

「流行の型にもよりますからね」

本城は手に取った鍵で素早くキャビネットの鍵を開錠し、すぐさま鍵をウェストポーチに戻した。ほぼ同時にめぐみがトレーナーを身に着けて更衣室から出てきた。ウェストポーチを腰にまき、ダウンジャケットを羽織ると、「戸締り、お願いします」と出ていった。

本城は窓辺に立ち、彼女が雑居ビルの駐輪場から自転車に乗って走り去るのを確かめる。

早速、キャビネットを開けた。ずらりと顧客ファイルが並ぶ。全部で百人分ほどあり、きれいに五十音順に並んでいた。『本城芳子』のファイルを取りだす。

給湯室のテーブルに座り、中身を確認する。本人の個人情報のほかに、介護の状況、家族の氏名や勤務先などが記された書類がファイリングされている。サービス記録の事業所控えも綴じられていた。ファイル表紙の裏ポケットに、白い封筒。中を取り出す。領収書の控えが二冊、入っていた。一冊は全て使い切っており、本城芳子の名前が並ぶ。筆跡から恐らく、めぐみの字と思われる。金額はまちまちである。三か月で一冊、使い切っている。

本城は確信した。架空の領収書を切りまくる。これはマネーロンダリングの手法だ。めぐみは恐らく、自費介護の顧客に架空の領収書を多数発行している。

実際、芳子がデイサービスに行っている明らかな不在時に、自己負担介護サービスを二、三時間実施したという架空の記録が次々と出てきた。

本城も含め、介護者を抱えた家族は多忙だ。請求書とサービス実施記録を毎月照らし合わせるような面倒な作業はほとんどしないだろう。

めぐみは、なにか別の稼業で儲けを得ている。その金を架空の自己負担介護費用の現金収入として計上し、資金洗浄しているのだ。洗浄しなければならない裏稼業に精を出している。

本城は猛烈に腹が立った。よりによって本城の母のサービス記録まで資金洗浄の手段に利用するなど、捜査二課のナンバー知能も舐められたものである。そんな彼女の悪業に全く気が付かず、潜入捜査を手伝わせていた自分自身にはもっと腹が立った。

怒りをやり過ごしたあとに浮かんだのは、ひとつの大きな疑問だった。

〝しまうま会〟は、智也の知り合いの厚労省職員から紹介された〝お墨付き〟優良介護事業所のはずである。厚労省がこんな真っ黒な企業を智也に紹介するだろうか。しかも、めぐみが本城の自宅に出入りするようになったのは、智也の警察手帳が奪われた時期と重なる。

ふと、カンボジアの僻地で死に至った山末が最期に口走った言葉を、思い出した。復興庁審議官の大平雄也は、警察官僚である智也の存在を把握していると。大平は、復興庁が立ち上がる二〇一一年以前、厚労省の官僚だった。

8

藤木典子は自宅の受話器を握り、怒りで顔を真っ赤にしていた。

「だから、捜査二課の本城警部に代わってください。第四知能犯捜査一係の、係長です!!」

典子の手には、記帳してきたばかりの通帳がある。十日ほど前、本城から直接連絡を受け、詐取された三百万円を振り込んでもらったはずだった。典子は本城を信じ切っていたこともあり、すぐに記帳しなかった。今日、買い物ついでに銀行に寄って金を下ろしたところ、残高が異様に少ないことに気がついたのだ。

本城の指示でATMに行った日に、五百万近い金を知らない口座に振り込んでいた。慌てふためき、本城の名刺にあった直通の電話番号にかけたのだ。電話に出た刑事が答える。

「ですから、本城というものはこちらの部署にはおりません。現在の係長は私、川島《かわしま》です」

「そんなはずはないです。私、直接警視庁に伺って、本城さんに被害相談に乗ってもらったんですよ。最初、石原さんという人に対応してもらっていたんですけど、埒が明かなくて」

「石原はおりますが、本城はおりません。もう退職したんじゃないかと思いますよ」

「た、退職!?　それじゃ、先日、電話をかけてきたのはどういうことだったんです。振り込め詐欺グループを検挙できたから、被害金額を振り込むって言ったんですよ。それで私、わざわざATMまで行って、本城さんの指示で操作して——」

川島は黙り込んでしまった。やがて、親身になった様子で言う。

「藤木さん、もしかしたらそれ、詐欺かもしれません。一度騙された相手を、詐欺グループはカモとみなして、たかり続けます」

「……そんな」

「そもそも、被害者救済制度はありますが、被害回復分配金は、他の被害者の方との按分比例になりますから、すぐに、しかも全額はお支払いできません。第一、警視庁の刑事が一般市民をATMに誘導するなんてことはありえません」

「………そんな、ばかな……」

「藤木さん、恐らくまた騙されたんですよ。相手の警察官は、なんて名乗ってました？〝本城〟と言ったんですか」

――そう言えば、確かに名乗ってはいなかった。典子は放心状態のまま、電話を切った。

電話台の前にぺたりと座り込んでいた。しばらくして再び受話器を取り、同じ番号にかけた。今度は若い男が出た。二度も騙された、早く犯人を逮捕してくれとまくし立てる。

「とにかく、最初手渡したお金にはね、青いスタンプが押してあるのよ！　それを調べたら、すぐじゃないの」

「いやぁ、日本中に流通しているお金、全てを調べることは――」

「警察がそんな調子だから、いつまでたっても振り込め詐欺がなくならなくて、私のように二度も騙されるのが出てくるんじゃないの！　少しは本腰入れて捜査したらどうなの!!」

「すいません。こちらは詐欺の捜査をする係ではないんです。専門部署がございまして」

「だからその専門部署が全く機能していないから、高齢者が騙されて大事な金を奪われ続けるんじゃないの！　もういいわ、役立たず!!　この件、マスコミに訴えてやるから」

電話の相手は黙り込んだ。

「え!?　なんとか言ったらどうなの」

「はあ、まあ」と、相手は言った。「どうなさるのかは、藤木さんのご自由なので」

電話の向こうで思わず漏れた刑事の失笑には、余裕が感じられる。

典子は勢いよく受話器を叩きつけた。しばらくなにか堪えるようにしてその場に座っていた。思考がまとまらない。何の脈絡もなく、冷蔵庫の野菜室の扉を開けた。空っぽだった。買い物をしにバスで駅前まで出たつもりが、銀行の残高を見て、トンボ返りで戻ってきたのだった。また買い物に行こう。典子はコートをはおった。

典子は徒歩で、近所の激安スーパーに入った。

別の銀行に、満期を迎えた定期預金が二千万ほど残っている。これは絶対に切り崩したくないから、毎月二十五万の年金だけで生活していかなくてはならない。家のローンは完済しているが、室内を大幅にリフォームした際の三百万円のローンが毎月五万、引き落とされる。他に、持病の高血圧や腰痛で医者にかかる費用を差し引くと、毎月ほとんど残らない。

息子夫婦とはあれからすっかり疎遠になっていた。嫁が働きに出ていることをあれほど否定しておいて、万が一のとき、どの口で金を要求できるというのだ。

八枚切り食パンが八十八円で売っていた。聞いたこともないブランドだが、かごに入れた。

「あらー、典ちゃん？」

義妹の亮子だった。こんなところ、見られたくなかった。

「全然気づかなかったわ〜。姉さんこんな激安店使わん人やろ〜」

「そ、そんなことないわよ。たまにはね、冷やかし程度に」

「冷やかし程度ね〜。八十八円のパンも？　いつも仙川《せんがわ》のアンデルセンで買ってるんちゃうの。あそこのパンしか口に合わへんて」

亮子が明るく笑って言う。大阪弁のせいか、嫌味ではなく、ただの冗談に聞こえる。

「ってか、顔色悪いで。どっか具合でも悪いんちゃう？　最近うちにもこんし。引きこもりはあかんで。なんか趣味でも見つけた方がええよ」

典子に趣味などない。学生時代、仲良しの友人もいたが、子ども優先で生きていくうちにいつしか疎遠になった。和明の小・中学校時代はＰＴＡ会長もやった。塾や習い事の送迎もしたし、週末には野球チームの遠征の手伝いもした。和明が就職してからも、朝食と弁当を準備し、夕食も作った。孫の龍平が生まれた直後は、武蔵小杉のマンションに典子が住み込み、由美子がやりきれない和明の世話を全て引き受けた……。

私はいったい、誰の人生を生きてきたのだろう——。

かごを持つ手が震えて、涙があふれてきた。亮子は驚いた。

「ちょっと姉さん、どうしたん。大丈夫？」

「ご、ごめんなさい。私——」

「ちょっとうち、寄っていったらええやん。なんかあったら相談してくれてええんやで」

亮子は典子の買い物の分まで支払ってくれた。自転車を押し、典子がちゃんとついてきているのを時々振り返りながら、藤木の本家に到着した。

「いま、ヘルパーさんが来とってな。おかん散歩に連れ出してくれてんねん」

「そう……。お義父さんは？」

「明日までショートステイでおらん。天国やー」

言って亮子は居室に入り、こたつのスイッチをつけた。早速、激安スーパーで買ったおはぎを取ると、パッケージに入ったまま典子に突き出し、つまようじを容器ごと渡した。

「そういえば姉さん、聞いてや。こないだとんでもない電話がかかってきたんやで。アレ絶対な、オレオレ詐欺やと思うねん。驚いたわ。尚樹って名前を名乗った上にな、結婚式の話までしてきたんやで」

「ウソでしょ」

「ほんまよ。結婚式の日取りについて話したと思ったら、急に泣きだしてな。実は、結婚がダメになってまうかもしれんって」

典子は絶句した。

「なんか、下請けから集金してきた三百万の小切手入ったバッグ、京阪に忘れてきたとか言うねんな。それで、いますぐ弁済せな会社クビになるとか、泣きついてきよってん」

「確か、尚樹君の会社って――」

「そうや。京阪沿いにあんの。詐欺の電話やったらそんなことまで知ってるっちゅうことになるやろ。詐欺師にそんな個人情報漏れてるなんて思わんやん」

典子が騙されたときと全く同じだ。詐欺師は和明の勤務先の名前を知っていた。嫁、孫の名まで知っていた。だから典子は騙されてしまったのだ。

「それで、どうしたの。お金、払っちゃったの？」

「まさか。そもそもな、声が違うねん。尚樹の声やないねん。尚樹をな、腹痛めて産んで、苦労して育てたのはあたしやで。息子の声間違えるはずないやん」

そのとき、「ただいま戻りました〜」と女性の声がして、玄関扉が開いた。

「あ。おかん帰ってきよった」

亮子はさっと立ち上がると、ガラス戸を開けた。上がり框の向こうに、ショッピングカートを押す義母と、訪問介護業者の女性が立っていた。

「めぐみちゃん、ありがとうな～、散歩ってほんまは介護保険じゃNGなんやろ」

「いいですよ、たまには。藤木さんも、とても喜んでらっしゃいましたから」

するとと義母が亮子に訴えた。

「あんたちょっと聞いてやってよ。ひどい客がいるらしいのよ」

義母が上がり框に腰かける。めぐみがしゃがみこみ、介護シューズを優しく脱がす。

「今朝遅れてきた理由よ、黒沢さんが」

「あ、それはすいません、私の方で」

「いやいや、その男の人が悪いわ。急病で通院介助をお願いされて自宅まで飛んでったのに、もう病院に行った後だったとか。ありえないでしょ～」

「そんな顧客、どつきまわしたれや」

適当な調子で亮子が言うと、「よくあることですから」とめぐみは福島訛りのイントネーションで、ひとなつっこい笑顔を浮かべた。こたつの典子と目が合うと、頭を下げる。

「あら亮子ちゃん、お客さん？」

義母が典子に気づき、亮子に尋ねる。

「ほうらまた始まったで」と、亮子が肩をすくめる。「典子さんは、勉兄さんのお嫁さん！」

「え〜。それで、勉はどこなの」

「だから、死んだ言うたやろ！　もう十年以上前の話やで」

毎度おなじみの会話でも、典子は笑えなかった。詐欺電話がかかっていたのに、亮子は騙されなかった。典子は息子の声を判別できず、最終的に八百万円も取られたのだ。


三月二十九日、日曜日。東京の桜は満開を迎えた。午後から天気が崩れる予報が出ていて、午前中の小田急線は混雑していた。本城はひとりじっと腕を組み、考え込んでいた。

智也の警察手帳は春山らの元にあるはずだ。このまま突き進むと思っていた矢先の、めぐみの裏切りとも思える行為。裏帳簿を作り、資金洗浄するなど立派な犯罪者だ。彼女は復興庁の大平と繋がっているのか。智也の警察手帳紛失の一件に絡んでいるのか。

まずはめぐみの素性を明らかにする必要があった。しかし、まだ智也の手帳も取り戻せていないいま、そんな暇はない。

本城は西荻窪のアンティークショップ『ルセット』へ向かっていた。下北沢駅で京王井の頭線に乗り換えようと席を立ったところで、スマートフォンに電話がかかってきた。知らぬ番号だ。乗車中なので警戒して通話に出なかった。留守電を聞いた。

「突然の電話、失礼します。府中署生活安全課の古田と申します。野村和巳の件で、一度お話ししたく、ご連絡いたしました――」

電車が下北沢駅ホームに滑り込む。本城は下車すると、すぐさま電話を折り返した。古田という刑事は悠然とした声音で言った。

「本城警部ですか。突然の電話、すいませんな」

年上のような口ぶりだが、丁寧語。

「いいえ。野村の件、と言いますと」

「ちょっと、会えませんか。電話では――」

「いいですが、いったい私の番号をどこで？」

なぜ自分に連絡をよこしたのかという意味も含めて聞く。

「番号は、本庁二課の刑事さんから聞きました。石原さんという人。野村和巳という男の犯歴について照会がありましてね。本城警視、あなたの息子さんです」

恐らく智也が、味田の娘の存在を探る際に連絡をつけたのが、古田だったのだろう。

「あちらは四の五の言わずに従えと言うスタンスだったから、野村の過去をちらりと話しましたがね。気になって」

意味ありげに、電話口で古田が言う。

「本城警視はオレ詐欺の対策本部仕切ってるみたいですから、野村もそれ絡みとは思うんですが、普通キャリアの管理官は現場の捜査に首を突っ込みません。相手はなにせあの、野村ですから。お父さんの耳に入れて、本城警視に注意を促しておいたほうが、と思いまして」

本城は予定を変更し、府中署に出向いた。ベージュ色の細長い庁舎に入る。本城を出迎えた古田は、本城よりもひとつ年上の巡査部長だった。名刺には、生活安全課少年係所属とあった。長らく少年係畑で、いろんな若者の面倒を見てきたという。目が大きく、情の深さを感じさせる。本城も名刺を渡しながら、下手に出て言った。

「古田刑事には息子に失礼があったようで、すいません」

「失礼はないですよ。ただ仰天しましたがね。私みたいにずっと現場を這いずり回っていた刑事は、キャリア官僚にお目にかかるどころか、すれ違うこともありませんから」

古田は豪快に笑う。本城はあくまで部外者を装って、淡々と言う。

「私、息子がなんの件で動いているのかはちょっと把握していないんですが――」

「いや、私は別に探りを入れようと思ってあなたに連絡をつけたわけじゃない。ただ、息子さんは連絡先を残していかなかったし、こちらからキャリア官僚を呼びつけるのもどうかと思ってね。お父さんの方が話しやすいと思った」

古田は雑然とデスクの島が並ぶ生活安全課フロアに入った。パーティションで区切られただけの応接スペースに本城を案内する。

「本城さんもお忙しいでしょうから、早速」

古田は傍らに大事そうに持っていた調書を五冊、次々と広げた。『平成十三年杉並区飲食店一家五人無理心中事件』と題されたものだ。本来事件調書は管轄の所轄署に保管される。なぜ府中署の古田が持っているのか不思議に思っていると、古田は察したようだ。

「現場写真を見ないと、伝わらないと思いましてね。杉並署に出向いて、拝借してきました。この事件、覚えてらっしゃいます？」

平成十三年は、本城が警部昇任試験に邁進して見事合格した年だ。智也は中学三年、高校受験のまっただ中だった。開成高校を目指しダイニングテーブルで本城と肩を並べ勉強をした日もあった。本城は試験勉強や担当事件に忙しく、担当外の事件には疎かった。

そこで本城は気が付いた。智也が十五歳。味田と同い年。杉並区。一家五人死亡――。いつだったか針谷が口にした『味田伝説』を思い出さずにはいられない。古田が事件の詳細を語り始めた。

「平成十三年七月、杉並区松庵《しょうあん》三丁目のそば処『味田』の店舗付き住宅で一家五人が死んでいるのを、従業員の男性が見つけて、一一〇番通報したのが始まりです」

本城は驚愕のあまり「味田」と呟いていた。皆殺しにした一家の屋号を、自らの偽名に使う男。残虐で冷酷な気配を、調書に添えられた現場写真にも感じて、寒気がする。

写真の中で、店主と思われる男性とその妻が、和室の布団の上で折り重なるようにして倒れていた。傍らの布団が大量の血を吸って膨れ上がっている。高校三年になる長女は、自室のベッド近くの床に、横向きで倒れている。遺体は血の海に沈んでおり、腹部だけでなく背中にも数か所刺し傷が見て取れた。中学一年の次男は、子ども部屋の布団の中で眠るように死んでいた。ヒモ状のもので絞殺された痣が首に見える。中学三年の長男はその傍らで、二段ベッドの柵に巻いた縄跳びで首を吊り、縊死していた。

「私は事件の一報を聞いて、ピンと来ましたよ。これは野村の仕業じゃないかと」

当時中学三年の野村は、杉並区西荻窪を拠点とする〝西荻窪レッドイーグル〟という暴走族に加入していた。当時の総長の寵愛を受けており、事実上のナンバー3。容赦ない暴力で徹底的に相手をやりこめる一方で、頭脳プレーにも抜きんでた策略家。地元ではかなり有名だったようだ。

「縊死していた長男の林原賢人《はやしばらけんと》も西荻窪レッドイーグルのメンバーだったが、たいして頭角を現すこともなく、同級生だった野村の使いっ走りのような存在だった。それに嫌気がさしていて、林原は族を抜けたがっていたんです」

本城は林原賢人の写真を見た。黒い髪は短く刈られ、とても元暴走族には見えない。

「事件の前日に撮られたもんです。学習塾に提出するものだったとか……」

さも無念そうに古田は言った。

「古田さんは、ガイシャの林原賢人の世話をしてたんですか」

「足を洗うのを手伝ってたんです。暴走族からの報復を恐れた林原が警護をつけてくれと言うんでね、交番の巡査を毎晩巡回させると約束する代わりに、林原をうたわせたんです」

「野村のことを？」

「ええ。あのころ、レッドイーグルを抜けた何人かの男女が相次いで失踪する騒ぎが起きていた。その件に野村が絡んでいるとにらんでいたが、死体も上がらなければ証拠もない。それで、林原を説得して、野村の犯行を全部、聞き出した。野村は抜けた三人の男女に筆舌に尽くしがたい拷問を加えて死なせると、バラバラにして海に捨てたそうだ。この件を一課にあげて帳場を立たせるために、私は同僚と裏取りに走っていた。その矢先に――」

「この事件が？」

古田は重々しく頷いた。

「事件が起こった晩、西荻窪駅前の焼肉屋の小月でゴミが燃えるボヤ騒ぎがあってね。交番巡査はそっちの処理にかかりきりで、巡回に行くことができなかった」

本城は調書のページをめくった。結末は『被疑者死亡のまま書類送検』だった。

「無理心中ということで、事件が処理されていますね」

「ええ。凶器のナイフにはべったり林原賢人の指紋がついていて、殴り書きの遺書もあった。〝いい子には戻れなかった〟ってね。野村がいた痕跡はどこにもない。林原は暴走族から足を洗ったものの、分数計算もままならなくてね。勉強を教えようとした姉に罵られ、しょっちゅう家族を巻き込んで怒鳴り、殴り合う大喧嘩をしていたらしい」

「下の弟だけが絞殺だったというのが、さらに林原犯人説を強化していますね」

「その通り。弟だけはベッドに横たわり、しかも布団をかけてやっていた。弟にはなんの恨みもないが、ひとり残されるのはかわいそうだから殺したという思いが見えるが……頭脳派の野村らしい演出に決まってる」

「あなたの主張は、帳場では通らなかったのですね」

「一課の連中はあくまで、現場に残る物証から捜査方針を決めた。でも私はいまでも、これは野村が殺ったんだと思ってる」

古田の瞳が無念でうっすらと潤む。本城は調書を閉じて尋ねた。

「野村の残虐性はどこから来たのでしょう。非行に走るきっかけは、なんだったんですか」

「確か、小学校時代のいじめだったと記憶しています」

意外な言葉に、本城は眉をひそめた。

「野村の生まれは埼玉県所沢市です。両親は町で小さな本屋を営み、よく本を読む少年だったようですが、父親が野村の同級生の万引きを注意したのを機にひどいいじめに発展したとか。本屋はそういった輩の万引きが引き金になって廃業、一家離散になったと聞きます」


三月二十九日の午前、味田は旧友が経営する八王子の中古車買取店、レインボーオートサービスにいた。シルバーのＢＭＷを即金三百万で購入する。早速、革張りのシートに身を委ねハンドルを握り、車を都心方面へ向けて走らせた。赤い携帯電話が鳴った。金主だ。イヤホンマイクで通話に出る。

「味田です」

呉はほとんど訛りのない流暢な日本語で話した。来日してもう十年になるという。何年たっても変なイントネーションでしゃべる在日外国人は多いが、呉の日本語は完璧だ。それがかえって不気味だった。

「味田さん。三月分の売上金を持って、事務所へ来ていただけませんか」

「まだ三月は終わってま――」

「来てください」

通話を切った味田は悟った。恐らく今日で〝クビ〟だ。

来年早々にも独立するつもりだった。そもそも一生働かなくても食うに困らないだけの金はある。危機感もない。ただ、予想以上に早く、このときが訪れたまでだ。

味田はケツ持ちの南田組の永沢に連絡を入れる。寒そうな声で永沢が電話に出る。

「至急の用件だ。出れるか」

「桐田が出てくるまで便所にも行くなって張り込み命じておいて、どの口が言う」

「状況が変わった。四谷のタワマンで待機しててほしい」

永沢は一瞬黙って、鋭く切り返した。

「金主んとこか」

金主の牙城にケツ持ちを待機させる――。その意味を永沢はよく理解している。

通話を切った味田は今月の売上金を回収すべく、杉並区西荻窪へ向かった。二十分ほどで、アンティークショップ『ルセット』に到着する。このフランスアンティークショップは、毎月赤字を垂れ流しているのに、専用駐車場までついている。味田のかつての架け子仲間が経営している店だ。芸術家崩れのその男は、笑顔で味田を出迎えた。

「うす。今日もららちゃんにプレゼントか」

「いや、金庫借りるぞ」

味田はごちゃごちゃと雑貨が並ぶ狭い店内を突っ切り、レジ奥へ消えた。いつものことだが、客がいたことは一度もない。錦糸町店舗を閉鎖し、カエデを切り捨てて本八幡の貸金庫を解約してからは、一時的にここの金庫を借りていた。味田はアタッシェケースをレジ横のスペースに広げると、金主に渡す分の金を並べていく。蓋を閉じてロックをかけた。

レジ手前のボードには、店の伝票や領収書がべたべたと貼り付けられている。その中に『西男』の似顔絵のコピーも貼られていた。

「あのさ、この男が近々来るから」

味田は『西男』の似顔絵を顎で指すと、懐から一枚の写真を取り出した。『堀尾』を架け子として雇う時、針谷が撮影した写真だ。

「いまはこんな風貌に変わっているから、見逃すな。来たら、俺にすぐ連絡入れて」

「へー。デカなんだろ。緊張するんだけど」

「別に、聞かれたら普通に答えりゃいいさ」

「お前のことも？」

「ああ。下手に隠すと仲間だと勘繰られるぞ。好きなだけ話していい」

「すぐに始末する、って感じの言いぐさだな」

味田は鼻で笑っただけで店を出た。ＢＭＷを飛ばし、井ノ頭通りを経て、甲州街道に入る。

スピードは百キロ近く出ていた。もう番頭ではいられないと思うと、交通違反など気にならなくなった。オービスが反応したのか、フラッシュが光った。

新宿通りに入って四谷に到着した。地下鉄四谷三丁目駅から徒歩一分の立地にある、タワーマンションの地下駐車場へ車を入れた。

金主の自宅兼事務所がこの四十階建てタワーマンションの最上階にある。全フロアぶち抜きで二百平米近くあった。二億円近くしたらしい部屋を、即金で購入した翌日には、一部の部屋を事務所用にリノベーションした。中国の金持ちは日本人の金持ちを凌駕する豪快な金の使い方をする。その中国人がさらに、日本の高齢者たちがせっせとため込んだ預金を吸い取る。都会のど真ん中で、街を見下ろしながら。

味田がタワーマンションに入る。通り沿いに黒いベンツが停まっているのが、ガラス張りのロビーから見える。フロントガラス以外、総スモーク張りで、見るからに筋者の車だ。永沢が乗っている。

接客スペースの革張りのソファで待つ。エレベーターホールの扉が開き、呉の側近である男が姿を現した。彼の管理する鍵がないと、最上階へ続くエレベーターへ乗ることができない。無言で視線を交わし、エレベーターホールに立つ。箱の中でも無言だった。回数表示が二十を超えたころ、味田はさりげなく側近に尋ねた。

「二か月の間に三店舗も潰すとやっぱり、番頭失格ですかね」

側近は答えなかった。彼は中国残留孤児二世の四十歳になる男だった。残留孤児二世や三世で構成される半グレ集団・龍憤《ロンセン》の古株メンバーだ。主に東東京を活動拠点にしていた彼らと、味田がいた西荻窪の半グレ集団とは接点がなかったから、いまこうして呉を介して共存している。もし過去にやりあった仲なら、互いに潰し合っていただろう。

味田は南東側の事務所に案内された。二十畳近いだだっぴろいフロアに、数々の調度品が並ぶ。金主が座るデスクの背後は総ガラス張りで、皇居の森と国会議事堂が見下ろせる。まさに天空のオフィスだ。

金主の呉森文《ウーセンウェン》は革張りのリクライニングチェアを倒し、中国人鍼灸師《しんきゅうし》から治療を受けていた。四十代後半の体つきはほっそりとしている。下半身裸で、局部はタオルで覆われていた。太ももを中心に長い針が何本も突き刺さっていて、気持ちよさそうな顔をしている。

「味田です。失礼します」

「ああ。すまないね、こんな恰好で」

いつものことだった。呉は組織で動く番頭以下の日本人を、犬か猿だと思っている。居住まいを正して出迎えることはない。

「売上金、持ってきました」

アタッシェケースをデスクに出す。金を数えたのは、側近の男だった。呉は眺めているだけだ。なにも言わない。味田はしびれを切らして、問うた。

「締日でもないのに売上金を持ってこさせる。俺は今日でお払い箱ってことですよね」

「まだ仕事は残っていますよ。桐田の後始末」

「………もうひとり、始末したいのが出てきたんですけど」

呉は鼻で笑った。

「また裏切り者ですか。懲罰金がかさんでいきますね」

味田は、堀尾が自身の手で書いた身上書と、保険証のコピーを、呉に差し出した。

「堀尾隆志という男です。桐田とはまた別の筋の、警察のSじゃないかと」

呉は顎で側近に合図する。側近が身上書を持ち、呉の眼前に掲げた。呉は一瞥し「こんな中年男をあなたは恐れているんですか」と笑っただけで、全く興味を示そうとしない。

「そんなことより、あなたはあなたのミスの落とし前をつけなくてはなりません」

そう言うと、呉はまた顎で側近に合図した。側近は恭しく頷き、一度部屋を出た。戻ってきたときには、背後に人を連れていた。呉のケツ持ち上海マフィアだ。

柄シャツにほつれが目立つブルゾンで、どこか薄汚ない恰好をしているが、だからこそかつての日本のヤクザのような、獣じみた獰猛さが滲み出ている。銀縁メガネの奥でじっと味田をにらみつけ、応接ソファに座った。絶対に視線を外さない。味田が挑発に乗って睨みをきかせていると、親指を立てて首の前で横一直線に線を引いた。

「うちもケツ持ち、下に待機させてるんですよ。南田組」

味田は余裕の体で言うと、上海人マフィアの前に腰を下ろした。ここでドンパチとはいかないまでも、日本のヤクザと上海マフィアの小競り合いがあるのは、表の顔を持つ呉にとっては避けたいはずだが、彼は針治療を受けたままで、顔色の変化が窺えない。

「番頭でありながら殺人をしておいて、落とし前をつけないわけにはいかないでしょう」

味田は虚をつかれた。

「台湾の件は、てっきり見逃してもらえたのかと」

「警察が動き出した以上、そうはいきません」

そういうことか、と味田はため息をつく。

鍼灸師に針を抜いてもらうと、呉は側近の手を借りて下着とスラックスを身に着けた。

「それにね。同胞を殺しておいて私が見逃すと思いますか」

「中国人じゃなくて台湾人ですよ、俺が殺したのは」

側近にベルトを締めさせた呉が、ゆっくりこちらに近づいてきた。車いすに乗って。

「味田君。口の利き方に気を付けてください」

「ちゃんと丁寧語、使っているでしょう」

「台湾などという国は存在しません。台湾島は中国の領土。そこで暮らす人々もみな同胞です」

「中国の歴史なんて知らねぇよ」

側近がガラステーブルに、まな板を置いた。血の痕が残っている。まな板の上には、工具のノミと手ぬぐいが置かれていた。

「私は中国人ですが、日本のヤクザ特有のけじめのつけ方は、とても好きです」

味田は呉を睨みあげる。

「ここでけじめをつけたら、好きなように世界を飛び回って、警察から逃げてください」

さも親切そうに、呉は続けた。

「気をつけてください。日本の警察は優秀ですよ。とくに殺人捜査においては。詐欺師を追い詰めるのとはけた違いの予算と人員を使って、殺人犯のあなたを追うでしょう」

味田は意味ありげに、挑むように言う。

「それなら呉さん、俺を守ってくださいよ。俺が逮捕されてアレが流出したら、あんたも監獄行きですよね？」

味田は睨みをきかせ、無言で呉に迫る。呉は笑っているのか睨んでいるのか、どちらともつかない表情で、味田を見つめ返した。互いに自分が勝者であると、確信している顔だ。味田はため息をつき、吐き捨てるように言った。

「つまんねー。頭脳戦ってのは本当につまんねぇ。こう、沸き上がるものがねぇんだよな」

味田は言うと、まな板の横の手ぬぐいを取り、口と右手を使って左手首を締め上げた。

「けじめはつけます。でも警察は俺を逮捕できないし、あんたは金主になった俺を潰せない」

まな板を引き寄せ、左手を、指を開いて置く。味田は不敵に笑った。

「俺の小指のホルマリン漬けをデスクに飾って、せいぜい懐かしんでください」

味田はノミを振り下ろした。はずみで、小指がはじけ飛び、上海マフィアの足元に落ちる。指のあった場所からどっと出血するのと同時に、左手全部をもがれたような激烈な痛みに見舞われた。味田はそれをおくびにも出さず、呉に尖った視線を注ぐ。呉は満足した様子で、車いすで執務室を出ていった。「敗者は口が多い」と呟いて。


本城は府中署を出ると、急いで杉並区西荻窪に向かった。味田に紹介されたアンティークショップ『ルセット』へ向かうためだ。

これ以上接触し続けるには、味田はあまりに危険な相手だった。アンティークショップで、味田が買ったからくり式のオルゴール小物入れを確認し、警察手帳が入るサイズだったら、すぐに練馬の春山家に向かう。智也の警察手帳を取り返せば、もうそれでドロンだ。

あとは智也の帳場の捜査に期待するほかない。飯田橋店舗が閉鎖となったいま、味田はヤサも車も変えたはずだ。本城が味田の逮捕に協力できることはあまりない。

味田を警察に売った受け子リーダーの桐田の身が心配だった。本城は智也に連絡を入れた。つながらない。珍しく、折り返しもなかった。

アンティークショップ『ルセット』は、JR西荻窪駅北口から徒歩十分ほどの住宅街にあった。店はガラス張りで、あふれんばかりのアンティーク雑貨が色とりどりに並んでいる。

本城は閑散とした専用駐車場をつっきり、店のガラス扉を開けた。

「いらっしゃいませ」

店主は髭を蓄えた、個性的な雰囲気の男だ。本城は「失礼」と内ポケットから警察手帳をちらりと見せる。

「え？　もう一度」

店主が求めたので、本城ははっきりと警察手帳を開き、桜の代紋と身分証を示した。

「――警部、本城仁一」

店主は無礼にも身分証を読み上げる。

「三月中旬、この男が購入したオルゴールについて、教えていただきたいのです」

本城は言って、味田の顔写真を示した。智也の帳場で使用されていた写真のコピーだ。

「野村さん？　娘さんにいつも——」

「そう、野村和巳です。常連だとか」

「なんで野村さんのこと、警察が調べてるんですか」

店主はどこか大げさに言った。芸術家気取りの奇妙な髭を生やしているせいで、不自然な言動と思えなくもない。本城は問い返した。

「二週間ほど前に一点ものオルゴールを売ったそうですが。その写真とか、サイズがわかるもの、ありませんかね」

店主はレジカウンターから出てきて、店の中央ディスプレイに置かれた小物入れを取った。

「一点ものですが、柄違いのものを五つ買い付けてきました。これです」

本城は手に取った。木彫りということもあって、ずしりと重たいが、予想以上に小さかった。警察手帳がギリギリで収まるかどうかというサイズ。蓋を開けると、オルゴールが鳴りだした。聞いたことがないメロディだ。

「それ、フランスの童謡の〝ひばり〟って曲ですよ」

曲名などどうでもいい。

「からくりの、かくし扉があるとか」

　頷いて店主は本城の手から小物入れを取った。蓋を閉じる。オルゴールが止む。店主は箱をひっくり返して、蓋を開けた。蓋が本体にぶら下がった状態になる。

「これでロックが外れる。あとは底の部分をスライドさせる」

　底板そのものが、かくし蓋になっていたようだ。それを完全に取り去ると、空洞が出てきた。本城は「ちょっと失礼」と小物入れを奪い取り、そこに自身の警察手帳を収めた。斜めにはなるが、入った。スライド式の蓋もきちんと収まる。店主に向き直った。

「これ、もらえますか」

「はい。税込み五万円です」

　ずいぶん高い、と無言で抗議すると、「野村さんはお買いあげになりましたよ」と人を食ったような顔で店主は言う。ずいぶん警察慣れした人物だ。堅気ではないのか。様々な疑問が浮かぶが、いまは時間がない。渋々、財布から五万円を抜きとり、手渡した。

「ちなみにこれ、どなたかへのプレゼントですか？」

　店主の質問に、本城は答えなかった。

「小さな女の子にあげるのはやめてくださいね。その〝ひばり〟って曲。有名なフランス童謡なんですがね、すごく残酷な歌なんですよ。ひばりが頭やしっぽ、目、くちばしを次々とむしり取られていく歌」

店主は意味ありげに言うと、オルゴールの包装を始めた。


本城はJR西荻窪駅へ戻ると、タクシーを拾った。春山ららが住む練馬区へ行くよう頼む。白髪のドライバーに聞いた。

「おじさん、この辺りは長いの？」

「うん。もう三十年走ってる」

「前にこのあたりの店舗付き住宅で、一家無理心中事件があったでしょう」

「ああ。〝そば処味田〟でしょう？　ありゃーなんとも言えない事件だったねぇ」

運転手は細い路地を迂回し、JRの高架をくぐって南口の飲食店街に出た。狭い路地に小さな店舗がぎっしりと詰まった区画で、本城が住んでいた三十年近く前と大きく変わっていない。『焼肉　小月』と書かれた緑色のビニールテントの軒が見えた。本城が通っていた三十年前はビニールテントの軒が赤だった記憶がある。味田に放火され、張り替えたのか。

飲食店街を走った先に、ぽつんとコインパーキングが現れる。ドライバーが速度を緩めた。

「そば処味田、ここですよ。ノイローゼの息子を含めて五人死に、現場は血の海だったそうですよ」

タクシーが通り過ぎようとする頃、曇天の空からぽつぽつと雨が降り始めた。花散らしの雨だ、とドライバーが残念そうに言う。

「それじゃこのまま、練馬の方行きますか」

「ええ。お願いします」

スマートフォンが鳴った。智也からだった。息を切らしている。

「父さん、いまどこ」

「桐田の保護の方は問題ないか」

「その件も含めて、まずいことになってる。台湾で女二人が惨殺された事件。正式に台湾警察から捜査協力要請があった」

「台湾当局が、犯人は日本人だと断定したということか」

「ああ。一課が動き出す。これから現地で採取した毛髪のＤＮＡと、味田のＤＮＡの照合が行われる。一致したら帳場が立つ」

同時に、味田の逮捕状が出る——。

「父さん、時間切れだ」

逮捕状が出れば、味田の関係先に一斉家宅捜索が入る。練馬の春山家にも及ぶはずだ。

「大丈夫だ、春山らが持つオルゴールの中にあると思う。お前はなんとか、時間稼ぎを」

「無茶言わないでくれ。刑事部の令状請求に口出しできるはずがない」

「とにかく、俺を信じて待て」

本城は通話を切り、運転席へ前のめりになって訴えた。

「運転手さん、ちょっと急いでくれ——」

そのとき、本城の目にフロントガラスに張り付いたピンク色の花びらが映った。

「止めてくれ‼」

ドライバーは本城の剣幕に驚いて、急ブレーキをかけた。停車したのは、宮前中学校の北門前だった。味田が通っていた中学校だ。本城はタクシーを降りて、雨空を見上げた。満開の桜が雨に打たれて、花を散らせていた。見事な桜並木だ。柔道場などどこにもない。

親しみを装った、味田の態度が蘇る。

署名運動も叶わず、宮前中の桜並木は伐採されることになった。「残った切り株を見た俺は、泣いたね」と無念そうに目を細めた味田。本城は「本当に残念だった」と同調してしまった。味田のあの瞳は、まんまと罠にはまった本城への嘲笑だったのか。慌ててスマートフォンを出し、智也を呼び出す。通話を切ったばかりなのに、智也はなかなか出ない。

「本城仁一警部！」

突然背後から声をかけられ、本城はびくりと肩を震わせた。咄嗟にスマートフォンを手元に隠し持ち、振り返る。味田が悠然と立っていた。後ろにシルバーのＢＭＷが停まっている。本城は振り返り、逃走経路を探す。タクシーの前を塞ぐようにして、黒いベンツが停まった。運転席から、南田組の永沢が殺気立った様子で降りてくる。ジャケットの内ポケットに手を入れ、ホルスターのバンドを見せた。

手の中に隠したスマートフォンから、智也の「もしもし⁉」と言う声が漏れ聞こえる。本城はタクシーの後部座席を必要もないのに閉めた。同時に、通話状態のスマートフォンを後部座席に投げ入れる。運転手に「緊急事態だ、ここで降りる」と言って金を渡した。その声が智也に通じていることを願った。

味田と永沢と共に、本城は焼肉店の小月に入った。

ＢＭＷの車内で、所持品のほとんどを永沢によって奪われた。警察手帳だけは味田が手にした。スマホはないのかとしつこく尋ねられたが、自宅に忘れてきたと言い張った。ハンドルを握る味田が「よく調べろ」と注意したが、出てくるはずはない。さらに永沢はＧＰＳの入る円明寺のお守りを見落とした。

午後五時、小月はちょうど開店時間を迎えたところで、客はいなかった。女店主が早速水を出した。味田が〝怪獣〟と揶揄する女店主は当時とほとんど変わらない様子だった。

味田は壁に貼られたメニューを見て「右側から順番に持ってきて」と言い、「本城さんは？」と、ドリンクメニューを突き出す。味田の左手は包帯でぐるぐる巻きになっており、血が滲んでいた。本城は無言を貫いた。味田は「焼酎と生」、永沢は「ウィスキー、ロックで」と注文する。本城をじっと観察していた味田が女店主を呼び止めた。

「あ、やっぱ焼酎と生はなし。ウィスキーのロック、三つで」

本城は味田を見返した。味田がにやりと笑って答える。

「永沢がウィスキーのロックって言ったとき。あんた、瞬きの回数が増えた」

刑事顔負けの味田の観察力に、本城はただ唇を噛みしめた。

「堀尾のオッサンは焼酎派みたいだったけど？」

味田がにやつきながら言う。

「福島訛りは見事だったよ。でも地元の酒を知らないなんて、変だと思ったんだ」

「なんのことだ」

「榮四郎って、焼酎じゃなくて日本酒だよ。あんた、意味が分かっていなかった」

そういえば、そんな会話をした気がする。

「それで俺に、かまをかけたんだな。宮前中学の桜の木が伐採されたとかどうとか」

「そう。あんた、俺の嘘にまんまと引っかかった」

「いつから疑ってたんだ」

「ずっとだよ。前島がいい架け子になりそうな元マッポを捕まえてきたと、あんたの顔写真を送ってきたときからね」

「〝西男〟に似ていると？」

「あんたの変装は見事だよ。急激に痩せて雰囲気がガラッと変わってる。でも整形でもしない限り、鼻や口の形までは変えられない。かといって、こっちも〝西男〟だという確信もなかったけどね。なにせ西葛西でにらみ合ったのはものの数秒だ」

「確信がほしくて、俺に様々な汚れ仕事を押し付けたというわけか」

「あんたが夏海のオヤジの内臓をビニール袋に詰め込んでる姿はサイコーだったよ」

味田は愉快そうに笑う。酒が運ばれてきた。味田がウィスキーグラスを掲げ、「乾杯」と言う。永沢が応えたが、本城は出されたウィスキーを手に取ろうともしなかった。

「宮前中の桜の件で、まんまと引っかかったあんたを見て、これは西男だと確信したよ。しかし、たかだか詐欺組織に警察が潜入捜査などするはずがない。何を目的に組織にもぐりこんだのか。あんたは、俺の娘に探りを入れてきた。できれば娘は巻き込みたくないが、目の前のデコスケの目的が見えないのも気持ちが悪い。だからあえて、ららと対面させた」

「アンティークショップの主人、あれはお前の子飼いか」

「かつての同僚さ。あんた、アンティークショップのことを知りたがっていたからね。絶対に来ると思った。警察手帳を提示してくれてありがとう。やっと氏名と階級を摑めた」

味田はさも珍しそうに本城の警察手帳を確認して、鋭く見返した。

「本城仁一警部――。そういうことか。あんた、あの警察官僚の父親か」

本城は話をそらした。

「今日、いつもの生ビールを頼まないのは、その左手のせいだな」

味田がぎろりと、睨みをきかせる。

「痛むんだろう。強いアルコールで紛らわせるのが一番だ。指を詰めさせられて、番頭を解雇というわけか。台湾人女性二人を殺害した件で」

事件は偽造パスポートを渡したケツ持ちヤクザにも厄介ごとのようで、永沢が冷たい視線を味田に注ぐ。無言の味田に、本城は語気を強めた。

「組織にとっちゃ大迷惑な話だな。たかだか詐欺稼業だから警察の捜査は手ぬるいが、殺人となったら話は違う。警察は徹底的にお前と、そして組織に迫ることになる」

牛タンが運ばれてきた。味田はトングで牛タンを網の上に三枚、置いた。

「で、結局本城さん、あんたアレを回収するために、俺を付け回してたってわけか。泣けるね。なんて息子思いの父親なんだよ」

「お前はもう包囲網の中だ。あんたの娘が持っている、オルゴール小物入れを寄越せ」

「本当に欲しいのはオルゴールの中身なんだろ？　よぉ、口に出して言ってみろよ」

代わりに、本城は問いかけた。

「なあ。まずは俺の警察手帳を返してくれ」

「返すかよ。中身すり替えたらいくらでもこの桜の代紋、使えるじゃん」

味田と永沢が目を合わせ、にやりと笑う。

「お前にその余裕があるのか。警察に追われる身だろう」

「なら高く転売して逃亡資金にでもしようか」

「あんたも最後だが、俺もこれで最後だ。どうせ拷問でもして殺すんだろ」

声を潜めて、本城は言う。味田は警察手帳をもてあそんだまま、じっと睨んでくる。

「最後の慈悲はないのか。俺は刑事だ。桜の代紋を持って死なせてくれ」

味田は不思議そうに本城を見た。

「そんなに大事なの、コレ？」

本城は強く頷き、右手を差し出した。味田はゲラゲラと笑い、トングで警察手帳をつまむと、網の上にそれを落とした。慌てて拾い上げようとした本城の掌を、味田が右手で押さえつけた。本城はもがいた。手のひらが焼ける。本城はテーブルの下で味田のすねを蹴った。

味田は手を離した。本城は警察手帳を、網目の焦げがついた掌で強く握りしめる。「この野郎！」と味田は立ち上がり、本城の襟ぐりを掴みあげた。

「喧嘩するなら出てって頂戴！」

女店主が叫んだ。永沢が「味田」とだけ言って、たしなめる。味田は本城を突き放した。

「まあいいさ。警察手帳を大事に掴んだ哀れな警察官を、ズタズタに切り刻んでやる」

番頭職を解かれた元半グレの本性が出た。暴力でしか物事の解決方法を知らない男。

「あんたら親子は、とんでもないハイエナだな」

味田が呆れを通り越し、感心した様子で言う。

「ハイエナはお前だ。高齢者の預金を食い荒らす――」

味田はつまらなそうに、鼻で笑った。

「めんどくせぇ。とにかく、ゆっくり焼肉を堪能しようぜ、刑事さん」

味田は分厚い牛タンに、噛みついた。それから午後十時過ぎまで、実に五時間もの間、店に入り浸った。味田は見事に、壁に掲げられたメニューを右端から全て、制覇した。警察から追われている身であることなど、どうとも思っていないようだ。必ず三枚、肉を網の上に置いて、永沢も食べたが、本城は一枚も口にしなかった。皿に重なった肉の表面に、冷えて固まった白い脂がこびりついている。

十時半、味田の元に一本の電話が入った。目上の人物からの連絡のようだが、話し方はぞんざいだ。最後、相手に念を押した。

「俺、これから動きますんで。警察来ないように、手配お願いしますよ」

通話を切った味田は立ち上がった。

「準備ができたみたいだ。最後のショーを見に行こう、刑事さん」


味田が左手をかばいながらも、シルバーのＢＭＷのハンドルを握った。後部座席に座る本城の隣には永沢がいた。一時間も経たぬうちに、見覚えのある光景が広がる。本牧埠頭の倉庫街だ。深夜十一時を回り、大半の倉庫は全てシャッターが下りていた。そんな中で、わずかに扉があいた倉庫があった。Ｂ48番倉庫。蛍光灯の弱い光が漏れている。

味田が車のクラクションを鳴らすと、シャッターが二メートルほど開いた。開けたのは針谷だった。味田が車を中に入れる。針谷は後部座席の本城を刺すような瞳でにらみつけた。

他に男が十人ほど、倉庫の中央に集められていた。飯田橋店舗の架け子たちだった。山崎もいる。彼らを取り囲むようにして、男たちが数名、立っていた。獰猛な目を光らせ、中国語でなにやら話している。金主の呉のケツ持ち上海マフィアたちのようだ。

味田が車を入れるのと同時に、シャッターが完全に下りた。味田が車を降りる。本城も永沢に引っ張り出される。臀部を蹴られ、架け子たちの列に追いやられた。途端に、何とも言えない腐臭が鼻をついた。ベテランの架け子が本城を受け止めたが、それが『堀尾隆志』であるとわからなかったようだ。「まさか、堀尾さん⁉」と言ったのは、山崎だった。味田が言う。

「丁重に扱えよ、彼は現役のデコスケだ」

架け子たちの顔から血の気が引いた。一歩、二歩と本城から離れていく。

本城は廃倉庫の天井から吊るされている等身大の人形のようなものに、目が釘付けになっていた。右胸にぽっかりと穴が開き、大量に流血していた。体毛が少ないつるりとした肌が真っ赤な血で染まり、てらてらと不気味に光っている。桐田だと、本城は気付いた。

桐田は全裸で、肩に二本の鎖をたすきがけにされて吊るされていた。両腕を上海人二人ががっちりと掴む。左側にいた男が、手に持ったナイフを桐田の腕に斜めにあてた。ナイフの刃を皮膚に突き立てると、そのまま肉を力任せにそぎ落とした。そがれた肉がぼとりと血だまりに落ちて、血が周囲に飛び散る。桐田は絶叫して、動かなくなった。

隣の山崎が吐いた。見ると架け子たちの半数が、目の前の光景に嘔吐していた。本城の鼻をついた腐臭は、足元に点在する吐瀉物から来るものだった。

「寝ちゃったじゃないか。起こしてやって」

味田が言う。床に放置されていたホースを、永沢が引っ張ってきた。水が流れ続けていて、床にたまる桐田の血や肉片を脇に追いやっていたようだ。永沢はホースの先を指で押さえて水圧を強めると、桐田のうつむく顔面に向けた。桐田は苦しそうに咳き込んで目覚め、うめき声をあげる。

味田が桐田の横にやってくると、すました顔で、本城に言った。

「中国人というのは本当に残酷だ。これね、凌遅刑《りょうちけい》って言うんだ。全身の肉をそぎ落として、じわじわと殺していく。劉瑾《りゅうきん》とかいう中国の宦官《かんがん》は三千三百五十七回も肉をそがれて、やっと死んだらしいぜ。いま何回目？」

味田が針谷に尋ねる。針谷は口元を押さえ、うめくように答えた。

「に、二回目ス……」

本城は恐怖で眩暈がするが堪え、味田に迫った。

「彼は肺がんを患っている。ここまでする必要があるのか？」

「病気だったら、大切な仕事仲間を警察に売っていいと？」

味田はコンクリの床に並べられたナイフを一本、取った。他にも拷問用具なのか、のこぎりやペンチ、ニッパー、鎖のついた鉄球のようなものまである。

「あんたもやれよ」

味田がナイフを突き出す。

「やらない」

「なにを偉ぶってんだ、あんた。親子そろって中国人に仕える売国奴が！」

本城は味田がなにを言っているのか、わからなかった。焼肉屋の小月では、本城と智也を「ハイエナ」と呼んだ。なにか思い違いをしている。

本城が疑問を口にするのも許さず、味田は拷問用具の鎖を摑みあげた。振り上げた鉄球が、本城の顔面を直撃する。衝撃で目の前に閃光が走り、本城は倒れた。鼻の穴から大量の血が噴き出してきた。折れたと思った。鈍痛が顔面に吹き荒れる。顔を押さえ、のたうちまわった。上海マフィアが声をあげる。乱暴な様子から抗議のようだ。南田組の永沢も注意した。

「おい、やめておけ」

味田は「るせーよ」と投げやりに言う。そして架け子たちに叫ぶ。

「おい！　桐田おろして、堀尾を吊り上げろ！」

架け子たちは身じろぎひとつできず、ただ硬直している。針谷だけが反応して、桐田を吊るす滑車の真下にやってくると、柱に括り付けてあった鎖をほどき、手を放した。太いチェーンが高速回転し、耳を切り裂くほどの不快な音を立てる。桐田は地面に叩き付けられた。うめき、首を少し動かしたかと思うと口から血をどろりと吐き、動かなくなった。

　針谷が本城を羽交い締めにし、肩にたすきがけで鎖をかける。永沢も上海マフィアも、味田の暴走を静観している。針谷だけが張り切る。

「おい、お前ら、手伝えよ！　堀尾をとっ捕まえろ！」

　誰も動かない。泣いている者もいた。味田が鉄球を架け子たちの塊に振り下ろした。それは山崎の顔面にめり込んだ。架け子たちが一斉に、本城の元に駆け寄ってくる。七人に羽交い締めにされた。シャツが破かれ、上半身が露わになる。味田が鎖で拘束しようと、血走った眼で近づいてくる。本城は恐怖からくる震えを追い払うように、味田に迫った。

「野村和巳！」

　味田がひるむ。

「追い詰められているからといって、これは無謀だ」

「俺の組織に潜入したあんたの方が無謀だ」

「桐田だって警察の協力者だ。目黒署に駆け込んだ奴をどうやってとっ捕まえたんだ？」

　永沢が答えた。

「警察はあっさり桐田を外に出したぞ」

「野村、お前をおびき寄せるために決まっている。いま頃ここは警察に包囲されている！」

　架け子たちに緊張が走る。日本語を理解できないのだろう、上海マフィアたちはただ静観している。味田はにやりと笑い、永沢が言った。

「警護の車はとっくに撒いたに決まってるだろ。桐田を拉致ったあと、途中で車を三度も変えてる。緊急配備しかれたところでワケねーよ」

味田が笑い転げる。その狂った声に負けない大きさで、本城は哄笑をあげてみせた。味田が顔を引きつらせ、いら立ったように本城の襟ぐりを摑みあげた。

「本城！　負け犬の薄ら笑いか、この野郎。黙れ！」

「モチ検！」と本城は怒鳴り返した。ふいに味田が黙る。

「――したな。俺とお前で。お前が見つけられなかった代物が背広の内ポケに――」

言い終わらぬうちに、味田が本城の背広の内ポケットに、乱暴に手を突っ込んだ。円明院のお守り。味田はそれを永沢に投げた。永沢が巾着の紐を引きちぎるようにして、乱暴に中身を取り出した。顔色が変わる。

「発信器！」

味田は無言でGPSをコンクリの地面に払い落とし、革靴の底で潰す。架け子たちはもう蜘蛛の子を散らすように逃げ出した。上海マフィアも車に飛び乗る。

味田もBMWに駆け込もうとするが、本城がその襟ぐりを摑み、殴り倒した。味田は尻もちをつきそうになったが、運転席の扉にしがみつき、振り向きざまに足を振り上げた。味田の革靴が本城の顔面を直撃する。本城は膝から落ちた。

立て続けに味田が踵落としをしてきた。頭ばかりを執拗に狙ってくる。本気で本城を殺しにかかっている。これほどまでに殺意を感じたのは、長く刑事をやっていても初めてのことだった。とっさに横に転がってよけた。手をついた先に、鉄球のついた鎖があった。本城は鎖を摑み、背後から襲いかかる味田に鉄球を振り上げた。味田はのけぞって避《よ》けた。

「プロレスしてる暇あるか、逃げるぞ!」

BMWの運転席に永沢が座り、エンジンをかける。味田が後部座席の扉を開けようとした。本城はその背中に飛びついて阻止した。

突然、シャッターの向こうから機械が作動するエンジン音が聞こえてきた。シャッターの中央に火花が飛び散り、電動のこぎりの刃先が現れた。裏の引き戸から逃げようとしていた針谷たちだが、そこには機動隊の姿があった。架け子たちは観念して両手を挙げて立ち止まるが、上海マフィアの車が猛スピードで突っ込んでいく。針谷たちだけでなく、機動隊員までもがジュラルミンの盾を手にしたまま吹き飛んだ。表のシャッターでは、直径一メートルほどの穴が出来上がっていた。

「警察だ!」

穴から続々と、装備を固めた機動隊が突き進んできた。刑事たちもニューナンブを手になだれ込んでくる。永沢は味田を待たずにＢＭＷを発進させ、負傷者が転がる裏口に突っ込む。

「救急車、救急車！」

「マルタイ、捜査員とも負傷者多数！」

怒号が飛ぶ中、本城は味田の姿を探した。彼は倉庫の西側にある階段を駆け上がっていくところだった。本城は追いかけようとして、恰幅のよい刑事に捕まった。

「捜査二課、本城警部ですね！」

刑事は「おい、救急車！」とほかの捜査員に怒鳴ると、忙しなく本城に言った。

「組対の本城管理官から連絡を受けました。自分は特殊班の人間です。とにかくこちらへ」

本城は特殊班刑事に身を任せた。智也がＧＰＳ発信器を追跡し、捜査員を差し向けたのだろう。智也は警察手帳をあきらめたのだ。本城は上を見た。味田が追っ手の捜査員を蹴り落としながら、必死に逃げている。

本城は特殊班の刑事を押しのけ、西側の階段をかけ上がった。三名の刑事が先を走り、味田を追っている。止まれ、撃つぞと何度も威嚇するが、味田は止まるどころか振り返り、鉄球を次々と投げてくる。鉄球は鈍い音を立てて刑事の頭や肩を直撃する。刑事たちが階段から落ちてくる。本城は彼らをまたいで、味田を追う。味田は倉庫二階の窓を蹴破り、外に出た。鉄球を避けた一人の刑事が、味田の足にしがみついた。味田は上半身だけ外に出た状態で、外壁の配管を必死に摑み、足を強く蹴り上げて刑事を振り払おうとする。本城が追いついた。刑事が叫ぶ。

「あんたは左足を引っ張ってくれ！　野村和巳、確保だぁ!!」

本城は足を振り上げた。刑事の顎に直撃した。刑事は血を吐いて倒れた。その体を踏み台にして、本城は二階の窓の外を見た。味田は配管を伝い、傾斜のついたトタン屋根に上がろうとしていた。

味田が屋根の反対側に到達したのか、見えなくなる。数秒後、ドボンと音がした。倉庫裏手の運河に飛び込んだのだろう。

刑事が何人か階段を駆け上がってきて、本城に追いついた。

「味田は⁉」

「屋根を伝って逃げた、49番倉庫だ！」

大嘘をつく。いまは味田を逃がすのだ。智也の警察手帳が見つかるまでは、逃げ続けてもらわなくては困る。本城は階段を駆け下りて倉庫の外に出た。パトカーが縦列駐車し、赤色灯が並ぶ。エンジンがかけっぱなしのパトカーがあった。助手席側の窓から無線機を引っ張り、制服警察官が報告を入れている。

本城は運転席に座り、サイドブレーキを下げ、アクセルを踏み込んだ。警察官は振り落とされながらも、握っていた無線を離さない。らせんを描く無線のコードが引っ張られ、伸びる。やがて鈍い音を立てて、切れた。

警視庁捜査二課長の吉本はその日の晩、深夜まで執務室に残り、特殊詐欺係の捜査員たちが参加する特殊詐欺合同捜査本部からの報告を待っていた。

今日、三月二十九日日曜日は、刑事部所属の警視以上の役職者が参加する、恒例の花見が行われる予定だった。春の人事異動の内示が迫る中、若手にとって上司におべっかを使う最後の機会だ。それが今朝、台湾人殺害の容疑で野村和巳に逮捕状が出て、中止になった。捜査一課には帳場が立った。

オレ詐欺組織の番頭の野村は一度地下に潜るとなかなかしっぽを出さない。殺人捜査と違って物的証拠も残りにくい特殊詐欺事案を扱う二課を含めた合同捜査本部では、彼を逮捕する機運がこれまで高まらなかった。

それが一課が動くことになって急転直下の逮捕劇となりそうだった。潤沢な捜査費用と設備、人員を誇る一課は、桐田を餌にして味田をおびき寄せる作戦を実行した。それがまさかの尾行失敗という報告に、二課長の執務室で待機していた吉本はひっそりと笑った。二課が追い続けていた金星を、金と人員にものを言わせる一課にすぐに持っていかれたのでは、おもしろくない。

一時は刑事部に不穏な空気が流れたが、それを吹き飛ばしたのが特殊詐欺の合同捜査本部だった。味田や桐田の居場所を突き止めたという一報が入り、一課の特殊班が現場に突入したのだ。

結果として凄惨な突入劇となったようだ。その場にいた架け子たちは、逮捕を執行しようとした機動隊もろとも逃走車に撥ね飛ばされた。完全装備だった機動隊員たちは軽傷で済んだが、丸腰だった架け子たちは重傷者が多く、意識不明で重体の者もいた。味田とそのケツ持ちヤクザ数人は未だ行方がわからない。緊急配備を敷いてはいるが、逮捕の一報は深夜を回っても吉本の元に届かなかった。

結局、今回も架け子という小物ばかりの逮捕で終わるのか。大物の味田は釣り上げられたとしても、恐らくより罪状が重い殺人罪で一課が持っていってしまうだろう。金主の影さえ今回も見えないのか。

午前一時。電話が鳴る。刑事部長だった。これから部長室に来いと言う。

吉本は電話を切った。姿見の前に立つ。前髪を整え、ネクタイを直した。咳ばらいをひとつして、執務室を出る。刑事部長の声は明らかに不機嫌だった。

吉本はエレベーターを上がり、各部長の執務室が並ぶ廊下に出た。刑事部長の執務室をノックしようとすると、扉が開き、スーツ姿の男が出てきた。

同期の本城智也警視だ。

階級は同じだが、役職は吉本の方が上。熾烈な出世争いにおいて、吉本の後塵を拝している。智也は「やあ、吉本君」と朗らかな笑顔で声をかけてきた。

「君はいま、組織犯罪対策部だったね。なぜ刑事部長の部屋に？」

「例の、オレ詐欺の件だよ。君の課の係からも人員をもらって、助かっているよ」

「それもそうだが、まさかまさかの一課登場で、つまらない結末になりそうだ」

「まあ殺しをやってたとなったら致し方あるまい。それはそうと、父が申し訳なかった」

言葉とは裏腹に、謝罪の意思が微塵も感じられない。

「カンボジアの件か」

「いや、今回の件だよ。それじゃあ」

智也は役職が上の吉本の肩を叩き、颯爽と廊下を歩いていった。吉本は首を傾げ、刑事部長室をノックする。

刑事部長は執務デスクの後ろに座り、大あくびをしていた。全く、とつぶやいて目頭をこすり、最敬礼している吉本をデスクの前に呼び寄せる。

「四知の元係長、本城仁一警部。いまそっちでどんな処遇になってんの」

「カンボジアでの失態を受けて、役職を解きました。所轄署へ出そうとしたのですが、本人が固辞しています」

「それで？」

「籍は二課のままですが、特に役職はなく――」

「出勤していたのか？」

「いいえ。有休消化という形で長い休暇に。いずれ辞表を出すものと――」

「辞表を出すどころか、勝手に詐欺組織に潜入して捜査してたようだよ。厄介な刑事は、飼い殺しにしておいちゃダメだよ、吉本君」

吉本は開いた口がふさがらなかった。刑事部長が吉本を責める。

「現場のパトカー、勝手に乗ってトンズラだ」

「……誠に、申し訳ありません。しかし、私は全く把握しておらず」

「当たり前だ。本城は知能犯畑ひとすじの刑事だろ？　カンボジアでの失態をなんとか取り戻そうと、詐欺組織に潜入してたんじゃないのか」

「まさか、息子の本城智也警視の指示で潜入したんじゃ」

「キャリア官僚がそんなことを指示するか。君だったらそんなことするのか？」

するはずがなかった。キャリア警察官の職務は、現場の捜査ではない。警察組織がいかに現場でスムーズに動けるか、設備や状況を整えてやることにある。それは法の整備であり、関係省庁への根回しであり、予算の獲得だ。吉本や智也は、現場の実務を学ぶために警視庁に出向してきている。血眼になって事件を解決しようという気概はない。

末端に父親を潜入させ、解決したとしても、昇進にはあまり関係がなく、点数稼ぎにはならない。順調にキャリアを積むには、部下に不祥事を出さないことが全てだ。

吉本はわけがわからず、刑事部長を見返す。目の前のキャリアの重鎮はただ黙し、吉本の言葉を待っている。吉本は震える声を絞り出し、蚊の鳴くような声で言った。

「本城警部の暴走は、直属の上司である私の、不徳の致すところであります」

「そういうことだね。で、いま息子の本城警視からも話を聞いていたんだよ。勝手な潜入捜査をしていた捜査員がいたという事実を受けて、上も誰かを処分することになるだろう」

吉本は唇をかみしめた。誰が詰め腹を切らされるのか。直属の上司か、息子かという選択になったら、吉本の完敗だ。

「吉本君、次は内閣官房のポストに内々定しているんだって？」

蚊の鳴くような声で吉本は答えた。

「総理大臣秘書官にと、推薦を――」

「そりゃ無理だ」

不意に吉本の右肩がじりりと痛んだ。先ほど、智也に叩かれた箇所だ。

「まさか、そのポストに本城君が？」


本城は午前一時過ぎ、春山母子が住む練馬区石神井のテラスハウスに到着した。すでに規制線が張られ、家宅捜索が行われていた。夜半の騒ぎに多くの野次馬が顔を出していた。規制線の前に立つ警察官が、本城がそれをくぐろうとするのを止めた。本城は警察手帳を突き出した。警察官は敬礼すると、規制線のテープを上にあげた。

春山家の玄関は開け放たれていた。母子はすでにパトカーに乗せられ、事情を聴かれている。家宅捜索を進めている鑑識課員や刑事のわきを通り、二階へ駆け上がる。いろいろな声が飛んできたが、聞いている暇はなかった。

ららの部屋もすでに扉が開け放たれ、二名の捜査員が入っていた。本城の姿を見て「どちらさん？」と言う。本城は警察手帳をつきつけ、「二課のもんだ」と言いながら、オルゴールを必死に探した。

「二課の人？　いまはここ、一課の縄張りなんだけどね」

本城が完全に無視していると、「聞いてんのか、この野郎！」と怒号が飛んできた。一課の刑事が摑みかかってきたが、本城は振り払い、勉強机の引き出しを次々と開けていった。

オルゴールは、いちばん下の引き出しにあった。まだ刑事たちは手をつけていない。本城はそれを懐に隠し持ち、部屋を出た。

「おい待て、なにを持ち出した！」

一課の刑事が追いかけてくる。本城は階段を滑るように降り、外に出る。ただひたすら走って現場から離れた。住宅街をジグザグに走っていく。小さな公園にたどり着いた。鼓動が激しい。鉄球が直撃した鼻が痛む。

ベンチに座る。オルゴールを拝むように持った。からくりを解く間も惜しく、木彫りの小箱を地面にたきつけた。バラバラになった中から、ガラス細工のアクセサリーが散らばり、街灯の明かりに反射して光った。裏ぶたが外れる。中から出てきたのは、『仁科猛』名義の、真新しいキャッシュカードだった。メッセージカードが添えられていた。

『パパと会えなくなったら、これを使ってください。暗証番号は、ららの生まれたときの体重ね。ママにも内緒だよ。好きなものを好きなだけ買って、おいしいものをたくさん食べて、楽しい人生を送ってください』

本城は震え、夜空を見上げた。街灯に蛾が意味のない体当たりを繰り返していた。

深夜二時過ぎ。本城は練馬区内のファミリーレストランにいた。智也が慌てた様子で現れた。今回の突然の捕り物騒ぎの中、帳場を空けることは相当な困難だろうが、やってきた。本城の腫れ上がった鼻を見るなり、智也は血相を変えた。

「父さん、病院へ行った方が」

「その前に、お前に話を」

智也が座ると、店員がやってきた。智也は「ブレンド」と頼んだ。店員は「ドリンクバーでよろしいですか」と尋ねた。「なんでもいい」と智也は店員には見向きもせず言った。

「父さん、いずれにせよ、治療を受けよう。鼻がひどいことになってる」

「病院に行ったら一課の連中が事情聴取になだれ込んでくるだろう」

しゃべるだけで痛んだが、こらえて本城は問う。

「味田はどうなった？」

「つい三十分前に、逮捕されたよ。大井埠頭で。フィリピン行きのコンテナ船に乗り込んで海外へ飛ぶ手筈が整っていたようだ。南田組の手配でね」

「よく逃亡を防げたな」

「南田組が組員を外に逃がすときによく使うルートだから、あらかじめ押さえておいた」

本城は天を仰いだ。

「智也、アテは大外れだった」

「……手帳の件か」

本城は小さく、頷いた。

「味田がらに託していたのは、これだった」

本城はジャケットの内ポケットからキャッシュカードを出した。

「名義の仁科猛というのは、前の番頭の父親で、巻き添えを食って死んだ人物だ。味田は遺体をバラバラにして隠し、『役者』にすると言っていた。使われた名義のひとつが、この口座だろう。味田の売上金が入っているはずだ。口座を凍結し、被害者救済金にあててくれ」

智也はかすかにわかる程度に、頷いただけだった。

「間一髪だった。お前の発信器がなかったら、いまごろ体中の肉をそがれていただろう」

「しばらく西荻窪にとどまっていたね。あそこで味田を逮捕できたらよかったんだけど、父さんと味田、そのケツ持ちの三人しかいない場所で特殊班《SIT》が入るのはよくないだろ」

「機転が利くな。その通りだ」

智也はうっすらと、ほほ笑んだ。

「まだ、家宅捜索は続いているんだろ。お前の手帳が見つかったという連絡は？」

智也は首を振る。

「内示は……」

智也はさらに、首を横に振った。

「明日、部長に正直に、事情を話す」

智也の目が潤んでいた。本城はうなだれた。血と土で汚れ、ごわついた本城の手を、智也が細く長い指で覆う。二十九年前、生後三日でようやく顔を出した父親の指を、頼りなく握りしめた赤ん坊の手がいま、疲れた父を温かく包む。

「ありがとう、父さん。僕は大丈夫だよ」

智也は力強く言った。

「悪あがきだったね。父さんをひどい目に遭わせてしまった」

「いいさ。きっかけはお前だったが、自分の意思で、自分の足で乗った舟だ」

「父さんはよくやってくれた。すごい捜査能力だ。本当にありがとう」

智也は本城の手を更に強く握り、首を垂れた。すぐさま顔をあげ、「さあ、病院へ行こう」と本城を支えるようにして、立ち上がった。智也が伝票を摑み、レジに立つ。本城が金を出そうとしたが、財布ごと永沢に盗られたままだった。智也が隣に立ち、黒革の財布から、一万円札を出した。

その万札には青いスタンプが押されていた。

『りゅう』という文字が本城の目にはっきりと映った。

終

智也の警察手帳が、匿名で本人の元にバイク便で届けられたという、智也からの呆気ない報告が入ったのは、本城が自宅近くの総合病院に入院していたときのことだった。

「そうか、よかったな」

本城はあえてそっけなく答えた。智也は探るようにしばらく黙っていたが、息子との通話は終わった。

本城は脳や頭蓋骨に損傷はなかったものの、鼻骨にひびが入っていた。しばらく、顔面マスクの着用を余儀なくされた。美津子は本城の怪我に多少は同情し、身の回りの世話をしてくれた。しかし、それも数日のことだった。カンボジアでの失態を挽回するために、勝手に潜入捜査していたという、智也と口裏を合わせた筋書を真に受けると、また〝口撃〟が始まった。

四月一日、一般紙が各省庁の人事異動を報じた。美津子は新聞を広げ、狂喜乱舞して本城に見せた。

「智也、内閣官房ですって。総理大臣秘書官よ！」

はしゃぐ妻に、本城は愛想笑いを浮かべてやり過ごそうとした。『内閣総理大臣秘書官』という仰々しい肩書を見て、言い知れぬ感慨が湧き上がる。どれだけ息子に蹂躙されても、『智也』という文字を見ただけで愛情が込み上げる。素晴らしいな――と思わず漏れた一言に嘘はなかった。美津子も大きく頷いた。

夫婦仲が冷え切っていても、子どもに起きた出来事を同じように一喜一憂できるから、いままでもこれからも夫婦でいられるのであろう。

テレビのニュースは、味田の逮捕について一分ほど報道しただけだ。あるフリーランスの記者が銃殺された事件が世間をにぎわせていた。黒川というその記者は、近々政財界を巻き込んだ大スクープを打つと関係者に漏らしていた。マスコミだけでなくネット上でも数々の揣摩《しま》憶測が乱れ飛んだ。

凄惨な拷問を受けた桐田は一命を取り留め、日本人の死者が出ていないから、オレ詐欺組織の一斉逮捕は地味なニュースだ。夏海や仁科の件はまだマスコミ発表されていない。

逮捕された架け子の中で最も容体が重いのは山崎竜輝だった。味田の鉄球を受けた上、倉庫から逃走する際に上海マフィアの暴走車に撥ね飛ばされ、意識が戻らない。運良く回復したとしても、相当な後遺症が残ると言われている。真面目だった国立大生がオレ詐欺組織に足を踏み入れた代償は残酷なまでに大きい。

黒沢めぐみはしまうま会をたたんでいた。美津子は憤慨した。

「あんまり急だからつい、責めてしまったわよ。区のケアマネさんに大急ぎで新しい事業所あたってもらってる」

めぐみの携帯電話は不通だった。本城の潜入捜査をバックアップしていた〝裏稼業人〟。彼女はいったい、誰と繋がっていたのか。味田か、大平か、それとも――。本城の脳裏に、青いスタンプが押された万札を手にした、息子の姿が浮かんだ。

退院を翌日に控えた日、呼び出していた人物がようやく病室に顔を出した。かつての部下、捜査二課第四知能犯捜査一係の石原だ。口では本城の体を心配しながらも、よそよそしい。

「二課でも俺のことが噂になっているだろう。勝手に潜入捜査していたと」

石原はじっと、本城の顔を見つめた。

「正直……。なんでですか。みんな本城さんを狂人扱いして、それで納得してますけど。俺は納得できません。本城さんは確かに大胆な捜査をしますけど、あくまで慎重に裏を固めてからの話です」

「タレ込みがあった。山末がカンボジアで焼失させた、大平の横領を裏付ける証拠。実はあれは一部で、大平は元データをある人物に託していたようなんだ」

「誰に？」

「野村和巳だよ」

「今回逮捕された味田に、ですか？」

声音を抑えつつも、石原は目を丸くして驚く。

「それで潜入した。味田が率いる組織に。帳場を仕切っていた息子の協力のもと」

石原はため息をついた。「息子さんも噛んでたんですか……」と、本城の嘘の筋書きを信じたようだ。すっかり嘘が板についた自分を内心恥じながら、本城は病院着の懐に手をやった。保存用袋に入った一枚の一万円札。『りゅう』のスタンプが押されている。

逮捕劇があった日、ファミリーレストランで智也はこの金を出した。本城はトイレに行くそぶりで店に戻り、店員に警察手帳を示して、万札を押収したのだった。

「お前、これを内緒で鑑識に回して、指紋《モン》を割り出せないか。この万札には、協力者だった俺の息子の指紋も出るはずだ。それ以外、どんな人物の指紋が出てくるか、調べてほしいんだ」

四月三日金曜日、顔面マスクが取れ、退院した。本城はすぐに警視庁警務部監察官室に呼ばれ、監察官聴取を受けた。ここに所属する監察官はみな役職が警視以上のノンキャリア警察官である。現場刑事の中の生え抜き集団といっても過言ではない。

望月《もちづき》監察官が本城を担当した。本城よりひとつ年下で、富士見署の副署長を三月末まで務め、監察官に配属されたばかりだ。富士見署は、キャリア官僚が署長を務めることが慣例となっている。副署長だった望月はノンキャリの中ではキャリア官僚と太いパイプを持つと見ていい。当然、智也のこともよく知っていて、聴取の冒頭、総理大臣秘書官となる智也の話ばかりをしてきた。

監察官という役職は、どこかの所轄署長になるまでの腰かけとも言われている。望月も〝次〟に気を取られているようだ。内閣官房に出向して出世レースのトップに躍り出た本城の息子の存在を気にしてか、聴取は終始、ご機嫌伺いのような調子で行われた。

警察官の風紀を正す監察官としてどうなのかと思う反面、本城には追い風だ。智也に関する証言を避けて、おおむね真実に沿って話した。ただ頷いて調書を取っていた望月監察官はパソコンから目をあげた。

「つまり、カンボジアでの失態を挽回すべく、勝手に詐欺組織に潜入したと」

「また捜査がしたかったこともあります。古巣のナンバー知能に居場所はなく……」

「あなたのような優秀な人材を飼い殺しにした、吉本二課長の責任ですね」

どこまでも本城の肩を持って、望月は質問を続ける。

「こちらからは三点、確認事項がございます。まず三月二十九日、本牧埠頭日貿倉庫で、特殊詐欺組織を逮捕する際の、組織犯罪対策部四課捜査員の沖山《おきやま》巡査部長に対する暴行です」

味田を逃がし、智也の警察手帳を探す時間稼ぎのためだったが、口が裂けても言えない。

「あの時は私も、味田によって頭部に打撃を多数受けており、半分意識が朦朧としておりました。誰が詐欺師で、誰が捜査員だったのか――」

「そうですよね。では、頭部打撃による意識の混濁が原因で意図的ではなかった？」

本城が頷くと、望月は満足そうに、パソコンに調書を打ち込む。

「次です。あなたは同日、本牧埠頭倉庫でパトカーを承諾なく使用した上、練馬区石神井の春山響子さん宅の捜索現場で物証を持ち出したという報告があがっていますが」

本城は滑らかに答える。

「私は潜入捜査とはいえ、実際に詐欺行為によって金を略取しています。売上金は少しでも被害者救済金に充てたい。味田が娘に売上金の一部を託していることを把握していました。娘のららが所持していたオルゴールの中で、からくりになっていました」

「ええ。これでは、捜査員は気が付かなかったでしょうね」

「当時、味田は逃亡したままでしたし、あのオルゴールが味田の手に渡るのを、なんとしても避けたかったのです。一刻も早く」

「それで報告をあげずに自らの足で現地に足を運んだということですね」

望月は簡単に納得した。大きくため息をつき、少々険しい表情になる。

「最後の質問です。野村逮捕の数日前、藤木典子という女性からクレームがありまして」

本城は息を呑んだ。望月が本城の目を凝視してくる。

「ご存知ですか、三鷹市の藤木典子さん」

「ええ。都民ホールで、特殊詐欺の被害相談を受けました」

「後日、彼女は被害者救済金詐欺の被害に遭っておりまして、彼女は電話をかけてきたのが本城警部だと主張したそうなんです」

本城は目を伏せた。

「これは事実ですか。電話をかけたのは、あなたですか？」

本城はうなずこうとして、望月から発せられる無言の懇願を肌で感じた。もはや相手の嘘を見極めようとする刑事の顔ではない。内閣官房に所属する息子を持つ警察官を、自分名義で処分したくないという、卑怯で逃げ腰の瞳。

「藤木典子さんに被害者救済金詐欺電話をかけたのは、私ではありません」

すべての真相が闇に埋もれたいま、警察手帳が返却されなければ動けない。その思いが、本城をも卑怯者にした。望月は満足した様子だった。パソコンに打ち込んだ調書のプリントアウトに本城は目を通し、署名、捺印をした。

改めて望月が執務デスクに座ると、引き出しにあった一枚の紙を出し、「処分を言い渡します」と言った。本城は呆気にとられた。調書を取る前から処分は決まっていたのだ。

「あなたの行為は警察組織の人間として逸脱するものであり、許されるものではありません。しかし、犯罪を行ったわけではありませんし、一味の逮捕に貢献したことも事実です」

実際、本城の証言がなければ、仁科の遺体遺棄場所どころか、彼が殺害された経緯も把握できなかったと、望月は付け加える。現在、夏海の所在については全力で捜索が行われている。春山らに託された金もそうだ。預金額は一億円を超えていた。これらは全て、被害者に分配されるであろう。望月は穏やかに言った。

「本城仁一警部を、戒告処分とします」

あまりに軽い処分だった。警察組織全体が、本城を守っている。内閣官房にいる息子の面汚しは同時に、現政権への恥辱に他ならないからだ。

望月は本城の警察手帳を本人に返した。本城はただ唇をかみしめ、警察手帳を背広の内ポケットに仕舞った。退室する間際、望月は言った。

「それで、辞表はいつ、出されますか？」

週明けの四月六日。本城が向かったのは、三鷹市新川にある藤木典子の自宅だった。

久々の晴天で、あちこちのベランダで大量の洗濯ものがはためいている。犯人一味の逮捕により、典子にも全額とはいかないまでも、多少被害金額が戻ることを話すつもりだった。

なにより、彼女の孫がおもちゃで使っていた『りゅう』という青いスタンプを押収する必要があった。それと万札に押されたものが一致したら――智也は、オレ詐欺組織が得た金を、持っていたことになる。その万札が流通し、智也の財布に入るなどありえない。

表札横にあるインターホンを押すが、返事がなかった。ポストを覗き込むと、取り口から新聞や郵便物があふれ出ていた。二階のベランダを見たが、何も干されていない。

嫌な予感がした。本城は門を開けて、階段を上がった。玄関脇にはチャイムがあった。チャイムを連打し、乱暴に玄関扉を叩いた。庭に面した日当たりのよいリビングルームは厚いカーテンで覆われていた。窓はしっかり施錠されている。

裏に回って、あいている窓を探した。こちらを不審げに覗き込む視線に気が付いた。藤木家とは背中合わせに立つ木造家屋の住人で、台所の窓から顔をのぞかせている。

「ちょっと、人んち勝手に。どちらさん？」

本城は警察手帳を示した。

「えっ、警察？」

「以前、藤木さんの被害相談に乗らせていただきました。藤木さん、ご不在ですか」

「そういえば、典ちゃんここ一週間顔を見せへんね」

「藤木さんとは親しいのですか」

「親戚。こっち、本家ですわ」

「典子さん宅の合鍵とか、持っていますか」

「ちょっと、老人二人抱えてますねん。刑事さん、回ってこれます？」

本城は藤木本家に足を運び、玄関のガラス引き戸を開けた。尿のにおいが立ち込める。女が玄関左手にあるトイレから顔を出した。

「すんませんね、じいさまのトイレ介助中ですわ」

「ご苦労さまです。うちにもいますから、わかります」

「ほんまですの、刑事さん――それにしても、顔、大丈夫です？」

本城はまだ鼻に湿布を貼っていて、顔にもまだあちこちに青たんが残っている。

下駄箱上には乱雑に物が置かれていた。一冊のファイルが見える。『しまうま会』の文字。

本城はファイルをめくった。担当は『黒沢めぐみ』。

やがて女がトイレから出てきた。老人を支え、和室へ連れていきながら、「刑事さん、上がって待っててください」と言う。藤木亮子と名乗った。

亮子は戻ってくると、本城に茶を淹れた。

「私、典子さんの義理の妹ですわ」

「どうも、関西の方？」

「生まれも育ちも三鷹ですよ。でも十八で関西へ嫁いで、五十近くで離婚。戻ってきても訛りが抜けませんねん」

よくしゃべる女だった。警察にとっては好都合だ。

「介護業者、しまうま会が入ってるそうですね。事業所をたたんだと聞いたもので」

「そうなんやで！　ほんま、残念なことや。所長の黒沢さん、結婚でもするんちゃうかなって探り入れたんやけど、自分の話せぇへん人やから最後まで理由、わからんかったわ。黒沢さんは本当に聞き上手の、ええヘルパーさんやったのにねえ。控え目でね、他のヘルパーとかな、特に主婦はダメやで。あーだこーだ……」

亮子はうんざりするほどよくしゃべる。

「それで、藤木典子さんの家の合鍵ですが」

「ああ。そうやった。忘れてた」

亮子は手を叩き、テレビ台の上の小さな引き出しをあさり始めた。

「刑事さん、ちなみにコレ、なんの捜査ですの」

「振り込め詐欺です。藤木典子さんが被害届を出しておりまして」

「やっぱり！　義姉さん、引っかかっとったんや‼」

亮子はそれでまた鍵を探す手を止めてしまった。

「なんか様子がおかしい思ってたんですよ。兄さんが会社役員やっとったからか知らんけどね、いまだに役員夫人みたいなツラしてプライド高くってね。うちの散らかり放題の家も、こんなごみ溜めに住んで信じられない、みたいな顔してるんですわ」

亮子の話は止まらなかった。典子は週に何度か亡夫の実家を訪ねていたようだが、ほとんど介護を手伝わなかったらしい。その不満を亮子は爆発させる。

「息子の和明君もね、お母さんのあの上から目線のお節介が嫌だったんや。それで距離置いてたのを、典子さんはぜーんぶお嫁さんのせいにしてもう、あれこれ攻撃しまくって」

亮子と話し始めて、ものの五分で、本城は典子の息子夫婦の名前を把握した。

「いやね、うちにも最近、かかってきたのよ。オレオレ詐欺の電話。びっくりしたで。息子の名前も、通勤に使ってる電車の名前も嫁の名前も、式場の名前まで把握してんねんな」

亮子は自分が情報漏れの元凶であることに全く気が付かない様子だった。三十分しゃべり続けた後、ようやく本城に藤木家の鍵を手渡した。

改めて藤木家の階段を上がり、玄関の鍵を開けた。扉を数センチ開けただけで、腐臭が漂ってきた。本城は立ち会いの亮子を玄関の外に待たせ、中に入った。

藤木典子はリビングと和室を隔てる梁にかけたロープで首を吊り、絶命していた。

ダイニングテーブルの上に、ぽつんとおもちゃの青いスタンプが立っていた。

本城はしばらく動けずにいた。自殺するほどの被害だったのか。遺体から、オレ詐欺組織に奪われたのは金だけではないという答えを見た気がして、本城はうなだれる。

かつて、電話で典子が口にした言葉が蘇る。

「これからも刑事として、頑張ってください」

本城はしばらくリビングに立ったままだった。スマートフォンが鳴る。第四知能犯捜査一係の石原だった。石原は興奮していた。

「本城さん！　ビンゴでした」

「万札の指紋の件か」

「本城さんがにらんだ通りです。ただ、裁判でこの証拠は使えません。俺らが把握してる大平審議官の指紋は非公式で手に入れたものですから。でも、二課長を説得して再捜査のゴーサインは出せるんじゃないでしょうか？」

興奮のあまり一方的にしゃべる石原に、本城は慌てて声を荒らげた。

「ちょっと待て。誰の指紋が出たんだ?」

「だから、大平審議官の指紋ですよ!」


四月十三日月曜日。朝から雨模様で気温があがらなかった。黒沢めぐみはJR横浜駅からほど近い雑居ビルの空き店舗にいた。不動産業者が背後で営業トークを繰り広げている。

「ちなみに、どのような会社で……」

「介護事業所です」

神奈川県からの認可証を見せた。

「問題ありませんね。ただ……事業所の規模にもよりますが、もしかしてお高い、ですか」

不動産業者が遠慮がちに言った。全国展開もしていない小規模の介護事業所では、家賃三十五万はきついと思ったのだろう。

「いえ、問題ありません。ここに決めようかしら」

横浜を拠点に、介護サービスを実施しながら、顧客やその家族の内情を徹底調査して名簿にまとめる。横浜の名簿は他に比べて、二割増しで売れる。詐欺成功率が高いからだ。世田谷、三鷹の名簿も高く売れたが、東京西部を食い尽くしたいま、いったん東京から離れる必要があった。恐らく本城は自己負担介護費用の過少請求に気が付いている。名簿の主な売り先であった味田も逮捕された。めぐみはすぐさま拠点を変える必要があった。

不動産屋の車に乗って店舗に戻り、契約手続きをすることになった。運転席でハンドルを握る不動産屋の男が、バックミラー越しにちらちらとめぐみを見る。

「黒沢さんは、東京の方ですか」

「ええ。どうして？」

「いや、なんていうか。介護業者には見えないから。洗練された雰囲気があって。なにか、エステとかネイルサロンの店舗とか探しているひとのように見えました」

めぐみはほほ笑んだ。福島訛りは気をつけなくても、完全に封印できる。不動産屋の男は遠慮がちに、めぐみを誘っているようだった。契約が終わったら、ランチ行きませんか。中華街にうまい点心があるんです――。

めぐみは適当にあしらった。この男に色気を使っても、金にはならなそうだ。不動産会社社長ならまだしも、従業員を相手にしている暇はない。スマートフォンが鳴った。『呉』とディスプレイに表示される。

「店舗探しは順調ですか」

「いいえ、それが――。難航していますが、がんばります」

めぐみは嘘をついて、電話を切った。空気を察したのか、不動産屋の男が尋ねる。

「大丈夫です？　それであの、ランチですが、もしよかったらその後、横浜案内しますよ」

めぐみは聞き流して、記憶している番号に電話をかけた。本城仁一のスマートフォン番号である。呼び出し音を聞いていると、五コールほどしてやっと通話に出た。

「どちら様？」

「黒沢です。しまうま会の」

本城は驚いたように、黙り込んだ。

「突然、会えなくなってしまってすいません。ちょっとトラブルがありまして」

「そうでしたか。事業所をたたんだと。残念です」

「実は本城さんにお話がありまして。今晩、お食事いたしません？」

「構いません。どちらまで出向きましょう」

「横浜ベイブリッジの夜景が見えるいい部屋があるんです。横浜ベイグランド。ロイヤルスイート、取っておきます。夕食は、ホテル最上階の中華でどうです？　八時にロビーで」

夜八時、めぐみはチューブトップのドレスに、ガウンを羽織っただけの露出の多い恰好で、三ツ星ホテルの横浜ベイグランドを訪れた。

ロビーのソファに、無表情に宙をにらむ本城が深く座っている。めぐみは一瞬、息を呑んだ。味田の捕り物劇の際に、彼も鼻に重傷を負ったと聞いた。鼻にはガーゼ、他にもまだ小さな傷が顔じゅうに点在している。『堀尾』になりきるために、髪を抜き、色を白くしてみすぼらしい男を演じていたが、いまは残る頭髪を全て剃り落とし、スキンヘッドだった。ノーネクタイのスーツ姿で、どこからどう見てもやくざ者のような雰囲気だ。

その本城が、めぐみをとらえ、目を細めた。立ち上がる。めぐみはピンヒールの音をロビーに響かせ、ゆっくり本城に近づいていった。

「黒沢さん、わかりませんでしたよ。見違えますね」

「ありがとうございます。せっかくのディナーですから」

「私はこんなんで、すいません」

本城は立ち上がり、スキンヘッドの頭に触れる。エレベーターに向かって歩き始めた。めぐみは本城の腕に手を回す。本城は拒まず、相変わらずの寡黙さで歩き続ける。こんなにいい男なのに、つまらない女房をもらって、つまらない人生を送っていた。

エレベーターの中はふたりきりだった。階数表示がめまぐるしく変わるのを、本城はじっと見上げていたが、ふいに尋ねてきた。

「藤木典子さんという女性、ご存知です？」

「いいえ。どなたですか」

「では、藤木正勝《まさかつ》、タカさんというご高齢のご夫妻は？」

「顧客にいらっしゃいました。でも、どうして？」

「その、お嫁さんです、藤木典子さんは。オレ詐欺の被害者で、自殺されました」

本城は乱暴にめぐみの腕をほどいた。上着の内ポケットから、一万円札の入った採証袋を取り出した。札には青いスタンプが押されている。

「これは、藤木典子が受け子に渡した金だ。回りまわって、俺のところに来た。この万札に誰の指紋がついていたと思う？」

めぐみは堪えるように、ただ黙った。現場でならした刑事の迫力は、想像以上だ。

「なぜいま、俺を呼び出した。あんた、味田の名簿屋だったんだろ？」

めぐみは強引に本城の腕に手を回し、絶対に離さなかった。

「ビジネスの話をしましょう」


最上階の中華レストランで、美しい夜景も料理も楽しめるはずもなく、本城はめぐみとほとんどにらみ合いのような食事を終えた。鼻が痛むこともあって食が進まなかった。めぐみは驚くほどよく食べた。食いっぷりは味田とよく似ていた。悪い奴ほどよく食べるのか。めぐみは隣接するバーではなく、部屋に入って全てを話すと言った。警戒しながらも、本城はめぐみの細い足首を見つめ、ロイヤルスイートルームに入った。

めぐみは味田のビジネスパートナーでありながら、味田の懐に飛び込もうとする本城の潜入捜査を手伝っていたことになる。めぐみに潜入捜査の詳細は話していなかったが、ただの偶然のはずがなかった。

めぐみの目的はなにか。そして、この件に復興庁の大平がどう関わっているのか。

ロイヤルスイートルームは、リビングに小規模なバーカウンターがあった。酒がずらりと並ぶ。めぐみはピンヒールを投げ出しベッドに腰かけ、つま先をマッサージしながら言う。

「毎日スニーカーだから。たまにこういう靴を履くと、本当に痛むわ。前は平気で毎日、二十センチヒールとか履いていたの。いわきで」

「福島出身というのは、嘘ではないのか」

「その警察手帳で戸籍を探ってみたら？　正真正銘、福島県南相馬市出身よ」

めぐみはもう、訛りを出さなかった。スリッパを履き、バーカウンターの冷蔵庫からシャンパンを取り出すと、二つのグラスに注いで差し出した。本城は首を横に振った。

「震災で兄貴が死んだというのは？」

「元夫よ。酒にも女にもだらしない男だったのに、最後は英雄として死んだんだから、笑っちゃうわ。我慢して離婚せずにいたら、県警から見舞金が入って左うちわだったのに」

ストールを外し、肩や胸元をあらわにすると、めぐみはひとくち、シャンパンを口にした。

「離婚したあとは、海沿いで食堂を細々と続けていた母親のところへ戻ったんだけど、津波に母親ごと店舗兼住宅も持っていかれちゃって、無一文よ。生きていかなきゃならないから、いわきまで出て、ホステスになった。これは当時、買ったものよ」

ピンヒールの靴をぶらぶらと手に取って笑う。

「でもいわきも、さっぱりよ。風評被害で。それで三年前、仕事を求めて上京した。東京は東京で、熾烈な競争。特に夜の世界はね。私は全然、勝てなかった」

若くはないし、そのわりに経験が浅い。めぐみの生活は苦しく、昼は訪問介護の仕事をするようになった。「暇で金を持て余している老人たちの世話」とめぐみは鼻で笑う。

「そのうち、彼らの口が異様に軽いことに気が付いたのよ。自宅のセキュリティもゆるゆる。自宅に派遣されてくる訪問介護員は全員、いい人だと思い込んでる」

家族に相手にされず、ただひたすら時間を持て余す、さみしい老人たち。愚痴もかねて、なんでもかんでも話してしまうのだと、めぐみは言う。

「特に母親は、愛しい愛しい、息子の話をね」

「それで、名簿屋を始めたというわけか」

「簡単だったわ。十人分集めて、ネットの裏サイトで売ったら、番頭クラスが五人も接触してきた。その中で最もデキそうな奴と手を組んだ」

「味田か」

「そう。こうして福島の田舎娘だった私は簡単にオレ詐欺組織に飲み込まれていった。震災がなかったら、きっといまでも、故郷の港で食堂をやってたはずなのにね」

めぐみはいまの自分を侮蔑するような口調で続ける。

「私が集めてくる名簿は評判になったわ。詐欺成功率が九割近かった。そのうち、味田から金主を紹介された。呉森文。日本でビジネスを展開する中国人実業家。上海出身」

本城はようやく立ち上がり、自らバーカウンターに立つと、ウィスキーのロックを作る。グラスにアイスを入れた。

「彼、車椅子なのよ。交通事故で脊髄損傷して。名簿を売る傍ら、身の回りの世話もしてあげてるの。あそこも不能なんだけどね。体をなめて、添い寝してあげると喜ぶの」

めぐみは背を向けていて、表情が見えなかった。小さな背中は微動だにしない。

「日本が大嫌いだ、日本人が大嫌いだ、日本を買い叩く。そう言いながら、指で私を責めてるの。最初は投資信託会社社長だったそうよ。車いすに乗る前の話ね。世界進出の足掛かりとして、日本に支社を作って、さあ、いよいよLA進出ってなったその日、成田に向かうタクシーの中で、事故に巻き込まれた。半身不随。追突してきたのは、飲酒運転の若い男。

某有名政治家のご子息だとか」

　本城は相槌も打たず、グラスが冷えていくのを静かに待った。

「事件はもみ消されたわけよ。呉が警察に何度問い合わせても、加害者の名前すら教えてもらえなかった。リハビリに耐える病院のテレビで、加害者の男が衆議院選に立候補しているのを見たそうよ。父親の地盤・看板・かばん、全部引き継いでトップ当選。それから呉は、日本を買い占めることに執念を燃やすようになったの」

　日本を代表する企業の株式を次々と買い漁り、都心にタワーマンションが建てられると即座に最上階を押さえて、賃貸に出す。それだけでは飽き足りず、今度は北海道や長野の水脈を買い占め、リゾート開発、温泉地買収も始めた。

「そんな合法事業の裏で、オレ詐欺組織の金主として、高齢者の預金を吸い取っている」

　めぐみが低い声で言う。本城はようやく、口を開いた。

「味田は、俺や息子が呉と繋がっていると誤解していた。俺を売国奴と罵っていたからな」

「呉はあなたがオレ詐欺組織に潜入することを知っていた。だってあなたを詐欺組織に送り込んだ、張本人だもの」

　氷を入れたグラスが結露しはじめた。本城はウィスキーを注ぐと、ようやく答えた。

「オレ詐欺組織の帳場を指揮する管理官が金主と繋がっていた、ということか」

「ええ。あなたの息子さんがどうして、警察の魂を売ったのかは知らないわ。息子さんは呉から金を受け取る見返りに、捜査に手心を加えていたはずよ。逮捕は番頭まで。金主には絶対に手を出さない」

本城は不思議と怒りが湧いてこなかった。まだ見えないことが多すぎる。

「父親は正義を貫く警察官の鑑なのにね。どうしてか、息子は腐ってる。その腐った密談の現場を、金主をケツまくりたい味田によって押さえられたのよ」

それをネタに脅せば独立も結婚もできるし、永遠に味田の身の安全が保障される。非合法組織からも、警察からも。ただ、本城は首を傾げる。

「たかだかオレ詐欺の番頭に、金主と官僚の癒着現場を押さえられるはずがない」

ナンバー知能だけでなく地検特捜本部も、組織だって長期間動いてようやくその確証を得られるかどうかだ。

「内部に協力者がいない限り——」

本城の言葉を待っていたかのように、めぐみが含みを持たせて笑った。

「——あんたか」

「ええ。密談の場所と日時を味田に教えてあげたのは、私」

この女の真意が見えない。疑問を口にしようとした本城を制して、めぐみは続けた。

「焦らないで。ちゃんと順序立てて説明する。とにかく、あなたの息子が本当に奪取したかったのは、贈収賄の証拠。警察手帳は盗まれていなかった」

本城の腹の底が、じりじりと熱くなっていく。アルコールのせいではなかった。それはぐつぐつ煮え立つように腹を揺らした。めぐみが続けた。

「あなたが突き止めた、味田の娘のオルゴールの中に、あったそうよ。指先ほどのマイクロチップで、贈収賄現場を隠し撮りしたデータが入っていた」

「そんなものはなかったぞ」

「あなたが取りに行く前に、とっくに金主の手下が回収してたの。口止めに、春山響子に多額の現金を摑ませてね。娘が寝入っている間に」

本城はがっくりとうなだれた。

「政治家や官僚のサンズイを追う刑事を、その証拠隠滅のために使うとは——」

激昂はもはやなく、情けなさから、本城の目じりに涙が浮かんだ。息子は腐っている。

「味田のことだからコピーを取っているんじゃないのか」

「取って、逮捕されたらマスコミに流れるはずだったんだけど……。殺されちゃったからね、あのアングラ記者。味田が取ったコピーはもう全部、金主のケツ持ちが回収済みよ」

本城の脳裏に、味田逮捕より大きく報じられた、黒川という記者の銃殺事件が蘇る。

「あんたが母の介護にやってきたのも、その一環か」

「ええ。あなたが心おきなく潜入できるように、お目付け役に任命されたというわけよ」

智也がめぐみと対面したとき、必要以上に冷淡な態度を取った意味がようやくわかる。めぐみが続けた。

「呉も必死だった。刑事を自分の組織に潜入させるなんていう危険を冒したのも、密談データ回収以外にも、他にメリットがあったからよ」

「味田潰しか」

「そう。あなたの潜入の後、味田を逮捕させる。もちろん、チップ回収後ね。今回は味田が台湾で殺人事件を起こし、他の刑事たちも出張って、ギリギリの攻防になったけれどね」

「なるほど。半グレ番頭が取調室で贈収賄を叫んでも、証拠がなければ怖くない」

本城は二杯目のウィスキーをグラスに半分注ぐ。ふと、捜査二課吉本課長の顔が浮かんだ。

「智也側にもまた、別のメリットがあったんじゃないのか」

「さあ。高級官僚の世界のことなんて、知る由もない」

本城は怒り任せに、ウィスキーを飲み干した。

「俺はまさに、オレ詐欺に引っかかったようなものだ」

ほとんど独り言になっていた。

「父さん助けてと泣きつかれて、まんまと思い通りに動かされていたとは――」

めぐみはなにも言わない。本城はグラスをカウンターに置く。「まだ疑問が残る」と上着の懐から再度、一万円札の入った保存袋を取り出し、カウンターに叩き付ける。

「息子と金主がつながっていたことはわかった。だが、現場に出たばかりの智也にどうやって悪党の呉が接触できた？」

「私が今日、あなたとビジネスの話をしたいと持ち掛けたのは、それよ」

「息子と呉を、結び付けた人物がいるんだな。息子を電話一本で呼びつけられるほどの人物、なおかつ、呉と深いつながりのある人物」

「ええ。呉は去年の暮れごろから、被災地に手を出すようになったの」

さきほどまで無感情に話をしていためぐみが目を吊り上げて、鋭く言う。

「被災地で廃業していく温泉旅館を格安で買い叩いて、新たに豪華ホテルや旅館を次々オープンさせているのよ。日本中の人々が〝被災地に金を落としたい〟と善意で観光にやってきてくれたとしても、その金の大部分が、呉の懐に入る」

めぐみの言葉尻が怒りで震える。

「あんたが味田に密談情報を漏らしたのは呉を潰すためだったんだな」

「潰すなんて大げさな。ただ独立したかっただけよ。味田と共に。そんなことより、東北になんの縁故もない呉がビジネスをしやすいように、便宜を図った人物がいるのよ」

「復興庁の大平だな」

「その通り。恐らく見返りに彼も、呉から相当もらってるんじゃないかしら？　だって彼はあなたのせいで復興予算の横領ができなくなった。新たな金脈を探しつつ、捜査の急先鋒であるあなたの弱みを握ろうと調べを進め、息子がオレ詐欺の帳場を仕切っていることを知った」

「つまり、俺が大平を追及したせいで、智也は巻き込まれたというんだな」

「息子さんを巻き込んでしまえば、あなたは身動きが取れなくなる。息子さんをどう巻き込むのか戦略を練る過程で、金主の呉の存在が浮上した」

「二人の思惑が一致した」

「大平はあなたを押さえ込める上に、呉からの収賄でまた財布を膨らませることができる。呉は呉で、大平への贈賄で東北を買い叩きやすくなる上、息子さんも買収したことで、逮捕のリスクが軽減される」

本城はグラスにウィスキーを注いだ。いっきに飲み干した。喉が焼けるがかまわない。

「大平はまた、私腹を肥やしているわよ」

酒に溺れる本城を奮い立たせるように、めぐみが言った。

「けれど頼みの警察は結局、大平を逮捕できない。警察官僚まであっち側についてるんだから、組織そのものが死に体と言うほかないわね。どれだけ現場が正義でも、意味がない」

本城は忸怩たる思いで、めぐみを見返す。

「故郷に手を出した金主の下で働くのはごめんだわ」

めぐみは福島訛りでそうつぶやいた。腹の底から絞り出したような、低い声だった。

「金はある。私は呉の傘下から抜けるわ。ねえ、手を組みましょう、本城さん」

突然の申し出に本城は面食らった。

「――唐突に、なにを」

「オレ詐欺、一緒にやりましょう。あなた、店舗で優秀な架け子だったんでしょう。架け子がいやなら、番頭でも構わないわ。私が金主になって、ブローカーから架け子を集めてくる。若い彼らに教育してやって。警察官役の架け子の、なんたるかを」

めぐみは裸足で、バーカウンターに立ち尽くす本城のそばにすり寄ってきた。

「独立ということか？　呉が恐ろしくないのか。相当な策略家だぞ。味田を見てみろ」

「恐ろしくなんかないわ。ただの体の不自由な中年男」

めぐみは不敵に笑った。

「あなたも警察にいたって、大平を叩けないでしょう。でもこちら側にきて、金を膨らませて、呉と大平を私刑に処すればいいじゃない」

「よくもまぁ、ぬけぬけと現役警察官の俺にそんな誘いができるな」

「窓際でしょ？　あなたになにかの捜査を命令する上司がいる？」

口を閉ざした本城を挑発するように、めぐみは続ける。

「さっき、息子さんに泣きつかれて潜入捜査に踏み切ったと言ったけど、違うわよね」

バーカウンターの正面に回っためぐみは、テーブルに手をついた。

「あなたを最終的に突き動かしたのは、息子さんじゃない。あなたの自尊心でしょ」

そして、残酷に言い放った。

「あなたは、することがなかったのよ。明日からも」


翌日も朝から雨が激しく降る一日であった。本城は港区赤坂にいた。傘を差し、復興庁が入る三会堂ビルディングをにらみあげる。三か月前も、大平の牙城を崩せなかった事実を前に、忸怩たる思いでこのビルの壁をにらんでいた。あの時すでに、始まっていた。

カンボジアで死んだ山末の言葉を、もっと慎重に汲んでおくべきだった。正義なのか、息子なのか、本城が選ぶ番だと――。

傘を閉じ、中に入る。警備員が立つ狭い入口とエレベーターホールを抜けた先に、復興庁の一階ロビーがあった。『復興庁』という仰々しい文字が刻まれた真新しい木製の看板が取り付けられた扉を勝手に抜けた。手に持ったビニール傘の先からぽたぽたと水が垂れて復興庁のフロアを汚す。

本城は受付の女性職員に「大平審議官に会いたい」と伝え、警察手帳を示した。女性職員は「お待ちください」と、電話で秘書に連絡をつけた。案の定、「アポイントメントはお取りになってますか？」と尋ねてきた。

「そんなものはない。大平本人に伝えてくれ。収賄の証拠品を持ってきたと」

受付職員は困惑しながらも、再度秘書に連絡を入れた。本城の話は通らなかった。

一階ロビーを引き返し、エレベーターホールへ戻る。入口に立っていた警備員が無線連絡を受けたのか、近づいてきた。本城は階段を駆けあがり、三階でちょうどやってきたエレベーターに飛び乗った。審議官執務室は七階だ。

エレベーターが七階に到着した。古いリノリウムの廊下をひた走り、審議官執務室の扉を見つけた。ドアを開けようとして、隣の部屋の扉が突然開き、スーツ姿の男が出てきた。捜査の過程で把握した顔だ。大平審議官の秘書官である。同時に、廊下の先から三名の警備員が小走りにやってきた。

「住居侵入容疑で警察に通報しますよ、本城警部」

「なるほど。俺の顔、名前、階級まで、秘書官も把握済みということか」

「元刑事が不法侵入とは笑えません。早く辞表を出した方が、古巣に迷惑がかからないんじゃないですか」

「俺はまだ現役だ」

扉の向こうにいるはずの大平審議官に向かって叫んだ。

「オレ詐欺組織の受け子から番頭、金主まで全員の指紋が付いた万札を持っている。そこにべったりと、あんたの指紋もついてたぞ！」

本城は扉を拳で叩いた。

「あんたはどうなるかな。オレ詐欺関与に、収賄――」

「息子さんにも波及しますよ」

応えたのは秘書官だ。何もかも見通したような顔で言う。

「そもそも万札についた指紋ごときで、審議官を訴追できると？　そんな状況証拠だけで警察が組織立って捜査に動きますか。あなたの無駄な正義感にどれほどの捜査員がついてきますか」

本城は秘書官には見向きもせず、扉の向こうの反応を待った。秘書官が耳元で断言する。

「そんなことをしてあなたに残るのは、息子を売った薄情な父親という汚名と一家離散だ」

本城は構わず、ドアノブを摑み、回した。あっという間に警備員三人に羽交い締めにされ、扉から引き離された。

本城は泥酔状態で自宅に帰った。終電もない時間で、タクシーから転がり落ちるようにして、玄関までたどり着いた。玄関扉を開け、上がり框に座るのがやっとだった。起きていた美津子に尻を叩かれる。

「なにやってるのよもう、だらしない！」

妻の顔を見るのもうっとうしい。

「明日、凜奈ちゃんのお食い初めなのよ、わかってる？」

「なんだって？」

「咲江さんたちがご両親と一緒に九州から戻るのよ。お食事会するって話、したでしょ」

「聞いてない」

「言ったわ！　二日酔いなんかになってたら許さないわよ！」

美津子は階段を上っていった。本城は結局、玄関先で朝を迎えた。

明け方五時ごろ、寒さと体の痛みで目が覚めた本城は、ふらふらと二階へ上がった。納戸に入り、敷きっぱなしの布団の上にごろりと転がった。本城はもう本当に、することがなかった。正義感ひとつで警察官になって、それだけをよりどころに警察人生を歩んできた。結局最後、なにが残ったのか。

智也の蔵書が並ぶ本棚が見えた。死を覚悟した桐田が読んでいたパスカルの『パンセ』の文字がふと、浮かび上がって見えた。

起き上がり、それを手に取った。カビが生えていた。ページをめくるだけで、不快に臭った。蛍光マーカーで印がつけられた一文を本城は見つけた。智也がかつて感銘を受け箇所なのか。

『権力無き正義は無効なり。正義無き権力は横暴なり』

二日間降り続いた雨がやみ、四月十五日水曜日は晴天だった。凜奈のお食い初めは麻布の料亭で行われた。生後百日にはまだ二週間ほど足りないが、智也の仕事の都合で今日になった。広々とした和室と、専用庭には池と鹿威《ししおど》しがあり、都会の真ん中とは思えない静けさだ。完全な青空に、全員が「凜奈は晴れ女だ」と笑いあった。

二か月会わないうちに、凜奈はすっかり大きくなっていた。もう首が据わり、丸々と太って手首に輪ゴムでもはめているかのように脂肪がせめぎ合う。女将が準備したベビー布団の上では飽き足らず、足をバタバタ動かして、何度か寝返りを打った。

咲江もすっかり母親業が板についてきた様子だ。長旅の疲れも見せず、二か月ぶりに対面した夫の智也を気遣う。

智也は異動したばかりだった。内閣官房に栄転し、総理大臣秘書官を務めていることを、堂々と宣言する。立派だと、咲江の父がどんどん酒を注いだ。

百日祝い膳が出されると、女将が声をかけた。

「両家の中で最も年齢の高い方が、お箸を石につけてから料理をつまみ、お子さんのお口にちょんと、つけてあげてください。お子さんは一生食うに困らないと言います」

最年長は、咲江の父だった。早速、お食い初め膳に添えられた石に箸先を付けると、鯛のお頭をつまんで、咲江の膝に座る凜奈の口元に近づけた。凜奈はそれを食べようと小さな口を開けた。それでまた大人たちは大盛り上がりだった。

「まだ離乳食も始まっていないのに」

美津子が驚きの声をあげる。

「本能で食うということが身についてるんだ。きっと大物になるぞ、凜奈は」

咲江の父が豪快に笑った。そして、同じくスキンヘッドになった本城を、さも同志のように扱って、ビールを注ぐ。

「いやはや、思い切りましたね、本城さん」

「見習わせていただきました。あ、もう結構」

昨晩の泥酔がきいていて、体がアルコールを受け付けなかった。本城は注がれた半分ほどのビールをやっと飲み干すと、仲居にウーロン茶を頼んだ。

「そりゃないでしょう、本城さん。警官がそれじゃだめだ」

「いやいや、今日は勘弁してください。昨日の酒が残っていて」

美津子が案の定、口を出してきた。

「この人ったら昨日、泥酔して帰ってきたと思ったら、玄関口で寝込んでしまったんですよ」

咲江の父は本城の肩を持った。

「外で働く男にはね、酒で紛らわすしかない不条理でしんどい出来事があるんですわ」

美津子はただ肩をすくめる。本城は懐から一万円札を取り出した。青いスタンプが押してある。視界の隅にいる智也の表情は、少しも変わらなかった。

「これ、振り込め詐欺被害者の金です。遊び半分で押したスタンプが目印でした」

驚いて、咲江の母がお札を覗き込む。咲江の父も混乱した様子で本城を見る。美津子が「仕事の話なんか」ととがめようとしたが、本城は強引に切り出した。

「詐欺組織の受け子から番頭、そして金主にまで渡った金ですよ。関係者の指紋もしっかり残っていた。それなのに、結局またトカゲのしっぽ切りで終わった」

咲江も、そして美津子も、智也が振り込め詐欺の帳場を仕切っていたことなど知らない。無論、咲江の両親もそうだ。彼らはただ神妙な面持ちで、金を見ている。

「しかも、被害者は自殺してしまいました」

まあ、と咲江の母が口元を押さえる。

「詐欺プレーヤーの中には、止むに止まれず手を汚す者もいます。だからと言って、被害者から巻きあげた金を財布から出して平気で使う奴の神経を疑う」

咲江の父親はずんぐりとしたスキンヘッドの頭を大きく縦に揺らし、同意する。

「全くだ。なあ、智也君」

智也は平気な顔で、本城に言い放った。

「ええ。全く。そんなことをする人間の、親の顔が見てみたい」


本城は料亭の座敷から出ると、通りすがりの仲居に煙草が吸える場所がないかと尋ねた。奥の座敷を喫煙所としてあけてもらった。

ひとりで煙草を吸いながら、ぼんやりとめぐみを思い出した。番頭という、詐欺組織の中ではナンバー2である地位を本城に示しためぐみ。警察官である本城が二つ返事でＯＫするなどとはめぐみも思ってはおらず、「一週間の猶予をあげる」と言った。

「警察を辞めて毎日暇を持て余すか、警察を続けて窓際の屈辱を味わい続けるつもりなら、もう二度と私と会うことはないわ。でもその覚悟を持てないのなら――一週間後、またここへ来て。いい？　一週間を過ぎたら私はここを出る」

本城ひとりでも、めぐみが行っている架空請求や資金洗浄の証拠を集め、訴追できる自信はある。しかし、訴追できない大きな理由があった。

それが個室に入ってきた。智也だ。テーブルの向かいに、あぐらをかく。

しばらく、互いに無言だった。反省など微塵もなく、憮然とする智也に、本城は尋ねた。

「お前、どうして警察官僚になったんだ」

「……………え？」

「不思議だ。捜査対象から金をもらうような奴が一体なぜ、警察庁などを目指したのか」

「父さんの背中を見て育ったからね」

智也は躊躇なく言った。

「権力に抗えない、サンズイ刑事の苦悩の背中を見て育った。正義は無力だと」

智也が、本城の煙草の煙を手で払いながら、続ける。

「僕を権力の道へと導いたのは、父さんだよ」

「そうか。更なる権力の道へ突き進むには、賄賂をもらう必要があったと？」

本城は努めて冷静に、尋ねた。

「どんな気持ちで、呉から金を受け取った。汚職を憎む父の顔が浮かぶことはなかったか」

智也は目を逸らすことなく、じっと本城を見据える。

「そして、その証拠を半グレに押さえられ、回収に俺を使うとは――」

「僕が推薦したんだ。父さんならやり遂げる、類まれなる捜査能力を持っているからとね」

褒めているつもりなのか、智也は訴えるように言った。本城は激しくかぶりを振った。

「違うだろう。俺を潜入させれば、同期のトップを走る吉本を出し抜くことができるからだ。事実、そうなった。吉本は二課長据え置きだからな」

父子のにらみ合いが続く。

「大平がお前を巻き込んだのは、父さんの行き過ぎた捜査のせいだろう。それは謝る。しかし、お前は金主からの贈賄を拒否しなかった。できなかったんじゃない。しなかったんだ」

智也は掌を見せて、本城の発言を遮った。

「ちょっと落ち着いてよ、父さん」

「落ち着けだと――」

思わず声を荒らげそうになったが、煙草に火をつけて必死に堪える。智也が弁明する。

「現場の刑事は単純でいい。正義か否かで物事が片付くのかもしれない。でも官僚の世界は、そうはいかないんだ。僕は今回、父さんの敵《かたき》を討ったつもりだったんだけどね」

「なんだと」

「警視庁捜査二課長というポストがなぜ、代々キャリア官僚が務めることになっているのか、長年その現場にいる父さんだって、感づいているはずだ。それを理解しているから現場の捜査員は、二課長にはギリギリまで捜査報告をしないんだろ？」

確かに、二課の捜査員はキャリア課長に対して、〝その疑い〟を持ちながら接触している節がある。政治家や官僚の汚職・贈収賄の捜査権を持つ部署のトップに、政治家の影響力が及ぶキャリア官僚がいれば、捜査に多少の手心を加えられる——政治家の思惑が見え隠れしているのは確かだ。

「警察官僚と政治家の癒着は、法律上致し方ないことなんだ。法がそれを定めている」

警察組織のトップである警察庁長官は内閣総理大臣が承認することになっている。首都を守る警視総監も、地方機関として唯一、内閣総理大臣が承認すると法が定めている。その二つの役職は、警察官僚が目指す最高位である。政治家と対立するような官僚は、出世コースから外れてしまうのだ。

「年に一度の同期会で、吉本君は酒に酔いながらこうつぶやいたよ。二課長を拝命したのはよいけれど、まともに仕事をしたら出世に響くと」

　智也がなにもかも見通したように問う。

「カンボジアに山末が出奔したとき、吉本君は日本に帰ってこいと情けない命令を出しただろう。ＩＣＰＯへの通達に時間が必要だとかなんとか。そんなバカな指示ないよ。警視庁本庁舎屋上にそびえるあの巨大なアンテナ塔は、銚子の中継所を経てＩＣＰＯと通信が可能だ。通達なんてものの数分で済む。でも吉本君はしなかった。まともに捜査させて父さんが山末を確保し、大平審議官を逮捕したら、芋づる式にシンクタンクにいる厚労省ＯＢにも波及する。奴らの中には議員バッジつけたのもいるんだ。手柄どころか吉本君には〝政治家を逮捕させた官僚〟というレッテルが貼られる。そんな官僚を、政治家が警察庁長官もしくは警視総監に承認すると思う？　内閣官房に入り、総理大臣秘書官になる話もパアだ」

　本城はただ黙して、怒りを堪えた。体はすっかり酒でおかしくなっていたが、いま猛烈に、体が酒を欲している。智也は冷静に父の欲求に感づいた様子で、仲居を呼び、酒を注文した。

「お前が呉と手を組んだのは、父親の敵討ちとでも言いたいのか」

「呉から受け取った金は全て、被害者救済金に落とした。結果を見てよ。僕は内閣総理大臣秘書官だ。日本の最高権力者に助言する立場になった。僕はいま、使命感に燃えている」

　智也はひとり、目を爛々と輝かせて、自身のすべての悪業を正当化する演説を始めた。

「父さんの潜入捜査の報告や、呉の話を聞いて、気づかされたよ。もはやオレ詐欺は、〝たかが詐欺〟では片付けられない規模になっている。ある種のテロだ」

　智也は咳払いし、説得するように言った。

「そう。経済テロだ。彼らはテロ組織と同じように、強い思想を持っている。金を持っている高齢者に対する憎悪だ。父さんも養成所で経験しただろう。徹底的にその憎悪を植え付けられる。イスラムテロ組織がモスクという名のテロリスト養成所で欧米への憎悪を説くのと同じさ。彼らの根底にあるのはイスラム至上主義。振り込め詐欺組織の若者たちにも、いまの日本に蔓延する〝拝金主義〟が根底にある。金が全て。心の豊かさになんて価値がない。だからテロを起こして老人の懐に眠る金を、ハイエナのように食い漁り続けるのさ」

　仲居が「失礼します」と障子を開けて飲み物を運んできた。智也は仲居が目に入らない様子で続ける。

「世間も警察もこれを〝たかだか詐欺〟としてしか認知しない。父さん、僕はこれがテロであるという定義づけをしたいんだ。首相に進言して、振り込め詐欺組織の幹部を占める〝半グレ〟を取り締まる法律を作ろうと思う。半グレは準暴力団に指定されているけれど、いまの法律では暴対法の適用がなされないからね」

　智也の熱弁に気おされたように、仲居はそそくさと飲み物を置いて出ていった。智也の言っていることは正しい。オレ詐欺の蔓延は、もはやたかだか詐欺とは片付けられないほどの問題を内包していた。事故、いじめ、災害、貧困——抗えない困難にぶちあたった人々の怒り、悲しみ、憎しみなど、ありとあらゆる負の激情を糧にして、オレ詐欺組織はぶくぶくと膨れ上がり、いま、社会を飲みこもうとしている。

本城がウィスキーグラスに手を伸ばそうとして、智也の指がその手を摑んだ。細く、繊細ではあるが、力強い。

「僕はその法案作成に向けた特別チームを内閣官房内に作りたいと思っている。父さんに参加してほしい」

「なんだって？」

「警視庁からの出向という形で、父さんにチームのアドバイザーを務めてほしいんだ。実際に組織に潜入していた父さんにしか、できない仕事だよ」

本城は智也の手を乱暴に振りほどいた。ウィスキーグラスを摑み、あっという間に飲み干すと、腹の底から大笑いした。智也は不快そうににらんでくる。

「振り込め詐欺撲滅だと？　実際に組織のトップから流れた金を一度は受け取ったお前に、そんなことできるはずがない」

「どういう意味。僕にはそんな力がないと？」

「権力はあっても、お前には信念がない」

智也は条件反射的に反論しようとしたが、何も出てこなかったようで、口を堅く閉ざした。

「うまく策を巡らせて誰もがウィンウィンの結果になるようにやったつもりかもしれないが、結局のところお前は自分が出世コースのトップにたどり着くことしか考えていない。そんな奴は、いずれ道の途中で壁にぶち当たって信念を貫徹できない」

本城は煙草を陶器の灰皿にすりつぶすと、即座に二本目に火をつけた。

「チェーンスモーカーのアル中だね。体を壊すよ」

「父親より、自分の心配をしろ。呉は必ず、内閣官房に入ったお前を利用しようとする」

「あんな暴力集団の頭なんて、怖くない。権力にはかなわないさ」

「甘いぞ」

「甘いのは父さんだ。僕の申し出を突っぱねるのは父さんの正義感か？　それが父さんの信念なのか。窓際で退職を待つ父さんがそれを貫徹して、いったいこの先なにを生み出す」

ウィスキーグラスを手に取ったが、もう空っぽだった。

「振り込め詐欺の連中は最後、暴力で解決するしか手段を持たない単純な輩だ。でも僕たち官僚は違う。最後は権力で解決する。現場の捜査員は最後、どんな力を使う？　正義か？　でもそれは権力や暴力に比べてとてつもなく無力だ」

「つまりお前は、権力と正義を一緒に使うつもりがない、ということか。パスカルの書にカビが生えるわけだ」

脳裏にふと、めぐみの顔が浮かんだ。金主・番頭として手を組もうと言っためぐみ。裏稼業から、大平を私刑に処する。悪を囁くその女の顔は、なぜだかいま女神のように神々しい。

「覚えておけ。確かに正義はなによりも弱いかもしれない。しかし、たびたび暴走するぞ。権力者の思いもよらない方法で」

本城は煙草をくわえたまま、立ちあがった。智也が執念深く、本城の腕を摑む。

「これで最後だよ、父さん」

智也は上目遣いで本城を見た。

「振り込め詐欺撲滅チームのアドバイザー。蹴るんだね？」

本城は腕を振り払った。

「かつて味田を、高齢者の預金を貪るハイエナと罵った。呉も大平もそうだが——」

本城の指にはさんだ煙草の灰が落ちた。

「お前はもっとたちの悪いハイエナだ、智也」

四月二十日、月曜日。黒沢めぐみは横浜ベイグランドのロイヤルスイートルームで朝を迎えた。目を開けてすぐ、ベッドサイドのデジタル時計が目に入った。午前七時半だった。今日、午前中は仕事の予定を入れていない。本城を待つため、この部屋にとどまっているつもりだ。昨晩は深夜二時過ぎまで横浜新店舗の引っ越し作業をしていて、くたくたに疲れていた。どうしてこんなに早く目が覚めてしまったのか——。

「起きろ」

ランジェリー姿のままベッドに入っていためぐみのこめかみに、銃口を当てている男がいた。めぐみは眼球だけを動かし、男の顔を見た。中国残留孤児二世の半グレ集団・龍憤の幹部であった。呉の側近である。

「朝っぱらから何のマネ？」

「もう横浜駅前に事業所の引っ越しを済ませていたじゃないか。なぜ先生に報告しない」

「今日するつもりだったのよ」

側近は銃を構えたまま、懐からボイスレコーダーを取り出す。めぐみの眼前に突きつけ、再生ボタンを押す。

『被災地で廃業していく温泉旅館を格安で買い叩いて、新たに豪華ホテルや旅館を次々オープンさせているのよ。日本中の人々が〝被災地に金を落としたい〟と善意で観光にやってきてくれたとしても、その金の大部分が、呉の懐に入る』

自分の声であると、めぐみはなかなか気がつかなかった。

『故郷に手を出した金主の下で働くのはごめんだわ』

「なにコレ。どういうこと？」

「こっちが聞きたい。呉先生のところで、直接弁解してもらおう」

「私が聞きたいのは、どうやって盗聴していたの、ということ」

「このホテルのオーナーは、呉先生だ」

自分の脇の甘さにめぐみは唇を嚙みしめた。銃口を突きつけられたまま、言い訳を脳内に巡らせて、着替えた。下着の上からシャツを羽織ろうとして、側近は言った。

「下着を脱げ」

無言で睨み返すと、「早くしろ！」と銃身で殴打され、めぐみは倒れた。頬の痛みと屈辱に耐えながら、ブラジャーを外し、直接シャツを着た。衣服はクローゼットを開けた側近が選んだ。タイトスカートとジャケットのスーツを投げつけられた。

ホテルの部屋を出ると同時に、側近は銃をスーツの内側のホルスターに仕舞うと、めぐみの腕にくっきりと手形が残るほどに強く摑んで、迎えにやってきた黒い車の後部座席に押し込んだ。素足にパンプスで、踵が赤く腫れていた。これから何をされるのか、なんとなく想像がついた。呉にどう弁明すればいいのか、必死に思考を巡らせる。

新宿区四谷にあるタワーマンション最上階の、呉の自宅兼オフィスに到着した。案内されたのは、呉のデスクがある執務室だった。応接ソファに座らされる。入口に側近が立ち、逃がすまいと仁王立ちだ。呉は静かに、デスクに座ってめぐみを待っていた。呉の背後の総ガラスの向こうは、腹が立つほどの快晴だった。

呉は、東京の空を全て手に入れたような態度で、めぐみを見つめる。

「もう、私の下で働くのはごめんだとか?」

隣室への扉が開いた。側近にあてがわれた小部屋だった。出てきたのは上海マフィアのひとりだ。卑猥な笑みを浮かべ、スラックスのチャックを上げてベルトを締めながら出てくる。同じように、次から次へとマフィアの男たちが出てきた。めぐみはそのうちのひとりに首根っこを掴まれた。必死に抵抗した。強姦されるくらいなら、いますぐあのガラス窓に飛び込んで死ぬ方がましだった。だが力ではどうやっても敵わない。小部屋に連れ込まれためぐみは、頭を押さえつけられた。

「見ろ!」

今度は誰かが中国語で言った。

「看!!」

ベッドとテーブルがあるだけの、窓のない簡素な部屋だった。ベッドに、大の字になった女が縛り付けられていた。手足がロープでベッドの四隅の脚にきつく拘束されている。仰向けなのに、大きな胸は垂れることなく、しかし左右の乳首は不自然な方向に屹立していた。乳房の中のシリコンが、長い強姦の末、ずれたのだろう。体のラインは美しいが、化粧っ気のない顔と、ビニールのようにてかる頬は、不自然に崩れしわしわにしぼんで見えた。整形を繰り返し、やがて手入れが行き届かなくなった人間特有の、崩壊した顔面がそこにあった。目は開いていたが生気はない。陰毛の一本も生えていないつるりとした局部は、よほど乱暴な行為を受けたのか、血に染まっていた。

「そこそこ優秀な番頭だったんですがね」

背後から、呉の声がした。車椅子でめぐみの背後に近づいてくる。めぐみはようやく、上海マフィアの手から逃れたが、バランスを崩して絨毯の上に倒れた。そのまま土下座する。

「こっ、これからも、呉先生の下で、名簿屋として、働かせてください‼」

「そう。本城君を番頭に据えて、金主をやるんじゃなかったの」

「とんでもないです！」

「それじゃ、本城君をここに呼んできてくれないかな」

「……え？」

「その、女番頭だよ。味田君は見世物小屋に売って終わったが、私はそうはいかない。たっぷり取り分を弾んでいたのに、どうして突然売上金を叩いて飛んだのか、どうも判然としなかった。調べを進めるうちに、ある劇団員にたどり着いた。ほんの少しの暴力で、すぐに白状してくれましたよ。本城仁一警部の差し金だったようです」

淡々とした口調で呉は言う。

「彼はやりすぎた」

不愉快そうなそぶりを微塵も見せず、呉は言う。不気味な顔つきだった。

「そんな本城警部とあなたが、ビジネスの相談をしていた」

めぐみは声を震わせながら、答えた。

「いえ。成立したわけでは……。でも彼は、必ず戻ってくると思います。あの男の居場所はもう、オレ詐欺の現場にしかないはずですから。必ず、本城警部をここへ連れて参ります」

「いいでしょう。もし今日中に連れてこられなかったら、君はああなります」

めぐみは解放されたが、もちろん、上海マフィアが横浜ベイグランドの部屋までついてきた。三名。本城が訪ねてきたら、呉に献上する。

有給休暇をすっかり消化しきった本城は、四月二十日月曜日、登庁のため家を出た。スーツ姿で小田急線喜多見駅改札口を見上げる。上り列車に乗れば霞が関方面、下り列車に乗れば横浜方面へ出られる。今日の午前十時が、めぐみが指定した期限であった。

本城はやがて改札をくぐると、新宿行上り列車に乗り込んだ。

午前八時半。地下鉄桜田門駅で降りた。見慣れた改札、駅のポスター。見慣れた階段と、出口の目の前にそびえたつ、警視庁本部庁舎。周囲を数メートル間隔で立ち番の警察官が警棒を持って立つ。『警視庁』並びに『国家公安委員会』の仰々しい看板に挟まれた自動扉を、本城は覚悟を決めて、くぐった。

捜査二課長の執務室前に立つ。ノックする。吉本課長の返事が「はい」と聞こえてきた。本城は氏名と階級を名乗った。吉本が明るく本城を歓迎した。

「いや、よく戻ってきましたね」

今回の一件で、吉本は出世競争で智也に追い抜かれてしまった。しかし、何を咎めるでもなく、吉本は本城を笑顔で出迎えた。

「その節はご苦労様でした。もう、鼻は大丈夫ですか」

「――ええ。まだ完全にくっついてはいませんが、顔面マスクは卒業です」

「智也君はお元気ですか」

吉本が突然、鋭く尋ねた。その質問は狭い執務室の空気を一変させるほどであった。

「内閣官房、総理大臣秘書官。とうとう出世コースのトップに躍り出た」

本城は注意深く、吉本の様子を見る。

「僕はね、この件には必ず、智也君の思惑が絡んでいると見ている。あなたは認めないでしょうけどね。なんとも、息子さん思いの父親だ」

なにも答えない本城に、吉本は吐き捨てるように言った。

「子煩悩もそこまでいくとただのバカというか」

本城の背筋に、冷たいものが走る。吉本は今度はまた不自然な笑顔で尋ねた。

「で？　もう有休も消化したことですし。辞表、持ってきたんですか」

「いえ。二課に復帰させてもらいたく、直接伺いに参ったのですが」

吉本は今度、満面の笑みになった。

「もちろん、大歓迎ですよ。みなにも通達してあります。さあ、早速行きましょう」

吉本は本城を引き連れ、捜査二課フロアにやってきた。課長の登場に、フロアに集っていた百名近い捜査員たちが次々と立ち上がり、最敬礼する。

吉本は、「みなさん、おはよう。そしてお疲れ様です」と敬礼すると、続けた。

「今日から四知一係の本城警部が、現場復帰することになりました」

誰も何も言わなかった。吉本が「ほら、拍手！」と言って、自ら大きく手を叩いた。困惑まじりのまばらな拍手が、フロアに響き渡る。やがて吉本は各係長に目配せをすると、本城に言った。

「じゃ、今日から気持ちを新たに、頑張ってください」

それだけで立ち去ろうとするので、本城は惨めに思いながらも尋ねた。

「あの――。私のデスクは、どこに」

「これとか、どうです」

吉本は各係のデスクの島の下座につけられた、受付カウンターを強く叩いた。来客があったときなどに使うそのカウンターには椅子がなく、普段は物置場になることが多い。吉本は立ち去った。

本城は受付カウンターに立ち尽くした。覚悟はしていたが、これほどの見世物があるだろうか。窓のない地下室などに追いやられる方がまだましだ。見かねた石原が立ち上がる。

「本城さん、よければ僕のデスク、半分でも――。あ、会議室の椅子が余ってるはずですから、持ってきま……」

口をはさんだのは、四知一係の川島係長だった。

「余計なことはするな、石原」

上司の一喝には逆らえなかったようで、石原は申し訳なさそうに本城に目くばせして、席に着いた。それでも、石原は期待を寄せて本城を見る。スタンプの万札の指紋を取った石原は、まだ本城が大平を訴追するために動くと、信じているのだ。本城は石原からゆっくり、目を逸らした。係長の川島が本城を呼んだ。

「ちょっと、君。コーヒー淹れてくれ」

啞然としていると、別の係長が書類を抱えてやってきた。

「君、これ幹部に持っていく資料だから。四十部ずつコピーをして、ホチキス留めしておいて。午後から捜査会議だから、急ぎで」

次々と係長クラスの刑事から声がかかる。

「これ、所轄署にファックス送っておいてくれ！」

「コーヒーまだか」

「君、三時からの会議の場所を押さえておいてくれ。全部で十名、一時間分でいい」

本城は震えた。やはりもうここには、居場所がない――。そのとき、懐のスマートフォンが着信した。めぐみだった。本城は応答を拒否したが、またすぐかかってくる。留守電に切り替わっても、しつこく鳴り続ける。本城が必要だという必死さを感じた。正義は暴走すると勝者に言い放った自分自身の言葉が、本城を鼓舞させた。

自分をいま唯一、必要としてくれている場所へ、行くべきだ。

本城は一歩、革靴の先を二課フロアの外へ踏み出した。その足の先が、オレ詐欺組織の黒い闇に飲み込まれようとするのを感じた。そんな穴は実際にはないのに、思わず受付デスクの端を摑んだ。歯を食いしばる。

書類を手に持ってコピー機の前に立った。「コーヒーが先だ!」と川島が叫ぶ。本城は給湯室に入り、コーヒーカップを二つ出すと、インスタントの粉を入れた。湯を注ぐ。どれだけ唇を噛みしめても足りない。それでも耐えると決めた。刑事なのだ。唇に血が滲む。一滴、ぽたりとコーヒーに垂れた。それはコーヒーの漆黒の闇に吸い込まれ、なんの痕跡も残さなかった。

参考文献

『奪取　「振り込め詐欺」10年史』（鈴木大介　宝島SUGOI文庫）
『警察官僚　完全版　知られざる権力機構の解剖』（神一行　角川文庫）
『君は部下とともに死ねるか』（堀貞行　時事通信社）
『警視庁捜査二課』（萩生田勝　講談社＋α文庫）
『ミステリーファンのための警察学読本』（斉藤直隆　アスペクト）

編集協力
アップルシード・エージェンシー

この作品は書き下ろしです。原稿枚数823枚（400字詰め）。

ハイエナ

警視庁《けいしちょう》捜査《そうさ》二課《にか》 本城仁一《ほんじょうじんいち》

吉川英梨《よしかわえり》

平成28年6月10日　初版発行

発行人――石原正康
編集人――袖山満一子
発行所――株式会社幻冬舎
〒151-0051東京都渋谷区千駄ヶ谷4-9-7
電話　03(5411)6222(営業)
　　　03(5411)6211(編集)
　　振替00120-8-767643
印刷・製本―図書印刷株式会社
装丁者――高橋雅之

幻冬舎文庫

ISBN978-4-344-42484-5　C0193　よ-26-1

幻冬舎ホームページアドレス　http://www.gentosha.co.jp/
この本に関するご意見・ご感想をメールでお寄せいただく場合は、
comment@gentosha.co.jpまで。